世界华文文学研究文库 第2辑

世界华文文学研究文库编委会 编

复合互渗的

世界华文文学

刘俊选集

刘俊 著

China World Association for Chinese Literatures

南方出版传媒

花城出版社

中国·广州

图书在版编目（CIP）数据

复合互渗的世界华文文学 ：刘俊选集 / 刘俊著. -- 广州 ：花城出版社，2014.11（2021.7重印）
（世界华文文学研究文库. 第2辑）
ISBN 978-7-5360-7305-0

Ⅰ. ①复… Ⅱ. ①刘… Ⅲ. ①华文文学－文学研究－世界－文集 Ⅳ. ①I106-53

中国版本图书馆CIP数据核字(2014)第247544号

出 版 人：肖延兵
责任编辑：李　谓　李加联　杜小烨
技术编辑：薛伟民　凌春梅
装帧设计：林露茜

书　　名　复合互渗的世界华文文学：刘俊选集
FUHE HU SHEN DE SHIJIE HUAWEN WENXUE LIU JUN XUANJI
出版发行　花城出版社
（广州市环市东路水荫路 11 号）
经　　销　全国新华书店
印　　刷　北京一鑫印务有限责任公司
（北京市顺义区北务镇政府西 200 米）
开　　本　880 毫米×1230 毫米　32 开
印　　张　11.125　2 插页
字　　数　320,000 字
版　　次　2014 年 11 月第 1 版　2021 年 7 月第 2 次印刷
定　　价　49.80 元

如发现印装质量问题，请直接与印刷厂联系调换。
购书热线：020－37604658　37602954
花城出版社网站：http://www.fcph.com.cn

出版说明

有海水的地方就有华人，有华人的地方就有中华文化的流播，也就伴随有华文文学在世界各地绽放奇葩，并由此构成一道趋异与共生的独特风景线。当今世界，中华文化对全球的影响力不断扩大，无疑为我们寻找华文文学创作与研究的世界性坐标，提供了有利的条件和新的机遇。

改革开放三十多年来，中国大陆华文文学研究界的老中青学人，回应历经沧桑的世界华文文学创作，孜孜矻矻地进行了由浅入深、由少到多的观察与探悉，取得了相当丰硕的研究成果。为了汇集这一学科领域的创获，为了增进世界格局中中华文化和不同文化之间的交流与对话，为了加强以汉语为载体的华文文学在世界文坛的地位，也为了给予持续发展中的世界华文文学以学理与学术的有力支持，中国世界华文文学学会与花城出版社联手合作，决定编辑出版“世界华文文学研究文库”。

这套“文库”，计划用大约五年的时间出版约50种系列图书。

“文库”拟分为四个系列：自选集系列、编选集系列、优秀专著系列，博士论文系列。分辑出版，每辑推出8至10种。其中包括：自选集——当代著名学者选集，入选学者的代表作；编选集——已故学人的精选集，由编委会整理集纳其主要研究成果辑录成册；优秀专著——世界华文文学研究领域的最新学术专著，由编委会评选推出；博士论文——世界华文文学研究的博士论文，由编委会遴选胜出。

“世界华文文学研究文库”将以系统性、权威性的编选形式，成就华文文学研究领域的大典。其意义，一是展示中国世界华文文学研究的整体性学术成果；二是抢救已故学人的研究力作；三是弥补此一研究领域的空缺，以新视界做出新的开拓；四是凸显典藏性，有较高的历史价值与人文价值。

“文库”在编辑过程中，参考并选用了前贤及今人的不少研究成果，在此谨向众多方家深表谢忱。由于时间仓促，遗珠之憾和疏漏错差定然不免，尚祈广大读者多加赐教。

花城出版社

2012年10月

目　录

历史延伸：从现代到当代

台港兼容：从“外岛”到“特区”

区域跨越：从南洋到北美

自　序

20 世纪 80 年代中期我在南京大学中文系读了两年硕士，于 1988 年提前攻读博士学位。读博期间，我以白先勇为博士论文选题，开始了我的台港（暨海外华文）文学研究历程。一转眼，26 年过去，弹指一挥间。在过去的 26 年里，我的研究范围从台港延伸到海外，然而，在投身台港暨海外华文文学研究的 26 年里，我却没有放弃对我的“基业”——祖国大陆现当代文学的关注，因此，我对 20 世纪世界范围内的中文白话文学，始终持有一种自觉的“整体观”。

大陆学界在 20 世纪 90 年代初提出“世界华文文学”这一名称，最初是希望用以简化“台港暨海外华文文学”这一有点冗长的名称——由于初衷是要用“世界华文文学”取代“台港暨海外华文文学”，因此在“世界华文文学”中究竟包不包括大陆现当代文学，曾在相关学界引发过争论：坚持不应包括的学者认为“世界华文文学”原本就是用以取代“台港暨海外华文文学”的，只不过是“台港暨海外华文文学”的另一种说法而已，因此专指祖国大陆以外地区和国家的中文白话文学；主张包括者则强调既然是“世界华文文学”，那怎么能把祖国大陆的现当代文学排除在“世界”之外？

这一分歧至今仍然存在，也就是说，在“世界华文文学”究竟包不包括祖国大陆的现当代文学这一点上，目前大陆学界尚未获得共识。

就我个人而言，如何认识和界定祖国大陆以外地区和国家的中文白话文学（台港暨海外华文文学），以及如何处理这一文学与祖国大陆现当代文学之间的关系，也经历过一个变化的过程。从“台港文学”，到“海外华文文学”，到“台港暨海外华文文学”，到“跨区域华文文学”，再到“世界华文文学”，其间对于“世界华文文学”究竟包不包括祖国大陆现当代文学，“历史上”我也曾有过不同的说法。现在，在逐步稳定的“整体观”的观照下，我认为“世界华文文学”是应该包括祖国大陆的现当代文学的。据此，我对“世界华文文学”的定义是：“以中文（华文）为书写载体和创作媒介，在承认世界华文文学的历史源头是来自中国文学，同时也充分尊重遍布在世界各地的中文（华文）文学各自在地特殊性的前提下，统合中国（含台港澳地区）之内和中国之外的所有用中文（华文）创作的文学，所形成的一种跨区域跨文化的文学共同体”①。

在世界华文文学这一文学共同体中，按照目前文学生态的实际分布情况，大致可以分为祖国大陆文学、台湾文学、香港（澳门）文学、东南亚华文文学、北美华文文学、欧洲华文文学、大洋洲华文文学等几大文学区域，这些不同的文学区域，既各有自己的发展历史和独特风貌，同时彼此之间也双边或多边地互有交集、重叠、渗透和影响。

“世界华文文学”中的不同区域，按照各自的历史沿革和文学特性，其“位置”和性质也有所不同。其中，祖国大陆文学（以及当代台湾文学）在世界华文文学中，在某种程度上是个核心体，其他区域的华文文学，都是从它身上生发、延伸、变异、剥离出来的；台湾文学是中国文学中的“外岛”文学；香港（澳门）文学是中国文学中的“特区”文学；东南亚华文文学、北美华文文学、欧洲华文文

① 刘俊：《世界华文文学：跨区域跨文化存在的文学共同体》，《香港文学》，2013年5月号。此文由《越界与交融：跨区域跨文化的世界华文文学》（人民文学出版社，2014年版）一书的“绪论”删减而成。

学和大洋洲华文文学则都是中国文学特别是中国现代文学的“外国变体”。

基于这样的认识，“世界华文文学”就是一个自中国文学这一源头“出发”，借助中文（华文）散布并新生在世界各地的中文（华文）文学。由于都是用中文（华文）为书写工具和表现载体，因此这一文学得以借助印刷媒介和电子媒介，在世界范围内流通和传播，而在流通和传播的过程中（作品的异地发表和出版、跨区域的读者阅读和接受、作家彼此间的交流和互动），“同文”（均为华文）文学之间的相互影响和彼此渗透，也就顺势展开。与此同时，随着世界的一体化和作家流动、旅行和旅居地的不断变更，用中文（华文）创作的作家身份的归属也成为“流动的”状态，许多作家在不同的人生阶段和历史时期参与了世界华文文学不同区域的文学构成和文学历史（想想白先勇、聂华苓、施叔青、余光中、严歌苓以及在台马华作家群吧），这也使得世界华文文学的不同区域之间，存在着双边乃至多边的“你中有我，我中有你”的交互感应和复合渗透——就此而言，世界华文文学在使用着同一种文字（中文/华文）的基础上，其在生存形态、历史风貌、作家身份、语言风格、美学趣味等方面，都呈现出一种“复合互渗”的现象，甚至，从某种意义上讲，世界华文文学在生存形态、历史风貌、作家身份、语言风格、美学趣味等方面，本身就是一种“复合互渗”的存在和结果。

“世界华文文学”是大陆学者提出的名称和概念，可是有意思的是，这一概念在海外学界却基本上被无视或遮蔽。对应于大陆的“世界华文文学”，海外学者在20世纪90年代末提出了一个Sinophone Literature［被大多数人认可的中译是“华语语系文学”，我更愿意把它译成“汉（华）声文学”——因为在我看来，“世界华文文学”重在强调“文字”（中文/华文），而“华语语系文学”/“汉（华）声文学”则从“声音”/语音入手寻找理论突破口］的概念，用来阐释和说明世界范围内的中文（华文）文学。虽然大陆学者提出的“世界华文文学”至今尚未获得统一的共识，具体观点或众说纷纭，但大陆学者力图在“世界华文文学”这一名称和概念下，以中文（华文）为基础，在尊重不同区域文学的特殊性和在地性的前提下，致力于以“整体观”（视“世界华文文学”为一个姿态纷呈、丰富多元、既跨区域又跨文化而至复合互渗的整体）为视野，以“建构性”（寻找“世界华文文学”不同构成成分之间的历史渊源、内在关系和相互作用，以期对“世界华文文学”形成一种总体认识和整体判断）为追求的努力是十分明显也是十分一致的。而海外学者提出的“华语语系文学”虽然也有不同的侧重，并且内部也有分歧，但他们在“华语语系文学”这一名称和概念下，通过对中文（华文）在不同区域“方言”（语音）特色的强调，通过对不同区域文学特殊性和在地性的突显，以“分解观”（将“世界华文文学”分解为若干个不同“序列”的“华文文学”）为视野，以“解构性”（以“后殖民理论”为前导，力图打破所谓的“大中华意识”和“中国性”）为旨归的意图也是相当明显和颇为一致的——这种由不同的立场、观念和诉求所形成的差异性，或许就是绝大多数海外学者对大陆学者提出的“世界华文文学”这一名称和概念视而不见的原因。

虽然关于“华语语系文学”的一些论述，在理论上别具慧眼，颇具启发性，但身为大陆学者，我还是更愿意用“世界华文文学”这一概念来指称世界范围内的中文（华文）文学，并且将“复合互渗”作为“世界华文文学”的一种基本形态和存在方式，以此来认识“世界华文文学”。

基于以上的立场和“观点”，我将我的这本自选集命名为《复合互渗的世界华文文学》。

历史延伸：从现代到当代

论20世纪中国文学中的上海书写

在20世纪的中国文学中，上海是一个被众多作家一再书写到的城市，简单地梳理一下，就至少有包天笑、朱瘦菊、穆时英、刘呐鸥、施蛰存、叶灵凤、蒋光慈、丁玲、茅盾、夏衍、张爱玲、钱钟书、周而复、白先勇、王安忆、程乃珊、俞天白、须兰、王晓玉、毕飞宇、卫慧等作家曾经以上海这个城市作为构筑自己文学世界的平台，如此众多的作家对上海的集中书写无疑构成了上海在20世纪中国文学中的重要性——这种重要性当然不仅仅体现在“上海题材”的数量庞大上，而更体现为在以“上海”为载体的书写文本中，实际蕴含着书写者们对上海的不同认识和不同情感。于是，以20世纪中国文学中的上海书写为对象，探讨这种书写的基本形态，并从社会、历史和文化的角度对导致这种书写形态出现的内在原因和发展历程进行较为深入的剖析，就成为研究20世纪中国文学不可或缺的一个重要方面。

所谓上海书写，是指以上海为表现背景，展示20世纪中国人在上海这样一个现代化大都市中的生活习俗、情感方式、价值判断和生存形态，以及书写者本身在这种书写过程中所体现出的对上海的认识、期待、回忆和想象。在这种书写中，既涉及到对上海外在形态的客观描摹，更包容着书写者各自心目中对“上海”的主观认定。上海书写并不等同于上海题材的文学创作，而是在上海题材的基础上，浇铸进书写者对上海的情感态度和价值判断。而上海在上海书写中，既是一个背景，又不只是一个背景——它也是一个参与作品成立的重要角色。

从总体上看，出现在20世纪中国文学中的上海书写，至少可以分成这样三个系列，即以包天笑、朱瘦菊、穆时英、刘呐鸥、卫慧等人为代表的充满“现代性”和“后现代性”的上海书写；以蒋光慈、丁玲、夏衍、茅盾、周而复等人为代表的具有“左翼”意识形态的上海书写；和以施蛰存、叶灵凤、张爱玲、钱钟书、白先勇、王安忆、程乃珊、须兰、毕飞宇等人为代表的关注“传奇”的上海书写。这三个系列的特性在某些作家和作品中互有交叉，但在整体上自有形成其主要特征的质的规定性。

“现代性”和“后现代性”的上海书写

在上海书写的三个系列中，有关“现代性”的上海书写出现得最早，并一直延续发展到世纪末的“后现代性”形态。按照美籍日裔学者酒井直树的说法，“现代性”这个术语既“是与它的历史先行者对立而言的”，同时也是“与非西方相对照的”，也就是说，“现代性”的提出，是在与“前现代”（时间）和“非西方”（空间）的比照中实现的①，因此，“现代的西方与前现代的非西方这两个不同的范围被区分开来”②。对于20世纪中国文学中的上海书写而言，其“现代性”特征的具备是指与“前现代”（西方标准下的传统）状态的日渐脱离和努力实现“去非西方化”（向西方学习、靠拢，西方化）的转换。1902年出版的《海上繁华梦》（警梦痴仙）也许是20世纪最早描写已具有现代都市雏形的上海的小说，1924年的《上海春秋》（包天笑）和1925年的《歇浦潮》（朱瘦菊）虽然走的是“鸳鸯蝴蝶派”的路数，但在这些作品中，已开始“用广角镜头为上

---

① ［美］酒井直树：《现代性与其批判：普遍主义和特殊主义的问题》，收入张京媛主编：《后殖民理论与文化批评》，北京大学出版社1999年版，第384页。

② 同上。

海摄像，而他们所摄下的相片有的是中国过去见所未见、闻所未闻的新事物，有的中国传统文化中也有过，但因为在西风吹拂下，变样走调了，成为中不中西不西的‘四不像’”[①]，在这些20世纪早期的上海书写中，其“现代性”特征集中体现在对“新”事物的浓厚兴趣和不厌其烦的写实介绍（如黑道绑票、婚姻欺诈、鸦片贩卖、公堂旁听、妇女离婚、汽车当道、舞厅兴隆、电影发达、女模特进课堂、保险公司创建、文明戏衰落、律师业兴旺、交易所热门、租界存在等），一些新思想、新观念的出现（如新一代年轻人有钱就要消费，出门以车代步；年轻人以做“买办”为荣等），以及叙述形态和语言特征的新变（开始打破线形的叙事结构，用白话文书写，大量新名词、新概念、新语汇涌现）等方面。这种无论是描写的外在事物、表达的内在观念还是写作的艺术手法都极具“新”质的写作，实际意味着具有“现代性”特征的上海书写已在20世纪的中国文学中卓然登场。

这种具有“现代性”特征的上海书写到了20世纪的30年代有了进一步的提升和深化。以穆时英、刘呐鸥为代表的“新感觉派”在他们的上海书写中，在对上海“摩登”性的挖掘和表现上更加深刻，也更加成熟。在他们的笔下，已经发达了的现代都市上海是那样地绚丽多姿，充满诱惑和魅力，被他们的文字构筑起来的上海是由这样一些“材料”组成的：百货店、跳舞场、影戏院、高层建筑物、霓虹灯、甲虫似的汽车、夜总会、报馆、咖啡馆、赛马场、水门汀、电梯、夹杂的英文、法文、速度、勃路斯、华尔兹、爵士乐、狐步舞、工潮、印度巡捕、外国水手、新型的男女关系（女性对爱情的主动出击、女性对男性的战胜和掌控）、夜生活（“都会人的魔欲是跟街灯的灯光一块儿开花的”）、乱伦、租界——这样的一个上海，无论是外在形态还是内在灵魂，都是一个“非传统”和“西方化”的现代化国际大都市，而书写者在用文字对这些“材料”进行组织时，其手法又是跳跃的，中

① 范伯群主编：《中国近现代通俗文学史》（上），江苏教育出版社2000年版，第342页。

外文兼用的，具有“现代风”的——这当然也是“非传统”和“西方化”的。穆时英在《上海的狐步舞（一个片段）》中这样写道：

上海。造在地狱上面的天堂！

沪西，大月亮爬在天边，照着大原野。浅灰的原野，铺上银灰的月光，再嵌着深灰的数影和村庄的一大堆一大堆的影子。原野上，铁轨画着弧线，沿着天空直伸到那边儿的水平线下去。

…………

蔚蓝的黄昏笼罩着全场，一只 saxophone 正伸长了脖子，张着大嘴，呜呜地冲着他们嚷。当中那片光滑的地板上，飘动的裙子，飘动的袍角，精致的鞋跟，鞋跟，鞋跟，鞋跟，鞋跟。蓬松的头发和男子的脸。男子的衬衫的白领和女子的笑脸。伸着的胳膊，翡翠坠子拖到肩上。整齐的圆桌子的队伍，椅子却是零乱的。暗角上站着白衣侍者。酒味，香水味，英腿蛋的气味，烟味……独身者坐在角隅里拿黑咖啡刺激着自家儿的神经。

舞着，华尔兹的旋律绕着他们的腿，他们的脚站在华尔兹旋律上飘飘地，飘飘地。

这段描写，较为典型地体现了20世纪30年代上海书写中的“现代性”特征，在这段文字中，书写者眼中的上海，是个地狱和天堂的结合体，现实的物理世界扭曲变形，而“人”的世界则光怪陆离，充满欲望和骚动。在这里，不仅有书写者对现代上海的主观整合，而且在整合方式上，也极具“现代”意味——从法国的保尔·穆杭（Paul Morang）和日本的“新感觉派”那里获得的艺术营养使他们被称为是20世纪30年代中国文学中的“现代派”。如果说30年代的上海“就是中国现代性的化身”①，那么穆时英、刘呐鸥的创作，就是

① 李欧梵：《上海，记忆中的吉光片羽》，《万象》第1卷第2期，1999年1月，第26页。

具有“现代性”特征的上海书写的典型。

对20世纪30年代上海书写中的“现代性”特征的接续是到了90年代，突出的代表是卫慧的《上海宝贝》，在这部同样以上海命名的作品中，书写者一方面充分展示了20世纪90年代上海的“现代性”乃至“后现代性”特征（酒吧、手机、同性恋、双性恋、吸毒、乱交、性超人、性无能、自慰、摇滚乐、飙车、跨国恋、深市、沪市、奔腾电脑、上网、电子邮件、心理医生、施虐与受虐、自恋狂、恋母情结、母女冲突、忆旧、拼贴、颠覆、多元），另一方面，在这种“现代性”乃至“后现代性”背后所深蕴着的非西方世界在努力实现“现代性”和走近“后现代性”时的悖反性，也贯穿始终。在这部备受争议的作品中，女主人公倪可身边一直有两个男人围绕着：一个是她深爱着的天天——一个东方性无能者，另一个是她明知没有希望结合却又离不开的马克——一个西方性超人。在这种人物关系的设置中，实际隐含着一种非西方世界在追求“现代性”的过程中充满着矛盾的象征：东方女子爱的是东方男子，可是给她带来快乐的却是西方男子，东方女子在精神上依恋东方男子，可是却在肉体享受上离不开西方男子。“天天”是个延续的时间的指称，这一命名是不是意味着这个东方女子（倪可）和上海这个东方都市其实是存在于自己的时间、历史和传统中的，倪可和天天的那种剪不断理还乱的爱情是否就是她（它）割不断和自己历史、传统的时间联系的象征呢？“马克”是德国货币的名称，在德国人马克的身上是不是寓意着一种以西方为标准的现代物质性和生存准则——可是东方女子倪可却完全接受并陶醉于这种西方因“强大”而带给她的快感之中。这种在东西方之间的摆荡撕扯（割舍不掉东方，可又迷醉西方）是不是正是今天上海（上海人乃至中国人）在走向“现代化”、努力实现“现代性”乃至“后现代性”的过程中的真实处境呢　特别是，倪可对马克的选择，完全是自觉自愿的。《上海宝贝》的出现，不仅完成了20世纪中国文学中上海书写从“现代性”向“后现代性”的转换，而且还将上海在走向“现代性”和“后现代性”时所具有的某种分裂性给予了相当的展示，也为20世纪的“现代性”上海书写打上了一个句号。

“左翼”的上海书写

就在穆时英、刘呐鸥等人在他们的上海书写中编织着“现代性”上海的时候，另一批作家则在他们的书写中描画着上海这个现代都市的又一个方面：在左翼意识形态观照下的上海形态。在蒋光慈的《短裤党》中，上海呈现出的是“完全被沉郁的，令人不爽的空气所笼罩着”的面貌。“整个的上海完全陷入反动的潮流里，黑暗势力的铁蹄只踏得居民如在地狱中过生活，简直难于呼吸”。到了丁玲的笔下，上海则成了选择革命还是选择个人生活、要爱情还是要革命的矛盾痛苦经历的伤心地。而在夏衍那里，上海普通市民的穷苦生活，正为灯红酒绿的摩登上海做了另一种注释——在灯红酒绿的摩登上海的背面，原来还有着这样一个上海存在着。三十年代“左翼”视野下的上海基本上由这样一些因素构成：杨树浦的工棚区、亭子间、灶披间、阁楼、马口铁做成的倾斜的雨庇、破旧的家具、板桌、火油炉子、破灯罩、锅子、工人、罢工、暴动、传单、党的会议、屠杀、口号、被迫出卖自己的舞女、“帝国主义的铁蹄”、“军阀的刀枪”、“资本家的恶毒”、反动派、压迫、革命党人、包身工、女工利益、阶级、纱厂、工会、肺病、暗杀、斗争、敌人、革命、打倒——这些因素除了包括构成这一上海世界的基本图景之外，更重要的是那些人物、行为和思想观念。在这些书写者将自己的视野聚焦在上海的这些外在图景和内在观念时，左翼意识形态事实上已成为他们认识上海、书写上海的“批判的武器”。揭露人间的不平等、强调阶级斗争、主张革命是20世纪30年代上海书写中“左翼”一支的基本主题。在这样的意识形态先行的指导下，这一时期的“左翼”上海书写具有浓厚的模式化、概念化痕迹，艺术上也较为粗糙。

不过，茅盾的《子夜》是个例外。按照茅盾自己的说法，《子夜》

的“写作意图同当时颇为热闹的中国社会性质论战有关”[①]，——这就意味着《子夜》的写作，是在一种明确而又强烈的意识形态指导下进行的，在小说中，茅盾也确实贯穿并实践了他的意识形态企图，通过这部作品，对当时的中国社会性质，予以了与左翼意识形态相一致的判定。然而也正如茅盾自己所说“这部小说的描写买办资产阶级与民族资产阶级的部分比较生动真实，而描写革命运动者及工人群众的部分则差多了”[②]，因此，《子夜》虽然是上海书写中“左翼”一支里的重镇，但它对上海的场景涉及和形态表现，却与上面提到的那些构成一般“左翼”上海书写的世界（普罗世界、革命行为）有所不同，而呈现出与穆时英、刘呐鸥笔下的上海世界有着某种相似性——也就是说，《子夜》在外在形态上具有“现代性”上海书写的特征，但在观念内核上，却以“左翼”意识形态为主导，而它在艺术上所体现出的现实主义成就，则使它成为“左翼”上海书写中的佼佼者。

这种在左翼意识形态指导下所进行的上海书写，在20世纪的后半叶延续了自己的传统并有所发扬。周而复《上海的早晨》[③] 的写作、出版过程从50年代到90年代，前后花了近40年。在这部近

---

① 当时参加论战者，大致提出了这样三个论点：一、中国社会依然是半封建半殖民地的性质。打倒国民党法西斯政权（他是代表了帝国主义、大地主、官僚买办资产阶级的利益的），是当前革命的任务；工人、农民是革命的主力；革命领导权必须掌握在共产党手中。这是革命派。二、认为中国已经走上了资本主义道路，反帝、反封建的任务应由中国资产阶级来担任。这是托派。三、认为中国的民族资产阶级可以在既反对共产党所领导的民族、民主革命运动，也反对官僚买办资产阶级的夹缝中取得生存与发展，从而建立欧美式的资产阶级政权。这是当时一些自称为进步的资产阶级学者的论点。《子夜》通过吴荪甫一伙的终于买办化，强烈地驳斥了后两派的谬论”。见《子夜》，茅盾著，人民文学出版社1960年版，第575页。

② 见《子夜》，茅盾著，人民文学出版社1960年版，第575页。

③ 共四部，第一部1954年初稿写成，1961年改定，1962年2月出版；第二部1956年初稿写成，1962年改定，1962年12月出版；第三部1965年初稿写成，1976年改定，1980年2月排版，1991年8月印刷；第四部1976年二稿写成，1978年改定，1980年12月排版，1991年8月印刷。

200万字的多卷本长篇小说中，由于书写者希望通过描写资本主义工商业和民族资产阶级在中国共产党领导下和平改造的过程以及中国工人阶级从斗争中不断壮大起来的面貌，以达到宣扬“中国历史已发生了从资产阶级民主革命过渡到社会主义革命的深刻而又巨大的变化”这一意识形态目的，因此书写者在塑造人物、设计情节时，就将资产阶级和共产党领导的工人阶级分置为两个对立的阶级，工人阶级是先进的、领导的阶级，而资产阶级则是落后的、贪婪牟利的、不甘于退出历史舞台的阶级，必须接受前者的批判和改造。小说中的徐义德可以说是新的历史时期的吴荪甫，只不过这一回他的对手不是买办资产阶级和处于劣势的罢工工人，而是共产党领导下“翻身做了主人”的工人阶级，因此，在一次又一次的较量失败后，徐义德们终于意识到必须“上岸”（站到共产党和工人阶级的一边）和“该休息了”（退出历史舞台）。小说结束于在实现了对这一意识形态的表达之后。

沈西蒙等人创作的话剧《霓虹灯下的哨兵》，是20世纪60年代“左翼”上海书写中的代表，在这部取材于“南京路上好八连”的剧作中，英雄连队在灯红酒绿的上海滩上提高阶级觉悟、站稳阶级立场、保持优良传统、击退阶级敌人糖衣炮弹的进攻构成了贯穿始终的核心主旨——考虑到当时的社会语境①，这一着重强调阶级斗争的艰巨性和复杂性的剧作，显然笼罩着浓重的“左翼”意识形态色彩。

---

① 1959年庐山会议反右倾；1961年1月中共召开八届九中全会，提出“八字方针”；1962年1月“七千人大会”召开，毛泽东作自我批评；1962年3月，文化部和中国戏剧家协会在广州召开了话剧、歌剧、儿童剧创作座谈会，周恩来作了《关于知识分子问题的报告》；1962年9月，中共八届十中全会召开前后，毛泽东提出了“千万不要忘记阶级斗争”，强调阶级斗争“要年年讲、月月讲、天天讲”。《霓虹灯下的哨兵》于1962年由前线话剧团搬上舞台，剧本的出版则迟至1964年4月，剧作者在剧本末尾这样注明：“1961年9月16日写于苏州裕社，1962年11月22日于南京四次修改，1963年1月14日五次修改。”1962年的四次修改，想必与社会“语境”有关。

假使说《上海的早晨》和《霓虹灯下的哨兵》的作者在以意识形态主导自己书写的同时尚能注意到对人物性格复杂性的揭示的话，那么《虹南作战史》的书写集体则基本上是在用小说的形式来图解意识形态。在这部“文革”时期出现的反映上海市郊新泾区虹南乡合作化运动的小说中，书写者将对上海的书写从城市转向了乡村，通过对具有“不断革命、继续革命”精神的共产党员洪雷生的形象塑造，不但将“在社会主义社会，还存在着两条路线的斗争”，“还要努力作战”这一观念贯穿始终，而且在艺术形式上，也充分实践了“三突出”的创作思想。这部小说，无论是创作动机的启动、创作题材的选择，还是创作主题的确立、创作方法的运用，都可以说是“文革”时期极“左”的意识形态的产物。《虹南作战史》在20世纪中国文学中的出现，可以说将这一世纪的“左翼”上海书写推向了“左”的极致——自然也导致了走向它的反面，20世纪80年代后期出现的《大上海沉没》，在某种程度上就可以被视为是“左翼”上海书写中的一个“另类”。

在这部试图全景式地反映患上了“衰弱巨人”综合征的上海的长篇小说中，作者俞天白以自己的书写向人们昭示：上海人封闭自大的心态和上海为国家长期贡献的事实固然是作者对大上海即将“沉没”的原因归纳，但“左翼”意识形态的巨大作用力以及由此导致的“左”的运行体制的羁绊，才是导致上海充满危机并在走出危机（改革）的过程中遭遇巨大阻力的真正原因。于是，在《大上海沉没》中我们看到，在与《上海的早晨》不无相似的背景中（都写到了上海的实业界、金融界），内蕴在作品中的历史反思和改革思想，却与后者大相径庭，在这部作品中，以往阶级斗争、革命的宗旨已经被改革、市场化的主题所取代，曾经在《上海的早晨》中被肯定和赞扬的思想观念（资产阶级被无产阶级全面驱逐出历史舞台），在《大上海沉没》中则被转换成在改革中对“资产阶级”重新接纳之必要的理念，当部领导老商对龚立群进行“该拿点颜色出来，和上海滩这帮子资产阶级们再较量一回”训示的时候，在凸显出改革的艰难的同时，也隐现出作者不动声色的嘲讽①——如果说《上海的早晨》是“左翼”意识形态的产物的话，那么《大上海沉没》则是对“左翼”意识形态的挣脱、突破乃至背离。

“传奇”的上海书写

虽然施蛰存常常被认为是与穆时英、刘呐鸥等人一起构成中国“新感觉派”的重要人物，但施蛰存的创作实际上与穆、刘二氏有所不同。当穆时英、刘呐鸥专注在对“上海狐步舞”和“都市风景线”的捕捉的时候，施蛰存则对人的内心隐秘世界表现出了更加浓厚的兴趣，在他的那些有关上海的书写中，难言的情愫的滋生，内在的欲望的萌动以及微妙的心理的冲突，构成了施蛰存上海书写的基本内容和大致形态。施蛰存对上海的这种表现选择和表现方式客观上开启了另一种上海书写的形态：即在日常生活中写“传奇”，在“传奇”中表现人生的普遍性。

叶灵凤的《落雁》、《未完的忏悔录》、《永久的女性》基本上写的是都市上海中小市民的爱情故事，他的路数虽然和施蛰存接近，但在对人性表现的深刻性上，却难以和后者比肩。真正在日常生活中表现人生的“传奇”性，并以此直指人生的悲剧宿命的，是张爱玲。张爱玲笔下的上海是“黑漆漆、亮闪闪、烟烘烘、闹嚷嚷的一片”，

---

① 《大上海沉没》（《纵横大上海》之一）发表在1988年《当代》第5、6期，《大上海漂浮》（《大上海人》之二）发表在1993年《小说界》第5、6期，《大都会》1997年由人民文学出版社出版，这三部长篇构成了“大上海人”系列。此外，《金环套》由上海文艺出版社1996年出版。在《大上海沉没》以后的有关上海的书写中，俞天白更注重“‘贴身紧逼’式地对当代上海生活进行艺术发掘和描绘”，意识形态色彩趋于淡薄——与此类似的创作还有上海文艺出版社出版的“大上海小说系列”，这些作品将大上海的光怪陆离和上海人的日常生活结合起来，表现当代上海的现实，注重当下性和可读性——这一点似乎更接近“传奇”的上海书写。

“边疆微微起伏，虽没有山也像是层峦叠嶂”。就是在这里，发生了《心经》、《封锁》、《琉璃瓦》、《花凋》、《殷宝滟送花楼会》、《桂花蒸　阿小悲秋》、《倾城之恋》、《金锁记》等平凡琐碎却又令人心惊的故事。张爱玲的上海书写关注的是“从柴米油盐，肥皂，水与太阳之中去寻找实际的人生”①，在注重人生的飞扬还是表现人生的安稳之间，张爱玲毫不犹豫地选择了后者，因为在张爱玲看来，人生安稳的一面既有永恒的意味，它也是飞扬的人生的底子②——而人生安稳的一面，就存在在“柴米油盐，肥皂，水与太阳之中”，于是，张爱玲笔下的“传奇”就在普通人（“比较天才更为要紧的是普通人”③）的恋爱结婚、生老病死中展开。“传奇”本来是应当有着它的特异性和戏剧性的（人生不普遍的、飞扬的一面），可是张爱玲认定的“传奇”却对此具有一种反讽的意味：普通人的普通人生（人生普遍的、安稳的一面），其实比“传奇”更具传奇性——这才是“传奇”的根本。

这种对“传奇”的一般性理解的颠覆使得张爱玲总是一再地在琐碎中写人生。嫁女儿；相亲；异性之间的暧昧交往；夫妻、妻妾之间的明争暗斗；女性对终身大事、金钱的算计和思量，就成为张爱玲上海书写中一再出现的文学场面，而隐含在这些场面内里的，则是“人物的那种不明不白，猥琐，难堪，失面子的屈服”④，张爱玲是要以此写出人生中的“挣扎，焦愁，慌乱和冒险”⑤ 的，并最终临摹出生命的核心本质：一种悲剧性的宿命；吹奏出生命的总体基调：一种挥之不去的“苍凉”和“凄哀”。

如果说施蛰存开启了在日常生活中写“传奇”的上海书写形态

---

① 张爱玲：《张爱玲文集》第4卷，上海文艺出版社1992年版，第51页。

② 同上，第173页。

③ 同上，第79页。

④ 同上，第137页。

⑤ 同上，第46页。

的话，那么这种形态到了张爱玲手里，则不仅更加精致，而且也更为深刻——不但重建“传奇”观念，还在形而上的层面上探触到人类生存的困境。而对人类生存困境的揭示，正是钱钟书在《围城》中所要着意表现的核心所在。虽然《围城》在严格意义上讲并不是完全的上海书写，可是只有立足像上海这样的世界性大都市，钱钟书“放眼世界，对整个现代化文明现代人生进行整体反思和审美观照”的努力才成为可能，反映和揭示“整个现代文明的危机和现代人生的困境”① 的愿望也才能实现。从这个意义上讲，上海在《围城》中举足轻重的地位，可想而知。与张爱玲的上海书写比起来，《围城》的形而上意味更浓而文学审美的色彩相对薄弱——虽然它们都是在琐碎的人生中表现哲理，在“反传奇”中书写“传奇”。

上海书写中“传奇”一支的发展在50—70年代的祖国大陆有所中断，却在台湾延续了这一传统。在白先勇的《金大奶奶》、《永远的尹雪艳》、《金大班的最后一夜》、《孤恋花》、《满天里亮晶晶的星星》、《谪仙记》、《夜曲》、《骨灰》等小说中，都有一个上海存在，虽然除了《金大奶奶》写的是“上海故事”外，其他小说中的上海都存在在小说人物的内心和过去的生活中，但上海的这种存在却在白先勇的这些小说中不可或缺——那是与台北和美国相对应的一段历史和一种命运，上海（以及有关上海的生活和记忆）成了这些人物现在生活的参照，也构成了他们内心幸福或痛苦的渊薮，正是在与上海所发生的联系中，白先勇小说中的人物凸显出了他们的悲剧性，“人生如梦”的宿命也在上海世界与台北世界、美国世界的对比、延伸和变化中得以呈现。

白先勇笔下的上海书写虽然较为隐性，但从它的基本形态仍然可以看出，那就是沿袭了在日常生活中写“传奇”人生，在个人的琐碎生活中表现普遍人性，在平凡的人事中展示人类生存困境的传统。

---

① 参见解志熙：《人生的困境与存在的勇气——论〈围城〉的现代性》，《文学评论》1989年第5期。

与张爱玲、钱钟书不同的是，上海在白先勇的笔下是回顾和回忆性的——是一种历史的存在，在这种回顾和回忆中，无论是在小说中的人物那里还是在书写者那里，上海都是一个有着辉煌、迷人的风采，令人迷恋和难以忘怀的“老地方”——尽管有时也伴随着痛苦。

大陆对“传奇”上海书写的恢复始自80年代初，最初比较著名的有程乃珊的《蓝屋》，通过对一幢“老房子”的书写，潜隐地表达了对一种被新中国否定了的生活的缅怀——这时大陆的上海书写还停留在对这一题材的猎奇和对过去历史的拨乱反正层面，难望40年代张爱玲、钱钟书和六七十年代白先勇所达到的深度的项背，而王安忆（《本次列车终点》、《流逝》、《窗前搭起脚手架》、《纪实和虚构》、《长恨歌》、《富萍》），俞天白（《大上海人》系列）、王晓玉（《上海女性》）、须兰（《红檀板》）、毕飞宇（《上海往事》）、孙颙（《烟尘》）等作家对上海书写的投入——如果加上非虚构的写作，则还有郑念的《生死在上海》（先英文后中文）、陈丹燕的《上海的金枝玉叶》、《上海的红颜遗事》、《上海的风花雪月》等——使大陆的上海书写在80年代后期特别是90年代顿然发达（这些上海书写大都走的是“传奇”一路），1995年王安忆《长恨歌》的出版，则宣告了大陆上海书写中的“传奇”一脉至此达到了顶峰。

《长恨歌》写的是王琦瑶的身世，可是寄托的却是上海历史的沧桑巨变——如果说王琦瑶的个人历史是上海历史的缩影，那么反过来也成立，即上海历史也就是王琦瑶个人历史的放大，这种密切的互文性构成了《长恨歌》中王琦瑶和上海的复杂关系，也显示出书写者对上海的认识和态度，即上海是女性化的，美的，身不由己的，多变的，历经坎坷的，讲究生活细节（吃穿用）的，摩登的，时尚的，国际化的，最后，也是充满憾恨的，悲剧性的。在《长恨歌》的开头，王安忆花了大量的笔墨来描写上海的弄堂、流言、闺阁、鸽子，这种对上海都市的民俗化描写实际意味着书写者对上海的“品质”界定：这是一个既现实又浪漫，有猥琐也有温馨，坚守而又包容，容易从众却又不排斥个性，积极进取却又总是留有遗憾，中西兼顾，华洋杂处的文化历史和社会人文空间。

与白先勇是以一种倒叙的、隐性的姿态书写上海历史不同，王安忆是在以一种顺叙的、显形的姿态为上海树碑立传。《长恨歌》对上海历史的书写依然借助于对日常琐碎的不厌其烦地呈现来展开——这其中当然有张爱玲的影子。小说中王琦瑶个人生活轨迹的变化是建立在片场、照相馆、选美、洋派公寓、留声机、唱片、弄堂房子、麻将、下午茶、舞会、红房子西餐、沙利文点心等构成“上海生活”诸种因素来来去去的轮回中的，这些因素如同滚动的骰子，不同时段中的组合就构成了王琦瑶不同的人生。虽然王琦瑶并不甘心受这些因素的摆布，也有过“挣扎，焦愁，慌乱和冒险”，可最终，她还是没能逃出命运的巨掌，应了“红颜薄命”那句老话。

《长恨歌》的作者从张爱玲那里得了从日常生活中写“传奇”的真传，又从白先勇那里接过了赋予上海历史特殊意义的接力棒，在通过作品对人的生存困境予以揭示这一形而上追求上则与张爱玲、钱钟书、白先勇等人殊途同归。在某种意义上讲，《长恨歌》不仅是90年代大陆上海书写中“传奇”一支的最突出者，它也可以被视为是整个20世纪中国文学中上海书写中“传奇”一支的合成综合者。

特质分析和原因探讨

以上是对20世纪中国文学中上海书写的三种主要形态的历史梳理，从总体上看，20世纪中国文学中上海书写的这三个系列，“现代性”和“后现代性”的上海书写注重的是上海这样一个出现在20世纪中国的现代都市外在形貌上的光怪陆离，这些作家笔下给出的上海的“现代性”和“后现代性”首先表现为这种属性（即与“前现代”和“非西方”相区别的种种属性）外在特征的具备，在此基础上，勾画具有现代主体意识的“人”，就成为这类写作的一个重要方面。不过，相对于对外在特征的沉迷，对“人”的刻画在这类写作中并没有成为中心，在许多作品中，对人的内心深入细致的挖掘尚不充分，不少作品对“人”的涉及，不以塑造丰富复杂、丰满多姿的人物形象为目的，而往往将“人”与所要表现的外在特征联系在一起，并使“人”成为这种外在特征的一部分，无论是穆时英对“夜总会里的五个人”的勾勒，还是刘呐鸥对“两个时间不感症者”的描画，乃至卫慧对倪可的塑造，这些人物在很大程度上都是一种平面的、素描速写式的、具有类型化特征的存在，因此，在某种意义上讲，“人”在这样的书写中虽有一定的主体性（这是“现代性”的一个十分重要的方面），但它基本上是以一种符号化的方式，参与到上海“现代性”和“后现代性”的外在特征的构成中去，成为上海的“现代性”和“后现代性”的因素和成分之一。这类书写者对作品中“人”的主体性挖掘不够而过分关注外在特征的描摹，从某种角度上讲也许是错过了一个更能表现上海的“现代性”和“后现代性”的领域。

致力于用一种先在的“左翼”意识形态来笼罩对上海的认识，将一切对上海的涉及都置于左翼意识形态的观念和理论之下，并以这种观念和理论对种种现象进行说明和推衍，是“左翼”意识形态指导下的上海书写的一个基本特征，先在的左翼意识形态既为这一类的上海书写者提供了认识上海的另一种角度，开拓了另一种视野，同时也使他们受到了这种意识形态的约束乃至局限。左翼文学观念中每每把文学创作当作思想宣传的工具的理念，在“左翼”的上海书写中有着自觉的实践和明显的遗留。直接反映上海工人武装起义；革命加恋爱；以文学的方式参与社会性质问题的讨论，并给出左翼立场的结论；为社会主义改造进行文学说明；乃至宣扬“无产阶级专政下继续革命的理论”，构成了“左翼”的上海书写的主要内容，阶级压迫、阶级斗争和革命则为其基本主题。由于“左翼”的上海书写是20世纪中国文学中左翼文学的重要组成，因此，左翼文学的种种弊端（如公式化、概念化、主题先行、艺术粗糙）在“左翼”的上海书写的大部分作品中也都可以看到，与此相对应，这类书写中的人物塑造，在许多场合也就顾不到人物自身的血肉丰盈，而成为左翼意识形态的传声筒——在这样的情形下，人物的平面化和符号化，也就不可避免。

需要特别指出的是，三十年代“左翼”的上海书写在某种意义上讲也是充满着“现代性”的，因为左翼意识形态在中国的出现，相对于“前现代”而言，它也是一种新变，而在“去非西方化”（西方化）的努力这一点上，它也有自己的追求（只不过它追求的是马克思主义化的、左翼的、苏俄式的西方化），如果说穆时英、刘呐鸥在自己的书写行为中表达了他们对西方（欧美日）“现代性”的倾慕的话，那么同一时期“左翼”上海的书写者们则在自己的书写中对“现代性”进行着另一种形态的设计，他们用左翼意识形态来主导自己的上海书写，某种程度上讲也可以被视为是在自觉地追求着另一种“现代性”——左翼现代性（包括他们遵循的常常被诟病的创作理念和创作手法）。

“现代性”、“后现代性”的上海书写和“左翼”的上海书写虽然表现领域各异，书写方式不同，呈现姿态有别，但它们于最初出现的时候在对“西方普遍性”（现代性）的自觉不自觉认同这一点上却有着某种内在一致性（虽然它们各自心目中的西方是不一样的）。与这两种上海书写不同，“传奇”的上海书写立足的是对上海普通人的日常生活描写，它以广大而又深厚的琐碎日常和普通人生作为自己的描写载体，着意于在上海这样一个现代都市的熔炉中展示对“人性”的冶炼，“传奇”的形貌背后蕴藏着的是“人性”的普遍性。在这种书写中，作者或刻意挖掘都市人的隐秘心理，或表现市民日常生活中的悲欢，或呈现对上海的难以忘却和迷恋，或描摹人与上海在历史中的共同浮沉，而在其纷繁多姿的各种书写背后，最终的指向则是对“人”的存在困境的抽象。在这一类的上海书写中，其人物塑造最为成功，对人物内心世界丰富性和复杂性的揭示最为完满，对人性的表现最为深刻，杰出的作品也最多，婵阿姨、曹七巧、白流苏、阿小、方鸿渐、尹雪艳、金大班、李彤、王琦瑶等 20 世纪中国文学中的著名人物形象都产生于其中，“传奇”的上海书写也由此成为 20 世纪中国文学中上海书写在表现的深刻性和艺术的成熟性上成就最为杰出的部分。

这三个系列的上海书写在横向上共同构成20世纪中国文学中的上海书写的基本形貌，在纵向上则各自形成自己的传统。这三个系列的上海书写几乎都贯穿了整个20世纪中国文学。对“现代性”、“后现代性”的上海书写而言，它从“现代性”向“后现代性”的书写转变，以及对上海处境从对“现代性”的倾慕到对这种倾慕的现实矛盾的潜在涉及，都清楚地表明了这一系列的上海书写虽然伴随着时代的变迁而相应地产生了某种变化，但其内在的精神联系和逻辑发展，是显而易见的，在历史传承上已然画出了一个自成传统的轨迹。“左翼”的上海书写在传统的形成上迹象明显，左翼意识形态的统摄使它们自然地带上了一种独特的色彩，形成了一种自己的气质。虽然“左”的色彩有强弱的不同，艺术水准也有高下之别，但这类书写的“左翼”的特征却基本上是一以贯之的。从《短裤党》的反映革命暴动，到《一九三〇年春上海》的描写革命与恋爱冲突，到《上海的早晨》的大写改造运动（也是一种革命），再到《虹南作战史》的强调“继续革命”，直至《大上海沉没》对“革命”的放弃，“革命”成了“左翼”上海书写的传统核心。

在日常生活中书写人生，从中揭示人的种种困境和悲剧宿命，是“传奇”的上海书写的一个基本特质，也是这类书写的相对稳定的传统。这类书写虽由施蛰存首创，却在张爱玲手上成熟和定型——因为张爱玲不但对自己的写作理念有着清醒的自觉，而且还有杰出的创作实践。钱钟书在哲思的层面上将这种书写推向更高的境界，展示出他对整个现代文明和人类生存的总体思考；白先勇则突出了对上海历史的特别关注，将上海的历史融入笔下人物的个人史、命运史，对这类写作的形态进行了丰富和拓展。程乃珊、须兰、毕飞宇等人的出现是新时期大陆文学对张爱玲、白先勇所确立的这一书写形态的相对简约的呼应，而王安忆对这一书写形态的沉潜执迷和不断实践，终于导致了《长恨歌》的出现——那是对张爱玲、白先勇上海书写的一个混合化的继承：写的是琐碎的个人日常人生（与张爱玲同），却也照应了上海的历史（与白先勇同），并最终指向人的悲剧宿命（与张爱玲和白先勇同）。

20世纪中国文学中的上海书写为什么会以这样三个系列的形态出现并形成自己的传统，主要原因至少有这样两个：首先，作为20世纪中国社会的一个独特存在，上海这个既与整个中国社会状况有着极大的相似性和密切联系却又与之有着重大区别的国际化大都市本身提供了形成这样三个系列和传统的可能，上海存在形态的丰富性和独特性可以说使它集中了中国社会所有的对立因素和矛盾方面，因此，无论是“先锋”的“现代性”、“后现代性”、“左翼”（也是一种先锋）追求，还是平凡的小市民生活；无论是最激进的“革命”，还是最平庸的生老病死，在上海都并行不悖地存在着——这就使一代又一代作家的上海书写获得了极其丰富的现实资源和无限的表现可能，而在构成都市上海所有的对立因素和矛盾集合体中，“现代性”和“后现代性”、“左翼”、“传奇”正构成了20世纪上海的主要品格，于是，在作家笔下不期然而形成的关于上海书写的这三个系列，实际上就是作家们从不同的角度对上海所具有的这三种主要品格的各自发现和真实表现，也就是说，是20世纪上海的三种主要品格，决定并导致了20世纪中国文学中上海书写的三个系列的出现。其次，在上海这样一个包罗万象的社会人文公共空间面前，20世纪怀有各种思想、观念、经历和追求的知识分子都在上海获得了自己的生存体验和发展余地，并由此形成了对上海的发现、记忆、想象、感受和期盼。20世纪中国文学中上海书写的三个系列和传统的形成过程，在相当程度上是由三种不同类型的知识分子（注重西化，注重左翼，注重形而上的终极）从各自的立场和角度将自己对上海的发现、记忆、想象、感受和期盼通过文字化的方式予以凝定的过程，因此，这三个系列的形成和传统的延续，说到底其实是不同时代、不同类别的知识分子对中国社会的认识分野（对西化、左翼、日常性的不同侧重）和对中国文学形态的审美追求（对现代主义—后现代主义、现实主义—革命现实主义、心理分析—存在主义的各自注重）在上海书写中的表现。

上海书写的这三种基本形态和各自传统是20世纪中国文学中极其重要的组成部分，在它身上所昭示出的20世纪中国文学在自身的发展过程中所进行的多种探索和不同结局，无疑给人留下了良多的启迪。

“家”的颠覆与重建

——以“父子关系”为视角看20世纪中国文学的历史变迁

20世纪初中国新文学的兴起与思想界的启蒙运动密切相关，当时社会上风起云涌的“个性自由”、“人的发现”思潮均在文学领域产生了重大影响，在某种意义上讲，这些思潮正是借助文学的力量得以迅速扩张和蔓延，于是，文学事实上也就成为传播这些新思潮的重要载体。“五四”时期的“问题小说”，其实就是以小说的形式，来表达具有新思想的知识分子对于社会问题的种种思考。在当时的诸多“问题”中，最能集中体现封建关系的“家庭问题”是知识者言说最多的话题之一，而在“家庭问题”中，“父子关系”又是社会讨论和文学表现的主要议题。这一时期新型知识分子对“父子关系”问题思考最具代表性的文本是鲁迅的《我们现在怎样做父亲》（杂感）和冰心的《斯人独憔悴》（小说）。鲁迅写《我们现在怎样做父亲》，是“想对于从来认为神圣不可侵犯的父子问题，发表一点意见”①，而他的意见因为是从父亲的角度提出的，因此他在文章中希望“能先从觉醒的人开手，各自解放了自己的孩子。自己背着因袭的重担，肩住了黑暗的闸门，放他们到宽阔光明的地方去；此后幸福的度日，合理的

---

① 见鲁迅：《鲁迅全集》第1卷，人民文学出版社1981年版，第129页。

做人"①；与鲁迅为了“救救孩子”而要求觉醒了的“父亲”能牺牲自己换取“子”的幸福相比，冰心的《斯人独憔悴》则是从“子”的角度，揭示了“父亲”的专横是如何扼杀了“子”的自由并最终使“子”只能在悲叹“冠盖满京华，斯人独憔悴”中徘徊于黑暗的闸门（封建家庭）之内。“五四”时期这两篇有关“父子关系”的代表性文本，从“正”（鲁迅对理想“父亲”的呼唤）和“反”（冰心对“儿子”现实处境的表现）两个方面，呈现出“五四”时期“父子关系”的真正风貌：鲁迅号召“我们现在怎样做父亲”，正意味着当时的“父亲”在“父子关系”上离这样的境界还差得远（是一种期待），而冰心表现儿子在父亲专横面前的无奈，则体现了当时“父子关系”的真实（是一种现实）。两者的合成，说明了“五四”时期的“父子关系”，既是当时新型知识分子思考的重点之一，同时它的状况也不容乐观。

虽然“五四”时期的“父子关系”“旧”（封建式）的惯性依然力量巨大，但毕竟“新”的因素开始出现，对“父子关系”的反思、对新型“父子关系”的设计和对充满封建性的不合理的“父子关系”的揭露，足以表明家庭问题中的“父子关系”已成为打倒旧思想、建立新思想的重要突破口。

自“五四”时期开始突显的“家庭问题”（以及在家庭关系中极其重要的“父子关系”问题），在某种意义上讲已成为贯穿20世纪中国文学始终的一个母题，从“五四”时期的鲁迅、冰心、朱自清，到30年代的曹禺、巴金，到70年代的王文兴、白先勇，再到90年代以后的王朔和张大春，一代又一代的中国作家，都借助“父子关系”的刻画，表达了他们对“家”的认识和思考，而不同时期众多作家的长期累积，事实上也使“父子关系”的书写从某一个特定的角度构成了20世纪中国文学的一种风貌，在以“家”的题材为视角、

① 见鲁迅：《鲁迅全集》第1卷，人民文学出版社1981年版，第130页。

以“父子关系”为焦点映显出的20世纪中国文学的发展图景中，无疑也内含着20世纪中国文学写作形态的历史变迁，于是，对“家”的书写的考察和对“父子关系”的剖析，就成为认识20世纪中国文学一个不容忽略的侧面。

一、“父子关系”在20世纪中国文学中的出现

在西方文学中，“父子关系”自古以来一直是文学表现的核心内容之一。从古希腊剧作家索福克勒斯的《俄狄浦斯王》，到文艺复兴时期英国作家莎士比亚的《哈姆雷特》，再到19世纪俄罗斯作家陀思妥耶夫斯基的《卡拉马佐夫兄弟》，“父子关系”在这些作品中都起着举足轻重的作用，甚至，《俄狄浦斯王》还成为西方精神分析学理论中父子关系伦理的文学原型和重要象征。在东方（中国），虽然“父子关系”并不是文学表现的重点，但东方伦理中的“父子关系”，却是整个儒家伦理中的重要组成，在“君君臣臣父父子子”的伦理规范中，“父子关系”作为三纲之一被固定化和模式化，“父”与“子”不再是自身个体的代表而成为社会伦理关系中的一个角色，并因此而被类型化和同一化。

伴随着“五四”新文化运动兴起的中国新文学，当它在构建自己的基本形态的时候，身处新旧交汇、中外碰撞的历史时刻，东西文学（文化）从不同的方面对它产生了性质完全不同的影响。一方面，东方伦理已经成为它的基本背景（体现在“父子关系”中，则“父”为绝对权威而“子”对“父”只能无条件服从）；另一方面，西方文学又为它开启了新的视野和反思这种伦理的高度（在“父子关系”中有着一个“反父”乃至“弑父”的传统）。对于身处那个时代具有新思想的新型知识分子来说，东方伦理是当时社会的现实（即便是他们也无法摆脱这样的现实），新的知识（如西方文学中对“父子关系”迥然不同的理解和表现）又使他们具有了批判和反抗这种伦理的思想工具，并且，打破旧的“父子关系”的束缚还和反封建的历

史要求相适应，于是，处于历史过渡和转型期的“五四”新文学作家，就既承载了旧有传统的重负，又肩负着开创新世界的历史使命，为此，对旧的家庭制度的批判，和对旧式“父子关系”的颠覆，就成为以反封建为重要内容的“五四”新文化运动在文学领域的重要表现。鲁迅的杂感和冰心的小说，正是呼应着思想革命的浪潮和新时代的需要而出现的重要文本，并成为那个时代思想解放的见证。

在中国传统的封建伦理中，“君为臣纲，父为子纲，夫为妻纲”，“君子之事亲孝，故忠可移于君；事兄弟，故顺可移于长；居家理，故治可移于君”。(《孝经·广扬名》)，而“其为人也孝悌，而好犯上者鲜矣，不好犯上而好作乱者，未之有也”。(《论语·学而》)。也就是说，中国的传统伦理既是家庭（家族）的，也是社会的，家庭伦理与社会伦理，呈现出一种同构性。“五四”时期之所以从“家庭问题”入手提倡新道德反对旧道德，就在于中国的“家庭”道德伦理和社会的道德伦理是一体而两面，反家庭伦理也就是反封建的社会伦理。鲁迅和冰心从“父子关系”入手，提倡新的父子伦理，揭露旧的家庭黑暗，其最终目的显然不仅仅是要“破坏旧的家庭”，而是要建立新的社会秩序。

中国传统社会中“家”与社会在道德伦理上的同构性，导致了传统封建性在旧的家庭结构和社会结构中的无处不在：家庭成为社会封建性得以实现的场所，社会成为家庭封建性得以完成的支撑。由此，反对社会封建性，就必得从反家庭封建性入手，因为家庭封建性既是社会封建性的基本组织细胞，也是社会封建性最日常最普遍的体现。反封建从反家庭伦理开始，可谓抓住关键，击中要害。

由于“父子关系”是中国家庭伦理中的核心内容，因此以反家庭伦理为突破口的反封建在某种程度上就落实为对“家”中“父子关系”的颠覆和重建。在整个20世纪中国文学特别是在其早期（“五四”至30年代），家庭题材和“父子关系”会成为众多作家一再书写的对象，显然与在“父子关系”中能集中体现封建结构和对这种结构进行揭示、反思和反抗有着密切的关联——写家庭，写“父子关系”最终是为了反封建，在中国社会摆脱旧有束缚，建立现代思想观念和伦理标准的过程中，“父子关系”可以说是一个关键点和试金石，“父子关系”的重要性，由此可见，它能成为20世纪中国文学中的一个母题，也就顺理成章。

二、“父子关系”在20世纪中国文学中的四种主要形态

纵观20世纪中国文学中的“父子关系”描写，虽然种类繁多，姿态各异，但大体上可以归纳为四种主要类型，即“抗父”、“替父”、“逐父”、“寻父”。在本文中，每一种“父子关系”都和一种家庭形态相联结，并与一部重要作品相对应，通过对这些作品的分析，可以大致看出20世纪中国文学在“父子关系”层面的历史变迁。

（一）抗父：巴金的《家》

巴金的《家》出现在20世纪30年代初，其时“五四”思想革命的风暴开始走向沉寂，但“五四”开创的反封建思想已经在社会上有了相当大的影响力。不过，在文学领域，虽然“五四”时期即已出现经由家庭问题反对封建专制的作品，但真正兼具思想深度和艺术水准的这类作品直到30年代《家》的出现才告完成。尽管《家》出版于20世纪30年代，但书中反映的时代仍属“五四”时期，而作者巴金站在十几年后的历史制高点上，反观“五四”时期青年的精神痛苦和人生挣扎，他用自己的笔借助几个青年人的人生遭遇，“写出这个正在崩溃中的地主阶级的封建的家庭的悲欢离合的故事”①，“向一个垂死的制度叫出我的J'accuse（我控诉）”②。

《家》中的高家是一个以高老太爷为首（包括陈姨太、周氏、克

① 巴金：《家·附录三：和读者谈·家》，收入《家》，人民文学出版社1953年版，第416页。

② 巴金：《家·附录二：关于·家（十版代序）——给我的一个表哥》，收入《家》，人民文学出版社1953年版，第400页。

明、张氏、克安、王氏、克定、沈氏等）的长辈（代表封建旧势力），对一群以觉新为首（包括觉民、觉慧、瑞珏、琴、梅、鸣凤）的青年人（代表美丽青春和未来）进行压制、摧残和迫害的传统封建家庭，不过，相对于传统旧式家庭中的青年人，《家》中的年轻人已经受到“五四”精神的影响，在觉民、觉慧和琴的身上开始具有反抗性（虽然觉新这样新旧交织的过渡时期的青年形象在作品中更为动人）。在作品中，最具反抗性的是觉民和觉慧，前者以拒绝高老太爷的包办婚姻，后者以离开高家投身社会实现了他们的反抗。《家》中的觉新三兄弟虽然父亲早逝，但高家的大家长祖父高老太爷事实上成为他们的“父亲”，因此他们（觉民、觉慧）的反抗其实也就是对“父亲”的反抗。这样的反抗对于旧式封建家庭来说其破坏力是根本性和结构性的，因为它反抗的不只是一个“父亲”，而是一种制度，这种反抗代表了新生力量对旧势力的拒绝，对自己未来命运的把握，对传统“父子关系”伦理（“父”对“子”具有绝对权威，“子”对“父”必须绝对服从）的颠覆。小说中觉民抗婚的胜利以及觉慧最终离家出走，表明了“子”对“父”的胜利，也意味着旧“家”的分崩离析和最终解体。从总体上讲，《家》这部小说延续了“五四”时期家庭问题（父子关系）的话题，对旧家庭中的年轻人何种选择方为正确，从正（觉民、觉慧的“抗父”）反（觉新的妥协“顺父”）两个方面进行了全面而又深入的文学表现。

（二）替父：曹禺的《雷雨》

虽然“父子关系”也是《雷雨》中的核心内容之一，但与巴金的《家》相比，曹禺的《雷雨》显然没有打算通过“父子关系”来揭露家庭（家族）的黑暗，而是在“父子关系”中，建构了一种“替父”的关系，并以此对新旧混杂的家庭进行解构。《雷雨》中的父亲周朴园是一个有着留学背景的资本家，相对于《家》中封建专断的高老太爷，他算是一个有着新知识的知识分子，然而，即便是这样一个有着现代视野的新型知识分子，他的专断性却不亚于高老太爷，“他专横、自是、倔强”①，“他的话，向来不能改的。他的意思就是法律”②。在他“威严、峻厉”高压主导下的家庭，繁漪、周萍、周冲都感受到沉闷的压抑。不过，就是在这样一个他似乎具有绝对权威的家庭中，所有家庭成员都在违背他：繁漪和周萍以不伦之爱同时背叛了他，周冲则以沉湎于自己的精神世界与他隔绝，甚至他的另一个儿子鲁大海，也以工人代表的身份与作为资本家的周朴园对立。也就是说，作为“父亲”的周朴园，他貌似主宰家庭的一切，可在他的“家”里他却遭到了所有“儿子”的违逆，特别是周萍和鲁大海这两个“儿子”，分别以不同的方式取代了或将要取代他作为“父亲”的位置，实现了或将要实现“替父”的行为。

周萍的“替父”是以和“父亲”的妻子（也是周萍的后母）繁漪通奸实现的，这段不伦之恋彻底改变了周朴园和周萍的“父子关系”，他事实上成为父亲的替代者，在和繁漪的关系中充当起原来应该是“父亲”扮演的角色，虽然他后来“佩服他的父亲”，“不愿意再想他欺骗过他的父亲”③，但他已经不能“从旧有的‘情爱’的苦海中摆脱出来”，一方面他以“替父”行为实现了对“父亲”的取缔，另一方面不伦之恋背后的伦理天谴也使他万劫不复。周萍的悲剧性在于他以一种不恰当的方式（通过对公共伦理的违背完成对封建伦理的反抗）实现了他的反专制、反权威，这样，他在反对周朴园封建家长式作风和专断父权的过程中，跨越了公共伦理的底线，终于受到自我良心的谴责并陷入无尽的懊悔之中。

与周萍式的“替父”相比，鲁大海的“替父”行为看上去并不明显，在《雷雨》中，鲁大海与周朴园的冲突，常常被等同于一个工人代表和一个资本家的冲突——推而广之，即两个阶级（工人阶级和资产阶级，被压迫阶级和压迫阶级）之间的冲突，随着剧情的发

---

① 曹禺：《雷雨》，人民文学出版社1961年版，第30页。

② 同上，第38页。

③ 同上，第28页。

展，鲁大海是周朴园儿子的身份浮出水面，于是在阶级矛盾的框架内又有了“父子冲突”的意蕴，值得注意的是，正是隐含在阶级矛盾中的“父子冲突”，具有一种象征性：因为在30年代的意识形态中，阶级冲突其最终实质是要以一个阶级战胜并取代另一个阶级，这样，鲁大海与周朴园的对立，就因了两者与不同阶级的对应，具有了一种反抗阶级（无产阶级，鲁大海）要取代压迫阶级（资产阶级，周朴园）的性质，而在这种性质中，“子”（鲁大海）要取代“父”（周朴园）的“替父”含义隐然可见。相对于周萍跨越公共伦理的“替父”，鲁大海依凭阶级伦理的“替父”在某种意义上更具正当性。因此如果说周萍的“替父”是悲剧的话，那么鲁大海的“替父”则是正剧了。

（三）逐父：王文兴的《家变》

王文兴的《家变》于1972年9月开始在《中外文学》上连载，至次年2月连载完毕后，即由环宇出版社出单行本。这本小说在某种程度上讲具有“惊世骇俗”的效果，因为作品中的“儿子”范晔虐待父亲范闽贤，逼得老父离家出走，不知所终。而“儿子”则在寻找父亲的过程中，不断回忆过去，将父亲的形象、历史和与自己的关系点点滴滴地连缀起来，在塑造父亲形象的同时，也叙述出家中的“父子关系”。从某种意义上讲，《家变》中的“父子关系”可以用“逐父”（儿子驱逐父亲）来概括——这个逐父的过程既写实地表现儿子范晔将父亲范闽贤从家中赶走这一事实，也象征性地表明儿子范晔在内心对父亲范闽贤的厌恶日趋强烈的变化过程。在小说中，范晔的父亲并不是没有带给范晔温暖，范晔对父亲的回忆也时见温馨的场面，但随着范晔的成长，他眼中的父亲的神圣光环日渐消失，他越是睁开自己的眼睛，越是发现真正的父亲原来是如此地平庸和俗不可耐，而他越是发现父亲的庸俗和猥琐，他就越是不能容忍。面对这样一个已经全然没有父亲应有的威严和尊严的父亲，范晔在精神上逐渐将范闽贤赶出了“父亲”的领地，在精神上将父亲慢慢“杀死”。小说最后（也是开始）他迫使父亲离家出走（逐父），不过是他精神“弑父”的现实表现。

《家变》虽然以“寻父”为线索展开的故事情节，但这种“寻父”与其说是寻找父亲，不如说是在一种充满反讽的意味中展示一个“父亲”是如何在“儿子”的心目中逐渐“死去”并在现实中被逐出家门的过程，在某种意义上讲“寻父”在《家变》中恰恰代表着真正父亲的缺失：庸俗的父亲已经被驱逐，而真正的父亲再也不会出现。当“父亲”在现实生活和心理世界遭到儿子的双重“驱逐”的时候，《家变》中的“家”的结构随之发生了根本性的变化，“儿子”成为家庭中的核心人物，儿子在精神“弑父”和现实“逐父”之后在实质上使家从此“无父”，“家”发生了根本性的“家变”。

（四）寻父：白先勇的《孽子》

白先勇的《孽子》最早于 1977 年在复刊的《现代文学》上连载，1983 年台湾远景出版公司出单行本。这本同性恋题材的小说在 20 世纪 70 年代后期的台湾一出现，即在社会上产生了巨大的反响。同性恋即便是在今天，还是一个多少带有敏感性的字眼，何况在当时社会风气相当保守的台湾。在《孽子》中，白先勇写了一个同性恋世界的“王国”，在这个世界里，一群遭到家庭、学校和社会放逐的“青春鸟”（同性恋者），在寻找属于自己的“安乐乡”的同时，也在渴求社会和家庭的理解，而作为社会和家庭集中体现的“父亲”如何对待他们，就成为他们是否能从“孽子”（被社会排斥）转为“人子”（被社会认可）的关键。小说中有三对“父子”最为突出：李青和他的父亲、傅卫和他的父亲（傅崇山）、王夔龙和他的父亲（王尚德）。李青的父亲和王尚德都难以接受儿子是同性恋者这一事实，他们将儿子赶出家门，剥夺了他们为人子的身份，使他们的心灵无所皈依。傅崇山在最初得知儿子傅卫是同性恋者的时候，也十分震怒，父亲的不理解和不原谅最终导致了傅卫的自杀。傅卫的死使傅崇山彻底改变了自己对同性恋的看法，从此他成了李青等同性恋者共同的“父亲”，在他去世的时候，众多同性恋者为他送葬，并在这一过程中恢复了“人子”的身份。

《孽子》因为写的是一个不同于一般世俗社会的同性恋世界，因此小说中的“父子关系”就更具象征性：如果说儿子因为是同性恋者而成了社会的另类，那么父亲则成了正统社会道德伦理的代表，于是在《孽子》中，父子冲突实际代表的是作为少数派的同性恋和作为多数派的异性恋在行为观念上的冲突。李青们虽然是同性恋者，是“孽子”，但是他们仍然期望得到社会的理解和接纳，能成为人子，因此他们一边在自己的王国里“彷徨”，一边在寻找能理解和接纳他们的“父亲”——最终在傅崇山身上，他们找到了自己的父亲，从“孽子”变成了被父亲接纳的“人子”。就这一点而言，《孽子》其实写的是一个“寻父”的故事。

三、在“父子关系”中体现“家”的颠覆和重建

20世纪中国作家在他们的作品中一再写到“父子关系”，在某种意义上讲是因为“父子关系”在不同时期具有不同的时代意义：在“五四”时期和30年代，“父子关系”集中体现着封建性，通过书写“父子关系”，可以借此表现作者的反封建性；到了70年代，封建性的“父子关系”已经被时代所不容，此时的“父子关系”体现的是一种为社会大众普遍接受的社会秩序准则，在这种背景下书写“父子关系”，常常成为作者挑战社会成规、另建社会伦理的重要手段。因此从20世纪30年代到70年代，作家笔下的“父子关系”，其实是有一个不断深化的发展进程——从借此表达对社会普遍反对的封建性的抗争，到以此展现带有强烈个人色彩的新秩序的建立。

因为“父子关系”在很大程度上体现的是家庭关系，因此在以上四位作家的作品中，“家”都是作者建构文学世界的重要构成。在某种意义上讲，20世纪中国文学中的这四位重要作家，他们对“父子关系”的书写，实际涉及的是他们对“旧家”的颠覆和对“新家”

的期待。在《家》中，巴金通过觉民对高老太爷的直接抗争以及觉慧的离家出走，彻底摧毁了高家所代表的整个旧式家庭赖以维持的基本伦理和结构形态；曹禺在《雷雨》中以周萍和鲁大海对周朴园已经实现和潜在可能的“替代”，呈现出以周朴园为家长的家庭面临着伦理的震荡和阶级的对峙，在这场“雷雨”的冲击下，周朴园的“家”已然彻底崩溃。在这两部创作于20世纪30年代的作品中，作者侧重的是反封建（《家》）和反伦理（《雷雨》），而这种通过“父子关系”的书写和对“家”的颠覆得以达成的反封建和反伦理，既顺应了时代的需要，也体现了作者个人的思想倾向，同时也代表了那个时代文学在思想内容层面所能达到的高度。

如果说20世纪30年代中国文学中“父子关系”的书写侧重对“家”的颠覆，那么到了70年代，中国文学中“父子关系”的书写，则更多地关注“家”的重建。在《家变》中，王文兴借助范晔“逐父”和“寻父”的交织，塑造了一种新型“父子关系”和家庭结构：随着儿子范晔的成长，儿子眼中的父亲范闽贤无论是在形象上还是在精神上都渐趋“枯萎”，父亲最终的“消失”（出走）意味着家庭出现“家变”，从此父亲只在记忆中出现，父亲出走后的家庭成为一个“无父”的家庭。或许在作者王文兴看来，一个猥琐庸俗的父亲的存在，只会让家庭处于难堪和不和谐之中，逐出这样的父亲之后，一种无父的家庭结构可能更加健康和自然。《家变》中所提供的“父子关系”和家庭形态，一般人按照通常的生活逻辑似乎不易接受，但王文兴创作《家变》也许就是要告诉人们：该是对习以为常的家庭形态进行“家变”的时候了。

王文兴的《家变》显然是在对旧的家庭模式进行颠覆之后重建了一种新的“父子关系”（“子”成为“父”的主宰）和家庭结构（家中无父），这种“新家”的设计乃至建构无疑具有王文兴个人的鲜明色彩。与王文兴的《家变》相比，白先勇的《孽子》对“新家”的设计可能更具新意：他要在同性恋的“王国”里，让同性恋者通过拥有一位理解他们接纳他们的共同的父亲（傅崇山），建立一个新的大家庭（安乐乡）。白先勇在《孽子》中创立的新型“父子关系”（众多“孽子”拥有一个共同的父亲并因此得以重为“人子”）和家庭结构（大家庭中没有女性和母亲），显然比王文兴更加独特和另类，其对于家的重建的前卫性和个人色彩更加强烈。

从总体上看，20 世纪中国文学中有关“父子关系”的书写及其与家庭问题的关联，其基本的发展轨迹是从 30 年代的“抗父”（家庭中的“反封建”）、“替父”（家庭中的“反伦理”），到 70 年代的“逐父”（家庭中最终“无父”）和“寻父”（“家庭”中有一位“共父”）。如果说在“父子关系”方面，从 30 年代到 70 年代有一个从反封建到建立新秩序不断深化的过程的话，那么在家庭问题上，从 30 年代到 70 年代就有一个对家庭结构和家庭形态进行从颠覆到重建的历史变迁。这个历史变迁的行进方向基本上是由“破”（颠覆）到“立”（重建）；从“外”（显性的反抗封建伦理）到“内”（隐性的创立新原则）；从“因素”层面（只是反对旧家庭中的不合理因素）到“结构”层面（重新打造全新的家庭结构）。

之所以会形成这样的一个发展轨迹（“父子关系”）和历史变迁（家庭问题），原因主要有这样几点：（1）20 世纪 30 年代，反封建反伦理依然是文学社会功能的重要方面，《家》和《雷雨》中体现的对“父子关系”和家庭问题的态度，契合了时代的这一要求。而到了 20 世纪的 70 年代，带有强烈封建性的“父子关系”和家庭结构在中国的台湾地区已经式微，此时的《家变》和《孽子》在书写“父子关系”和家庭问题的时候，其主要功能不在于以文学的方式表现与此相关的社会问题，而在于要通过这样的书写，表达自己在“父子关系”和家庭问题上的独特看法。（2）就作家个人而言，巴金和曹禺基本属于现实主义作家，注重表现社会问题是他们创作的总体原则；而王文兴和白先勇在本质上属于现代主义作家，他们在自己的作品中更强调叛逆性和实验性。不同的创作观念和创作手法，使他们在创作中涉及“父子关系”和家庭问题时，也表现出不同的价值取向和努力方向；（3）就创作的诉求和期待看，30 年代巴金、曹禺的《家》和

《雷雨》，其期望达到的社会效果是对旧有的“父子关系”和家庭结构进行颠覆和批判；而70年代王文兴、白先勇的《家变》和《孽子》所希冀达到的社会效果，是在颠覆旧的“父子关系”和家庭形态的基础上，建立一套新的“父子关系”和家庭模式的标准。作家创作动机和目标期待的不同，也使20世纪不同时期的“父子关系”书写和家庭问题反思，显出较大的差异性。而以上几个原因的综合作用，导致了20世纪中国文学中“父子关系”和家庭问题的写作，呈现出那样的一种发展轨迹和历史变迁。

四、“父子关系”书写中的艺术变迁

20世纪中国文学在“父子关系”和家庭问题上的历史变迁，除了上面提到的写作内容和主题上的变化之外，在艺术手法和美学特征上，在不同时期也有着不同的特点。

首先，在叙事特点上，有一个从“宏大”到“个人”的演变过程。30年代巴金和曹禺的创作，总体上看具有与历史进程相对应的宏大叙事的特点。在巴金的《家》中，其叙事因其“对于不合理的封建大家庭制度的愤恨”① 而内蕴了一种强烈的正义性；曹禺的《雷雨》则因了要“暴露大家庭的罪恶”②，“毁谤着中国的家庭和社会”③ 而使其剧作设计带有了鲜明的批判色彩。这样的一种叙事姿态使《家》和《雷雨》与时代的历史脉动十分合拍，在某种意义上讲体现了时代呼声，具有强烈的时代感。比较而言，70年代的《家变》和《孽子》在叙事上显然更具个人特性，这两部作品或主题或题材

---

① 巴金：《家·附录三：和读者谈·家》，收入《家》，人民文学出版社1953年版，第416页。

② 曹禺：《雷雨·序》，见《曹禺戏剧集·论戏剧》，四川文艺出版社1985年版，第354页。

③ 同上。

的惊世骇俗，使得它们不可能与时代“主旋律”（如果有的话）产生共鸣，而只能是一种带有明显个体独特性的个人叙事。

其次，在结构上，有一个从简单到复杂的发展趋向。30 年代的两部作品基本上还是传统的线性结构，依照情节的发展逻辑地、单向度地、全知地展开。到了 70 年代的《家变》和《孽子》，结构方式无疑丰富复杂了许多：《家变》的结构通过人称（以“他”为人称）、英文字母和数字的排列、“寻父启事”的变化、现实与回忆多线交叉等手法，使小说的结构既回环往复，又渐次推进，既首尾照应，又开放包容；《孽子》则以家庭、学校、新公园、安乐乡、傅老爷子家等不同的背景，以及李青、小玉、老鼠、吴敏四个人的故事为主轴，以王夔龙、阿凤、傅卫为副线，串起不同的场景和事件，小说的结构颇像冰糖葫芦，李青就如同那一根贯穿到底的棍棒，其他的人物、情节则如同一个一个的糖葫芦。这样的结构形态显然既丰富多彩又别出心裁，体现了作者的匠心。

第三，在人物形象塑造方面，有一个从平面到立体的沿革走势。30 年代的《家》和《雷雨》，在人物形象塑造方面，常常可以看到带有符号化和平面化的痕迹，人物形象基本上立场对立，正邪分明。如这两部作品中的“父”的形象（高老太爷、克安、克定、周朴园等）在很大程度上给人僵化、符号化的感觉（相对来说，“子”的形象如觉新、觉民、觉慧、周萍等较为生动复杂一些），即便是这两部作品中最为人称道的两个人物形象觉新和繁漪，似乎也不免平面化的特点（如觉新是“作揖主义”和“无抵抗主义”的典型而繁漪是“雷雨”性格的写照）。到了 70 年代的《家变》和《孽子》，人物形象明显复杂许多，在《家变》中，无论是“父”还是“子”，人物的思想和言行都很难明确地判定孰是孰非，人物都是可爱和可憎交织的复合体，都有理性和非理性的成分，都有崇高和猥琐的方面，都是复杂的人，人物较为“圆形”和立体。《孽子》中的人物，在生活化和日常化方面，更具有人间性，作者在塑造众多的“父”和“子”的时候，能写出人物内心的矛盾和磨难、观念转变的曲折、自我认同的艰辛、难以言说的痛苦，使人物具有多面性和复杂性，像傅崇山和王夔龙这两个分别代表“父”和“子”的转变，就曾以付出儿子和爱人的生命为代价，其心路历程的丰富和惨烈，使人物形象具有巨大的真实感和震撼力，饱满的人物形象则于此之中得以完成。

第四，在其他的艺术手法上，有一个从单一到多元的流变轨迹。30年代的《家》和《雷雨》，总体上看艺术手法相对单一，基本上是平铺直叙，线性写实。虽然相对于“五四”时期的白话文学，作为30年代长篇小说和戏剧的代表，《家》和《雷雨》在艺术上已经颇为成熟，但与70年代的《家变》和《孽子》比起来，它们在艺术手法上的不够丰富，还是较为明显。比如在《家变》和《孽子》中，语言的创新性是显而易见的，《家变》中的语言在某种意义上讲与它的主题同样惊世骇俗，王文兴可以说是在自创一种新的语言，他对白话汉语的刻意扭曲和改写，使《家变》在语言上充满了令人惊奇的陌生感——而这也正是他要达到的艺术效果。白先勇的《孽子》虽然没有像《家变》那样在语言上进行极端的创新和试验，但他将传统文言、古代白话、现代白话和西方翻译体融会贯通，建立起一种新的带有他个人风格的白话文体。如果说30年代巴金和曹禺笔下平实的白话语言相对于他们以前的语言是一种一度创新的话，那么王文兴和白先勇的语言则是在他们基础上的二度创新。此外，借助节奏的把握、反讽的运用、视角的转换、比喻象征的新奇、神秘意味的代入，王文兴的《家变》和白先勇的《孽子》在艺术手法的丰富性和多样性上，比起《家》和《雷雨》来，显然更加多元和富有变化。

第五，在美学特征上，也有一个从具有强烈的悲剧感到淡化悲剧意味的变迁方向。或许同时代发展和文学观念的变化密切相关，30年代的《家》和《雷雨》，顺应着社会的要求，表现了时代的主题，悲剧感极强。《家》中觉新和梅的爱情悲剧、梅、鸣凤和瑞珏的死、觉新因妥协而引发的精神痛苦，都体现了制度的黑暗、时代的苦闷和过渡时期一代年轻人的悲剧；《雷雨》中周朴园家两代人错综复杂的情感纠葛，因了伦理、阶级因素的介入而具有了命运悲剧和社会悲剧的色彩。到了70年代的《家变》和《孽子》，这两部作品的题材和主题在当时众声喧哗的台湾文坛都属于深具小众意味的“个人”叙事，无论是作者的主观意图还是作品出版后的客观效果，都与当时社会主流思潮有着相当的距离，并且，这两部作品虽然有着深刻的悲剧元素（“弑父”和“寻父”原本可以制造出强烈的悲剧效果），但作者的艺术处理却是淡化悲剧意味甚至以“反悲剧”的方式进行创作。《家变》中的语言效果，显然不无喜剧成分；《孽子》中的“明”“暗”世界，其实深具正剧色彩。对于“涕泪交零”、大力烘托式的悲剧书写，王文兴和白先勇在自己的笔下进行了自觉的制约和控制——他们更愿意以寻常的姿态和平淡的方式，表现内含悲剧意蕴的思想。

综上所述，20世纪中国文学中有关“父子关系”的书写，在艺术形态上经历了叙事从“宏大”到“个人”、结构由简单到复杂、人物形象由平面到立体、艺术手法从单一到多元、美学特征由突出悲剧感到淡化悲剧意味这样的一个基本方向和总体态势。

五、结语

以巴金的《家》、曹禺的《雷雨》、王文兴的《家变》和白先勇的《孽子》作为20世纪中国文学中“父子关系”和家庭问题创作的代表进行论述，无疑能从一个侧面反映20世纪中国文学历史变迁的一种形态，但我们必须指出，就“父子关系”而言，本文所选取的四位作家和他们的作品，并没能涵盖所有相关题材和主题的创作（以朱自清的《背影》为代表的描写父子和谐满溢父爱的作品，或许能建构起相同论题的另一种形貌）。我们要强调的是：这四位作家和这四部作品在20世纪中国文学中“父子关系”书写中的代表性，足以帮助我们确立起我们的论点并使之具有相当的代表性。将朱自清类的作品，以及20世纪90年代以后出现的王朔的《我是你爸爸》和张大春的《聆听父亲》代入论题，将是另一篇文章所要解决的问题。

从“崩解”到“新建”：20世纪中国文学中的性别关系研究

——以鲁迅、张爱玲、白先勇和朱天文为论述中心

从性别的角度来审视20世纪中国文学，不失为一个理解和分析20世纪中国文学的有效视角。本文通过对自20世纪初的鲁迅，一直到20世纪末的朱天文等几位具有典型性和代表性的作家的分析，梳理在性别视角下，20世纪中国文学中“性别关系”的表现，分析作家体现在“性别关系”中的性别观念，进而探讨经由20世纪中国文学中“性别关系”结构的变化和发展，以及中国社会性别观念的结构性转型。

从总体上，我觉得可以把20世纪中国文学中所表现出的性别关系大致形容和概括为“崩解与新建”。所谓“崩解”，是指在历史上长期居于主导地位的男权中心的“崩解”；所谓“新建”，是指一个不同于过去男权中心的新的两性关系已然建立。

我选择四个有代表性的作家，从性别的角度来对这一观点进行论述。这四个作家有两个男作家（鲁迅、白先勇），两个女作家（张爱玲、朱天文），时间跨度基本覆盖了整个20世纪中国文学，空间领域则包括了祖国大陆和台湾地区。通过对他们及其作品的分析，阐述20世纪中国文学中性别关系的变化历程和发展轨迹。虽然这四位作家及其作品难以呈现20世纪中国文学中所有的性别关系形态，但由于这几位作家的典型性和代表性，说在他们的作品中体现了20世纪中国文学中性别关系的主要形态，应该是可以成立的。

一、20世纪20年代的男性作家鲁迅

1923年12月26日，鲁迅在北京女子高等师范学校文艺会作了一个演讲《娜拉走后怎样》。《娜拉》为挪威剧作家易卜生的剧本（中国译成《傀儡家庭》或《玩偶之家》)，鲁迅在演讲中说，“娜拉当初是满足地生活在所谓幸福的家庭里的，但是她竟觉悟了：自己是丈夫的傀儡，孩子们又是她的傀儡。她于是走了，只听得关门声，接着就是闭幕”①。

对于剧中娜拉的出走，鲁迅认为，“但从事理上推想起来，娜拉或者也实在只有两条路：不是堕落，就是回来。……还有一条，就是饿死了，但饿死已经离开了生活，更无所谓问题，所以也不是什么路”②。

娜拉既然醒了，“……只得走，她除了觉醒的心以外……还须更富有，直白地说，就是要有钱”。在鲁迅看来，像娜拉这样的女性在觉醒了之后要“自由”，首先要解决的就是经济权——“钱”的问题。“自由固不是钱所能买到的，但能够为钱而卖掉。”……要求经济权固然平凡，“然而也许比要求高尚的参政权以及博大的女子解放之类更烦难”③。

此文表达了鲁迅从妇女争取“自由”的启蒙立场出发，较为“专业”的“性别”言说——考虑到他的演讲对象主要是一些女学生，因此鲁迅显然在这次演讲中具有较为自觉的“性别意识”，他以妇女争取“自由”后的现实结果为起点，展开对女性“选择自由”、

---

① 鲁迅：《娜拉走后怎样》，收入《鲁迅全集》第1卷，人民文学出版社1981年版，第158页。

② 同上。

③ 参见鲁迅：《鲁迅全集》第1卷，人民文学出版社1981年版，第160—161页。

“经济权”和“自由”的关系、以及“经济权”的局限等问题的思考，体现出他对“性别”问题的社会学认识的实在和深刻。

鲁迅对于“性别”问题更为直接和更为深入的思考，体现在他1925创作的短篇小说《伤逝》中。小说《伤逝》有一个副标题“涓生的手记”，这决定了这篇小说的叙事者是涓生，而小说的视角自然也随着涓生的叙述展开。这篇小说，如果从“性别”的角度来看，就是一个男性“启蒙者”对一个女性“被启蒙者”“启蒙过程”以及“启蒙结果”的反思——其间的男女两性不平等关系已经因为“启蒙者”与“被启蒙者”的等差级别被结构化地“先在”了，加上小说“涓生的手记”的方式，也表明女性不但是“被启蒙者”，而且也被剥夺了话语权，是个借助男性“启蒙者”的叙事“塑造”出来的形象。表面上看，《伤逝》是一篇“五四”知识分子的“忏情录”，体现了一种“男权”意识（批评子君不知“人必生活着，爱才有所附丽”，“爱”要时时“更新、生长，创造”），可是深一层看，鲁迅这篇小说，其实是对男性“启蒙者”的反思，对两性关系中处于弱势的女性子君，鲁迅是充满了同情的。在小说中，如果我们穿透“叙事者”的外壳，看到的鲁迅塑造的真正的涓生，是一个集“启蒙者”（当他向子君介绍新思想、新知识的时候）、“空想家”（当他对子君以切实的“生活”、凡庸的人生体现“爱”横加批评，而期待空中楼阁式的“爱”的“更新、生长，创造”的时候）、“怯懦的自私者”（当他面临经济危机而将责任和原因归为子君“只知道捶着一个人的衣角”，而把希望寄托在和子君分离的时候）、“冷漠的无情者”（当他明知道子君竭力要拉回他的“爱”，而他还是以“不虚伪”为名将“我已经不爱你了”告诉子君的时候）和“真诚的忏悔者”（当他在得知子君死亡的消息，而以“手记”的形式为子君和自己写下“我的悔恨和悲哀”的时候）于一身的男性形象，多重身份的缠绕使得涓生的思想十分复杂甚至自相矛盾，而在所有这些身份中，男性“启蒙者”的身份最为重要——因为假如涓生不是以“启蒙者”的姿态打动了子君，那他后来的种种身份也就不会显现，子君的悲剧也就无从谈起，而最为令人感到悲哀和震惊的是：正是涓生这个“启蒙者”将受他启蒙的子君送上了绝路。

过去对鲁迅《伤逝》的解读，大都从“启蒙者”与“被启蒙者”的角度展开，如果从“性别”的角度去理解，则会发现鲁迅虽然是个男性作家，但他在这篇作品中，却抛开了男性立场，对女性充满同情，对男性予以深刻反思，《伤逝》既可说是子君在涓生的启蒙下觉醒，但涓生的所作所为却使觉醒后的子君走向了悲剧。一个男性作家，能够对先在的性别结构不平等保持一份清醒和自觉，并在作品中加以揭示，既表明了鲁迅的深刻，也体现了鲁迅的超前。

在20世纪20年代，鲁迅从思考女性“自由”与“经济权”的关系，再到反思女性“我是我自己”的宣言的虚妄以及男性以“霸权”掩饰的自私和怯懦，这两个阶段的思想发展轨迹，表明鲁迅参与了20世纪中国文学中对传统“性别”关系的颠覆并代表这种颠覆在当时的最高成就——男性塑造了新女性，可是又亲手毁灭了新女性。鲁迅的深刻就在于，他没有停留在第一个阶段，而进入了第二个阶段。作为男性作家，他不但关注女性的地位和处境，更反思男性自身的性别优势给女性带来的灾难性后果。

二、20世纪40年代的女作家张爱玲

张爱玲作为女作家，在作品中书写女性并涉及到女性的处境和地位自属当然。张爱玲虽然出身贵族，但她具体的家庭环境却使他早早认识到“金钱”的重要性——如果说鲁迅对妇女“自由”和“经济权”的关系所做的判断是一种理性思考的结果的话，那么张爱玲对“金钱”重要性的认识，则来自幼年亲身的感性体验——金钱使她在父母面前有很深的羞辱感。这种人生经历在张爱玲的创作中留下了很深的印记，熟悉张爱玲作品的人都会对她在作品中一再涉及到“钱”留下深刻的印象。

如果说鲁迅《伤逝》中的子君还没有意识到“经济权”的重要

性的话，那么张爱玲这些小说中的女性主人公，对钱的重要性可是太清楚了。《沉香屑·第一炉香》中的葛薇龙为了继续求学，迫于金钱的压力，投靠姑妈梁太太——“对于银钱交易，一向是仔细的”梁太太，看葛薇龙可以成为她招揽男人（同时也是赚取金钱）的工具，才下决心收留她。而葛薇龙一旦被梁太太调理成新一代交际花，她也就和为了金钱出卖肉体的妓女没有什么本质区别——区别只在于“她们是不得已，我是自愿的”。葛薇龙的一炉香烧完了，“钱”将一个纯洁、上进的少女的毁灭过程也完成了。同样的毁灭还发生在《金锁记》中，整个一部《金锁记》，说的其实就是曹七巧怎样被“钱”吞噬，被“钱”扭曲，然后她又用“钱”来吞噬、扭曲别人。“三十年来她戴着黄金的枷。她用那沉重的枷角劈杀了几个人，没死的也送了半条命”（长白、葛薇龙的“小姐版”长安、芝寿、绢姑娘)。

张爱玲在她的小说世界中，展示了女性迫于“金钱”（经济权）压力，不惜以丧失尊严为代价，追求和攫取金钱（以及男人）——这是女性在男权社会悲剧人生的一个方面，另一方面，张爱玲也写到了女性一旦获得了金钱，进入男权社会的“结构”之后，她们立刻被这种结构同化，翻转成为父权的代表，对同性乃至异性实施一如男权社会下男性对女性的压迫（这种压迫在现实社会首先表现为经济压迫)。《沉香屑·第一炉香》中的梁太太对葛薇龙的压迫和控制，与《家》中高老太爷对觉新、觉民无异。《金锁记》中的七巧，虽然身为女性，但一旦获得“权力”（“经济权”和“伦理权”)，她就在家中复制男权社会的结构，使自己处于通常是男性位居的“权力”顶峰，实施对他人（无分男性或女性）的控制乃至暴力。

张爱玲身为女性作家，既对女性在男权社会的处境寄予深切的同情，同时她也对女性自身潜在的社会性“男性化”可能充满清醒的自觉，在张爱玲的观念中（体现为她的小说）中，女性其实和男性一样，在社会结构中处于不利状态时，固然体现为一种受制于男性的悲剧性；可是一旦她们有机会身处社会结构中的有利状态时，她们往往会利用现有的男权社会结构，利用它来压制（控制和施暴）他人

（包括女性和男性）。张爱玲身为女性却对女性自身充满反省意识，可见她既对女性的社会处境十分清楚，同时也没有陷入一般的女性主义立场，只是一味地同情女性并站在女性立场维护女性，而是对女性一旦有机会，也会毫不犹豫地替代和置换男性的社会位置，以父权和男权的方式行事表示了清醒的认识——也就是说，女性在颠覆男性的时候，是将自己复制成了社会化的“男性”。张爱玲以锐利的洞见超越了自己的性别身份，深刻地发现了这一点，就此而言，张爱玲的性别意识（性别观）其实是超性别的。

三、20 世纪 60—70 年代的男作家白先勇

如果从性别视角看，白先勇创作于 20 世纪 60 年代的几篇短篇小说代表作，都具有一些共同的特点，那就是：女性主导男性（尽管方式不同），女性充满激情和力量，女性给男性带来死亡，历史断裂意味着女性告别柔弱的过去，时空两分则代表了男性的去势，历史的发展正体现着男女两性力量的消长。正如夏志清教授和欧阳子女士所说的那样，在白先勇的小说中，女性是一种力量、欲望和具有侵略性、攻击性的形象（虽然她也有柔弱的时候），而男性，则常常是青白的、柔弱的，或是死亡的、消失的。

白先勇是个同性恋者，这样的身份当然会对他的性别观念以及这种观念在小说中的遗留产生重大影响。从他在短篇小说中对女性和男性的角色派定，可以看出他笔下的大多数男性（恶势力除外）都是比较正面的、柔美的、无力的形象，而女性则以各种面目呈现出一种具有强大的、毁灭性的力量。在一个男作家的笔下，传统的、僵化的、一般观念中的男性、女性形象基本上被颠覆了，原本应该阳刚的男性，却具有了女性气质，而通常被认为应该柔顺的女性，却带有了一种裹挟一切的豪气和慑人的巨大力量，这种社会性别形象的转换，预示着传统性别模式和由这种模式导致的男女关系，开始在白先勇的小说中产生松动、改观和“部分”新建。

《孽子》是一部同性恋题材的长篇小说，在这部小说中，白先勇向读者展示了一个男性的同性恋世界。在这个希图重建社会伦理（新的父子关系）、形成全新社会道德（以真挚的感情为道德而不以传统的性别组合方式为道德）的王国里，性别形态呈现出一种单性的、边缘的、有别于主流性别形态的性别次形态或性别亚形态，白先勇在《孽子》中呈现这种性别形态并赋予其真挚、激情和浪漫的性质，无疑是要向人们表明：一个在道德正义感、情感真挚性及强烈感等方面均不亚于主流异性恋形态的同性恋性别关系，理应成为人类性别形态中的一种合理、合法的性别形态。

《孽子》中所涉及的性别形态，当然是对既定性别关系的挑战。如果说白先勇以短篇小说对男女两性地位进行了部分的松动、改观和“新建”，那么在长篇《孽子》中，他以一个完全的单一男性同性恋世界，对整个既定的性别结构，进行了全面的挑战。

男女性别关系由松动、易位走向另类、颠覆，表明身为同性恋者的白先勇，他在自己的小说世界中表现出的对性别关系思考显然是自觉的、有意识的，而其思考的重点在于：过去僵化的性别关系可以打破，社会赋予同性恋世界的污名理应消除，一个多元化的性别关系时代应该早日到来，即“正常的”社会能够“正常地”看待同性恋这样一种性别关系。

四、20 世纪 80—90 年代的女作家朱天文

朱天文是 20 世纪 80 年代以来台湾文学中最重要的作家之一。身为女作家，朱天文的作品当然也会涉及到她对性别问题的思考。

在《世纪末的华丽》中，米亚是个年轻的模特儿，“是一位相信嗅觉，依赖嗅觉记忆活着的人”，整篇小说，朱天文以生活志的方式，通过对大量名牌服饰、药用植物、手工制品、色彩谱系、视觉观感、气味感应、衣着体会、装饰搭配的描写，对米亚的生活世界进行了细致的描摹。因为热爱这个世界的声光化电，热爱这个由色彩、气味堆

砌起来的物质世界，米亚耽溺其中并因为“过分耽美”这个世界的色彩和气味，她甚至和情人老段“往往竟无法做情人们该做的爱情事”。米亚按照自己感性的、自觉的、物质的、自由自在不受约束的方式生活，并将这种方式扩大为她对世界的理解。

在两性关系中，米亚的优越感不是来自年轻、貌美，而是来自这样一种非常自觉的性别意识：“有一天男人用理论与制度建立起的世界会倒塌，她将以嗅觉和颜色的记忆存活，从这里并予之重建。”

在某种意义上讲，米亚的性别意识也是朱天文的。放在历史的格局中看，朱天文显然是延续并明晰、强化了白先勇在短篇小说中所表现出的男女性别易位的性别观——不过她的表现方式更具新时代的色彩，也更有冲击力和刺激性。

朱天文在《荒人手记》中，对“新建”全新的性别关系更加满怀豪情。

《荒人手记》中的“我”是一个以同性恋为主的双性恋者，是个所谓的“酷儿”——“所谓同志，不是gay，是queer。……gay，白种的，男的，同性恋，这是政治不正确的说法。Queer则不，管它男的女的黄的白的黑的双性的变性的，四海一家皆包容在内，queer名之”。

朱天文在《荒人手记》中，对同性恋者的形态进行了丰富（从同性恋到“酷儿”），小说中的“我”是一个阴性的灵魂种植在阳性的躯壳里，雌雄同体，一身二任，虽然他在社会体制中身处边缘，但他已能坦然面对（将《手记》公之于众即为他已能直面自己的同性恋或酷儿身份）。他将自己各种形态的爱情公示出来，其中的激情、忠贞、浪漫、猥琐、冷漠、背叛一一呈现，显示了同性恋世界乃至“酷儿”世界的孤独、寂寞、快乐和死亡等人性的种种面向。

朱天文写《荒人手记》，显然是要通过对“荒人”世界的揭示，揭开人类较为隐秘的一角。与白先勇在《孽子》中要建立性别平等（期待和渴望主流社会接纳同性恋者）不同，朱天文在《荒人手记》中，已将“荒人”（同性恋者或“酷儿”）作为拒绝主流体制、寻找自己“国度”的一群。小说中的“荒人”们已不在乎主流体制的接纳与否，而是我行我素，接受自己，在性别观念上，持一种“见怪不怪”、包容、多元、接纳、开放的态度。“荒人们”的这种性别意识，反映的其实是作者朱天文对性别问题的看法，在朱天文看来，白先勇所期待的多元化性别关系的时代已经到来。

至此，20 世纪中国文学中的性别关系，到朱天文的《荒人手记》，得以彻底冲破和无视“体制”，全面“新建”。

结　语

从性别的角度总体上看，整个 20 世纪的中国文学，历经鲁迅、张爱玲、白先勇和朱天文这四位具有“典型”意义的作家和他们的作品，呈现出一条轨迹，那就是：鲁迅作为男性作家对男性自身在性别关系上的反省、张爱玲作为女性作家对女性在性别关系上的“二重性”揭示、白先勇对两性关系的易位表现以及对同性恋世界的拓展、朱天文从女性和“酷儿”两个方面彻底颠覆了体制化的性别关系并“新建”了新的性别关系。这条轨迹，体现的正是20 世纪中国文学中性别关系一步一步由“崩解到新建”的过程。

这四位作家在历史不同的发展阶段，为 20 世纪中国文学中性别关系由“崩解到新建”起到了不同的作用。

“五四”时代的鲁迅对性别问题的涉及和思考，必然与“五四”反传统反封建时代有关妇女问题的讨论相同步，因此鲁迅对性别问题的思考，就主要体现为同情女性（这是同时代先进知识分子都能做到的）并反省男性（这体现了鲁迅的深刻）。

张爱玲所处的时代（或者说张爱玲生活的环境），是个偏安却相对稳定的琐碎、平凡的日常社会，张爱玲身为女性，又一贯注重不飞扬的人生的“底子”，因此她对性别问题的涉及，就从女性琐碎而切实的经济地位入手，并以自己的锐利，摆脱一般女性对自己处境的哀怨和自怜，洞见了女性在男权社会其实具有“二重性”，因此她在作品中的表现就是既同情女性又对女性有所反省。

白先勇所处的时代，是个从农业社会向工业社会转型的时代，时代特征体现为一种纷繁、多元的现代社会。在这个社会里，社会环境和思想开放程度，相对以往的社会显得较为宽松，因此，它所提供的社会空间，就给身为同性恋者的白先勇在自己的作品中，表现自己与众不同的性别观念，提供了契机。白先勇结合自己的切身体会，在作品中反转了过去僵化的、体制化的性别观念，对男女性别进行易位，并同情男性，反省女性，且引入同性恋的性别形态，不但松动、改观了既有的主流性别关系和模式，而且部分颠覆和“新建”新型的性别关系。

朱天文所处的时代，是个以文字、景观建构起来的后现代社会。这样的社会，一切本质主义的观念都受到了质疑和挑战。传统的、主流的、僵化的性别观念，自然也成为受质疑和挑战的一部分。朱天文身为女性作家，又身处这样的时代，她本身就符合埃莱娜·西苏在《美杜莎的笑声》中所说的：“写作是双性的，……双性即，每个人在自身中找到两性的存在……正巧，目前由于历史和文化的原因，恰恰是妇女们在向着这预知的双性开放，并且从中受益。……从某种意义上说，‘妇女是双性的’；男人——人人皆知——则泰然自若地保持着荣耀的男性崇拜的单性的观点。妇女作为历史的主体，……她将在人类关系上、思想上和一切常规惯例上引起一场突变；她的斗争不仅仅是阶级斗争，她将其推进成为一种更为广大得多的运动。”①

朱天文在某种意义上，正符合了妇女通过写作，“在人类关系上、思想上和一切常规惯例上引起一场突变”的条件。她在《荒人手记》中塑造的“荒人”形象，本身就是一个雌雄同体有“阳性的躯壳”却种植了一个“阴性灵魂”的“酷儿”，而世界靠书写才得以成立，也正是朱天文通过“荒人”表达的对世界的认识：“我写，故我在。……

① 参见［法］埃莱娜·西苏：《美杜莎的笑声》，收入张京媛主编《当代女性主义文学批评》，北京大学出版社1992年版，第197—199页。

我写出来的城市啊，仅仅存在于文字之中的，字亡城亡。……时间是不可逆的，生命是不可逆的，然则书写的时候，一切不可逆者皆可逆。”

正是通过书写，朱天文在《世纪末的华丽》中表达了女性鄙视男性“用理论与制度建立起的世界会倒塌”，而自豪于女性“将以嗅觉和颜色的记忆存活”。到了《荒人手记》，朱天文更近一步打破传统，抛弃顾忌，通过一个酷儿的形象，表达了对双性（男女两性和雌雄同体）的同情，并“新建”了一种新的性别观念——不以“荒人”为怪，而是视“荒人”为人类的自然表现和某种象征，因为，酷儿也好，世界也罢，一切都是“书写”（建立）出来的。

于是，20 世纪中国文学中的男性作家和女性作家，共同瓦解了以男性父权为中心的两性关系，重新建立起了一种新型的性别关系——双性并立，多元共存。

中国现代心理分析小说的两种形态

——施蛰存、欧阳子比较论

一

在中国现代文学史上，施蛰存以创作心理分析小说著称。对人类心理“黑暗王国”的强烈兴趣和不懈关注，使得施蛰存把他的艺术才华的绝大部分都施展在对这一领域的揭示和表现上，于是，把人类的心理世界作为自己的描述对象和题材选择，也就成为施蛰存艺术世界的一种基本形态，《将军底头》、《石秀》、《梅雨之夕》、《春阳》这样一些现代文学史上心理分析小说的经典名篇，正是这种基本形态的突出代表。无独有偶，在20世纪60年代的台湾文坛，一位名叫欧阳子的女作家，也把自己的艺术笔触，伸向了人类幽深而又莫测的心理世界，并以一本极具艺术感染力的小说集《秋叶》，呈现出她在心理分析小说领域所具有的一种崭新姿态和一种充满深刻发现和艺术功力的历史性成就。当我们从文学史的角度对这两位作家进行艺术定位的时候，我们发现，正是因了施蛰存和欧阳子的出现，中国现代心理分析小说在中国现当代文学史上得以呈现出它的两种典型形态，换句话说，也就是在施蛰存和欧阳子的身上，集中而又典型地体现了中国现代心理分析小说的两种形态，而正是这种“体现”本身，确定了这两位作家各自在文学史上的历史地位。

同是心理分析小说作家，在施蛰存和欧阳子之间存在着某些相似和共同点可以说是必然的。首先，他们都以人类的心理世界作为自己的描述主体和核心题材。虽然一般来讲，几乎所有小说都会涉及到对人类心理的刻画和揭示，但施蛰存和欧阳子显然都没有满足于仅仅是在小说中“涉及”到人类心理，而是把自己的表现视点和艺术世界直接投入和熔铸在人类的心理世界之中。不论是施蛰存的《将军底头》（小说集）、《四喜子的生意》（小说集），还是欧阳子的《秋叶》（小说集），无不是以“心理”世界作为小说的核心构成。这种体现在表现领域的重叠和交叉，使他们的小说天然地在“心理分析小说”的名目下形成了某种相似。其次，他们都致力于对人类心理多元性和复杂性的深刻挖掘和充分展示。人类心理世界内涵的深广和形态的芜杂，使得任何企图在这一领域进行艺术探索的作家都面临着极大的挑战。在对人类心理多元而又复杂的活动图景进行艺术呈现的过程中，施蛰存和欧阳子不约而同地把更多的属于潜意识范畴的人格分裂和心灵压抑这两种心理形态作为展开自己艺术世界的主要领域，在对这两个心理领域的剖析中，他们展示了人类心理多元性和复杂性的几乎所有方面。《鸠摩罗什》表现的是鸠摩罗什在“宗教和色欲的冲突”①中心灵的挣扎；《石秀》描述的是石秀在伦理和情欲的对立中忍受煎熬的痛苦；《网》昭示的是余文瑾在丈夫和情人之间经历着理想和现实的剧烈摆荡；而《魔女》则刻画出“妈妈”沉静贞洁的外表背后涌动着的却是火山一样的执着感情。这种把对人类心理多元性和复杂性的深刻挖掘和充分展示，作为自己的努力方向和追求目标，是施蛰存和欧阳子的又一共同点。第三，施蛰存和欧阳子都在对“心理”进行艺术刻画的过程中，充分而又全面地呈现出他们各自的艺术特征和艺术风格。既然对人类心理的探究和解析已成为这两位作家艺术世界的核心内容，而他们又都是在艺术上刻意求精的小说家，那么，他们在自己的作品中完整地展现出自己的艺术特征和艺术风格，也就成为一种必然。事实上无论是看施蛰存的《将军底头》、《梅雨之夕》，

① 《书评〈将军底头〉》，《现代》第1卷5期，1932年。

还是读欧阳子的《魔女》、《秋叶》，我们都能从中发现和感受到构成这两个作家艺术特征和艺术风格的众多因素（诸如文学观、审美追求、人物塑造、结构安排、情节设置、语言风格），在作品中都得到了充分的体现和酣畅的发挥。尽管他们的艺术特征和艺术风格不尽相同，但他们在以“心理”为基石建造自己的艺术世界的同时全方位地呈现自己的艺术“特色”这一点上，却十分地相似。

二

然而，表现领域的重叠和追求目标的一致，并没有妨碍施蛰存和欧阳子在同一“土壤”上进行开掘和播耕的时候，选取不同的方向和不同的层面。在对施蛰存和欧阳子进行了一番比较之后，我们发现，说他们相似其实是在相当粗略和一般的意义上而言的，随着对这两位作家研究的具体化和精细化，他们的相异倒是愈见清晰地展露在我们面前。应该正是这种相异，最终使中国现代心理分析小说呈现出两种各具风姿的形态。

这种相异首先表现在揭示人类心理时选取的视域侧重点不同。施蛰存在对人类心理进行艺术表现的时候，是以“性心理”作为中心枢纽和视域焦点，把对集中体现在人格分裂和心灵压抑两个方面的人类心理多元性和复杂性的充分揭示，依傍和浇铸在对人类性心理的刻画和剖析上。在《鸠摩罗什》中，由“性”这“一重烦闷”而导致的“道与魔”（灵与肉）的“二重人格的苦楚”，构成了鸠摩罗什最主要也最突出的心理特征；《将军底头》中花惊定对大唐美女的爱欲神往，不仅使他忘记了自己的职责和祖先，而且在战死之后，也仍然要回到那民女的身边。性欲的驱动，终于导致了花将军悲剧命运的诞生；到了《石秀》中，石秀对潘巧云的渴念使他从一开始就陷于“爱欲的苦闷和烈焰所织成的魔网”之中，当他发现了潘巧云的奸情之后，“嫉妒戴着正义的面具在石秀的失望了的热情的心中起着作用”，使他对潘巧云的肉欲冲动转化为一种残酷的嗜血癖，从“因为爱她，所以要睡她”转化为“因为爱她，所以要杀她”。最终他在潘巧云开膛破肚的哀号声中，感受到了一种病态的“爽快”和“满足的愉快”。

以“性心理”作为视域焦点展开对人类复杂心理的表现不仅体现在施蛰存的历史题材小说中，而且也贯穿在他的现实题材的小说里。周夫人对年幼的“我”施以的种种抚弄和媚态，其实是在“我”的身上回味着对业已亡故了的周先生的性的回忆（《周夫人》）；《梅雨之夕》中的“我”雨中送少女的举动背后，流动着的却是对她发香的回味、结婚与否的关心以及“诗兴的娇媚”的欣赏这类充满着性意识的心理思绪；至于《春阳》，则更是通过婵阿姨在春阳之中，感受到的一直被压抑着的情欲的骚动，表现了她在无爱的生活中性的苦闷和对情的渴望。

同施蛰存在表现人物心理时总是将他们置于“性心理”的背景框架中相比，欧阳子似乎更注重在人们“感情生活的心理层面”①中，挖掘人格分裂和心灵压抑的深层内涵。《半个微笑》表现的是汪琪对王志民一厢情愿的单相思所带来的近乎病态的敏感，以及这种敏感所导致的心灵磨难；在《木美人》中，“我”对异性的“冷若冰霜”，其实是在异性面前缺乏自信的一种自我保护，在丁洛的内心深处，跳动着的依然是一颗对异性充满向往的心；美莲对保罗的爱无疑深厚而又纯真，然而当在这种爱之间横亘着一个事实上很难沟通的“文化”的时候，美莲内心的那种欲爱而不可得的矛盾和痛苦也就不言而喻（《考验》）；类似的情形我们还可以在《秋叶》中再次看到，只不过这次横亘在宜芬和敏生之间的不是“文化”，而是更加难以逾越的“伦理”和“道德”（《秋叶》）；“妈妈”贞洁外表和疯狂内心的巨大反差无疑令人吃惊，可在“妈妈”的心灵深处为情感所苦的那份凄苦和悲凉，又岂是外人所能想象（《魔女》）？对于欧阳子来

① 夏祖丽：《握笔的人——当代作家访问记》，纯文学出版社有限公司1977年版，第183页。

说，既然她在表现人的人格分裂和心灵压抑的时候，基本上是在对“感情心理”的揭示中展开，那么，她对人类心理世界的挖掘，事实上也就是以“感情心理”作为自己的核心视角和背景底色。

其次，施蛰存和欧阳子的相异还表现在对人类心理进行艺术表现时所着重刻画的层面不同。表现视域侧重点的不同事实上在某种意义上就已经体现出这两位作家的兴趣走向和关注焦点各有所重。当施蛰存以“性心理”作为自己的“取景框架”的时候，他其实也就是要以性心理为切入口，去展示人们的人格分裂和心理压抑是如何在性心理上表现出来的。于是，探索和表现人类性心理的复杂形态，也就成为施蛰存心理分析小说的一个最为主要的特色和最为核心的内容。在他的小说中，既有通过寻找替代物来表现人们对所爱之人的难以忘怀和情欲难遣的苦闷（《周夫人》）；也有通过情欲颤动来表现人性的本能事实上是不可能被金钱彻底压抑住的（《春阳》）；既有通过朦胧的性遐想来表现人们对异性温馨而又不无暧昧的情愫（《梅雨之夕》）；也有以性变态来表现人们爱极而恨、并以恨为爱的微妙复杂心理（《石秀》）；而《鸠摩罗什》和《将军底头》，则以原欲和理性的冲突，揭示鸠摩罗什和花惊定内心的矛盾和痛苦。几乎所有关于人格分裂和心灵压抑的心理症状，施蛰存都把它们归拢在性心理的范畴内来加以表现，并在对性心理的表现中充分展示人类心理世界的丰富性和复杂性。

同施蛰存相比，欧阳子显然更愿意对人们感情心理中所包蕴着的一些难以言说的深层心理投以更多的关注。在欧阳子的笔下，那些难以言说的深层心理往往带有违背常理和不合道德的色彩和意味（但又很难说那是变态心理），于是，在感情心理中融入道德因素，并因感情与道德的剧烈冲突而显现出人格分裂和心灵压抑，也就成为欧阳子表现人类心理丰富性和复杂性的主要层面。在欧阳了的每一篇小说中，实际上都含有一个关于人格分裂和心灵压抑的心理原型，而每一个心理原型，又总是被欧阳子浇铸在一个道德思考之中：《墙》原只是一个在情与理之间彷徨苦闷的心理原型，可当这种彷徨苦闷发生在若兰和姐夫之间时，这一心理原型就含有了强烈的道德意蕴；对被爱的人怀有一种强烈的占有欲，并因被爱的人在情感上即将远离自己而深感痛苦，不过是一个极为普通的心理原型，可在《觉醒》中，当这个被爱的人是自己的儿子，而那种爱又是一种远远超出正常母爱的情感依恋时，这一心理原型也就带有了更多的道德意味；儿子爱自己的母亲原本天经地义，可当吉威对母亲的爱充满了肉体的渴望（虽然他是借助于朋友来实现这种爱），并因这种爱而内心焦灼时，这种"爱"无疑应归属于"乱伦"的范畴，而"乱伦"又实在是一个标准的伦理道德概念；一对年轻人因了心灵的沟通导致情感的升华本来无可厚非，然而当这一对青年人在人伦关系上是儿子与继母时这种情感由于"道德"的介入而命定地只能带来心灵的撕扯和折磨……几乎在欧阳子呈现出的所有感情心理中，都包裹着一个"道德"的内核。欧阳子自己承认，"道德的标准"，是她"最常思考的人性问题"，而她的作品就正清晰地透印出她的这种思考的痕迹：在情感与"道德"的关系中，尽她所能地展示出人类情感心理丰富性和复杂性的各个方面。

以何种方式表示人类的复杂心理，施蛰存和欧阳子也各具特色。一般而言，施蛰存的心理分析小说主要以对"古事"① 的铺衍、对"病态的、怪异的心理"② 的发挥和对"私人生活的琐事、及女子心理的分析"③ 这三种形式出现。所谓"古事"的铺衍，是指以历史人物为载体，在他们身上铺展开对一种心理（主要是性心理中的某种形态）的描摹和刻画，《鸠摩罗什》、《将军底头》、《石秀》、《阿褴公主》、《李师师》等即是，这类小说因其"历史外壳"的瑰丽而带有一定的传奇色彩。对"病态的、怪异的心理"的发挥是指施蛰存那些以恐怖、荒诞的神秘心理（其深层实质仍然是性心理）为主要内

① 《书评〈将军底头〉》，《现代》第1卷5期，1932年。

② 施蛰存：《灯下集》，开明书店1937年版，第81页。

③ 同上。

容的小说，《魔道》、《夜叉》、《凶宅》等为其代表，它们因对非常态性的神秘心理的刻画而带有神怪的意味。在施蛰存的小说中，与现实最为贴近的是那些对“私人生活的琐事、及女子心理的分析”的小说，它们是《在巴黎大戏院》、《旅舍》、《宵行》、《四喜子的生意》、《周夫人》、《薄暮的舞女》、《梅雨之夕》、《春阳》、《鸥》等，这类小说因其对人物心理世界（主要是性心理世界）深刻的把握、多侧面的观照和细腻的表现，而成为施蛰存心理分析小说中最具现实性和真实感，表现方式也最为圆熟的部分。

如果说施蛰存是以对古事的性心理渲染、对遭压抑的性心理变异形态的夸张和对私人琐事、女子性心理分析的分析作为自己心理分析小说的主要表现方式，那么欧阳子则以对人们感情心理处境（困境）的揭示作为自己表现人类心理的一个主要手段。在欧阳子的心理分析小说中，她总是善于设置“一种处境，或困境”[①]，然后对她笔下的人物在这一处境（困境）中的“心理反应”[②] 进行开掘。石治川的心理痛苦，就在于他陷于深爱妻子而又缺乏自信，不知如何去爱的情感泥淖之中（《花瓶》）；倩如惨痛的心理创伤，源自她得知在她心目中一向“心地光明，品德高超”的妈妈，竟是一个置丈夫、孩子和家庭于不顾，疯狂地爱着一个并不爱她的人的“魔女”（《魔女》）；而《最后一节课》中的李浩，则终于发现自己在杨健身上倾注的深厚的慈父般挚爱，换来的却是自己尊严的丧失和杨健对自己刻骨的仇恨；至于儿子对母亲的性意念（《近黄昏时》），小姨子与姐夫的情感纠葛（《墙》），就更是天然地处于一种“困境”之中。这种对人们身陷困境时心理反应的捕捉和呈现，构成了欧阳子心理分析小说表现方式的主要特色。

在对人类心理层面开掘的最终意旨上，施蛰存和欧阳子也存在着

---

① 夏祖丽：《握笔的人——当代作家访问记》，纯文学出版社有限公司1977年版，第183页。

② 同上。

差异。从总体上看，施蛰存基本上是以对人类心理本身的挖掘为目的，欧阳子则以在对人类心理的挖掘中寻求对人性认识的深刻为追求。在施蛰存的小说中，无论是“古事小说”对古人复杂矛盾心理的推想，“魔幻小说”对神秘、怪异心理的发挥，还是“私人琐事、女子心理分析”小说对人们日常隐秘心理的探究，其最终意愿无不在于将一种潜意识心理（性心理）挖掘出来，描述出来，展示给读者，让读者知道人们的心理世界（潜意识性心理世界）原来有着如此种种的丰富内涵和复杂形态。《鸠摩罗什》告诉人们在貌似修行极深的高僧内心，躁动着的其实是难以遏制的情欲；《石秀》则为我们描画了一个先是在义和欲之间徘徊，继之以正义的面目对没能获取的性对象施以残酷报复的卑琐灵魂；《四喜子的生意》则让人们知道了即便是在拉洋车的四喜子的心灵深处，也有着对女性的极其丰富的遐思和联想。虽然施蛰存在自己的小说中，不可避免地要涉及到对诸如灵—肉冲突、欲—理交战、情—利选择这样一些有关人性本质问题的思考和揭示，但他的兴趣所在和在小说中展示的重点，却是对心理形态和心理过程的渲染、铺陈。这种对心理形态和心理过程的过分关注，使得施蛰存的心理分析小说在对人类心理的刻画丰厚而又细腻的同时，却也使他的心理刻画过于局限并停留于心理刻画本身，而显得相对单一和单薄。欧阳子则不同，她在小说中对人类心理世界的每一探寻，总是以追踪出这个心理世界背后的人性本质为最终旨归。在欧阳子的小说中，与她的每一个故事相联结的每一种心理形态，真正的意义都不限于这个心理形态本身，而更主要的体现为一种寓含在这一心理形态中的人性内涵。《墙》表现的固然是若兰对姐夫的情感波动和由此导致的内心矛盾，但在这一心理形态的内里，表现的其实是人们对情的追求这一天性，即使是伦理道德也遏制不住；《美蓉》描摹的无疑是美蓉虚伪自私的心理轨迹，但就在这轨迹所过之处，延伸出的又何尝不是对人性中某种阴暗丑陋层面的揭示？《素珍表姐》表面上看似乎只是展示了理惠企图摆脱素珍表姐光环的笼罩，努力实现和证明“自我价值”的好胜心理，但稍一深思，谁又能说那不是对人性中所含有的“侵略性”、“攻击性”的艺术写照？不将对心理世界的刻画和展示作为自己的最高追求，而是以此为载体和表现手段，更为纵深地从中挖掘出人性的种种，不仅是构成欧阳子心理分析小说形态的重要内在因素之一，同时也是她的心理分析小说更具深刻性的重要标志。

在以何种形态将自己的主观情感态度融入作品这一点上，施蛰存和欧阳子也有着比较明显的差异。施蛰存既然选取“性心理”作为自己心理分析小说的基本底色，以“古事小说”、“魔幻小说”和“私人琐事、女子心理”小说作为自己艺术世界的三大组成板块，那对这种“底色”和“板块”的选择本身就表露出作者的一种强烈的主观情感特征。事实上在施蛰存的绝大部分小说中，我们都可以体会和感受到作者本人流注其间的一种充满热情和不无浪漫的情怀。“古事小说”的传奇色彩和“魔幻小说”的神怪意味自不必言，就是在那些“私人琐事、女子心理”小说中，不也同样充溢着一种宽容的、同情的、甚至是温馨的主观情绪之流？而这一切在欧阳子的小说中却并不突出，我们倒是每每从她的作品中感受到一种冷峻和不动声色。对于作品中人物遭遇到困境时所产生的或悲痛、或尴尬、或羞愤、或惊诧的心理反应，欧阳子极少在自己的笔下对之进行主观的情感中和(更谈不到主观的情感渲染)，而是无情地揭示，平静地叙述，如实地将它们呈现在读者的面前。然而，欧阳子这种貌似漠然的客观描述和冷静行文，并不意味着她在自己的作品中彻底排除了自己的情感投注，事实上，对于笔下人物的种种“心灵创伤”，欧阳子是深深地“怀着悲悯之心的”[①]，而她对人类心灵深处种种难以言说的心理痛苦的发现、捕捉和揭示这一事实本身，也足以向我们显示出那其实是饱含了她对人类的强烈关爱、深深同情和无尽悲悯的。她在作品中所表现出的客观、冷静和理性，说到底不过是她强烈情感外显和表露的一种个性化的方式。如果说施蛰存的主观情感态度在作品中的流露是外

① 夏祖丽：《握笔的人——当代作家访问记》，纯文学出版社有限公司1977年版，第191页。

显的，直接的，那么欧阳子的主观情感态度在作品中的流露则是内隐的和间接的。

三

从视域侧重、揭示层面、表现方式、最终意旨、态度形态等方面指出施蛰存和欧阳子的种种相异，实际上也就是区别出中国现代心理分析小说在施蛰存和欧阳子身上所体现出的各具特色的两种形态特征。然而，如果仅限于对这种“特色”加以区别，那最多也只不过是罗列出了一种现象。在对体现于施蛰存和欧阳子身上的中国现代心理分析小说的两种形态进行了考察之后，我们更想知道的是：导致这两种形态“相异”的原因究竟是什么？

历史时空的不同当然是导致这种相异出现的重要原因之一，在不同的历史时空中，社会思潮、文化环境、审美风尚、价值标准都不一样，而这些因素对作家的创作无疑地会产生一定的影响，并在他们的作品中留下历史的印痕。然而，外在因素对作家的影响毕竟只是问题的一个方面，另一方面，作家自身的某些特质也会对他（她）的创作产生深刻而又重大的影响。这里，我们着重从创作动机、个性心理、审美情趣、文化影响等几个方面，对导致施蛰存和欧阳子笔下心理分析小说“相异”的原因进行一些探讨。

创作动机。施蛰存对文学最早钟情的是诗歌，当他在20世纪20年代末期开始以小说为主要表现形式走向文坛的时候，恰恰也正是文学界普罗文学兴盛的时候。当时，“普罗文学的巨潮震撼了中国文坛，大多数的作家……都‘转变’了”①，然而，尽管普罗文学在当时是一种影响广泛甚至不无时髦意味的创作潮流，施蛰存却觉得创作普罗文学作品并不是自己的所长，“自觉到自己没有向这方面发展的可

① 施蛰存：《灯下集》，开明书店1937年版，第80页。

能”[①]，不仅如此，施蛰存在一个时期甚至觉得“我的生活，我的笔，恐怕连写实的小说都不容易做出来，倘若全中国的文艺读者只要求着一种文艺，那时我惟有搁笔不写，否则，我只能写我的”[②]。这种对自己创作特点的理性自觉和对自己创作方向的有意识把握，使得施蛰存下决心要“开辟一条创作的新蹊径”，“写一点更好的作品出来”[③]。经过“半年以上的预备，易稿七次”[④] 完成的《鸠摩罗什》，终于使他在过去的《妻之生辰》、《周夫人》和现在的《鸠摩罗什》中寻找到了自己的创作方向——创作心理分析小说。应当正是这种独辟蹊径、刻意创新、努力发挥自己创作优势的创作动机，使得施蛰存在普罗文学方兴未艾之时，构建起了自己心理分析小说的艺术天地。

假使说施蛰存是为了在创作上“独自去走一条新的路径”[⑤] 而走上了创作心理分析小说的道路，那么欧阳子则是为了“对自己少女时期过分追求人性完美”进行“反抗或报复”，而开始了“以冷静分析的手法，从事心理之写实”[⑥]。欧阳子在高中和大学一年级的时候，“专长是写抒情文和散文诗”[⑦]，那时的欧阳子，抒情而又浪漫，觉得人生尽善尽美，夏济安和白先勇的忠告，以及她自己对人生认识的逐渐加深，使她从一种“温情”的陶醉中清醒过来，觉得“人生不是这样的”[⑧]，于是，在大学三年级的时候，为了对“早年的唯情主义与感性文学”进行“反动及扯离”，也为了“硬要向自己和别人证明我已‘成熟’‘懂事’”，欧阳子一改过去的“温情”“写作路线”，

---

① 施蛰存：《灯下集》，开明书店1937年版，第80页。

② 同上。

③ 施蛰存：《灯下集》，开明书店1937年版，第79页。

④ 同上。

⑤ 同上。

⑥ 夏祖丽：《握笔的人——当代作家访问记》，纯文学出版社有限公司1977年版，第175页。

⑦ 同上。

⑧ 同上。

而选择了“剖析某一些人的感情心理”① 作为自己艺术世界的主要表现形态，走上了创作心理分析小说的道路。

个性心理。施蛰存自称有“妄想癖”，并宣称“我的妄想癖是从小就深中着的”②，这使我们有理由认为他是一个想象力丰富，并常常从这种想象的沉溺中获取创作灵感的作家。事实也正是如此，在《赞病》一文中，他对自己的“妄想”影响于自己的创作进行了具体的描绘：“于是我的没端倪的思想就会跟着那些烟云漫衍着，消隐着，又显现着。我有许多文章都是从这种病榻上的妄想中产生出来的，如我的小说《魔道》，就几乎是这种妄想的最好的成绩。”这种耽于妄想的个性心理，对施蛰存的小说创作无疑产生了巨大的影响。当他发现自己并不擅长于写实，又下决心要在创作上“我只写我的”的时候，人的心理世界自然而然地成了最能发挥他“妄想”优势的绝佳领地，并且，对“妄想”的热衷还在相当程度上决定了他对“古事小说”、“魔幻小说”这种表现方式的选择。“魔幻小说”不用说了，就是“古事小说”，也同样是他“妄想”的产物。在《中世纪的行吟诗人》一文中，施蛰存认为“在传奇文学的努力还保存着的今日的我国”，“梦想着本国的中古期的浪漫状”对一些人来说是“很有诱惑的”。不消说，他自己显然就是那些人中的一员，而他的那些“古事小说”，就正是他被“诱惑”了的最好证明。

与施蛰存“妄想癖”的随意和潇洒相比，欧阳子的个性心理显然要拘谨得多。身为女性，她几乎与生俱来地具有细腻、缜密、敏感的个性特点，稳重、细心、冷静是她大学同学对她的一致评价③，而她自己，也承认“大学时代，基于某种自我反叛，自我教育与自我防卫混合的复

---

① 夏祖丽：《握笔的人——当代作家访问记》，纯文学出版社有限公司1977年版，第176页。

② 施蛰存：《灯下集》，开明书店1937年版，第130页。

③ 夏祖丽：《握笔的人——当代作家访问记》，纯文学出版社有限公司1977年版，第195页。

杂心理，我大概是表现得相当理智的”①。这种稳重、细心、冷静、理智的个性心理，使欧阳子对人类心理世界的观察和体验，有了一个得天独厚的物质前提，从而在某种意义上也决定了她选择以对人类心理世界进行开掘作为自己的创作题材，并且，个性的仔细和冷静，还使她的作品烙上了浓重的个性印痕——决定了她对“现实”的牢牢把握，和在“现实”的情感心理中解析出震撼人心的道德内容。对诸如“善恶之间的关系，以及道德的标准”② 之类的人性问题的思考本身，使得欧阳子的心理分析小说天然地带有一种毫不留情地摄录人类深层的阴暗心理并予以理性审视的意味。几乎在欧阳子的任何一篇小说中，我们都能深切地感受到她的那种“有时甚至近于冷酷的语调和态度”③，而这种“语调和态度”之所以在欧阳子的笔下出现，不能不说与她的个性心理有很大的关系。

审美情趣。审美情趣在个人身上的体现，简单说来是指他（她）对“美”所采取的一种情感偏向和趣味好恶，而一个人的审美情趣，又往往在很大程度上受他（她）的个性心理的影响。就施蛰存而言，他那富于想象，并常常在这种想象中沉迷的个性心理，无疑地易于培植出他的浪漫情怀，使他更容易倾心于浪漫情调和浪漫风格，无论是从他“古事小说”的传奇性，“魔幻小说”的神秘性，还是“私人琐事、女子心理分析”小说的抒情性中，我们都可以感受到在这些小说中所深含着的“浪漫”④ 底蕴，而事实上，正是施蛰存偏好和喜爱

---

① 夏祖丽：《握笔的人——当代作家访问记》，纯文学出版社有限公司1977年版，第197页。

② 同上，第181页。

③ 同上，第176页。

④ 施蛰存对“浪漫”这一概念，有他自己的理解，在他所译的《新的浪漫主义》一文中，作者赫克思莱（Aldous Huxley）“主张在这两者（传统意义上的浪漫主义和新的浪漫主义——引者注）之中采取一个中庸之道”，这一思想施蛰存十分赞同，并在自己的作品中予以实践——以“浪漫”为精神，以写实为根基。参阅《现代》第1卷5期，1932年。

"浪漫"的审美情趣，最终决定了他将对人类心理世界的追踪，建立在一种久远的历史外壳、神秘的心理感受和抒情的气氛氤氲之中，并在自己的作品中，倾注进浓烈的主观情感。而对欧阳子来说，细心稳重的个性和对冷静理智的执意追求，使她在自己的小说创作中，几乎天然地与"浪漫"绝缘，而总是"以理性眼光和冷静态度，力求客观写实（心理方面的写实）"① 作为自己的审美追求。审美情趣的确立在根本上也确立了欧阳子将以何种基调展开对人类心理世界的艺术表现——面对现实社会中人类情感心理世界的"阴暗"和"人心的缺陷"②，在对自己的情感加以"控制"和"抵制"③ 的前提下，以一种客观的、写实的、理性的、"反讽的"④ 乃至于"近乎冷酷的"⑤ 态度和笔触，将它们剥扯和外显出来。

文化影响。文化影响和个性心理、审美情趣的关系是双向互动的，一个作家的个性心理和审美情趣在某种意义上往往决定着他（她）接受何种文化影响，而文化影响反过来也在一定程度上对作家的个性心理和审美情趣予以丰富和强化。施蛰存认为自己的小说"不过是应用了一些 Freudism 的心理小说而已"⑥，"大多数的小说都偏于心理分析，受 Freud 和 H. Ellis 的影响为多"⑦。这一宣称既在最为本质的意义上对施蛰存的心理分析小说进行了特征归纳，同时也足以说明弗洛伊德主义对他的影响之大之深——他的"性心理"视角的确立，以及在性心理中表现人类心理的多元和复杂，原因即在于此。这

① 夏祖丽：《握笔的人——当代作家访问记》，纯文学出版社有限公司 1977 年版，第 183 页。

② 同上，第 175 页。

③ 同上，第 183 页。

④ 同上，第 176 页。

⑤ 同上。

⑥ 施蛰存：《灯下集》，开明书店 1937 年版，第 80—81 页。

⑦ 施蛰存致吴福辉信。转引自吴福辉《施蛰存：对西方心理分析小说的向往》，收入曾小逸主编《走向世界文学》，湖南人民出版社 1985 年版，第 284 页。

其实并不奇怪，对于施蛰存这样一个喜爱“妄想”而又偏好“浪漫”的作家来说，要想对人类的心理世界进行一番探究，弗洛伊德理论无疑是最好的理论指南和“类型”导向，这样一个对人类的原欲和潜意识世界给予了充分关注的理论构架，几乎使施蛰存从中获得了所有“妄想”、“浪漫”念头的理论启迪，于是，“妄想”的故事和“浪漫”的情怀，就成了施蛰存 Freudism 内核的外在形体。这或许也就是施蛰存的小说在一定程度上含有对弗洛伊德理论进行文学化演绎的痕迹之原因所在。

中外文学的影响无疑也是一个作家所受文化影响的重要内容之一。施蛰存在唐诗宋词上都下过工夫，尤其酷爱李贺的诗，并认为这对他“诗格”的改变产生了重大影响。至于外国文学，他除了广泛阅读欧美、日本、俄国、东欧的诗和小说之外，还模仿过田山花袋的新感觉派小说，翻译过《新的浪漫主义》等大量西方文论及诗作，对爱伦·坡神秘、恐怖的推理小说，他尤有兴趣，曾有一段时间“耽读”坡的作品①。从施蛰存对中外文学的接受选择和兴趣所在中，我们既可以从中发现他个性心理和审美情趣的某种痕迹，也不难从他的作品中发现这些中外文学的文化遗留。李贺的诗原本就多有神仙鬼魅的题材，而他的造境就更是极绮丽谲幻之观，施蛰存的《魔道》、《夜叉》多少与之有着某种精神上的相通；《凶宅》一篇，也容易使人想到爱伦·坡的《摩格路谋杀案》；而对巴尔干半岛上的那些农民、小市民及渔人的怀念，也对他笔下的四喜、素雯、婵阿姨、“我”等人物形象的塑造多多少少地有着某种潜在的影响；至于他从《新的浪漫主义》等西方理论中获得对“浪漫主义”的全新理解，则更是从总体上对他的创作风格产生了决定性的影响。与个性心理和审美情趣相契合的种种中外文化因素融入施蛰存的文化构成，无疑对他的小说创作产生了极大的影响，并在很大程度上直接决定了施蛰存心

① 参阅施蛰存：《我的创作生活之历程》，《灯下集》，开明书店 1937 年版。

理分析小说的基本形态。

欧阳子对弗洛伊德也不陌生，但与“佛若姆（Erich Fromm）的人是文化产物的理论”[①]比起来，她显然对后者更加推崇。作为新弗洛伊德派的主要代表人物之一，佛若姆（大陆译为佛洛姆）肯定并赞扬人的理性，他认为理性是人的一种基本本质、基本天性的思想，无疑从理论上坚定和强化了欧阳子对冷静、客观、理性的自觉追求，并使她始终把“人”作为社会文化的产物来加以考察。而佛若姆把人格作为道德判断的基础，并把人格分为创造性人格和非创造性人格的理论，尤其是他把非创造性人格分为五种类型（接受型、剥削型、囤积型、买卖型、尸恋型）的理论，更对欧阳子的心理分析小说产生了直接的影响。《素珍表姐》中的理惠就含有“剥削型”人格的投影，而《觉醒》中的敦治，也无疑染有“囤积型”人格的色彩。对于“你受哪些作品或作家的影响”这样的问题，欧阳子开列了一长串中外作家的名字：泰戈尔、林语堂、徐訏、苏雪林、孟瑶、大仲马、夏洛蒂·勃朗特、阿尔珂特、D. H. 劳伦斯、亨利·詹姆斯、福克纳。然而在这些作家中，她认为自己“最心仪劳伦斯的作品”[②]；“对亨利·詹姆斯仰慕不已”，却“不觉得自己的写作受到他多少影响”[③]；“倒是福克纳，很可能影响过我的一篇小说——《近黄昏时》”[④]。从欧阳子特别提到的三位作家身上，我们不难察觉到她在心仪和仰慕的同时，其实已经受到潜移默化的影响了（虽然她自己很可能不认为，或在很有限的范围内认为如此）。劳伦斯的作品以其对人类性爱的歌颂和赞美而在道德观念上建立起自己惊世骇俗的新标准；亨利·詹姆斯则和他的哥哥，意识流理论的创始人威廉·詹姆斯一

① 夏祖丽：《握笔的人——当代作家访问记》，纯文学出版社有限公司1977年版，第181页。

② 同上，第189页。

③ 同上，第190页。

④ 同上。

起，“都对于涉及到动机心理方面的问题，特别是对于处在近乎变态的心理状态感兴趣”①；而福克纳，则不仅在美国发展了意识流小说技巧，成为成功地用意识流小说来展示深刻主题的代表，而且在福克纳对人的内心世界的挖掘中，就包含着对人性的某种“局限”和“罪”的揭示：《喧哗与骚动》中，昆丁对妹妹凯蒂的情感依恋，杰生对外甥女昆丁的虐待折磨，无不含有某种不合常态的心理内容。而这几位作家的这些特质——对人类性爱道德的思考，对人类心理世界的掘进，对意识流技巧的运用，我们都可以在欧阳子的小说中找到其潜在的沉积。欧阳子心理分析小说的呈现形态，毫无疑问与这种“沉积”有着极大的关联。

① 库欣·斯特劳斯：《亨利·詹姆斯的卢浮宫之梦》，转引自《精神分析》，王宁编，四川文艺出版社1989年版，第190页。

论张爱玲及其小说中的“不安全感”

一、张爱玲为何会有“不安全感”

张爱玲是个有着比较明显的“不安全感”的作家[①]。对于什么是“安全感”，不同的心理学派有不同的界定，至今尚没有统一的说法，一个大致的定义是：安全感是对可能出现的对身体或心理的危险或风险的预感，以及个体在应对处置时的有力感，主要表现为确定感和可控感。当个体对可能出现的对身体或心理的危险或风险有明确的预感，并能在应对处置时表现为有力感、确定感和可控感时，个体就拥

① 余斌是较早注意到这一点的研究者，在《张爱玲传》中，余斌将张爱玲的“不安全感”主要归结为“无家可归”，包括张爱玲和胡兰成、赖雅的爱情，余斌都认为是张爱玲因缺少安全感、需要一个家而生，并认为张爱玲这种“无家可归”的不安全感，后来被她“发展成为某种对人类普遍处境的认识：我们每一个人都是时代重压下的无家可归的孤儿”。见余斌著《张爱玲传》，广西师范大学出版社2001年10月版，第35页、第36页、第236页、第423页。不过在第50页中，余斌认为港战也给张爱玲带来了“不安全感”，并认为“在这样的感受中，张爱玲升腾起自己关于个人命运的玄想：社会、历史的运作有如天道无亲，个人是渺小而微不足道的，他被拨弄于不可知力量的股掌之间，根本无从掌握自己的命运，自觉的努力、追求‘注定了要被打翻的吧’？面对一己人生的沉浮变幻，人惟有茫然、惘然”。余斌并认为“这样的想法后来成为她下意识的一部分背景，往明确里说，也可以讲是她对人生的稳定把握的一部分”。

有“安全感”，反之，如果个体对可能出现的对身体或心理的危险或风险有明确的预感，但在应对处置时表现为无力感、不确定感和不可控感时，个体就处于“不安全感”之中。对照张爱玲的人生经历和心路历程，她显然是个既对可能出现的对身体或心理的危险或风险有明确的、敏锐的预感，又在应对处置时缺乏有力感、确定感和可控感的个体。

那么，张爱玲为何会有较为强烈的“不安全感”呢？我们觉得，时代、家庭和父母是造成她“不安全感”的主要原因。

众所周知，张爱玲出身贵族之家，但她所属的这个贵族之家是依附于清王朝的，随着时代的巨变，前朝的贵族世家最终没落为寻常百姓家，在这个过程中，张爱玲充分感受到了在时代变迁面前，家族衰落的不可避免和难以挽回，家族老人的表现（“二大爷”每次听到“商女不知亡国恨，隔江犹唱后庭花”就流泪）和家庭变故（父亲、姑姑和伯父打析产官司、父母不和），都令张爱玲对这个时代、这个世界充满了无力感、不确定感和不可控感。“时代是仓促的，已经在破坏中，还有更大的破坏要来。有一天我们的文明，不论是升华还是浮华，都要成为过去。如果我最常用的字是‘荒凉’，那是因为思想背景里有这惘惘的威胁。”①

如果说仓促的、都要成为过去的时代在张爱玲那里引发的“威胁”是造成她“不安全感”的远因的话，那么她充满压抑感的家庭氛围、破裂的父母婚姻、暴力的父女关系、尴尬的母女关系，在某种意义上讲都是形成张爱玲“不安全感”的近因。根据心理学理论的总结，安全感的获得与否，与儿童从父母那里有没有得到足够的爱、或父母采用什么样的教养方式密切相关。如果儿童从父母那里没有得到足够的爱、或父母采用的是负面的教养方式，如：不尊重、鄙视、讥讽和羞辱，刺伤了儿童的情感，损害了他们的自我价值感，那么，

---

① 张爱玲：《〈传奇〉再版序》，见《张爱玲文集》第4卷，安徽文艺出版社1992年版，第135页。

本应从父母那里获得的归属感和安全感就会丧失，儿童在还不具有单独面对社会的防御能力之时，就要处理他/她与社会的关系问题，这必然会给他/她带来创伤感和危险感，最终形成“不安全感”。对照这一理论，张爱玲可以说典型地符合了“不安全感”产生的条件：

（一）从父母那里没有得到足够的爱

在张爱玲幼年时期，母亲缺席（“最初的家里没有我母亲这个人”①），张爱玲缺乏母爱是肯定的了（张爱玲的母亲是那种母性不强烈，对孩子“丢得下”的新女性），最初的母爱来自父亲的姨奶奶——当然是一种不正常的母爱（如挑拨张爱玲母女关系等）。至于父爱，父亲“在寂寞的时候他喜欢我”②，可是在张爱玲和她的后母有冲突的时候，他坚决地站在后者一边，并为此打伤了张爱玲，使张爱玲不但险些丧命，而且最终逃出父亲的家——对张爱玲来说，父爱如果有，那也是千疮百孔，连带着不堪的回忆。

（二）负面的教养方式

（1）不尊重：

张爱玲小时候有过向父母要钱的经历，这种经历对她来说是一种“琐屑的难堪”和自尊的屈辱。在父亲面前，“我不能够忘记小时候怎样向父亲要钱去付钢琴教师的薪水，我立在烟铺跟前，许久，许久，得不到回答”③；在母亲面前，“在她的窘境中三天两天伸手向她拿钱，为她的脾气磨难着”④。

（2）羞辱：

张爱玲因为沪战爆发到母亲处住了两个礼拜，回家后与后母冲突，结果遭到父亲的痛殴：“我父亲趿着拖鞋，啪哒啪哒冲下楼来，

---

① 张爱玲：《私语》，收入《张爱玲文集》第4卷，安徽文艺出版社1992年版，第102页。

② 同上，第106页。

③ 同上，第87页。

④ 同上。

揪住我，拳足交加，吼道：‘你还打人！你打人我就打你！今天非打死你不可！’我觉得我的头偏到这一边，又偏到那一边，无数次，耳朵也震聋了。我坐在地下，躺在地下了，他还揪住我的头发一阵踢，终于被人拉开。”在张爱玲试图报巡捕房没成功后，“我父亲又炸了，把一只大花瓶向我头上掷来，稍微歪了一歪，飞了一房的碎瓷”①。少女时代父亲的暴力和羞辱，无疑对张爱玲造成了严重的心理创伤。

（3）鄙视：

在被父亲毒打后不久，张爱玲病了。“我生了沉重的痢疾，差一点死了。我父亲不替我请医生，也没有药。”②

生活在急剧变化充满战争的“乱世”，生活在“片面的、癫狂的”、有着“古墓的清凉”、“静静的杀机”、“有它自己的一个怪异的世界”的房子里，生活在父亲暴戾、后母刻薄和母亲缺乏温情的家庭中，敏感的张爱玲所遭受的创伤感、无助感应该是十分强烈的吧，心理、情感的归属感应该是十分缺乏的吧。社会文化精神分析的代表霍尼（Karen Horney）认为，当父母用如下方式对待儿童时——父母冷漠或怪癖行为；对儿童个人的需要缺乏尊敬；缺乏真诚的指导；轻蔑的态度；缺乏令人信赖的温暖；使儿童在父母的争吵中选择一方；充满敌意的气氛等——儿童就会对父母产生一种基本敌意。但由于儿童自身的渺小和无助，儿童又必须依赖父母，因而必须压抑对父母的敌意，这种压抑的直接结果导致儿童把敌意投向整个世界和整个社会，使儿童认为世间的一切事物对他们来说都充满了危险，这就导致了不安全感的产生。如果把“儿童”扩大至青少年，这番理论简直可以说是专门用来解释张爱玲何以会产生不安全感的原因。

---

① 张爱玲：《私语》，收入《张爱玲文集》第4卷，安徽文艺出版社1992年版，第107页。

② 同上，第108页。

二、张爱玲“不安全感”的表现形态

虽然生在贵族之家，可是却拥有不幸的童年和青少年时期——由此引发的“不安全感”成了张爱玲终身挥之不去的一个心理情结。那么，“不安全感”在张爱玲那里，是如何表现的呢？

（一）自恋

有研究者注意到张爱玲自省内倾的个性属于“水仙子”型人物①。“水仙子”的原型来自古希腊神话中的美少年那绪索斯（Narcissus）。那绪索斯临水自照，看见水中自己的倒影，顾影自怜，爱上自己的倒影，并相思而死。死后众神把他化为水仙花。后来在心理学上，就把具有自恋、自我膨胀、自我中心、一味利己的心理类型，称为“水仙子”型。张爱玲之所以具有“水仙子”型心理特征，原因可能很多，但她自幼形成的内心深处的“不安全感”，无疑与此有着密切的关联。当一个人对外在世界满怀危险感、创伤感和不确定感时，她就会把所有原本向外释放的心理能量，转向自身，把注意力集中在自己身上，不断地品味、咀嚼、欣赏、自爱、自怜自己，通过对自我的绝对肯定，抵抗因强烈的不安全感而显得格外危险的外在世界，在自我欣赏和自我肯定中，求得心理的平衡和安全。

张爱玲的自恋在她的《天才梦》中有着突出的表现。在文中，她借着别人的“嘴”和自己的笔这样“炫耀”自己：

“我是一个古怪的女孩，从小被视为天才，除了发展我的天才外别无生存的目标。”

“加上一点美国式的宣传，也许我会被誉为神通。我三岁时能背诵唐诗。……七岁时我写了第一部小说，一个家庭悲剧。”

---

① 李焯雄：《临水自照的水仙》，参见郑树森（编）：《张爱玲的世界》，允晨文化实业股份有限公司1989年3月版，第103页。

"我仅有的课外读物是《西游记》与少量的童话，但我的思想并不为它们所束缚。八岁那年，我尝试过一篇类似乌托邦的小说，题名《快乐村》。"

"九岁时，我踌躇着不知道应当选择音乐或美术作我终身的事业。看了一张描写穷困的画家的影片后，我哭了一场，决定做一个钢琴家，在富丽堂皇的音乐厅里演奏。"

"对于色彩，音符，字眼，我极为敏感。……我学写文章，爱用色彩浓厚，音韵铿锵的字眼，如'珠灰'、'黄昏'、'婉妙'，'splendor'、'melancholy'，因此常犯了堆砌的毛病。"

即便那些看上去是在"批评"自己的段落，字里行间、语气之中，也不无自我欣赏和自我得意——张爱玲如果说自己"在现实的社会里，我等于一个废物"，"在待人接物的常识方面，我显露惊人的愚笨"，那也是因为自己是天才。天才不会削苹果、不会补袜子、"怕上理发店，怕见客，怕给裁缝试衣裳"、学不会织绒线，在一个房子里住了两年还不知道电铃在哪儿，走了接连三个月仍然不识路，等等等等，又有什么关系呢？这些不但不能说明自己的无知和笨拙，恰恰相反，倒正好说明自己不问俗务、与众不同——天才的基本要求和素质。而且，即便这些算是"乖僻缺点"吧，那"所有的只是天才的乖僻缺点"——说到底，"自我批评"其实也是一种"炫耀"。

为了表明自己并非真的"愚笨"和"废物"，张爱玲在文章的结尾处这样写道："生活的艺术，有一部分我不是不能领略。我懂得怎么看'七月巧云'，听苏格兰兵吹 bagpipe，享受微风中的藤椅，吃盐水花生，欣赏雨夜的霓虹灯，从双层公共汽车上伸出手摘树巅的绿叶。在没有人与人交接的场合，我充满了生命的欢悦。"

这样一篇专注于自我的文章，看上去是在写"我的天才梦"（《西风》杂志的征文要求就是以"我的……"为题），通篇倒是在塑造一个“我的形象”。比照参加此次征文的其他获奖者①，不难看出张爱玲的文章是如何的“突出自我”，充满自恋。

而张爱玲在现实生活中的“奇装炫人”，就更是她“自恋”的“真实写照”。对此，胡兰成是这样理解的：

> 她觉得最可爱的是她自己，犹如一枝嫣红的杜鹃花，春之林是为她而存在。因为爱悦自己，她会穿上短衣长裤，古典的绣花的装束，走到街上去，无视于行人的注目，而自个儿陶醉于倾倒于她曾在戏台上看到或从小说里读到，而以想象使之美化的一位公主，或者仅仅是丫环的一个俏丽的动作，犹如她之为“借红灯”这美丽的字眼所感动，至于愿使自己变成就是这个美丽的字眼那样，这并不是自我恋。自我恋是伤感的、执着的，而她却是跋扈的。倘要比方，则基督在人群中走过，有一个声音说道“看哪，人子来了”，她的爱悦自己是和这相似的。②

胡兰成指出了张爱玲的“爱悦自己”，却认为这不是“自我恋”。

---

① 在当年获奖的前十名中，名为“我的……”，但真正写“自己”的只有两篇（《我的回忆》和《我的职业生活》），其他写的均是“他人”（《我的亡妻》、两篇《我的嫂嫂》、《我的姐姐》、两篇《我的妹妹》、《我的同窗》、《我的妻子》）；在三名荣誉奖中，虽然三篇写的均是“自己”，但其他两篇写的是“外在客观”的内容（分别是《我的苦学生活》、《我的小说》），写“内在主观”的只有张爱玲一篇（《我的天才梦》）。对“我的……”这一题目固然可以有各种各样的理解，但从大多数获奖者对这一题目的理解和反应来看，他们是把重点放在了与“我”相关的“他人”或是与“我”相关的“客观”内容上，把“我”自身和“主观”内容作为重点书写的，所有十三名获奖者中只有两篇（张爱玲的《我的天才梦》和另一篇《我的回忆》），张爱玲对“自己”的关注和执着，由此可见一班。参见陈子善《天才梦·获奖考》，收入《再读张爱玲》，山东画报出版社 2004 年版，第 234 页。

② 胡兰成：《论张爱玲》，收入《张爱玲的风气——1949 年前张爱玲评说》，山东画报出版社 2004 年版，第 19—20 页。

我们的看法是，“自我恋”并非一定是“伤感的”（“执着”则有之），无论是从胡兰成的描述还是他的“比方”中，都可以看出张爱玲强烈的自恋——并且是根本不顾及别人如何看、如何想的“跋扈的自恋”。

（二）**自私**

自私与自恋密切相关。如果说自恋主要表现为如何看待自己，那么自私则集中体现在怎样对待自我与他人的关系——“跋扈的自恋”在某种程度上已接近自私。因为自私者总是将自己置于最优先地位，而不考虑他人的利益、想法和感受。一个极度缺乏安全感的人，常常也是在心理上缺乏“一种从恐惧和焦虑中脱离出来的信心、安全和自由的感觉”的人，在处置自己与别人的关系时，因为“经常感到威胁、危险和焦虑，所以对他人抱不信任、傲慢、冷漠、仇恨、蔑视、敌视的态度”。强烈的危险感和危机感，使这样的人会不顾一切始终让自己处于有利地位，在危险来临前“提前保护自己”以获得安全感。

早在1944年，胡兰成就在谈到张爱玲“爱悦自己”的同一篇文章中提及自私的话题：

> 有一次，张爱玲和我说“我是个自私的人”，言下又是歉然，又是倔强。停了一停，又思索着说：“我在小处是不自私的，但在大处是非常的自私。”
>
> 她甚至怀疑自己的感情，贫乏到没有责任心。但她又说：“譬如写文章上头，我可是极负责任的。”究竟是什么回事呢？当时也说不上来。①

多少年后，胡兰成在他的《今生今世》中，再次写到张爱玲的

---

① 胡兰成：《论张爱玲》，收入《张爱玲的风气——1949年前张爱玲评说》，山东画报出版社2004年版，第27页。

自私：

> 爱玲种种使我不习惯。她从来不悲天悯人，不同情谁，慈悲布施她全无，她的世界里是没有一个夸张的，亦没有一个委屈的。她非常自私，临事心狠手辣。她的自私是一个人在佳节良辰上了大场面，自己的存在分外分明。她的心狠手辣是因她一点委屈受不得。她却又非常顺从，顺从在她是心甘情愿的喜悦。且她对世人有不胜其多的抱歉，时时觉得做错了似的，后悔不迭，她的悔是如同对着大地春阳，燕子的软语商量不定。①

胡兰成在前后相差十五年的时间里，一再写到张爱玲的自私，可见张爱玲的自私给他留下了深刻的印象。虽然他对张爱玲的自私有各种解释，但不管是什么样的自私终究还是自私。比较起来，张爱玲对于自私的态度倒十分坦然，她所说的“小处不自私”，“大处非常自私”，实质在于看她在乎什么，即何为“小事”何为“大事”，自私的人对于不在乎的事情（“小事”）其实是可以忽略不计的，正如张爱玲对于痛苦叫唤的病人可以“不负责任”、“没良心”一样②——这也正是自私的表现。对于在乎的事情（“大事”），如自己生命所系的创作（“写文章”），张爱玲绝对是不顾一切的。

以张爱玲的冰雪聪明和自省内倾，她当然知道自私是人类的天性。任何人大概都难免会有自私的一面和时候。问题在于，如果张爱玲给亲近的人留下的是难以忘怀的“从来不悲天悯人，不同情谁，慈悲布施她全无”的印象，她自己也自认“不负责任”、“没良心”、“是个自私的人”，也就是说，当自私成为一个他人指认和自己自觉

---

① 胡兰成：《今生今世》（上），三三书坊1990年版，第279页。

② 张爱玲：《烬余录》，收入《张爱玲文集》第4卷，安徽文艺出版社1992年版，第60页。

的重要特征的时候[1]，她的自私恐怕就已经不是一般意义上的自私了，而成为了一种令人感觉锐利的特质。

（三）**自闭**

当张爱玲的作品在20世纪60、70年代风靡台港的时候，她本人不见客、不接电话、离群索居的名声也不胫而走。越到晚年，张爱玲自我封闭、与世隔绝的程度就越是加深，她的这一“形象”也就越具“传奇”色彩。最终，她在一种自造的孤绝中悄然去世，几天以后才被人发现。在一个交通、通讯手段极其发达，人际交往非常频密的现代社会，张爱玲以她的不近人情的封闭，创造了我们这个时代难以复制的一个“神话”。有趣的是，当人们津津乐道于她的这个现代“神话”的时候，却很少有人正视和分析她的这种行为背后的原因。

早在《我的天才梦》中，张爱玲就透露出了她的这种心理“自闭”倾向：她怕和人打交道，怕这怕那，但“在没有人与人交接的场合，我充满了生命的欢悦”。这样的表现，显然属于心理学意义上的“社交恐惧症”（到晚年则近乎“社交恐怖症”）。按照心理学理论的解释，“社交恐惧症”与“不安全感”密切相关，“当出现不安全感却找不到恐惧对象的时候，就表现为焦虑症；当在人际交往中表现出紧张恐惧和逃避的时候，轻则是社交焦虑，重则是社交恐怖症；当对自身的健康状况极度没有把握的时候，就表现为疑病症；在感到极端不安全并通过各种方法进行控制结果失败后仍未放弃的时候，就表现为强迫症”。对照张爱玲从青少年到老年的种种表现，特别是她老年时期十分坚决地拒绝与社会正常接触、不断迁徙、总是感到有虱子等行为来看，可以说她的“不安全感”所导致的心理影响在此时达到高峰，“社交恐怖症”、“疑病症”、“强迫症”她几乎都有了。在种

① 貘黛也说过“没看见过爱玲这样自私的人”，参见张爱玲：《“卷首玉照”及其他》，收入《张爱玲文集》第4卷，安徽文艺出版社1992年版，第212页。另外，姑姑也常常说张爱玲“自私”，见张爱玲：《双声》，收入《张爱玲文集》第4卷，安徽文艺出版社1992年版，第223页。

种心理力量的驱动下，张爱玲的人际信任感降至谷底，她越来越内缩到她所喜欢的“没有人与人交接的场合”，最终在绝对的孤独、绝对的封闭中走向死亡。

纵观张爱玲一生的种种行为，自恋、自私和自闭无疑是她“不安全感”的重要内容和主要表现形态。

三、张爱玲的“不安全感”在作品中的体现

“不安全感”作为一种心理定势，无疑会对作家张爱玲产生重大影响。当然，体现在作品中的“不安全感”，和现实中作为个体的张爱玲的“不安全感”，在内涵上不尽相同，但前者是后者的延伸和升华，后者是前者的基础，这种关系应当是成立的。前面分析张爱玲何以会有“不安全感”以及她的“不安全感”的主要表现形态，说到底是为了探讨张爱玲的“不安全感”在她的创作中留下了什么样的印迹。通过检视作品，我们发现，从某种意义上讲，张爱玲的大部分重要作品，都潜隐着一种“不安全感”的情绪流，许多作品，甚至可以把它们的主题归结为就是在表现“不安全感”。具体说来，“不安全感”在张爱玲的作品中主要体现在三个方面：时间、金钱和感情。

张爱玲生逢“乱世”，她的家族盛衰和个人遭际，以及她“不安全感”的心理体验，都使她对个人在时间（时代）变化面前的无力感有着深刻的感受，她不止一次地在自己的文章中写到她对时间（时代）的认识：“人是生活于一个时代里的，可是这时代却在影子似的沉没下去，人觉得自己是被抛弃了”①；“时代是仓促的，已经在破坏中，还有更大的破坏要来。有一天我们的文明，不论是升华还是浮华，都要成为过去。如果我最常用的字是‘荒凉’，那是因为思想背

① 张爱玲：《自己的文章》，收入《张爱玲文集》第4卷，安徽文艺出版社1992年版，第175页。

景里有这惘惘的威胁”①。因为时代在“沉没”，是“仓促的”，因此这个世界也是“模糊的，瑟缩，靠不住”的②。从张爱玲的这些“时间（时代）观”中，不难看出她对时间（时代）的消逝充满着戒惧之心、无奈之感。

现实中的张爱玲对金钱十分在乎。她在散文《童言无忌》中，有一节专门谈“钱”，其中公然宣称“我喜欢钱”，“我是拜金主义者”。事实也确实如此，她的姑姑曾说她是“财迷”，而胡兰成也说她“一钱如命”③。张爱玲对“钱”的特别看重与她幼时的遭遇有关：在向父亲和母亲“要钱”的过程中，她都有过屈辱的经历——这使她自幼就对钱的重要性有着刻骨铭心的认识，知道钱既能使人拥有也能使人丧失在这个世界上生存的“安全”和尊严。于是，从对金钱的拥有中获得安全感，就成为张爱玲认识这个世界的一个重要经验——这个经验到了她的作品中，就成为表现人间悲剧的一个重要方面。

熟悉张爱玲作品的人都会对她在作品中一再涉及到“钱”留下深刻的印象。小说中与“钱”相关的代表性作品就有《沉香屑·第一炉香》，《金锁记》、《怨女》等，其他像《琉璃瓦》、《留情》、《多少恨》、《倾城之恋》、《连环套》等也程度不等地涉及到“钱”的重要性，在前者“钱”是作品得以成立的核心，在后者“钱”是作品情节推展的重要动力。《沉香屑·第一炉香》中的葛薇龙为了继续求学，迫于金钱的压力，投靠姑妈梁太太——当年为了金钱不惜和家庭闹翻给梁季腾做小，现在则靠做交际花笼络男人过活。“对于银钱交易，一向是仔细的”梁太太，起初对于葛薇龙的到来“值不值得投

---

① 张爱玲：《〈传奇〉再版序》，收入《张爱玲文集》第4卷，安徽文艺出版社1992年版，第135页。

② 张爱玲：《烬余录》，见《张爱玲文集》第4卷，安徽文艺出版社1992年版，第57页。

③ 参见胡兰成：《今生今世》（上），三三书坊1990年版，第285—286页。

资”颇有些踌躇，后来看葛薇龙可以成为她招揽男人（同时也是赚取金钱）的工具，才下决心收留她。而葛薇龙一旦被梁太太调理成新一代交际花，她也就和为了金钱出卖肉体的妓女没有什么本质区别——区别只在于“她们是不得已，我是自愿的”。葛薇龙的一炉香烧完了，“钱”将一个纯洁、上进的少女的毁灭过程也完成了。同样的毁灭还发生在《金锁记》中，并且来得更加惨烈，更加惊心动魄。正如小说标题所昭示的那样，整个一部《金锁记》，说的其实就是曹七巧怎样被“钱”吞噬，被“钱”扭曲，然后她又用“钱”来吞噬、扭曲别人。小说中的曹七巧由于极度的“不安全感”，因此把所有的希望都寄托在“金钱”上，对她来说，除了金钱什么都靠不住，为此她付出了整个人生，转过来又在儿女和他人身上榨取利息。“三十年来她戴着黄金的枷。她用那沉重的枷角劈杀了几个人，没死的也送了半条命”（长白、葛薇龙的“小姐版”长安①、芝寿、绢姑娘）。如果说《沉香屑·第一炉香》中的梁太太（交际花型的曹七巧）出于“不安全感”而对金钱（男人）的疯狂攫取，因了她的交际花身份而显得较为含蓄的话，那么《金锁记》中曹七巧的“不安全感”，则由于七巧的粗鄙而来得直接和分明——小说中曹七巧时刻感受到的种种危机感、不确定感、威胁感（有七巧想象的成分，也确实有现实的可能），使她在金钱面前横冲直撞（夺取），左推右挡（守护）。如果明白了“金钱”对于七巧的意义——那是七巧的生命所系和“心理安全阀”——也就不难理解七巧这个人物的心理和行为了。

“钱”在《琉璃瓦》、《留情》、《多少恨》、《倾城之恋》、《连环套》等作品中虽然不是主要表现的对象，一般人们对这些作品的主题概括似乎也不把重点放在“钱”上面，可是细读作品，就可以发现

---

① 就命运受长辈影响而言，葛薇龙和长安是同一类型的人物。如果再加上梁太太和曹七巧以金钱操纵年轻人的命运上的相似，《沉香屑·第一炉香》和《金锁记》在主题和人物关系的设置上，其实是具有某种“同构性”的。

“钱”在这些小说揭示心理、展开情节的过程中起了非常重要的作用。《琉璃瓦》中姚先生在嫁女儿时总是有一个“钱”的考量，她女儿的婚姻结局和人生走向则由此决定；《留情》中的敦凤对米先生的“照应”“还不都是为了钱?”；《多少恨》中的虞家茵如果没有一个贪得无厌、索求无度的父亲，她和夏宗豫的爱情起码会少一个阻碍、多一种可能；《倾城之恋》中的白流苏和范柳原，假使不是那场战争成全了他们的爱情或婚姻，那“她跟他的目的究竟是经济上的安全”；而《连环套》中的霓喜从一个男人流浪到另一个男人，她对男人的追逐其实是对金钱的抓取，对“安全”的企望。由“金钱”压迫所产生的“不安全感”和在“金钱”（常常具体化为男人）追逐中寻求“安全感”，成了这些作品“故事”背后的“故事”。

由于“金钱”常常和“人”（男人）结为一体，因此在张爱玲的许多作品中，“金钱”和“感情”（如果不说是爱情的话）是密不可分的①。上面提到的以《沉香屑·第一炉香》和《金锁记》为代表的众多作品，就典型地反映了这一点。或许在张爱玲看来，感情之所以需要由“金钱”来决定或支撑，是因为人的感情是虚渺的、脆弱的、变动不居、难以把握的、靠不住的——这时，金钱就成了衡量感情的重要尺度②，只是，这把尺是把双刃剑，它既能测试感情的深浅，也能使感情皮开肉绽。于是，没有“金钱”无以看出感情的分量，可是有了“金钱”的深度介入，又每每使感情变了味。人在感情面前无力无奈的尴尬，由此可见一斑——而这，正是张爱玲擅长表现的领

---

① 张爱玲本人也常常把感情和金钱联结在一起，用金钱表达感情。她在胡兰成困难时寄款，与赖雅定情时赠金，都是她表达爱情的方式。参见胡兰成：《今生今世》（下）三三书坊1990年版，第437页，以及司马新《张爱玲在美国——婚姻与晚年》，上海文艺出版社1996年版，第79页、第82页。

② 在《童言无忌》中张爱玲这样写道：“能够爱一个人到问他拿零用钱的程度，那是严格的试验。”参见张爱玲：《张爱玲文集》第4卷，安徽文艺出版社1992年版，第87页。

域，换句话说，写金钱与感情的联系，体现的正是张爱玲对于感情本身的认识：感情是最靠不住的东西。这样的认识在她的作品中反复出现，实际上成了她表现“不安全感”的重要载体。

于是我们看到，《倾城之恋》中的白流苏，她在感情上的一番努力和挣扎，如果没有那场突如其来的战争，最好的结果也就是得到一个相对的“经济上的安全”，感情的最终目的地——婚姻——本来是没有指望的。在《花凋》中，家人对川嫦的“爱”只体现在墓碑上的行述——“安息罢，在爱你的人的心底下。知道你的人没有一个不爱你的”——真正的事实是“全然不是这回事”；《封锁》中吕宗桢和吴翠远封锁期间的恋爱，最终只是“做了个不近情理的梦”；《色·戒》中的王佳芝稍稍动了一点真情，付出的竟是生命的代价；《心经》中的许小寒爱上了自己的父亲，这种不伦之恋只能以悲剧收场；《红玫瑰与白玫瑰》和《五四遗事》中的感情，到了最后都走了样，全然不是那么回事。从张爱玲的这些作品中我们不难得出这样的结论：张爱玲对人的感情世界，基本上是持较为负面的态度——那是一个不稳定、不牢靠、不安全的世界。最能直接说明这一点的或许是她的《霸王别姬》，作品中张爱玲对虞姬自刎的心理解释是怕项羽成功后自己失宠，与其那样不如在他失意时先他而死，这样还能给他留下无尽的想象和思念，这就是她“我比较喜欢那样的收梢”的真正含义。通过虞姬，张爱玲事实上已经为她日后创作中涉及到的情感世界定下了基调[1]。

四、张爱玲作品中的“不安全感”的意义和价值

如果说张爱玲“不安全感”心理在个人行为上主要表现为自恋、

① 因为是少作所以直白，可是也令人吃惊张爱玲在十七岁的时候，就已经对感情如此悲观，早熟地洞察到感情背后的种种不堪——这显然与她的“不安全感”有关。

自私和自闭，在作品中集中体现为书写对时间（时代）的无奈感、对金钱的依赖感和对感情的不确定感，那么我们接着要问的就是：张爱玲作品中的“不安全感”在她的创作中具有怎样的意义和价值。

我们觉得，张爱玲作品中“不安全感”的意义和价值，首先体现为它触及到了人类的共性。张爱玲虽然是个深具“不安全感”的人，但她在作品中所表现出来的“不安全感”，显然已不专属于她个人，而具有了一种普遍性。从她笔下的众多人物身上，我们看到的是各色人在时间、金钱、感情中的种种挣扎和不堪，白流苏、曹七巧、梁太太、葛薇龙等人在面对这个世界时的惶恐不安、无力感、无奈感，以及由此生发出的要牢牢抓住什么（金钱、人）以求自救、以求安全的作为，恐怕也是我们人类在面临“不安全”时都会有的一种本能反应。

如果说张爱玲的作品能激起读者的共鸣，那是因为她将她个人对“不安全感”的深刻体验，转化成了对人类生存状况的一种洞察和把握，写出了属于我们人类共有的“不安全感”。当张爱玲用自己的笔告诉人们生命“它有它的图案，我们惟有临摹”[①] 时，她其实也是在告诉我们：她作品中的“不安全感”，不过是她对我们人类生命中本已存在的“图案”的理解和临摹。这也就是为什么她在《张爱玲短篇小说集·自序》中对读者有这样的期待：“这里的故事，从某一个角度看来，可以说是传奇，其实像这一类的事也多得很。我希望读者看这本书的时候，也说不定会联想到他自己认识的人，或是见到听到的事情。”[②]

张爱玲作品中“不安全感”的意义和价值的另一个重要体现，在于揭示了人类生存的本质：终极意义上的不可把握和挣扎的徒劳。

---

① 张爱玲：《传奇·再版序》，收入《张爱玲文集》第 4 卷，安徽文艺出版社 1992 年版，第 137 页。

② 张爱玲：《张爱玲短篇小说集·自序》，收入《张爱玲文集》第 4 卷，安徽文艺出版社 1992 年版，第 265 页。

如果说“不安全感”触及到人类的“共性”代表的是一种“广度”，那么“不安全感”揭示了人类生存的“本质”则意味着一种“深度”。

张爱玲在塑造她笔下人物的时候，颇有点像《传奇》增订本封面上的那个“现代人”，向着人间世“孜孜往里窥视”[①]——看人间生存形态的各种悲剧、闹剧和喜剧。在《有几句话同读者说》中，张爱玲对于这个封面设计曾“说”过“几句话”：“如果这画面有使人感到不安的地方，那也正是我希望造成的气氛。”[②] 在某种意义上讲，张爱玲写作正是希望将她所感受到的生命的残酷和生存的不安，传达给芸芸众生，让他们在观摩曹七巧、白流苏、葛薇龙、霓喜等人命运的时候，也能对更广大的、更本质的生存的意义进行反思和追问。《我看苏青》中的这段话，看似点到为止实则尽在其中，反映了张爱玲对“生存本质”、“命运”与“不安全感”之间关系的理解：“我想到许多人的命运，连我在内的；有一种郁郁苍苍的身世之感。‘身世之感’普通总是自伤、自怜的意思罢，但我想是可以有更广大的解释的。将来的平安，来到的时候已经不是我们的了，我们只能各人就近求得自己的平安。”[③] 就对人类生存本质的认识而言，张爱玲已近于成为一个存在主义者。

最后，张爱玲作品中“不安全感”的意义和价值，还体现为文学史意义：她以一种独特的角度和方式，为二十世纪中国文学提供了一种新质。张爱玲这种将自己作品中的“不安全感”书写，触及到整个人类，并将存在主义内涵根植其中的写法，显然不同于她同时代那些充满了“宏大的”忧患意识——以启蒙主义、阶级意识和民族

---

① 张爱玲：《有几句话同读者说》，收入《张爱玲文集》第4卷，安徽文艺出版社1992年版，第260页。

② 同上。

③ 张爱玲：《我看苏青》，收入《张爱玲文集》第4卷，安徽文艺出版社1992年版，第239页。

主义为基本内容——的写作。张爱玲从“不安全感”的角度切入对人性的刻画，显然是个人化的。然而，个人化并不意味着张爱玲就没有广大的企图心和包容度。事实上从某种意义上讲张爱玲也是一个深具忧患意识的作家，只不过她的忧患意识不同于主流的感时忧国的忧患意识，而是一种个人主义的、由个人“不安全感”产生的对广大人类生存本质具有“不安全感”判定的忧患意识。这种忧患意识是个人的，却也是人类的、哲学的。这样的写作，在二十世纪中国文学中当然成不了主流，却也因此成就了张爱玲——使她能以自己独特的“广度”和“深度”在文学史中独树一帜。

“我的声音和我的存在”
——论纪弦的文学史意义

2013年7月22日，纪弦在美国加州去世，享年101岁。近一个甲子之前的1954年，诗人杨唤因车祸英年早逝，纪弦在目睹了杨唤的火葬之后，在次年写了一首名为《火葬》的诗：

如一张写满了的信笺，
躺在一只牛皮纸的信封里，
人们把他钉入一具薄皮棺材；

复如一封信的投入邮筒，
人们把他塞进火葬场的炉门。

……总之，像一封信，
贴了邮票，
盖了邮戳，
寄到很远很远的国度去了。

纪弦对杨唤非常欣赏，把他视为自己的知己。杨唤去世之后，纪弦和其他诗友一起为其收集遗作编辑成册——仿佛是在此岸世界为杨唤盖上诗的“邮戳”，留下文学的印记。如今，纪弦自己也驾鹤西去，去了杨唤所在的“很远很远的国度”——相信那是一个在彼岸的诗的国度——那他自己在此岸世界留下的诗的“邮戳”，又是一种什么样的文学印记呢？

纵的继承：“史”的描述

拿着手杖 7
吸着烟斗 6
数字 7 是具备了手杖的形态的。
数字 6 是具备了烟斗的形态的。
于是我来了。

手杖 7 + 烟斗 6 = 13 之我

一个诗人。一个天才。
一个天才中之天才。
一个最最不幸的数字！
唔，一个悲剧。
悲剧悲剧我来了。
于是你们鼓掌，你们喝彩。

既是“天才中之天才”，又是“一个最最不幸的数字”，这是纪弦（那时叫路易士）在这首名为《7 与 6》的诗中对自己的定位①。从某种意义上讲，这个概括有着典型的纪弦式风格：在坦然的夸张中透现出一种张力。事实上，说纪弦是“天才中之天才”，大概很多他的同时代诗人会不服气；说他是“一个最最不幸的数字”，好像他也没有那么“悲剧”。然而，有一点是可以肯定的，那就是世人对他的

① 虽然诗中的“我”并不能完全等同于纪弦，但诗中的“我”从外在形象到精神气质，都有纪弦的投影，却是不争的事实。

"鼓掌"和"喝彩"，早在他的大陆时期，就已经开始了。

1933年岁末，纪弦（本名路逾，早期笔名叫路易士）自费在上海出版了他的第一部诗集《易士诗集》，开始登上诗坛。据纪弦自己说，这部诗集"是一种纪念或一种起步之姿"，"内容多半是情诗"，"带有相当浓厚的罗曼而感伤的色彩"，而且"十之八九为格律诗"①，然而，在纪弦看来，这"决定我一生的第一步，是那样充满了自信和不可一世的"②。

在纪弦早期的诗创作生涯中，有几个人跟他关系至深，他们是戴望舒、杜衡、施蛰存、徐迟。在20世纪30年代纪弦刚刚踏入诗坛的时候，李金发和戴望舒的诗、施蛰存主编的《现代》杂志、杜衡的"文艺自由"立场和"人生的写实主义"文学观，对他产生了重大影响，虽然在诗创作的起步阶段，他免不了要写些抒情意味甚浓的情诗(他也承认"我是一个本质上的抒情诗人"③)，但他后来一以贯之的独特诗风，在那时已初露端倪："空灵、飘逸、天真而纯粹，还带着点儿淡淡的哀愁"④，而尤其重要的是，那时的纪弦（路易士），已经初步形成了自己的诗观，大致确立了这样的诗歌创作原则，那就是：追求独创，向往"现代派"的自由诗（不同于"新月派"的格律诗），"抛弃'韵文'之羊肠小径，而在'散文'之康庄大道上大踏步地前进"⑤。

纪弦在20世纪30、40年代虽然并没有像他自己所说的那样"很重要"乃至于在"诗坛上坐第一把交椅"，"红得发紫"⑥，但他在诗坛受到关注却是事实。杜衡、施蛰存、胡兰成、张爱玲都曾有文字论

① 纪弦：《纪弦回忆录（第一部）：二分明月下》，联合文学出版社有限公司2001年版，第58页。

② 同上，第60页。

③ 同上，第70页。

④ 同上，第73页。

⑤ 同上，第75页。

⑥ 同上，第105页，第127页，第93页。

及他的诗。杜衡在《行过之生命·序》中，认为“路易士的诗并不‘晦涩’更不‘神秘’……感情强烈且真挚，调子又是那么和谐且富于魅力”①；胡兰成则认为“路易士深受法国象征主义和美国意象主义之影响，然后又意识地摆脱之而有所独创，在他自己的新天地里大踏步地前进着”②；张爱玲虽然对他的一些诗和做派不以为然，但也认为“路易士的最好的句子全是一样的洁净，凄清，用色吝惜，有如墨竹。眼界小，然而没有时间性，地方性，所以是世界的，永久的”③。应当说，这些“鼓掌”和“喝彩”，足以表明那时的纪弦，在诗坛上已是个不容忽视的存在。

1934 年 12 月，纪弦在上海创办《火山》，开始了他作为诗刊编辑的生涯。这个诗刊虽然只出了两期，却成为纪弦后来创办《菜花诗刊》（1936，出一期后改名《诗志》，共出四期）、《诗领土》（1944，共出五期）、《异端》（1948，共出两期）等诗歌刊物的热身和前奏，有了在大陆期间虽然时有间断但却始终持续着的编诗刊经历，纪弦到台湾后创办在 20 世纪中国文学史上具有重要意义的《现代诗》杂志，就不是“突如其来”而是“其来有自”了。

1948 年 11 月，纪弦到达基隆，开始了他二十八年的台湾生涯。在这段被他视为是人生之“顶点”和事业之“高潮”的岁月里④，纪弦开始了他在诗路上的第二波攀登并实现了飞跃——纪弦文学史意义最具光彩的一页，由此翻开。

台湾诗人白萩在 1964 年的一篇关于现代诗坛回顾的文章中，认

---

① 纪弦：《纪弦回忆录（第一部）：二分明月下》，联合文学出版社有限公司 2001 年版，第 83 页。

② 同上，第 128 页。

③ 张爱玲：《诗与胡说》，收入《张爱玲文集》（第 4 卷），安徽文艺出版社 1992 年版，第 129—130 页。

④ 参见纪弦：《纪弦回忆录（第一部）：二分明月下》，联合文学出版社有限公司 2001 年版，第 17 页。

为台湾现代诗的"'火种'是由纪弦带来的"①；纪弦的学生尉天骢也认为纪弦"可以算是台湾现代派的启蒙者"②；纪弦自己更是不止一次当仁不让地表示对于人们如下的说法——中国新诗复兴运动的"火种"，是由纪弦从上海带到台湾来的；纪弦是台湾现代诗的"点火人"；纪弦是台湾现代诗的"鼻祖"——他是"从不否认"的③，他的理由是，在他的赴台行囊里"有两期《异端》在——那不就是'点火人'带来的'火种'吗"④？

从文学史的内在联系看，纪弦主导的《异端》和《现代诗》(1953) 之间，确实存在着一种"纵的继承"的关系——也就是说，20世纪50年代在台湾极力推行现代诗运动的纪弦，他的一些关于现代诗的思考，在大陆时期就已成形。比照他1948年为《异端》写的"宣言"、"社论"和他在1953年《现代诗》创刊时的宣言，就不难发现这种"继承"关系。

在《异端》的"宣言"和"社论"中，纪弦强调"我们要求诗本身的独立、自由和纯粹化"，"诗之所以为诗，在于含有'诗素'其物，并不在于'押韵'与否。如果内容是诗，虽不押韵亦毫无关系；如果内容不是诗，即使押了很好听的韵也还是没有用的。这叫作'置重点于质的决定'。而且，诗是有新旧之分的。'诗'而不'新'，则不得称之为'新诗'。新诗使用新工具：'散文'；旧诗使用旧工具：'韵文'。使用新工具则产生新形式：'自由诗'；使用旧工具则产生旧形式：'格律诗'。这叫作'工具决定形式'"⑤。

---

① 该文发表于1964年8月《笠》第2期，参见奚密：《二十世纪台湾诗选·导论》，中国社会科学出版社2003年4月版，第31页。

② 尉天骢：《独步的狼——记诗人纪弦》，收入《回首我们的时代》，印刻文学生活杂志出版有限公司2011年版，第273页。

③ 纪弦：《纪弦回忆录（第二部）：在顶点与高潮》，联合文学出版社有限公司2001年版，第19页。

④ 同上。

⑤ 同上，第20页。

1953年2月1日，纪弦一人身兼六职（发行人、社长、编辑、校对、经理、工友）的《现代诗》在台北创刊。在宣言中，纪弦延续了他在《异端》中对“新诗”的基本看法：“用白话或口语写了的本质上的唐诗宋词元曲之类，我们不要。……同样的是，凡是贩卖西洋古董到中国市场上来冒充新货的，例如用中文效颦‘商籁体’（Sonnet）的所谓‘十四行诗’，我们也一概拒绝。……要的是现代的。我们认为，在诗的技术方面，我们还停留在相当落后十分幼稚的阶段……惟有向世界诗坛看齐，学习新的表现手法，……才能使我们的所谓新诗到达现代化。”① 在这里，纪弦对诗歌“押韵”的拒绝一以贯之，而值得注意的是，以往纪弦笔下的“新诗”，在这里有了要向“现代化”迈进的企图——也就是说，在对上海的纪弦继承的过程中，台北的纪弦已有了新的发展。到了1956年，纪弦宣布台湾“现代派”成立并发表“六大信条”，1957—1958年，他又身不由己地置身“现代诗论战”的漩涡，在这后续的可以说是以纪弦为中心的“新诗”（“现代诗”）发展过程中，纪弦对“新诗”（“现代诗”）的阐释，又有了更进一步的深入和发展——对此，我们将在下一节再加以详述。

1949年以后的台湾文学其实是大陆时期“国统区（国民党统治区）文学”的延续②，相应地，1949年以后的大陆现当代文学则是大陆时期“解放区（共产党统治区）文学”的扩大，因此台湾文学与大陆文学之间“纵的继承”的关系，是自然存在毋庸置疑的。纪弦的反共立场、文学地位、诗人身份以及他对诗歌的热爱和执着（纪弦

---

① 纪弦：《纪弦回忆录（第二部）：在顶点与高潮》，联合文学出版社有限公司2001年版，第49页。

② 2000年由于政党轮替，台湾由民进党执政，不能再说台湾文学是“国统区文学”了，不过2008年之后，国民党夺回政权，台湾文学又成了“国统区文学”。然而，相对于2000年之前国民党持续维持统治的执政状态，当今的台湾由于由哪个政党执政具有不确定性，因此“国统区文学”也许不再是一个可以持续稳定使用的概念。

不止一次地明确宣称“写诗和做一个诗人，这便是我终身的大事业”①；“我这个人，天生就是为诗而活着的。诗是我的一切！”②），使得他历史地成为了连接大陆文学和台湾文学在诗歌领域“纵的继承”的“桥梁”，对此，纪弦自己是有着非常明确的自觉意识的，在他的回忆录中，他以一贯自夸的口吻这样写道：“誓死拥护‘文艺自由’和主张写诗用‘新工具’，这两点，我所一贯坚持着的，就是我从上海带到台湾来发扬光大的‘异端精神’之所在。谁说台湾文学和大陆文学脱了节？我不就是连人带诗横跨海峡而搭好了的一道至极重要且具决定性的桥梁吗？”③

横的移植？“论”的阐释

纪弦在大陆文学和台湾文学之间承担“桥梁”作用，使台湾文学（诗歌）得以“纵的继承”大陆文学（诗歌）传统，除了以自己的创作为“载体”之外，主要是通过在台湾创办《现代诗》杂志、组建“现代派”、宣告“现代派的信条”和参与“现代主义”论战这几大重要“事件”逐步实现的——这些“事件”看上去似乎是纪弦的个人作为，但它们的影响和价值，显然已超越了纪弦个人的文学“领土”，而具有了文学史的重大意义。

《现代诗》在20世纪50年代初的台湾文坛出现，吹响了二战以后台湾现代主义文学运动的号角。在这本由纪弦个人主导的诗刊中，他将在大陆时即已确立的诗歌理念，贯彻到他的编刊原则之中，那就是：提倡“自由诗”，反对“格律体”（包括现代诗歌中以新月派为

---

① 纪弦：《纪弦回忆录（第一部）：二分明月下》，联合文学出版社有限公司2001年版，第105页。

② 纪弦：《纪弦回忆录（第二部）：在顶点与高潮》，联合文学出版社有限公司2001年版，第172页。

③ 同上，第20—21页。

代表的“格律派”)；强调诗歌打破“押韵”的“新”，反对诗歌追慕“押韵”的“旧”（哪怕是用白话写的新格律体，也被他鄙视为“二四六八逢双押韵四四方方整整齐齐的豆腐干子体”[①])，并在此基础上有所发展：(1) 严格区分“诗”与“歌”的差别——“诗是文学，歌是音乐。歌词绝非新诗，歌词作者绝非诗人”[②]；(2) 突出强化新诗的“新”，并将之与诗的“现代化”、“现代主义”连接起来。

其实纪弦到了台湾之后，在创办《现代诗》之前，还编过《平言日报》副刊《热风》（出过一次《诗专号》)、《新诗周刊》（借《自立晚报》副刊每周出一期）和《诗志》，在为《新诗周刊》写的发刊词中，他曾表达过如下的立场：“我们重视技巧，……我们意识地追求新……对于中国诗的传统，我们也加以态度审慎的扬弃和继承。而我们所必须探讨的，乃是新诗之所以为新诗的道理，名这周刊为新诗者，其意在此。”[③] 从这篇发刊词中我们可以发现，到了台湾之后的纪弦，他对新诗的思考，开始有了一个新的着力点，那就是新诗的“新”，究竟“新”在哪里？

在20世纪50年代初的新诗论述中，纪弦集中对“新”进行了反复言说，“发起了‘新诗的再革命运动’”[④]。按照纪弦的理解，“新诗之所以为‘新’诗的道理，除了人生观世界观之必须新，就是新在‘工具’的新和‘形式’的新这一点上。使用‘新工具’则产生‘新形式’，使用‘旧工具’则产生‘旧形式’，这叫作‘工具决定形式’”[⑤]，并且，“除了工具、形式、题材、手法之必须新，更重要的是：意识形态的新，思想观念的新。必如此，方足以言新诗，方足

---

① 纪弦：《纪弦回忆录（第二部）：在顶点与高潮》，联合文学出版社有限公司2001年版，第52页。

② 同上，第62页。

③ 同上，第40页。

④ 同上，第52页。

⑤ 同上。

以言新诗的现代化”①。

那么，到底什么是“新”（新的人生观、新的世界观、新的工具、新的形式）呢？在《现代诗》第六期社论《把热情放到冰箱里去吧》和第八期社论《内容决定形式·气质决定风格》中，纪弦分别对“新”进行了具体的阐释。在前者，他认为用理性与知性来驾驭情感，方为新诗；在后者，他认同以“散文”（而不是“韵文”）为表现工具，使用自由诗的形式，方为新诗②。

当纪弦以论述的方式不断对新诗的“新”进行阐释之际，一个新的名词开始在他的笔下越来越频繁地出现——那就是“现代诗”。《现代诗》虽然刊名为《现代诗》，在宣言中也出现了“现代的诗”这样的字眼，但那时的纪弦在使用“现代的诗”这一名词的时候，也只是和“古代的诗”相对，似乎对“新诗”和“现代诗”两者之间的关系，还没有予以太多的思考，不过，宣言中的这句话“向世界诗坛看齐，学习新的表现手法……才能使我们的所谓新诗到达现代化”，却透露出他对“新”（诗）和“现代”（诗）两者之间相互关系的理解：“新诗”只有通过（不断地）“现代化”，才能使之成为“现代诗”。

纪弦对于“现代诗”的理解，应该追溯到20世纪30年代上海的《现代》杂志，作为戴望舒的倾慕者、“自由人”杜衡的坚定同盟者、《现代》主编施蛰存的好友以及《现代》杂志的作者，纪弦对《现代》上的这段话一定印象深刻：“《现代》中的诗是诗，而且是纯然的现代的诗。他们是现代人在现代生活中所感受的现代的情绪，用现代的辞藻排列成的现代的诗形。”③ 这样的诗学记忆，无疑对纪弦把

---

① 纪弦：《纪弦回忆录（第二部）：在顶点与高潮》，联合文学出版社有限公司2001年版，第56页。

② 同上，第58页。

③ 施蛰存：《又关于本刊中的诗》，《现代》第4卷第1期，1933年11月1日。

“新诗”的不断“现代化”作为“新”的核心内涵并以之作为“现代诗”的特征，起到了重要的作用。

《现代》中的诗被认为“现代派诗”[①]，很显然对纪弦的诗学思想产生了重大影响。二十年后，当他创办《现代诗》的时候，“现代派诗”的名称自然而然地会浮现在他的脑海，而《现代》中的“现代派诗”特征——以意象主义和后期象征派为代表——也在纪弦对“现代诗”展开论述时不自觉地流向他的笔端。从纪弦对“现代诗”最为简洁的定义——“现代诗就是现代主义的诗”[②]——中，我们发现，纪弦在20世纪50年代在台湾“领导新诗的再革命，推行新诗的现代化”，其实不过是要将“五四”时期诞生的中国现代白话文学中的“新诗”，“与时俱进”地将之推向一个更具有当下现代特征的新阶段。

明白了这一点，也就不难理解为何纪弦在诗学论述中逐步将“新诗”的概念向“现代诗”的名称引渡，而他对“现代诗”的一再说明，与他对“新诗”的阐述其实并无太大的区别（“自由诗”体，“散文”工具，“诗”—“歌”分离，感情控制）——区别只在于：“新诗”要适应新形势以不断“现代化”，对于“现代诗”概念中至关重要的“现代”含义，以及“现代诗”和“现代主义”之间的关系，纪弦虽然一再说明，却总是给人语焉不详之感，甚至有循环论证之嫌[③]。其实，如果将纪弦观念中的“新诗”、“现代诗”和“现代

---

① 蒲风的《五四到现在的中国诗坛鸟瞰》和孙作云的《论“现代派”诗》均把以《现代》杂志上的诗为代表的诗潮视为“现代派”诗。参见孙玉石：《中国现代主义诗潮史论》，北京大学出版社1999年版，第124页，第153—154页。

② 纪弦：《纪弦回忆录（第三部）：半岛春秋》，联合文学出版社有限公司2001年版，第163页。

③ 参见纪弦：《纪弦回忆录（第二部）：在顶点与高潮》，联合文学出版社有限公司2001年版，第80—115页；《纪弦回忆录（第三部）：半岛春秋》，联合文学出版社有限公司2001年版，第116—129页，第163—166页。

主义”三者关系予以简化处理，基本上可以表述为：“新诗”经过“现代化”之后，“新”得彻底，就成了“现代诗”；“新诗的现代化，就是使新诗现代主义化”[①]；写“现代诗”的人，就是“现代主义”者。

由此可知，“现代派”或“现代主义”在纪弦那里，其实是“新诗”“日日新，又日新”的另一种说法，这个“新”的最根本特性，就是秉持着一种叛逆的精神，不同于以往，不同于过去。传统的旧体诗和新诗中具有浪漫气质的格律诗自不在话下，就是以戴望舒为代表的30年代具有现代风的自由诗，在此时纪弦的眼里，也成了需要革命的对象。正是在这个意义上，纪弦才自认为“相对于30年代的‘现代派’，50年代的‘现代派’，可称之为‘后期现代派’或‘台湾现代派’，而以纪弦为桥梁，为中心”[②]。至此，纪弦的“现代诗”观念既来自大陆30年代“现代派”又力图超越30年代“现代派”的“成长”路径，已清晰可见。

纪弦的这个“现代派”路线图，是在与论敌（覃子豪、黄用、余光中等人）的论战中，经过不断说明不断阐释而得以明晰起来的。当1956年2月1日出版的《现代诗》第十三期在封面上以“现代派消息公报第一号”，宣告“现代派”成立并打出“领导新诗的再革命，推行新诗的现代化”这两句口号时，人们对纪弦要进行“新诗”“再革命”和“现代化”所指何为其实并不明了。覃子豪等人的质疑，使得纪弦有了将“新诗”经过“现代化”使之走向“现代诗”这一理念加以申说的机会，也使我们今天能够理解纪弦所说的“现代诗”的真正含义。不过，当时人们更加关注的，是他提出了“现代派的信条”：

---

① 纪弦：《纪弦回忆录（第三部）：半岛春秋》，联合文学出版社有限公司2001年版，第125页。

② 纪弦：《纪弦回忆录（第二部）：在顶点与高潮》，联合文学出版社有限公司2001年版，第69—70页。

第一条：我们是有所扬弃并发扬光大地包容了自波特莱尔以降一切新兴诗派之精神与要素的现代派之一群。

第二条：我们认为新诗乃横的移植，而非纵的继承。这是一个总的看法，一个基本的出发点，无论是理论的建立或创作的实践。

第三条：诗的新大陆之探险，诗的处女地之开拓。新的内容之表现，新的形式之创造，新的工具之发现，新的手法之发明。

第四条：知性之强调。

第五条：追求诗的纯粹性。

在这些信条中，最具刺激性也最为人所诟病的，是第二条“新诗乃横的移植，而非纵的继承”，对此人们通常的理解，是认为纪弦在提倡新诗“原封不动的移植”，并质疑“若全部为‘横的移植’，自己将植根于何处?”[1] 其实纪弦在这里对新诗“横的移植”和“纵的继承”的取舍，是就新诗的“发生学”而言的，并非针对新诗的“本质论”而言，事实上纪弦在《现代派信条释义》中，已对此有所解释：“在中国和日本，新诗，总之是‘移植之花’。我们的新诗，绝非唐诗、宋词之类的‘国粹’。同样，日本的新诗亦绝非俳句、和歌之类的他们的‘国粹’”[2]，也就是说，新诗在中国（和日本），并不是古已有之的“国粹”，而是“横的移植”之后的新生事物，如同“西药”之于“国药”，“西画”之于“国画”、“话剧”之于“国剧”[3]。然而，尽管纪弦对他的这条引起强烈震撼的“信条”一再解

---

① 此种观点以覃子豪为代表，参见纪弦：《纪弦回忆录（第二部）：在顶点与高潮》，联合文学出版社有限公司 2001 年版，第 90 页。覃子豪之后，人们常常望“横的移植”四字之文而生义，并加以与纪弦原意不符的引申。

② 转引自杨牧：《关于纪弦的现代诗社与现代派》，《现代文学》第 46 期（1972 年 3 月）。

③ 参见纪弦：《战斗的第四年、新诗的再革命》，转引自杨牧：《关于纪弦的现代诗社与现代派》，《现代文学》第 46 期，1972 年 3 月。

释，可是人们还是惯于望文生义，认为纪弦是在“本质论”意义上，主张新诗不要传统，全盘西化。这种对纪弦原意的误解乃至曲解，对他是极不公平的。现在，应该正本清源，还纪弦以公道。

因此，如果结合纪弦对“新诗”、“现代诗”和“现代主义”（按照纪弦的定义，“现代主义”就是自波特莱尔以降一切新兴诗派的合成——“这些新兴诗派，包括十九世纪的象征派、二十世纪的后期象征派、立体派、达达派、超现实派、新感觉派、美国的意象派、以及今日欧美各国的纯粹诗运动”①）的理解以及对这三者关系的建构，就纪弦提出的“信条”加以阐释的话，可以进行这样的解说：

第一条：我们是现代派，我们对以波特莱尔为开山鼻祖的一切新兴诗派的精神和要素，接受其“健康的，进步的、向上的部分”并加以光大，而放弃其“病的、世纪末的倾向”，并以此创造出一种区别于欧美现代主义的“后期现代主义或新现代主义或中国现代主义”②。

第二条：我们认为新诗就其发生学而言，是横的移植的产物，而不是纵的继承的结果。因此新诗在理论建立和创作实践上，具有一切创新的可能性。

第三条：新诗要在题材、主题、内容、形式、工具、手法等方面，进行探索、开拓和创新。

第四条：控制感情的泛滥，强调知性的追求。

第五条：追求“诗本身的独立、自由和纯粹化”，“反对拿诗去服役于任何政治上的目的或理念”。

经过这样的解说，纪弦的新诗（现代诗）理念，应该比较明晰了，他的“横的移植”论，也应该得到了澄清。从根本上讲，“横的移植”对纪弦而言，不过是强调新诗的产生自有其不同于中国传统旧

---

① 参见纪弦《现代派信条释义》，转引自杨牧：《关于纪弦的现代诗社与现代派》，《现代文学》第46期，1972年3月。

② 纪弦：《纪弦回忆录（第二部）：在顶点与高潮》，联合文学出版社有限公司2001年版，第82页。

诗的“来历”而已，当他把自己置于这样的谱系中——从30年代的“现代派”发展到50年代的“后期现代派”——时，纪弦其实是在“横的移植”来的新诗体系下，实行着“纵的继承”。就此而言，“横的移植”对纪弦而言，其实是不存在的——那是他的前人（胡适、徐志摩、戴望舒们）所做的工作，纪弦在20世纪50年代所做的一切，不过是在已有的“横的移植”来的新诗基础上，进行着“纵的继承”的深化——他用“现代诗”来命名这种深化。

从“少年”到“晚景”：“诗”的解析

我发出声音，不断地，在我的有壳的宇宙里。壳坚韧而又透明，如不碎玻璃。我的宇宙是绝对的。

我必须发出声音。因为只有我自己的声音才能证实我的存在。一切不可靠。一切不可信。一切危险：那些紧紧包围着我的具诱惑性的诸形态和种种魔术的意义。我必须无视于其形态之丑恶或美好。我必须无知于其意义之深刻或浅薄。否则，被取消的必然是我自己——来自任何一方的一阵狂风都可能把我吹熄，如吹熄一根火柴的火，那么轻而易举地。

我的声音是多样的，如太阳之七色。有单纯色，有复合色，千变万化，层出不穷。我抹我的声音以青色，橙色，柠檬黄色，紫色，绿色，宝石蓝色，灰色，白色和极黑的黑色；也有抹以强烈的赤色和红色的。但是我的赤色不是共产国际的旗的赤色，我的红色也不是他们的红场的红色，而是我的生命的本质的燃烧，不可遏制的，不可扑灭的，致命的，致命的燃烧。

简单而又复杂，宁静而又动乱，我的声音。近而又远，瞬而又永，我的声音。我的声音证实我的存在。故我不断地发出声音，在我的有壳的绝对的宇宙里。

除了主编诗刊、发表诗歌宣言、组织诗歌团体和参与各种诗歌界的活动之外，最能体现纪弦作为一个诗人的价值和文学史地位的，无疑还是他的诗歌创作。在创作于1945年的《我的声音和我的存在》这首诗中，纪弦对自己的声音和自己的存在，进行了诗的抒怀。那么，他在诗中发出的声音，究竟是一种什么样的声音呢？

纪弦自己坦言，他最初的诗歌创作以情诗为多，诗中也曾流露过左倾的色彩，不过这个“感伤”和“左倾”的状态很快成为过去，纪弦可以说是迅速地在诗歌世界中找到了自己的姿态和节拍，那就是：放弃浪漫抒情，拒绝“韵文”格律，坚持“散文”立场，追求“诗想”，强调“心耳”，以不羁的意象和独特的象征手法，书写自己的心灵，淬炼自己的感受，力图创造自己的诗型，达到别具一格的独创效果。从某种意义上讲，纪弦以其一生的努力，基本达到了他对自己的设计和期待。限于篇幅，本文无法对纪弦的诗歌创作进行全面的论述，只能选择几首带有纪弦个人形象特点的诗为例，从一个特殊的角度，来解析纪弦诗的特点。

> 拿手杖的鱼。
> 吃板烟的鱼。
>
> 不可思议的大邮船
> 驶向何处去？
>
> 那些雾，雾的海，
> 没有天空，也没有地平线。
>
> 馥郁的是远方和明日；
> 散步的鱼，唱歌。

《散步的鱼》与《7与6》都发表于1943年，这首曾经被张爱玲指为“做作”而为纪弦赢得“鱼诗人”称号的诗，让纪弦颇为自得。

与一般诗人不太愿意承认诗中世界与自己相关不同，纪弦明确表明诗的第一节写的就是自己①，诗中纪弦将自己化身为“鱼”是因为“我是个自由的追求者，而鱼乃自由之象征”② ——鱼为自由之象征显然是纪弦的主观认定，也就是说，他选择“鱼”这个意象来象征“自由”，是他的创造。在诗中，鱼可以“拿手杖”，“吃板烟”，“散步”，“唱歌”，这是一个从容悠闲自在的形象，相对于在“没有天空”、“没有地平线”的“雾的海”上不知“驶向何处去”的茫然的“大邮船”，“鱼”有的是“馥郁的远方”和“明日”。整个诗通过“鱼”和“大邮船”这两个意象的对比，表现了“鱼”因独立于“大邮船”而获得的一种乐观和自信。从某种意义上讲，“鱼”的自由的获得，首先就在于它的独立，而这种因独立而获得的自由，最终带给了它不同于“大邮船”的命运。

这种“独立”的身姿在纪弦关涉他自己的诗中曾一再出现。纪弦是个喜欢用一些意象自喻的诗人，他不但乐于在诗中代入自己的形象，而且擅长在这种形象的塑造中融入他对世界的认识和思考，展现他的立场和姿态，个性和气质。在《散步的鱼》中，他对因独立而获得自由的“鱼”表示了赞赏和喜悦，在《槟榔树：我的同类》（1951）中，他则对“我”的同类槟榔树的寂寞，予以了深切的“同情”：

高高的槟榔树。
如此单纯而又神秘的槟榔树。
和我同类的槟榔树。
摇曳着的槟榔树。
沉思着的槟榔树。
使这海岛的黄昏富于情调了的槟榔树。

① 纪弦：《纪弦回忆录（第一部）：二分明月下》，联合文学出版社有限公司 2001 年 12 月版，第 124 页。

② 同上。

槟榔树啊，你姿态美好地站立着，
在生长你的土地上，终年不动。
而我却奔波复奔波，流浪复流浪，
拖着个修长的影子，沉重的影子，
从一个城市到另一个城市，永无休止。

如今，且让我靠着你的躯干，
坐在你的叶荫下，吟哦诗章。
让我放下我的行囊，
歇一会儿再走。
而在这多秋意的岛上，
我怀乡的调子，
终不免带有一些儿凄凉。

飒飒，萧萧。
萧萧，飒飒。
我掩卷倾听你的独语，
儿泪是徐徐地落下。
你的独语，有如我的单纯。
你的独语，有如我的神秘。
你在摇曳，你在沉思。
高高的槟榔树，
啊啊，我的同类，
你也是一个寂寞的，寂寞的生物。

写这首诗时纪弦刚到台湾没有几年，热带、亚热带海岛上的槟榔树，引起了他强烈的认同感，因为他自己就高高瘦瘦的，并且纪弦大概也认为自己有着“单纯”、“神秘”、“摇曳”和“沉思”的气质，于是他将槟榔树引为“同类”——台湾岛上的槟榔树，从此与纪弦有了形神同构的关系，从诗集的名称到创办诗刊的封面图案，都可以看到纪弦对槟榔树的钟爱和自喻。槟榔树的一切特征（“高高的”、“单纯”、“神秘”、“摇曳”和“沉思”），在纪弦的心目中，最终都凝聚为它最为根本的精神气质：“寂寞”，而“寂寞”，则与槟榔树“独立”的生存形态密切相关——“姿态美好地站立着”的槟榔树，它之所以美好是因为它有着“独立”的身姿。

在《散步的鱼》中“鱼”因“独立”而获得自由的“欢愉”，到《槟榔树：我的同类》中已转化成“槟榔树”因“独立”而导致“寂寞”——可见“独立”的姿态在纪弦诗的世界里具有多义性。果然，到了《狼之独步》，我们看到了纪弦赋予“独立”的另一种身影和含义：

> 我乃旷野里独来独往的一匹狼。
> 不是先知，没有半个字的叹息。
> 而恒以数声凄厉已极之长嗥
> 摇撼彼空无一物之天地，
> 使天地战栗如同发了疟疾；
> 并刮起凉风飒飒的，飒飒飒飒的：
> 这就是一种过瘾。

《狼之独步》写于1964年，“只短短的七行，言有尽而意无穷，诚不愧为纪弦生平杰作之一”①。在这首诗中，“旷野里独来独往的一匹狼”是独立的，可也是孤独的，它虽与“以往”隔绝，但绝不伤感，有的只是一种充满独特性和震撼性的声音，这种声音力量巨大，能使天地战栗，而“狼”也因自身力量的强大而获得快感。具体而言，身处旷野的“狼”独来独往——这是空间的孤独；它与“既往”

① 纪弦：《纪弦回忆录（第二部）：在顶点与高潮》，联合文学出版社有限公司2001年12月版，第184页。

无关——这是时间的孤独；它不叹息因为它不伤感；它凄厉的长嗥能摇撼天地并使之战栗发抖（如同发了疟疾）意味着它的强大；在这种强大中它获得了快感的具体化——过瘾。诗中独步的狼自然是独立的，并因独立而孤独，可是它不以孤独为惧，不因孤独而伤感，相反，它在孤独中感到了强大，在孤独中获得了快感，甚至，它在孤独中拥有了得意。

纪弦在这首诗中通过"狼"的意象，通过对"孤独"的全新感受和独特表现，完全颠覆了人们对"狼"和"孤独"的既往认识和体验，建立起他新的观照视野和价值体系："狼"已不再是凶残的化身而是独立的象征；由独立而导致的"孤独"，不再是痛苦的渊薮而恰恰是力量和快感的来源。

表现"独立"的身姿并通过"独立"呈现不同的人生收获和心灵感受，在某种意义上贯穿了纪弦从"少年"（早年有诗集《摘星的少年》）到"晚景"（晚年有诗集《晚景》）的全过程。在他 1983 年创作的《鸟之变奏》中，我们又看到了他另一种"独立"的姿态：

> 我不过才做了个
> 起飞的姿势，这世界
> 便为之哗然了！
>
> 无数的猎人，
> 无数的猎枪，
> 瞄准，射击：
>
> 每一个青空的弹着点，
> 都亮出来一颗星星！

诗中的"我"（以"鸟"为意象）在"无数的猎人"面前，显然是个另类的个体——区别于"猎人"群的独立体。在某种意义上讲，"我"

的“独立”是被迫的——被逼迫着成了“无数的猎人”的对立面，可是在“我”与众人的对立中，“我”被瞄准、被射击并没有使“我”沮丧、消沉乃至被击落和死亡，相反，每一个射向“我”的“弹着点”，都在天空中（纪弦喜欢用“青空”来指称“天空”，他甚至有个笔名就叫“青空律”）如流光溢彩的礼花，星星点点，绽放开来，仿佛在为“我”（鸟）的起飞而闪烁，而欢呼，而雀跃，而礼赞——也就是说，被孤立被对立的“我”（鸟）的起飞，虽然遭到了猎人们的射击，却无损于“我”的飞跃和翱翔，那些射击，不过是为“我”的腾飞衬以灿烂的星光。让“独立”呈现出“青山遮不住，毕竟东流去”的势不可当和“两岸猿声啼不住，轻舟已过万重山”的飘逸，显现出老年纪弦在面对“射击”时，虽然难以忘怀，却已能用人生智慧去潇洒地面对①。

以上对纪弦“自我形象诗”的分析，还只是“诗义”的解析，在形式层面，纪弦的这几首诗可以说基本上是他自己诗歌理念的实践。首先，他不讲究格律，用“散文”方式写诗——很多诗句都是大白话，可是这些大白话，经过纪弦的组合，就有了“诗味”，有了“诗想”，有了“诗意”；其次，他约束自己的感情，在诗中不纵情不滥情，“情的内敛和控制”成了这些诗在抒发“诗情”时共同的特征；第三，他在诗中通过意象的设置（鱼、大邮船、槟榔树、狼、鸟、猎人）和象征手法的运用（拿手杖的鱼、吃板烟的鱼、散步的鱼、单纯而又神秘的槟榔树、我乃旷野里独来独往的一匹狼、“我”起飞的姿势），赋予他笔下诗的世界以空间重组、人—物（动物、植

---

① 这首诗不免会令人想起纪弦在20世纪50年代“现代诗论战”中所面临的处境：他（鸟）的“起飞”姿态（宣布“现代派”成立以及发布“现代派的信条”）所引起的“哗然”，以及遭遇“无数的猎人”的“射击”（引来众多批评），都与这首诗的“情境”有着某种内在的相似性。如果我的这种“比附”能够成立的话，那说明当年的“事件”在纪弦心中形成的心结，并没有随着时间的流逝而完全化解。不过，从这首写于距他创办《现代诗》已有三十年之久的诗作中，我们可以感觉到，纪弦的心态已经不是执着其中的耿耿于怀，而是历史回眸的潇洒自得。

物）合一、逻辑再造、释放哲思等现代诗特点；第四，纪弦虽然反对诗的格律化，但他并不反对诗的节奏感和音乐性——他反对的是表面化的通过格律来体现的节奏感和音乐性，而提倡用内在的节奏感和音乐性来实现诗的律动（所谓同“心耳”取代“肉耳”）。在以上几首诗中，其节奏感和音乐性（如“高高的槟榔树。/如此单纯而又神秘的槟榔树。/和我同类的槟榔树。/摇曳着的槟榔树。/沉思着的槟榔树。……你的独语，有如我的单纯。/你的独语，有如我的神秘。/你在摇曳，你在沉思。……”；“并刮起凉风飒飒的，飒飒飒飒的：……”等），其实是显而易见的。

从“路易士”到“纪弦”：文学史意义

纪弦是个对于文学史意义有着强烈自觉感的诗人，除了对自己在大陆新诗和台湾现代诗之间“点火人”的身份充满自觉之外，对于组织“现代派”的文学史意义，他也了然于心①。20 世纪 80 年代，纪弦曾在美国做过一次关于台湾现代诗的演讲，在演讲中他把自己放在 20 世纪中国文学史中加以定位，认为自己是中国新诗“第四个时期”（复兴时期）的代表人物②。在今天，当我们回顾纪弦作为一个诗人那跨越海峡两岸同时也连接起大陆新诗和台湾现代诗的一生的时候，我们发现，他从“路易士”向“纪弦”的转换，正体现了 20 世纪中国新诗从大陆向台湾绵延并有所发展的历史轨迹——从某种程度上讲，这是纪弦最重要也最具价值的文学史意义，而他本人以他特有的姿态，在新诗创作、创办诗刊、组织诗派、参与诗歌理论建设等方

---

① 纪弦自己说：“组织‘现代派’，这在当年，的的确确是近代中国文学史上的一桩大事。”见《纪弦回忆录（第二部）：在顶点与高潮》，联合文学出版社有限公司 2001 年版，第 69 页。

② 参见纪弦：《纪弦回忆录（第三部）：半岛春秋》，联合文学出版社有限公司 2001 年版，第 117 页。

面所发出的独特的、多声部（多色彩）的“声音”，也显示了他在文学史中不可取代的“存在”的意义和价值。纵观纪弦（从路易士到纪弦）诗的一生，我们有充分的理由相信，纪弦在20世纪中国文学史上盖下的“邮戳”，已经刻印下醒目而又有力的印记。

个人记忆与当代历史

——论莫砺锋的《浮生琐忆》

2004年1月，章诒和的《往事并不如烟》一出版便在中国读书界引起了相当大的轰动，在书中章诒和以生动的笔触，写出了她亲历的共和国历史上著名的"反右"运动、在这一运动中名闻天下的以作者父亲为首的几个大右派以及与这些"大右派"相关的形形色色的人物。那段历史的惨烈以及作者亲见的著名"右派"们在运动中的种种表现和悲剧命运，唤起了知识者对那段历史的回忆和反省——这种回忆和反省在当代知识者的内心深处引起波澜是十分自然的事，因为章诒和书中写到的那些往事，在某种程度上讲也是中国知识者"自己的"历史。一时间，《往事并不如烟》成了读书界的重要话题。

也是在2004年1月，《钟山》杂志在这一年的第1期发表了南帆的长篇散文《关于我父母的一切》，在文章中，学者南帆回忆了自己父母自上个世纪50年代以来坎坷而又充满悲剧意味的一生，以及他对"关于我父母的一切"的解读和评判。这部作品后来出了单行本，并于2005年4月获得"第三届华语文学传媒大奖"散文家奖。

相对于章诒和的书引起轰动，南帆的书获得大奖，稍早（2003年12月）由人民文学出版社出版的莫砺锋的《浮生琐忆》似乎显得"沉静"得多，虽然这三本书有一个共同点：都是写上个世纪50年代以来知识者的"历史"，但书本身的命运却如此不同。也许，章诒和以特殊的身份（章伯钧的女儿）写特殊的事件（反右）容易引起人们的关注，南帆以当代著名评论家的身姿书写富有反思意味的散文也易于在当代文学圈中激起较为强烈的反响，作为著名古典文学研究专家，莫砺锋对于当代文坛而言可能还是一个有些陌生的名字。然而，就我阅读《浮生琐忆》的感受而言，我觉得这本书的出现，在中国当代散文史上，有着极其重要的意义和价值：就内容而言它不像《往事并不如烟》那样“特殊”，就风格而言它不像《关于我父母的一切》那样“深沉”，可是在表现那段历史的“沉重”和书本身的“厚重”方面，《浮生琐忆》却绝不比前两者逊色。在我看来，《浮生琐忆》与比它稍后出现的《往事并不如烟》和《关于我父母的一切》一样，都是新世纪中国当代散文创作的重要收获。

章诒和名人之后的身份，以及她所写对象的高知名度，使得《往事并不如烟》带有一定的“传奇性”，相对而言，莫砺锋的《浮生琐忆》和南帆的《关于我父母的一切》就平凡多了——莫砺锋以本人为视角，南帆以父母为观照，所写均为普通人的平常故事，然而，没有了“传奇性”的普通人生，寄托其上的历史风貌，却可能比章诒和的《往事并不如烟》来得更具普遍性，因为普通人身上的历史才是历史的“底子”，因而也更能反映历史的真实，而学者的深邃，又使莫砺锋和南帆在各自的作品中，在书写人生的同时，更在反省历史。

就《浮生琐忆》而言，我认为它的突出特点，集中体现为以个人视角展开历史叙事，在艺术上，则以反讽幽默为基本风格。

一、个人记忆

《浮生琐忆》是作者莫砺锋对自己三十岁以前个人经历的回忆。在《后记》中，莫砺锋称这本书“早就该写”，可见那些经历在他的心中郁积已久，这些“悲、离多而欢、合少”，“充满了愁苦和丑陋”的人生岁月，基本上可以按时段、事件、人物、风景、民俗划分为五大部分。时段是指作者从幼年到小学、中学、务农、做工、上大学、考取研究生等人生的几个重要阶段；事件、人物、风景、民俗则是指作者在从幼年直至“而立之年”的成长过程中所经历的各种人生诸相、世态人情。20 世纪 50 年代至 70 年代在中国上演的那段历史，其间像“镇反”、“大炼钢铁”、“集体食堂”、“四清”、“反右”、“文革”（具体表现为“取消高考”、“革命大串联”、“武斗”、“上山下乡”）、“恢复高考”等重大历史事件，都在莫砺锋的笔下得到了展示。只不过，这种“展示”不是以一种宏大历史描述的面目出现，而是以莫砺锋自己成长轨迹和生命经历的个人视角展开。

三十岁以前莫砺锋的人生轨迹可以说是真正的“浮生”——一个“浮”字，道尽了他漂浮不定的三十年岁月。他最初的幼年记忆即与迁徙联系在一起，《浮生琐忆》开篇《最初的记忆》，就是写他们家搬离陆渡桥迁至鹿河镇，“那是一个月色朦胧的夜晚，爹爹和姆妈向农民雇了一条木船，搬家到另一个小镇鹿河去”，幼年的莫砺锋在夜行船上睡着了，“等我醒过来时，太阳已经升得老高，我与小妹一起躺在一个陌生的房间里，那就是我们的新家”。这样一个迁徙的初始记忆，或许正意味着他以后三十年的流离人生。果然，三十以前的莫砺锋，就在陆渡桥镇、鹿河镇、琼溪镇、苏州、赵滨村、汴河公社、合肥等地不停地“漂泊”：幼时在陆渡桥镇、鹿河镇所住时间都不长，苏州是“寄籍”读高中，赵滨村是“插队”，汴河公社是“亦工亦农”，合肥是上大学，在这些地方，莫砺锋可以说都是匆匆过客，琼溪镇虽然住的时间较长，但莫家在这里是外来户，没有自己的房子，总是赁屋而居，一再地搬家使莫砺锋在这个地方毫无安定感，总有“浮”的感觉。

对于莫砺锋而言，外在的迁徙（“漂浮”）只是“浮生”的表层，人生的坎坷（“沉浮”）和精神的不安（“浮荡”）才是“浮生”的实质。莫砺锋与新中国同龄，因此新中国成立后的三十年史，也就在莫砺锋的三十人生中，打下了深深的烙印。上个世纪 50 年代至 70 年代，中国大地正逢多事之秋，政治“运动”（小到“除四害”大到“文革”）不断升级，莫砺锋却恰逢其时，父亲的“历史问题”，宿命地使莫砺锋难逃人生艰困，无法精神安宁，在政治的狂风巨浪面前，他的人生，从外在轨迹，到内心世界，都成了名副其实的“浮生”。

这样的“浮生”自然是痛苦的，在《浮生琐忆》中，莫砺锋写到了许多不堪回首的惨痛记忆：从饥饿的感受（《“营养饼”》）到上大学理想的破灭（《我在“文革”中之二》）；从被归入另册的不公到维护父亲的倔强反抗（《我在“文革”中之七》）；从父亲被“开除留用”（《爹爹的故事之二》）被“群众专政”（《爹爹的故事之四》）到被“逮捕”被“判刑”被“劳改”（《爹爹被捕记》）直至“生病”（《爹爹之病》）最终“自杀去世”（《爹爹之死》）；从无书可读的精神饥渴（《赵浜读书记》、《运书历险记》）到插队时的物质贫困（《赵浜风景之二：茅屋》、《我在赵浜之一》）；从为了离开伤心地远走他乡（《离别江南》）到痛惜爷爷、奶奶和父亲不幸的一生（《我的爷爷奶奶》）；从遭遇各式各样的奸佞小人（《邵根尼》、《赵浜人物之一：癞团》）到面对自己（乃至一代知青）青春流逝却无力改变的无奈和惆怅（《八里桥》、《路边的小店》）……这些如影随形挥之不去的愁苦经历和椎心感受，构成了莫砺锋三十年“浮生”中最触目惊心的内容。

当然，如果人生全是这些悲痛与不堪，那世界也就过于苍凉。事实上，即便是在运动压顶、家遭不幸、人生灰暗的三十年岁月里，莫砺锋的周围，也不乏日常人生的乐趣、善良人性光辉的照耀和亲情友情温馨的环绕，对此，莫砺锋在《浮生琐忆》中，以似淡实浓的笔调，深情回忆了人间百态赋予他的各种人生温暖，这里面，有琼溪、苏州的优美风景，有全家忙于过年的团圆喜庆，有小学中学乃至大学的各种趣事，也有人与人交往中自然流露的种种温情。全书中最为感人的除了对父母的深情追忆之外（《爹爹的故事》之一、之二、之三、之四；《姆妈的故事》之一、之二），就是莫砺锋对同学（《琼溪人物之三：姚伯良》、《苏高中人物之一：陈本业》、《苏高中人物之四：顾树柏》）、老师（《我的舅舅》）、普通的善良民众（《洪师傅和吉师傅》、《汴河人物之一：老段》、《汴河人物之四：熊医生》以及赵浜、汴河、安大等地莫砺锋周围的同事、邻居、同学）的回忆，这些人在莫砺锋人生最为艰困和最需要帮助的时候，给了他友谊、指导、关心、各种各样的帮助和无形却十分有力的精神支撑。在某种意义上讲，正是因为有了这些来自周围普通百姓的人间温暖，才使莫砺锋在三十年不幸的“浮生”中，获得了战胜政治严寒的勇气和力量，同时，这些温暖的存在，也使莫砺锋灰暗坎坷的三十年人生，带有了些许珍贵的亮色。

二、当代历史

虽然莫砺锋自己说《浮生琐忆》“不是具有史料价值的回忆录，因为它的内容平凡、琐屑，不能反映那个时代的伟大或荒谬的程度”①，看上去《浮生琐忆》也确实是在写个人悲欢，然而，历史的呈现，正是由一个一个“个人”的历史构成，《浮生琐忆》的“个人视角”，并不妨碍它同时也具有一种“历史叙事”的功能，因为，莫砺锋三十年的人生岁月，烙印着的，正是那段历史的痕迹，他所遭遇的一切，既是他个人的经历，同时也是那段历史的写照。考虑到那段时期政治力对个人命运的决定性作用，说莫砺锋三十年的个人经历，恰恰是那段历史“造就”的，应该也不算过分，就此而言，《浮生琐忆》对莫砺锋个人经历的每一触及，其实也就是对那个特殊年代的历史描摹，它在展示莫砺锋个人遭际的同时，也就是在呈现那个令人百感交集的时代——说到底，《浮生琐忆》不只是一部纯粹的个人忆旧之作，而实在是一部以“个人视角”进行“历史叙事”的著作。

当“个人”只是书写的“角度”，“历史”才是写作的旨归的时候，《浮生琐忆》的意义就不再限于只是一种“个人的回忆”，而具有了“历史”的蕴含，于是，读者在《浮生琐忆》中所获得的共鸣，也就不完全是对莫砺锋个人遭遇的同情，而更多地是对那个时代的感叹。当我们在《浮生琐忆》中，面对莫砺锋父亲的不幸—— 一个本

---

① 莫砺锋：《浮生琐忆·后记》，《浮生琐忆》，人民文学出版社 2003 年版，第 352 页。

分的平民百姓，只是因为抗战时期投军报国，在国民党部队中担任过文职人员，就在解放后的历次政治运动中，成为“有政治历史问题”的“阶级异己分子”、“反动军官”、“暗藏的反革命分子”乃至被判“反革命罪”，我们知道，这样的人间悲剧并不是偶然地落在了莫砺锋父亲的头上；同样，由于父亲的“历史问题”和“反革命罪”，莫砺锋的少年时代和青年时代，就只能背负着“反动阶级的孝子贤孙”这一沉重的政治包袱，被打入另册——这在那个政治“血统”会导致人生“原罪”的时代，莫砺锋的遭遇，体现的其实是一种大行天下的通则；而当“文革”开始、高考取消的时候，人生命运受到影响的，自然也不是莫砺锋一人。

不仅莫砺锋本人和他的家庭所经历的一切反映了一种“历史”的风貌，就是莫砺锋周围的各色人物，又何尝不是“历史”的产物？莫砺锋读高中时的同学陈本业，一个极富科学才能的高才生，却因为“文革”只能在高中毕业后下乡种地喂猪养蜂修理收音机，虽然后来他也考上了苏州大学物理系并成为了一名乡村中学教师，但那已是许多年后的事情，原本稳操胜券的清华电机系和可能的麻省理工学院，已永远不再属于这个当年的天才少年，面对这样的人生歧路和命运差别，谁能说这只是陈本业个人的不幸而与“历史”无关？至于赵浜的“阿囡”和“喔喔啼”，他们由纯朴的农民变成小丑式的时代“弄潮儿”，不正是“历史”塑造的结果？而在他们不无喜剧意味的人生背后，深隐着的其实是“历史”在他们身上刻下的悲剧。

“历史叙事”在《浮生琐忆》中除了体现为由“个人”向“历史”伸展的叙事策略，在我看来更体现为一种深刻的历史感——也就是《浮生琐忆》的作者在借助个人回忆书写历史的同时，也在对历史进行深刻的反省。这种历史反省在《浮生琐忆》中体现为两个层面：一个层面是置身“历史”之中却能对社会乱象保持清醒，另一个层面则是站在新的历史阶段反思过去的历史行为。当“文革”还在继续，人们对“上山下乡”、“扎根农村”还“坚信不疑”的时候，莫砺锋就已经觉得“目前的路线”不会长久，他不但以自己的认识和判断来劝说父亲，同时也告诉邻居不必为年幼的孩子考虑送谁下乡，因为“等到你家孩子中学毕业，上山下乡这件事恐怕已不存在了”，而他自己虽然在农村插队多年，但从来没有“扎根农村一辈子”的决心，因为他知道，“形势是会变化的，谁能料定我们就会在乡下待一辈子”？在当时的历史条件下，这样的独立思考充分表明他已对身边正在发生的“历史”具有了相当的反省意识。

在莫砺锋写《浮生琐忆》的时候，“文革”早已烟消云散，站在新的历史制高点上回顾过去，莫砺锋的历史反省不仅指向不堪回首的历史往事，更指向自己的内心深处。《浮生琐忆》中最令我感佩的是《苏高中人物之四：顾树柏》和《我在“文革”中之一》这两篇，因为这两篇都“深挖”了“文革”初兴之时莫砺锋自己的内心世界。在《苏高中人物之四：顾树柏》中，莫砺锋对敢于对抗“文革”的顾树柏表示了钦佩：“此时的我对‘文革’其实毫无兴趣，但是想到即将来临的高考，想到与高考生死攸关的政治评语，便不敢对‘文革’表现出丝毫的失敬。可是顾树柏却敢于公然这样做！我不由得对他肃然起敬起来”，后来顾树柏敢于冒着风险去通报英语老师周大心红卫兵要来查抄日记，使周老师有所准备而暂时逃过一劫，就更使莫砺锋“懊悔为什么自己没能在当时做出这样的侠义举动来”，并从此以后“与顾树柏的友谊日益深厚”，因为“从未说过任何豪言壮语”的顾树柏，在莫砺锋的心目中却是一个有自己的思想并敢于付诸行动的“特立独行的人”。

对顾树柏的敬佩，表明莫砺锋其实与顾树柏是同一类人，只是碍于种种顾虑，他一时还难以像顾树柏那样“特立独行”。多少年后，在《我在“文革”中之一》中，莫砺锋对当年“写老师的大字报”一事的“私心”进行了无情地解剖：

> 一开始我只是在别人写的大字报上签名，而且总是签在靠后的地方，没有亲自执过笔。但久而久之，我觉得这样做很不妥当。文化大革命是毛主席亲自发动、亲自领导的，它当然是检验一个人革命与否的试金石。要是我老是站在一边随声附和，时间

长了难免被人认为是对这场革命不积极甚至是消极抵触，那样的话学校对我的政治评语会怎样写呢？爹爹曾在国民党军队里干过，“出身不好”的政治污点一直像紧箍咒一样套在我头上，如果再加上本人表现不好的政治评语，那么不管我高考考多少分也无济于事了。……想到自己对清华园的向往，想到父母亲对自己的殷切希望，我觉得自己必须在这场革命中有较好的表现，至少不能引起别人对我革命态度的怀疑。

我决定自己来执笔写一张大字报，写好后把自己的名字签在最前面，让所有的人都能注意到我的名字。

为了能实现上清华电机系的理想，在“文革”这一政治运动的“试金石”面前，莫砺锋做了自己并不愿意做的事——“文革”对人性的扭曲和摧残，由此可见一斑。然而，莫砺锋在多少年后把自己当年的内心活动原原本本地写下来，除了揭露“文革”的黑暗和违背人性，我觉得在“自我反思”这一点上，也许更具意义。对于个人在“文革”中的表现，自我反思最彻底的是巴金——他在《随想录》中对自己在“文革”中一些不当言行的深刻反省，构成了他“文革”反思的重要内容，也使我们从中感受到一颗崇高的心灵。作为著名作家，巴金的反思诚然可贵，也容易引起公众的注目，但在我看来，一个普通人对“文革”的自我反思，或许更加重要——别忘了，当年被迫卷入“文革”的，可并不都是像巴金这样的著名人士，普通民众，恰恰构成了“文革”这一群众运动的主体，只有当所有的普通人，都能对自己在“文革”中的表现有所反思的时候，对这一“历史”的“叙事”才算真正完成，也才能使这一历史的悲剧不会重演。正是在这个意义上，莫砺锋的自我解剖和从中体现出的深刻反省，就显得既令人敬佩又意义重大。我们现在多的是对“文革”抽象的因而是“无主名”的、不涉及自身因而是“安全”的批判，而缺少像巴金和莫砺锋这样能“结合自己的实际”，借助对自己的深刻反省并进而反省那段历史的明心见性之作。

具有如此深刻的历史感和反省意识的书写，使《浮生琐忆》的“历史叙事”带有了“厚重”感，而莫砺锋以这样的方式书写历史本身，也使《浮生琐忆》成为一个普通知识分子的《随想录》，并与《随想录》一起，开创了一种叙事的历史。

三、反讽幽默

对于《浮生琐忆》，莫砺锋在《后记》中自谦：“不是具有审美价值的文学作品，它只是质木无文、毫无虚饰的回忆录。”然而事实上，《浮生琐忆》在艺术上，从结构到文字，从语态到气韵，都自有“审美”意味。如果说章诒和的《往事并不如烟》以形象生动见长，南帆的《关于我父母的一切》以文气遒劲著称，那么莫砺锋的《浮生琐忆》，就以在舒徐自在的文字中蕴含反讽幽默为主要特色。

《浮生琐忆》由一百三十三则短文组成，每则短文长不过千把字，短的只有数百字，每篇短文都有一个标题，侧重写一个方面或一个人物，复杂的内容则分成若干篇，以系列的方式，从不同的侧面加以描写，如《我在赵浜》就分成了“之一、之二、之三、之四”，《苏高中人物》也从“之一”写到“之六”，父亲着墨较多，则有《爹爹的故事》四则加上《爹爹之病》、《爹爹之死》等。这样的千字文，附以作者的“性情”，就使每一篇的记人、记事颇有晚明小品的遗风。莫砺锋是古典文学研究专家，晚明公安派“独抒性灵，不拘格套”和“信腕信口，皆成律度”的号召，他自然不会陌生，耳濡目染，心慕手追，《浮生琐忆》从结构（“不拘格套”）到文字（“独抒性灵”、“信腕信口”）均有小品精神和风味，也就不足为奇。

鲁迅对于晋代以来中国文学中的小品文，评价颇高，认为其中有“光彩和锋芒”，“有不平，有讽刺，有攻击，有破坏”①，莫砺锋成长

① 鲁迅：《南腔北调集·小品文的危机》，收入《鲁迅全集》第4卷，人民文学出版社1981年版，第575—576页。

的时代，正是鲁迅作品“普及”之时，喜爱古典文学的莫砺锋，对鲁迅关于小品文的这个评价应该十分熟悉，当他以小品文的方式组构《浮生琐忆》的时候，鲁迅的“影响”或许就自觉不自觉地显现出来。

鲁迅的影响在《浮生琐忆》中集中体现为“有不平，有讽刺”，而这种“不平”和“讽刺”在《浮生琐忆》中的“莫砺锋化”，就表现为反讽和幽默。反讽作为一种“美学实践”，昭示的是一种似“是”而“非”的形态；幽默作为一种“智慧的外溢”，达致的是一种既令人忍俊不禁，同时又意味深长的效果。在《浮生琐忆》中，反讽和幽默可谓俯拾即是。试举两例：

> 诗言志，我们对生活的希望有时也会在作文里表现出来。有一次，老师出的作文题是“我的理想”。我的同桌是住在乡下的，他写道：“我的理想是每天能带满满一篮白米饭到学校来吃！”被老师狠狠地批评了一顿。大家都笑他傻，理想当然是指遥远的将来而言，应该写长大后建设社会主义，保卫祖国等等，怎么可以写眼前的希望！

在饥饿和大话空话假话同时泛滥的时代，说真话就会受到“狠狠”地批评，这对一个常以理想为话题的社会，无疑是一种莫大的嘲讽。莫砺锋如实写来，看似站在“社会”的立场，实则他的叙述越“主流”，反讽的意味就越浓。

> 我们一到生产队，便打听全队社员中谁最“苦大仇深”，结果众口一词推举饲养员张大伯，说他在解放前曾给地主家当了十多年长工。我们非常兴奋，认定这下可以写出一篇使政治老师满意的报告来了。可是当我们询问张大伯地主对他如何时，他竟然说：“蛮好的！”我们面面相觑，简直不敢相信自己的耳朵。接着张大伯又说起“东家”对他的种种好处，例如过年时除了工

钱还多给他几斗米，农忙时让他喝酒吃肉，说个没完。在场的生产队长赶快打断他，并告诉我们张大伯由于苦大仇深，神经受了刺激，所以对地主的欺骗手段看不清楚。我们大失所望，摊开的笔记本上一个字也没有记。第二天我们换了一个大队书记指定的访问对象，才算交了政治老师的差。

莫砺锋在这里的叙述越是一本正经，就越是具有幽默的效果。这种“冷”幽默，正是莫砺锋在《浮生琐忆》中的幽默特点。

事实上细细品味《浮生琐忆》，莫砺锋受鲁迅的影响远远不止以自己的反讽和幽默，来呈现鲁迅所说的在小品文中表现“不平”和“讽刺”。“冷幽默”的特点，除了与性格相关，大概也与受到鲁迅的幽默风格影响不无关系。此外，在《浮生琐忆》中有《风筝》、《羊的悲剧》和《鸭的悲剧》三则，光从标题就可看出鲁迅的影响——鲁迅的《野草》中也有一篇《风筝》，《呐喊》中则有一篇《鸭的喜剧》，同名的《风筝》不必说了，两篇“悲剧”显然也是源自鲁迅“喜剧”的启发。而在《浮生琐忆》的一些篇什（尤其是记人的）中，也不难发现鲁迅《朝花夕拾》中那些写人篇章的风格遗留。

除了晚明小品文和鲁迅的影响，古典诗歌的意境和周作人的笔致在《浮生琐忆》中也时隐时现。莫砺锋以研究唐宋诗歌著称，在他进行散文创作的时候，博大精深的中国诗歌传统自然会涌入他的笔底，一些古典诗词不但被直接引入《浮生琐忆》，就是在像“在春风拂煦的日子里，赵浜边上桃花含烟，柳丝蘸水，此时坐在河边看闲书，真是说不出的惬意”这样的自然风景和心境描写中，也不难感受到北宋诗人徐俯那首著名的《春游湖》（双飞燕子几时回，夹岸桃花蘸水开。春雨断桥人不度，小舟撑出柳荫来）意境的余绪和新变。《浮生琐忆》有《初恋》一篇，这个篇名我们非常熟悉，因为周作人就有一篇影响极大的同名佳作；《琼溪镇的野菜》这个篇名则直接脱胎于周作人的《故乡的野菜》，至于《浮生琐忆》中众多衣食住行的题材选择，似乎也与周作人的趣味颇为相投，而文笔的朴实无华、

"舒徐自在"和"炉火纯青"[1]，莫砺锋和周作人也正有神似之处。

因此，《浮生琐忆》的艺术特色，就是在吸取并糅合了中国古典文学和现代文学多种养分的基础上，形成的以反讽和幽默为核心的独特的审美风格。

① 郁达夫：《中国新文学大系·现代散文导论（下）》，《中国新文学大系导论集》，良友复兴图书公司1940年版，第216页。

台港兼容：从“外岛”到“特区”

思想启蒙与民族认同：台湾新文学诞生之初文学现代性的三种形态

——以连横、张我军、赖和为代表

一

20世纪的中国文学，经历了一个从古典形态（言文分离、文言为主）向现代形态（言文合一、白话为主）转变的历史转型，在这个过程中，文学形态的变化既是文学现代性的表现，也是文学现代性的结果——而文学的现代性，一个重要的体现就是启蒙思想的出现。

对于什么是启蒙，德国哲学家康德在《何谓启蒙》一文中这样写道："启蒙系指人摆脱自身造就的蒙昧。蒙昧系指如果未有他人导引，自身就无法运用其理解力。如果此一蒙昧不是缘于理解力的缺乏，而是缘于缺乏别人导引即无能运使其理解力的勇气，那么此一蒙昧就是自身造就的。……敢于认知！遵从自我的理解力！这便是启蒙的格言。"①

在康德对启蒙所下的定义中，不难发现"人的觉醒"并从而获

---

① Kant：*What is enlightenment*，收入*Political Writings*，转引自［美］舒衡哲（Vera Schwarcz）《中国启蒙运动——知识分子与五四遗产》（*The Chinese Enlightenment*：*Intellectuals and the Legacy of the May Fourth Movement of 1919*），刘京建译，丘为君校，桂冠图书股份有限公司2000年版。

得"认知"和"理解力"是"启蒙"的关键，在这个过程中，对于个人而言，能够"运使"理解力的"勇气"对摆脱"自身造就的蒙昧"至关重要；对于民族而言，有无获得"认知"和"理解力"的先行者"导引"后觉者产生"理解力"和运使理解力的勇气，则成为衡量一个民族是否进入启蒙状态的重要标志。一般来说，在历史的发展进程中，启蒙作为一种思想、精神动力，它总是不断地出现着并引领着个人和时代在克服蒙昧的同时向前迈进。在康德的世代，欧洲的"启蒙是指一套'除魅'（disenchantment）的规划，即以由自然界所领悟的真理来取代那些宗教迷信"①；到了20世纪的中国，"启蒙所追求的，则是一种持续不歇的'除魅'过程，要将中国从数个世纪以来的'君为臣纲，父为子纲，夫为妻纲'的纲常名教中解放出来"②。蒙昧所指的相对性导致了启蒙在不同的时空有着特定的针对性。对于20世纪的中国台湾而言，启蒙的含义除了"反封建"之外，它还与民族认同密切相关，而民族认同，正与启蒙运动一起，构成了现代性的重要内容。

所谓的"现代性"，"通常是指以启蒙运动为思想标志，以法国大革命为政治标志，以工业化及自由市场为经济标志的社会生存品质和样式"③，这一"社会生存品质和样式"在社会结构上的体现，就是"现代国家"的形成。现代国家的基础是民族，其基本形态是民族国家（nation state），"民族国家是政治单位，通过共同的价值、历史和象征性行为表达集体的自我意识。在这个意义上说，民族国家是某种特殊的集体身份"，在"民族国家"的形成过程中，民族概念的产生是与启蒙运动联系在一起的，因为"民族被想象为拥有主权"，

---

① ［美］舒衡哲（Vera Schwarcz）《中国启蒙运动——知识分子与五四遗产》（*The Chinese Enlightenment: Intellectuals and the Legacy of the May Fourth Movement of* 1919），刘京建译，丘为君校，桂冠图书股份有限公司2000年版，第Ⅺ页。

② 同上。

③ 徐迅：《民族主义》，中国社会科学出版社1998年版，第10页。

而“这个概念诞生时，启蒙运动与大革命正在毁坏神谕的、阶层制的皇朝的合法性”①。

大陆的“五四”新文学运动，承担的历史使命是反封建，因此它的启蒙思想以“民主”和“科学”相号召，要“打倒孔家店”，提倡个性自由，实现对“人”的发现和解放。与这一启蒙思想相呼应的，是一种隐含着进化论思想的文化发展观——即在历史的进程中，“五四”时期提倡的“民主”、“科学”精神，相对于过去与封建制度相同构的封建思想，是一种历史的进步，“新”思想“新”观念取代“旧”思想“旧”观念被认为是一种历史的必然。

相对于社会性质相对单纯的祖国大陆，20 世纪 20 年代尚是殖民地的台湾，它所面对的启蒙要求，比祖国大陆要来得复杂。因为，在反对“纵向的”历史链条中的“封建”的同时，它还要面对“横向的”殖民地处境。因此，在 20 世纪的台湾，当满蕴着启蒙思想的新文学诞生之际，在其文学现代性中内含着的民族国家观念——进而言之就是民族认同观念——也必然应运而生。台湾的殖民地经验，使得它的新文学在体现启蒙思想以及与之相关的民族认同观念的时候，因为现实语境的不同，而表现出与大陆“五四”新文学中的启蒙精神不尽相同的风貌。

这种不同风貌首先表现为“五四”新文化/新文学中以历史进化论作为思想启蒙和文学变革合法性前提的模式，在台湾并不完全适用。

与“五四”新文化运动相伴而生的思想启蒙运动，一个最大的目的，就是要对在中国延续了几千年的封建思想进行彻底的“颠覆”和“清算”，在这个“颠覆”和“清算”的过程中，除了“民主”和“科学”是最为核心的思想武器之外，历史进化论可以说是最重

① ［美］本尼迪克特·安德森（Benedict Anderson）《想象的共同体——民族主义的起源与散布》（*Imagined Communication*：*Reflections on the Origin and Spread of Nationalism*），吴睿人译，上海世纪出版集团 2003 年版，第 7 页。

要的逻辑准则。以“德先生”和“赛先生”的“新”，去对抗“封建”和“专制”的“旧”，取胜的前提就在于历史进化论中“新”优于“旧”以及“新”必然战胜“旧”的“天演”“定律”。陈独秀在《〈新青年〉罪案之答辩书》中这样写道：

> 社会上非难本志的人，约分二种：一是爱护本志的，一是反对本志的。
>
> ……
>
> 这第二种人对于本志的主张，是根本上立在反对的地位了。他们所非难本志的，无非是破坏孔教，破坏礼法，破坏国粹，破坏贞节，破坏旧伦理（忠节孝），破坏旧艺术（中国戏），破坏旧宗教（鬼神），破坏旧文学，破坏旧政治（特权人治），这几条罪案。
>
> 这几条罪案，本社同人当然直认不讳。但是追本溯源，本志同人本来无罪，只因为拥护那德莫克拉西（Democracy）和赛因斯（Science）两位先生，才犯了这几条滔天大罪。要拥护那德先生，便不得不反对孔教，礼法，贞节，旧伦理，旧政治。要拥护那赛先生，便不得不反对旧艺术，旧宗教。要拥护德先生，又要拥护赛先生，便不得不反对国粹和旧文学。

在同一篇文章中陈独秀还写道：“西洋人因为拥护德赛两先生，闹了多少事，流了多少血；德赛两先生才渐渐从黑暗中把他们救出，引到光明世界。我们现在认定只有这两位先生，可以救治中国政治上道德上学术上思想上一切的黑暗。”① 很显然，陈独秀在这篇文章中除了强调“德先生”和“赛先生”在“破旧”行动中的重要性之外，还以“西洋人”为例，强调了这样一个事实，那就是“德赛两先生”能把人从“过去”的“黑暗中”“救出”，引入“新”的“光明世

---

① 陈独秀：《独秀文存》，安徽人民出版社1987年版，第242—243页。

界”——历史进化论的逻辑，已经隐含其中。

就文学而言，“五四”新文学的发轫之作——胡适的《文学改良刍议》——也是通篇贯穿着历史进化观。在文中，胡适提出“不摹仿古人”的理由，就是“文学者，随时代而变迁也。一时代有一时代之文学，周秦有周秦之文学，汉魏有汉魏之文学，唐宋元明有唐宋元明之文学。此非吾一人之私言，乃文明进化之公理也”，因此，“吾辈以历史进化之眼光观之，决不可谓古人之文学皆胜于今人也”，甚至，“以今世历史进化的眼光观之”，胡适大胆预测“白话文学之为中国文学之正宗，又为将来文学必用之利器，可断言也”①。陈独秀的《文学革命论》，同样以“革命”为号召，以历史进化论——“欧语所谓革命者，为革故更新之义”——为前提，为文学发展的未来指明方向。而鲁迅在“五四”时期信奉“将来必胜于过去”的历史进化论，则广为人知。这些“五四”新文化/新文学运动的“旗手”们在面对中国传统文化/文学的时候，他们的共同表现足以表明：祖国大陆“五四”时期的思想启蒙和文学变革，是以“民主”和“科学”为思想核心，以历史进化论为“运行”法则。

前面我们已经提到，祖国大陆“五四”新文化/新文学运动所面对的对象，主要是有着几千年历史的中国传统思想和文化，以胡适、陈独秀和鲁迅为代表的新文化/新文学的倡导者们，希望通过“西洋人”式的“革故更新”，将中国（文化/文学）带入一个“光明”的新世界——此时的祖国大陆虽然社会性质为军阀割据的半殖民地半封建社会，但至少在表面上，它还是一个有着主权实体的现代民族国家，因此在它的内部精英知识分子所提倡的思想“启蒙”，以反封建为主并希望通过反封建“强身健体”最终达到反帝的目的。由于在祖国大陆，反封建的任务相对单纯，而封建又主要与“过去”相连，代表新思想的“民主”和“科学”则属于未来，因此，“五四”新文

① 胡适：《文学改良刍议》，收入《胡适文集》第3卷，人民文学出版社1998年版，第18—28页。

化/新文学运动时的思想启蒙，就自然地与历史进化论相同构——甚至在某种意义上讲，历史进化论本身也成为思想启蒙的有机内容，这样，在祖国大陆轰轰烈烈展开的思想启蒙运动，基本上是沿着“新”对“旧”、“现代”对“传统”的历史进化维度，向着“民主”和“科学”的纵深目标前行。

这样的一个思想启蒙和文学变革的特点，是否也适用于20世纪20年代新文学开始诞生之际的台湾呢？答案是否定的。20世纪20年代的台湾，尚在日本的殖民统治之下，其时日本人在台湾的殖民地经营已将近四分之一世纪，“同化政策”正在逐步深入，在这样的一个殖民地处境下，在祖国大陆相对单纯的“新”、“旧”冲突，在台湾由于有了异族殖民统治的介入而变得十分复杂——在祖国大陆作为落后的封建文化的传统思想和传统文学，在台湾却由于其中国性而具有了民族思想和民族文化的民族性，于是，在日本殖民统治的语境下，当台湾的知识分子对中国传统文化进行维护和坚守的时候，就不能简单地袭用祖国大陆思想启蒙的模式，以历史进化论的逻辑将之视为落后保守，事实上，台湾的知识分子坚持自己民族的传统文化，在某种意义上讲正体现了他们有着自觉的现代民族意识和国家/民族认同观念，他们坚守民族文化和传统文学，正表明他们是在以民族性对抗殖民性，以中国的民族文化和传统文学为寄托，抵抗日本殖民统治者的文化“同化”和精神殖民。

很显然，以历史进化论为逻辑准则展开思想启蒙，在台湾因了殖民地处境的特殊性而难以完全沿用。如果说思想启蒙在祖国大陆呈现为一种“纵向”的以“新”代“旧”的线性发展方向，那么在台湾，思想启蒙则表现为“横向”的“新”、“旧”并置的呈现态势——因为在异族殖民统治下，“旧”的民族文化和传统文学并非一无可取，却因其有着强烈的中国性而具有了巨大的民族抗争价值，自然也就不能简单地以“新”就可取而代之。就此而言，中国台湾的思想启蒙形态，自有它不同于祖国大陆的独特呈现方式。

20世纪20年代，祖国大陆是一个享有主权的现代民族国家，因此“五四”时期思想启蒙的“民族认同”功能，相对单纯地集中体现为“现代白话语言”（言文合一的现代白话文，并以之作为文学的语言，成为国语）的规范和确立，以及对新文化/新文学的坚定追求上。而在台湾，由于它的殖民地境遇，民族认同对于（殖民地）台湾来说，无疑是个安身立命的核心问题，这使得它的思想启蒙在承载“民族认同”功能的时候，要比祖国大陆来得重要、复杂得多。倘使说对于祖国大陆来说，民族认同还不构成思想启蒙的最主要方面的话，那么在台湾的思想启蒙运动中，殖民地语境就使得民族认同成为它最为重要的方面。在启蒙思想和民族认同的关联程度上，台湾显然要比大陆来得紧密和深入——这也构成了台湾的思想启蒙运动不同于大陆的又一个重要特征。

本尼迪克特·安德森认为“民族”“是一种想象的政治共同体”，在形成这个“想象的共同体”的过程中，语言（包括文学作品）、媒体（印刷资本主义）、地图（可视的空间）、博物馆（民俗历史）起到了至关重要的作用①。在祖国大陆的“五四”新文化运动中，将“现代白话语言”“塑造”成具有国语地位的文学语言，就体现了语言在形成现代中华民族“集体认知”过程中的重要性。由于此时的祖国大陆已具有现代民族国家的形貌，因此其内部的知识分子在进行思想启蒙的过程中，并没有把通过语言（包括现代文学）建立“集体认知”作为最核心和最迫切的工作，而只是把它作为形成现代“国语的文学、文学的国语”的重要标志，然而即便如此，“国语”的造就还是对现代中华民族的形成产生了不可估量的影响。

当台湾知识分子在20世纪20年代受祖国大陆“五四”新文化运动的影响，顺应世界潮流也开始在台湾开展启蒙运动的时候，置身异族殖民统治的现实处境，必然地使“民族”观的建立和民族认同的

① 参阅［美］本尼迪克特·安德森（Benedict Anderson）《想象的共同体——民族主义的起源与散布》（*Imagined Communication*: *Reflections on the Origin and Spread of Nationalism*），吴睿人译，上海世纪出版集团2003年版。

现实要求，成为台湾知识分子必须面对和首先需要解决的问题——这样的现实要求与启蒙运动的历史遇合，在某种意义上讲，使得台湾启蒙运动的核心问题就是以新文化/新文学运动面目出现的民族认同问题——这样的历史使命显然与大陆的“五四”新文化运动有所不同，民族认同与启蒙运动的紧密结合，既是台湾启蒙运动的主要特点，也是它区别于祖国大陆“五四”启蒙运动的一大特色。

就产生于西方历史中的“启蒙”概念而言，其核心理念至少包括了“理性”（reason）、“经验主义”（empiricism）、“科学”（science）、“普遍主义”（universalism）、“进步观”（progress）、“个人主义”（individualism）、“宗教上的宽容”（toleration）、“自由”（freedom）、“人性一致”（uniformity of human nature）以及“世俗主义”（secularism）等内容①。如果说祖国大陆的“五四”启蒙运动重在以“民主”（包含以上多项内容）和“科学”来解构和颠覆封建纲常，那么台湾的启蒙运动，则以自觉的现代民族观念来解决直接面对的殖民地处境问题，以“理性”和“进步”作为唤醒同胞民族意识和建立民族认同的基本原则，以求达到开启民智（民族观念）、融入世界（走出蒙昧）的目的。由于民族认同问题构成了台湾启蒙运动的核心问题，因此在某种意义上讲，台湾的启蒙运动与民族认同之间的关系，可以表述为“以启蒙运动推动民族认同，以民族认同作为启蒙运动的核心”。

这种在启蒙运动中推动民族认同，又在民族认同中强化启蒙运动的具体表现，主要集中在历史建构、语言溯源、文学认知、民俗梳理等方面，当然，由于当时的中国台湾知识分子在进行思想启蒙的时候，在对民族观念、民族认同的具体理解上，在对民族观念和民族认

① 见［美］舒衡哲（Vera Schwarcz）《中国启蒙运动——知识分子与五四遗产》（*The Chinese Enlightenment: Intellectuals and the Legacy of the May Fourth Movement of* 1919），刘京建译，丘为君校，桂冠图书股份有限公司2000年版，第1页。

同的设计上，彼此之间并不相同，各有自己的期待、侧重、立场和追求，所援引的历史、文学和理论资源也各有所本，因此，发生在台湾以民族认同为核心内容的启蒙运动，在展开的过程中，就呈现出不尽相同的形态，具体而言，主要体现为以连横、张我军和赖和为代表的三种形态。

二

连横：坚守传统中国、儒家中国和民间中国（文学）

连横（1878—1936）虽然是个受传统文化浸淫的旧式知识分子，但他却具有现代知识分子的宏阔视野和开放心灵，他曾经于1897年入上海圣约翰大学学习俄文，又参与台湾浪吟诗社的活动，1899年台南《台澎日报》创刊，他任汉文部主任（次年该报与《新闻台湾》合并改为《台南新报》他仍任汉文部主笔）。1905年曾在厦门创办《福建日日新闻》，1912年民国建立后，他曾游历上海、南京、杭州、苏州、扬州、北京、张家口、武昌、汉阳、营口、沈阳、长春、吉林等地，饱览祖国的大好河山和人文胜迹，并曾应《新吉林报》之聘，在关外办报（《新吉林报》）、办刊（《边声》），1914年入清史馆任名誉协修，参与《清史稿》台湾部分的编撰，并申请复籍得到中华民国内务部批准。1921年他参与“台湾文化协会”的活动，1933年回上海定居，1936年病逝上海。

连横是个有着强烈的民族意识的台湾知识分子，1895年乙未割台时，年方十八的连横就立意搜集资料，准备将来以史为台湾的遭遇作证，并以“台湾遗民”、“弃地造民”自称。1918年，他的《台湾通史》完稿，1920—1921年正式出版。

连横在《台湾通史·自序》和《闽海纪要·序》中这样写道：

夫史者，民族之精神而人群之龟鉴也。代之盛衰，俗之文野，政之得失，物之盈虚，均于是乎在。故凡文化之国，未有不重其史者也。古人有云："国可灭而史不可灭。"是以郢书燕说犹存其名，晋乘楚杌语多可采。然则台湾无史，岂非台人之痛欤？……横不敏，昭告神明，发誓述作，兢兢业业，莫敢自遑。遂以十稔之间，撰成《台湾通史》，……起自隋代，终于割让，纵横上下，巨细靡遗，而台湾文献于是乎在。洪维我祖宗，渡大海，入荒陬，以拓殖斯土，为子孙万年之业者，其功伟矣。追怀先德，眷顾前途，若涉深渊，弥自警惕。乌乎念哉！凡我多士，及我友朋，惟仁惟孝，义勇奉公，以发扬种性，此则不佞之帜也①。

……弱冠以来，发誓述作，遂成《台湾通史》三十六卷，……所以存正朔于沧溟，振天声于大汉也。

从连横撰写《台湾通史》的动机和目的中不难看出，在殖民地环境下，在日本殖民当局"灭人国，必先去其史"（《台语释序》）的政策下，他是要借助对台湾历史的书写，建构"民族之精神"（华夏正统，抗击异族）以"存正朔于沧溟，振天声于大汉"，这样的一种史识和史观，无疑具有自觉的民族意识和强烈的民族认同色彩，并以此在文化上、精神上和心灵上与异族殖民统治进行抗争——通过书写建构"民族"观和民族认同，连横事实上已经在无意间实践了本尼迪克特·安德森在多少年后（1983 年）才提出的关于民族起源的理论，成为以自觉的民族意识在历史叙事中建构民族认同的东方先行者。

除了通过撰写《台湾通史》来表达自己的民族意识，并希望以此来凝聚民族认同之外，连横还通过对方言（闽南话）的整理，来为自己的民族进行语言"整合"。日本殖民者在占领台湾的次年（1896 年），强制实行同化政策，在台湾各地相继创设"国语传习所"

① 连横：《台湾通史》（上），商务印书馆 1983 年版，第 7—8 页。

（这里的“国语”是指日语），大力推广日语，在这样的历史语境下，连横在完成了《台湾通史》的编撰之后，又编撰了《台湾语典》（1933年），并撰写《台语考释》，即对闽南语的“归属”进行正本清源，复对闽南语的优美加以赞扬，在文中他这样写道：

> 夫台湾之语，传自漳、泉，而漳、泉之语，传自中国，其源既远，其流又长，张皇幽眇，坠者微茫，岂真南蛮鴃舌之音而不可以调宫商也哉？余以治事之暇，细为研求，乃知台湾之语，高尚优雅，有非庸俗之所能知，且有出于周秦之际，又非今日儒者之所能明，余深自喜①。

连横对于闽南话与中国语言之间的关系（属与种的关系）进行了明确的定位，对闽南语与中原语言之间的历史渊源进行了学理的推衍，并在日本人宣扬日语优越性的环境下，强调闽南语的“高尚优雅”，种种作为，都是为了从“语言”的角度来进行民族意识的号召——这本身就是对异族殖民者的抵抗，而语言，又正是形成“民族”这一“想象的共同体”最为重要的载体——在这一点上，连横也似乎是个“先知先觉者”，在说明他为何要复刻《台语考释》这本书时，他强调正是为了要在“台语之日就消灭，不得不起而整理，一以保存，一谋发达”，并希望“苟从此而整理之、演绎之、发扬之、民族精神赖以不坠，则此书也，其犹玉山之一云，甲溪之一水也欤”！

不仅如此，连横对于能体现中华民族性（地区特点）的台湾史迹、古迹和民风民俗，也投入精力进行整理，先后撰成《台湾漫录》、《啜茗录》、《台湾史迹志》、《台南史迹志》、《番俗摭闻》等，对台湾的“俗之文野”、“物之盈虚”进行更加深入、更加专业（相对于《台湾通史》）的介绍，这些历史遗迹、民情风俗，其

① 连横：《台语考释·序二》，见《近代中国史料丛刊续辑》第98册，台湾文海出版社1966年版，第36页。

实是一种可触可感的“活”的历史，它们的功能犹如本尼迪克特·安德森所说的“博物馆”，对民族的形成、保有和建构民族认同，具有极其重要的意义。连横的这些文化举措，不期然已起到了这样的作用。

作为一个有着强烈的民族意识和自觉的民族认同感，并从中国台湾的历史、语言（方言）文学（传统文学，连横编撰过《台湾诗乘》）中寻求民族意识和民族认同资源的中国台湾知识分子，连横在台湾新文化/新文学运动兴起的时候，就自然地站在了维护中国传统“旧”文学的一边，这样的一种位置选择和价值倾向，如果放在祖国大陆“五四”新文化/新文学运动的“语境”下，他自然会被视为是林纾、章士钊一类的落后的保守派——事实上在大陆已出版的众多《台湾文学史》中，也确实沿用了祖国大陆“进化论”的启蒙逻辑这样给连横定位，然而，如果我前面的分析能够成立，即这种“进化论”的启蒙逻辑不适用于时为殖民地的中国台湾，那么对连横坚持传统“旧”文学的姿态、价值和意义，就应当重新予以评价。

我的结论是：首先，连横不是一个所谓“旧派”文人，而是一个具有现代意识的现代知识分子（前面已介绍了他教育背景和人生背景中的现代因素，此外，他当时还做过有关“新”学的讲座如《东西科学考证》等，并写过《印版考》、《自来水考》、《留声器考》等文章，可见他的“新”学、“西”学知识相当丰富），因此，他在殖民地处境下坚持传统的“旧”文学主张，就并非一般人所推论的那样，是出于冥顽不化的保守立场，而是自有其民族意识的坚守和民族认同的选择，在他对传统文学的坚持中，内蕴着的是他以对传统中国的守护来对抗异族的殖民统治，此时的“旧”文学，恰恰是中华民族的代表和象征。结合连横对台湾历史、台湾语言、台湾文学和台湾民俗的整理、撰写、叙事和建构，他的思想其实是一贯的，那就是以传统中国、儒家中国和民间中国，作为自己民族意识的内涵和民族认同的归属，并以此作为抗争异族殖民统治、进行同胞现代意识启蒙的重要手段。

张我军：以“五四”新文化运动为圭臬，主张拆除、打倒传统的“旧”的中国（文学），建立“新”的现代的中国（文学）

张我军（1902—1955）20世纪20年代（1924年）到当时的北京（北平）求学，不久回台湾任《台湾民报》记者，后又回北京（1926）就读北平师范大学，毕业后长期在北京生活，曾在北平大学、中国大学教授日语，直到抗战胜利后（1946）才重返台湾。

张我军第一次到北京读书的时候，“五四”新文化/新文学运动激烈的争辩期已经过去，“五四”新文化/新文学的观念开始深入人心并成为社会文化的主流，作为来自中国台湾的青年学子，张我军在北京这个新文化/新文学的大本营，直接感受到了“五四”新文化/新文学的“成果”，受其影响，张我军不但在文化/文学观念上完全接受了大陆“五四”新文化/新文学运动的启蒙思想，而且也全盘接受了大陆“五四”新文化/新文学运动的启蒙姿态和启蒙努力，并以此作为模仿的对象，以相同的思想、姿态和逻辑，在中国台湾也发起了一场关于新旧文学的论争，从而将台湾的新文化/新文学运动推向了一个高潮。

台湾的新文化/新文学运动并不是始自张我军发动的这场论争，早在1920年，中国台湾知识分子就在日本发起成立了“新民会”，创办《台湾青年》。1921年又在台北成立“台湾文化协会”。在《台湾青年》的创刊号上，就有陈炘的《文学与职务》（1921年7月），三卷三号上，又有甘文芳的《实社会与文学》（1921年9月），四卷一号上则有陈端明的《日用文鼓吹论》（1922年1月），反省台湾文学的现状，提出改革的主张。1922年4月，《台湾青年》改名《台湾》，在一月号上，发表了曾经旅居祖国大陆的黄呈聪的《论普及白话文的新使命》一文，不久，又发表了黄朝琴的《汉文改革论》，这两篇文章被认为是“改革台湾文学最早的论义，也可以说是台湾新文学运动的先声”。

不过，台湾新文学运动真正引起大家关注的，还是因了张我军于1924年在《台湾民报》上发表的对台湾“旧”文坛发难的一系列文章。其中较为重要的有：《致台湾青年的一封信》（1924 年 4 月）、《糟糕的台湾文学界》（1924 年 11 月）、《为台湾的文学界一哭》（1924 年 11 月）、《请合力拆下这座败草丛中的破旧殿堂》（1924 年 11 月）、《文学革命运动以来》（1925 年 3 月）、《诗体的解放》（1925 年 3 月）、《新文学运动的意义》（1925 年 7 月）等，由于这些文章的发表，引发了台湾文学界新旧文学的论争。

鉴于当时连横在台湾文化界和文学界的地位和影响力，以及他对张我军文章的反应，连横就成了张我军文章潜在的主要攻击对象。在《致台湾青年的一封信》中，张我军认为台湾的青年“不读些有用的书来实际应用于社会，而每日只知道做些似是而非的诗，来做诗韵合解的奴隶，或讲什么八股文章替先人保存臭味。（台湾的诗文等从不见过真正有文学价值的，且又不思改革，只在粪堆里滚来滚去，滚到百年千年，也只是滚得一身臭粪。）想出出风头，竟然自称诗翁、诗伯，闹个不休”。① 在《糟糕的台湾文学界》中，张我军运用社会进化论的逻辑，提出：“自从十五世纪文艺复兴（Renaissance）起于欧洲以来，西洋文学焕然一新，迥非昔日可比。自古典主义而浪漫主义，自浪漫主义而自然主义，到现在，自然主义的时运也已去了，所谓新理想主义、新现实主义，已布满了全世界的文坛了。……然而，还在打鼾酣睡的台湾的文学，却要永被弃于世界的文坛之外了。台湾的一班文士都恋着垄中的骷髅，情愿做个守墓之犬，在那里守着几百年前的古典主义之墓。……古典主义（如台湾现在的文学）之当废，已成为一个绝对的真理了，不容余喙的真理了，如地球是圆的，人是要死的一样的真理了。”② 到了《为台湾的文学界一哭》，张我军则把对台湾“旧”文学批判的矛头直接对准了连横，认为连横将新文学

① 张我军：《致台湾青年的一封信》，见张光正编《张我军全集》，台海出版社 2000 年版，第 3—4 页。

② 张我军：《糟糕的台湾文学界》，见张光正编《张我军全集》，台海出版社 2000 年版，第 5—6 页。

提倡者们视为“瑙井之蛙不足以语汪洋之海”，是“过于自负”，认为连横“对于新文学是门外汉，而他的言论是独断，是狂妄”①。在其他的几篇文章中，张我军基本是在提倡新文学的同时批判旧文学，在破“旧”立“新”中，强调“旧”文学的必除和“新”文学的必胜。

从张我军的这一系列文章中不难看出，不但其主要观点来自祖国大陆的“五四”新文化/新文学运动（《请合力拆下这座败草丛中的破旧殿堂》简直就是胡适“八不主义”的解释和介绍），就是他的文风，也颇得陈独秀的真传，兼具火气和霸气。值得注意的是，张我军对台湾文学的批评，一个关键性的逻辑前提在于“台湾的文学乃中国文学的一支流。本流发生了什么影响、变迁，则支流也自然而然地随之而影响、变迁，这是必然的道理”②。由于有了这样的认识，张我军觉得祖国大陆文学发生的巨大变化，也应该在中国台湾出现。

那么，连横是如何“反对”张我军的呢？在1924年5月《台湾诗荟》的数则“余墨”中，连横曾经这样写道：“今之学子，口未读六艺之书，目未接百家之论，耳未聆离骚乐府之音，而嚣嚣然曰，汉文可废，汉文可废，甚而提倡新文学鼓吹新体诗，秕糠故籍，自命时髦。吾不知其所谓新者何在。其所谓新者，特西人小说戏剧之余焉。其一滴沾沾自喜，是诚瑙井之蛙不足以语汪洋之海也噫。”对于新文学提倡者们推崇的新诗，连横也颇不以为然：

> 歌谣为文章之始，自断竹射肉，以至明良喜起，莫不有韵。韵之长短，出于天然。否则不足以尽抑扬婉转之妙，而今所谓新体诗者，独不用韵，连写之则为文，分写之则为诗，何其矛盾！

---

① 张我军：《为台湾的文学界一哭》，见张光正编《张我军全集》，台海出版社2000年版，第13页。

② 张我军：《请合力拆下这座败草丛中的破旧殿堂》，见张光正编《张我军全集》，台海出版社2000年版，第15页。

夫诗岂有新旧哉？一代之文，则有一代之诗，以发扬其特性。是故风、雅、颂变而为楚辞、为乐府、为歌行、为律、绝，复变而为词、为曲，莫不有韵，以尽其抑扬婉转之妙，而皆为诗之系统也。是故宋人之词，元人之曲，别开生面，流畅天机，可谓工矣。而作之者断不敢斥歌行、律、绝为无用。即作歌行、律、绝者亦不敢斥楚辞、乐府为无用。而为新体诗者，乃以优美之国粹而尽斥之，何其夷也！

台北之采茶歌，纯粹之民谣也，又莫不有韵，且极抑扬婉转之妙。余尝采其辞，明其意，美刺怨慕，可入诗风；而所谓新体诗者更万万不及。

诗有六义，学者知矣。而今所谓新体诗者，则重写实。余曾以少陵之“露从今夜白，月是故乡明”二语，问之当如何写法，竟不能写。即能写矣，矣必不能如此十字之写景写情耐人寻味也。

从这几则《台湾诗荟·余墨》中，可以发现连横对新文学的拒绝，一为新文学“以优美之国粹而尽斥之，何其夷也”，一为新文学缺乏形式美感和表现手段的多样性。从总体上看，连横和张我军在坚持文学的民族立场上，是一致的——连横以对中国传统旧文学（中国性）的肯定坚持中国立场反抗殖民压迫，张我军以对大陆新文学（中国性）的接受表明自己的中国立场反抗殖民压迫，然而，这种民族立场的一致性却因呈现形态的不同，而在文学期待上表现出较大的差异——这种差异，既有文学趣味的不同，也有文学观念的落差。但在根本上，是因了他们在呈现民族意识和表现民族认同时，殊途同归在文学上的“殊途”表现。

因此，张我军和连横关于新旧文学的论争，就与林纾和蔡元培、章士钊和胡适及鲁迅的论争，有着根本的不同，从本质上讲，他们之间的论争，不单纯是“新”与“旧”、“进步”与“落后”的进化论式的分歧，而是对于台湾的民族意识和民族认同的设计，核心相同（中国性）形态有异（新文学和旧文学）的不同呈现在文学中的反映。

赖和：以现代观念建设带有台湾本地色彩的中国（文学）

赖和（1894—1943）生活在台湾的日据时期，他是一个医生（掌握现代知识的现代知识分子），也是一个社会活动家（参加“台湾文化协会”并当选理事；参与《台湾民报》文艺栏的编辑工作等），当然，他也是台湾新文学诞生之际最重要的白话新文学作家。他因为投身反日的政治、社会活动两度入狱，最后去世也与他的牢中岁月有关（折磨成病）。

赖和的这样几重身份，使他具有这样的特点：有现代意识、有民族意识、有文学意识。在台湾新文学诞生之际发生的新旧文学论争中，赖和在《台湾日日新报》上发表《读台日纸的“新旧文学之比较”》一文，既肯定“既往时代的旧文学，自有其存在的价值”，同时也认为“新文学运动，纯然是受着西学的影响而发动的，所以有点西洋气味，是不能否认，又且受着时代的洗练尚浅，业绩犹未完成，也是事实”[1]，不过，在同一篇文章中，赖和也表示新文学的目标，“是在舌头和笔尖的合一”，也就是说，赖和赞成“言文合一”，认为“新文学的趋向，是要把说话用文字来表现，再稍加剪裁修整，使其合于文学上的美”，并强调新文学的“创作，宁谓之进化”——可见赖和既承认传统中国文化和文学的价值，同时也秉持进化论的文学发展路线，并对文学的自足性有着清醒的认识。相对于连横和张我军直接介入新旧文学的论争，赖和的启蒙思想和民族认同，更多的还是通过他的作品来体现。从他的作品中，我们可以感受到赖和鲜明的民族意识（在《一杆秤仔》中，赖和通过日本巡警对秦得参的压榨和秦

① 懒云：《读台日纸的《〈新旧文学之比较〉》，《赖和全集·杂卷》，前卫出版社2000年版，第87页。

得参最终杀死巡警，表现了被殖民者对殖民者的决死抗争；而在《不如意的过年》中，赖和则对殖民统治者“查大人”——日本警察，也是殖民统治者的象征——外在行为和内在心理的种种丑态，进行了无情的揭露）、强烈的现代意识（在《可怜她死了》中，赖和揭示了台湾封建的养女制度的种种弊端，并对阿金先成为养女后沦为玩物的悲惨命运给予了深切的同情），以及自觉的文学意识（在赖和几乎所有的作品中，他都坚持在中文白话写作的基础上，融入台湾本地方言，以期达成一种具有台湾地方色彩的现代白话文，而他自觉运用多元视角，深入挖掘人物心理的艺术手法，也使他的小说创作带有了一种“文学上的美”）。正是通过自己的小说创作，赖和以“艺术”的方式，表达了他对以民族认同为核心的启蒙运动的期待和设计，并以此实现了文学现代性的追求。

从总体上看，殖民地处境下的台湾新文学，在其诞生之际以民族认同为核心的启蒙思想，呈现出三种不同的现代性形态，即以连横为代表的以传统中国（文学）的民族认同展开启蒙（以反现代性的面目出现的现代性）、以张我军为代表的以现代中国（文学）的民族认同展开启蒙（以趋现代性的面目出现的现代性）和以赖和为代表的以乡土中国（文学）的民族认同展开启蒙（以建现代性的面目出现的现代性）。这三者之间所体现出的文学现代性，不是纵向的线性进化关系，也即是说不是一个取代另一个的时间关系，而是横向的并列呈现关系，也即是说是同时并置的空间关系，它们各自代表了 20 世纪初中国台湾的知识分子在传递启蒙思想、表达民族意识、形成民族认同时的不同设计和努力方向。它们的相同点在于，都是对异族殖民者展开的精神和文化反抗——这一点，才是它们最具价值和意义的地方。

挣扎在认同与背离之间

——吕赫若论

一

1935年，当台湾作家吕赫若开始他的小说创作的时候，他向我们展示的基本主题是“对抗”——牛车所代表的农业文明与汽车所代表的工业文明的对抗（《牛车》）、佃农与地主的对抗（《暴风雨的故事》）以及因思想迥异而导致的未婚夫妇的对抗（《婚约奇谭》）。在这些充满着紧张感和火药味的一个又一个的“对抗”中，我们不难感觉到设计这些“对抗”的作者的那颗年轻而又充满着激情的心灵。这几篇小说中的“对抗”虽然内涵不同，形态各异，但它们都在相当程度上体现着作者强烈的“把握现实”和“表现社会阶级”的意识：《牛车》中的杨添丁所必须面对的“现实”是，作为一种落后的生产方式的代表，他在历史前行的大潮面前惨遭灭顶之灾几乎是一种必然；《暴风雨的故事》中的老松，他与宝财之间既有着佃农与地主之间的那种被压迫与压迫的关系，也有着妻被人夺和夺人之妻的关系，而这两种关系的核心则是阶级的不平等；《婚约奇谭》中琴琴与李明和的婚约由订约到毁约，其中的关键竟是对马克思主义的信奉与否。在吕赫若的最初的小说创作中，现实意识、阶级意识和政治意识确乎成了深蕴在“对抗”的主题背后，并导致“对抗”主题出现的根本原因。

不过这种由强烈的现实意识、阶级意识和政治意识所导致的“对抗”主题，在稍后发表的，同样被视为是吕赫若的早期创作的《前途手记》和《女人的命运》中发生了改变，在这两篇作品中，强烈的意识形态色彩消隐了，代之而起的，是对妇女地位的揭示和对妇女命运的思考。通过这两篇作品，吕赫若向人们展示了上世纪30年代台湾妇女的生存处境和命运走向：无论是给人做妾（《前途手记》中的淑眉），还是曾经获得过自由平等的爱情（《女人的命运》中的双美），最终的结局不是在忧郁压抑的心境下悲惨地死去，就是在惨遭抛弃后走向堕落的泥潭。对妇女问题的深切关注，使得妇女成为吕赫若小说世界中最为持久的表现对象和最具意味的表现母题之一。

1939年，吕赫若去日本留学，学习声乐。在留学期间，吕赫若创作了《季风图蓝》、《蓝衣少女》和《台湾女性》（分两篇，第一篇为《春的呢喃》，第二篇为《田园与女人》）。《蓝衣少女》和《台湾女性》虽然沿袭的是“妇女”题材母题，但却有了新的因素的介入。在《蓝衣少女》中，吕赫若写了一个艺术追求与现实环境矛盾冲突的故事，把一个接受了新时代艺术观念影响的青年与充满着蒙昧封建势力的环境的对立呈现在读者的面前，而在他的这一呈现的背后，实际意味着他在小说创作中的一个重大转变。从此，在《牛车》中就已初露端倪的“传统”与“现代”的矛盾和对立（对抗）开始在吕赫若的笔下被反复地表现。在随之而来的《台湾女性》中，吕赫若通过对男主人公伯烟与两位台湾女性（丽卿和彩碧）的情感纠葛，对台湾女性的“现代派”和“传统派”进行了充分的展示。丽卿和彩碧虽然同为台湾女性，但她们却代表（或象征）了完全不同的两种形态，丽卿是个在日本留过学的现代知识女性，在她的身上，伯烟倾注了自己全部的感情，尽管丽卿对伯烟态度暧昧，但伯烟依然对她情有独钟。彩碧是伯烟的未婚妻，是个典型的台湾“乡下姑娘”，她在这场爱情竞争中几乎是命中注定地要败给女留学生丽卿。由于丽卿和彩碧是如此典型地承载着“现代”和“传统”的意义，因此伯烟在她们之间的情感取舍似乎就不完全是一种单纯的情感好恶，而具有了一种在“现代”和“传统”之间何去何从的意味。令人感到意味深长的是，伯烟选择了充满“现代”色彩的丽卿而拒绝了“传统”气息浓厚的彩碧，可是丽卿最终却没有接纳伯烟的选择，最后小说结束于伯烟拒绝了钟情于他的彩碧而又受挫于他挚爱着的丽卿。

这几篇作品虽然列属于吕赫若“妇女”题材的母题之下，但在小说中却都有一个作为核心的男性主人公。对“妇女”的介入无不借助于这位男性主人公的“事迹”——而正是在这位男性主人公的身上，我们感觉到了吕赫若寄寓在他身上的深意：在《蓝衣少女》中，从蔡万钦身陷传统之中而最终扼杀了自己极具现代色彩的艺术追求的举动中，是不是内含着吕赫若对传统的某种否定和批判？而在《台湾女性》中，伯烟的情感选择以及这种选择的最终失败，是不是又隐蕴着吕赫若对“传统”与“现代”认识的一种深刻的矛盾——传统既然是一种难以接受的历史重负，那它就不值得被投以多么依恋和温情的目光，然而，当伯烟从“传统”（彩碧）那里收回自己的情感，转而倾心于“现代”（丽卿）的时候，他遭遇到的拒绝或许又表明：在最终的意义上，他并不属于“现代”的世界。

这就在根本上涉及到了吕赫若思想深处的一个重要核心组成，那就是他对“传统”与“现代”的态度，仅从在《台湾女性》之前的创作来看，吕赫若经历了意识形态的表现和妇女命运的书写，在此过程中，他逐步强化了对“传统”与“现代”关系的思考。如果说在《牛车》中，在牛车与汽车的对抗中吕赫若的同情还属意于代表“传统”的牛车一方的话，那么到了《蓝衣少女》和《台湾女性》中，我们却获得了这样一种强烈的印象，那就是：吕赫若对“传统”好像已经没有多大的好感，而对“现代”也并非充满激情地全身心拥抱。

二

似乎是对我们这种印象的一种证实，1942 年吕赫若留学结束，回到台湾后创作的第一篇小说《财子寿》，就是一篇充分展示“传统”弊端的相当成功的作品。在这篇小说中，主人公周海文是个在传统的家族制度下产生出的典型“产品”，他吝啬、自私、凶狠、好色、没有责任心，在他的身上，纨绔子弟的大部分“德行”他都具备，他“对人生的态度尽在‘财子寿’三个字上”，然而他的期待由于他的任性忘为而终于没能实现，在家族无可挽回的颓败走向中，周海文最终成了一个众叛亲离的孤家寡人。

《财子寿》在很大程度上可以说是吕赫若对“传统”思考的继续和深入。从吕赫若对周氏家族的历史揭示和对周海文这一人物形象的刻画塑造中，我们不难体察到吕赫若的情感态度：周海文这种带有典型的传统色彩的极端利己主义者到头来只能加速这一传统的式微和崩溃。周氏的家族历史和家族命运或许就正是这种“传统”的写照。现代教育和留学日本的经历显然给吕赫若提供了一个反观过去“传统”的契机、眼光和历史制高点，使他有可能从一个全新的角度对“传统”进行比较深入的反思，并发现出“传统”中丑陋的一面。在紧接着《财子寿》之后发表的《庙庭》和《月夜》中，吕赫若通过翠竹这一妇女的不幸遭际，更为深切地揭示出“传统”中最为惨痛的一面——妇女的悲剧命运，在这两篇小说中，“传统”造成了翠竹第二次婚姻的不幸，而“传统”又迫使翠竹不得不接受这不幸的婚姻，“你到底要女儿嫁几次啊？考虑一下名誉吧。”翠竹父亲的质问正代表着“传统”那巨大无比的力量，正是这一力量的作用，最终导致了翠竹走上了以死抗争的道路。

对“传统”与人的关系进行表现并在这种表现中倾注自己对“传统”的思考和态度几乎成了吕赫若在这一时期小说创作中集中用力的一个核心构成。在《风水》以及《合家平安》中，我们从周长坤和范庆星的身上，看到的几乎是周海文的翻版，甚至在小说命名中所蕴含着的反讽意味，《风水》和《合家平安》也同《财子寿》相仿佛。从这些小说中的“主角”身上，我们确实很难看出吕赫若对“传统”还有什么好感。

那么，是不是吕赫若对“传统”就彻底绝望并一味地只是对之进行批判和嘲讽呢？事实可能要复杂得多。就在《风水》和《合家平安》这样对“传统”人物——周长坤和范庆星进行毫不留情地否定的作品中，吕赫若却又对应地设置了另一种同样也是“传统”人物的形象——周长乾和玉凤。相对于周长坤的不择手段、卑鄙自私以及范庆星的沉湎鸦片、堕落自弃，周长乾的执着孝道、忠厚仁爱和玉凤的忍辱负重、贤惠坚贞就显得格外难能可贵。周长乾、玉凤以及范有福在吕赫若小说中的出现，正表明吕赫若对“传统”美德的并未忘却。如果把《石榴》也纳入到吕赫若的“传统”系列中的话，我们发现，吕赫若对“传统”的温情似乎并不亚于他对“传统”的严厉，对于“传统”中的诸如“仁孝”、“忠悌”之类的美德，吕赫若其实是十分怀念和向往的。《石榴》中金生对木火的兄弟亲情，是这篇小说最为动人的地方。在《清秋》中，吕赫若将自己对传统的脉脉温情通过耀勋对中国传统文化的“回归”和神往表现得更加直露和坦白，耀勋对祖父（“传统”的象征?）身上所逸透出的强烈的传统精神气质以及因这种气质而获得的浩然风神的“钦慕”，在很大程度上其实是吕赫若自己对“传统”所持态度的一种流露。这种对“传统”温馨一面的一再点染，再明白不过地透露出吕赫若对“传统”的那份挥之不去的情愫。

这种对“传统”既不满于它的黑暗丑陋又对它的温馨美德充满深情的情状，正体现了吕赫若对“传统”的矛盾心态。作为一个生活在20世纪接受过新式教育的现代青年，吕赫若一方面对“传统”所引致的种种社会陋习和人性黑暗深恶痛绝，认定这一切只能导致颓败和没落，另一方面，“传统”那绚美灿烂的风姿以及深蕴其中的种种优良品格又使他对“传统”一往情深。这种矛盾心态导致了他在自己的作品中既对“传统”中阴暗落后的一面不遗余力地予以揭露和嘲讽，又对“传统”中优良积极的一面充满深情地进行歌颂。正是在面对“传统”时的这种既理性批判（背离）有情感依恋（认同）的精神分裂中，我们开始触摸到了吕赫若那挣扎于这种矛盾之中的痛苦的心灵。

在认同还是背离之间所进行的艰苦的心灵挣扎其实还不仅限于在“传统”的方面，就在吕赫若以一种现代的眼光对“传统”进行观照，并发现了它的诸多弊端的时候，他所持有的“现代”立场也使他难以彻底认同。在《蓝衣少女》中，导致蔡万钦的艺术追求和艺术理想面临困境的原因除了“传统”的封建观念的挤迫之外，还有着现代社会“一切向钱看”的压力，而《财子寿》和《风水》中的周海文、周长坤，从他们那对金钱的永无止境的追逐和漠视亲情的行为中，不难发现其中的“现代”特质。很显然，如果说“现代”使吕赫若具有了一种审视“传统”的能力，并使他在对“传统”是认同还是背离问题上痛苦徘徊的话，那么“现代”本身，也使吕赫若在究竟是对它进行认同还是予以背离之间，在做着苦苦的抉择——这可能也正是吕赫若在发现“传统”种种负面效应的同时，又频频地回过头去在“传统”中寻找优良品格的原因所在，于是，“现代”在给了吕赫若一个观照“传统”的立场的同时，它自身的种种缺憾又使他意识到，深蕴于“传统”中的种种美德，或许也正是“现代”所缺乏的品格——“现代”本身并非十全十美。

事实上，吕赫若的这种挣扎在认同与背离之间的矛盾还存在于他对“乡土”和“都市”的认识和态度上。在1944年3月发表的小说《清秋》中，吕赫若以主人公谢耀勋在“归乡”还是“去远方”之间的犹豫为线索，表现了一种对“乡土”和“都市”既认同又背离的矛盾心理。在小说中，谢耀勋既激动于他从都市的东京回到台湾乡村，感觉“自己毕竟是田园之子，绝不是都市人，连眺望家的眼中都燃烧着美丽的憧憬”，又总是被“乡下的孤寂”和“限制感”所困扰。说谢耀勋彻底认同乡土，显然不切实际；说谢耀勋完全向往都市，当然也不是他的本心。谢耀勋这种浮游于乡土与都市之间，对任何一方都难以全身心皈依，而是对每一方都既有回归的向往，又有挣脱的渴望的矛盾心情，在某种程度上正是作者吕赫若自己在这两极之间摆荡和困惑的反映。

吕赫若确乎是有些难以摆脱这种矛盾了，他几乎是不自觉地在自己的笔端一再地重复着这种矛盾的心境。在《山川草木》和《风头水尾》中，他仍然将他的故事和人物放在“乡土”和“都市”的比较之中来展开。这两篇小说都是以人物生存环境的改变来揭示他们在对待“乡土”和“都市”时心理状态以及情绪的变化。《山川草木》中的宝连，因父亲去世而放弃了在东京学习艺术的机会，带着弟弟去了在台湾乡村的舅舅处，她这种从“都市”投入“乡土”的人生转折在她自己是觉得“这种生存的方法是很美的”，“现在站在大自然之前的我，心中充满感激”，而过去“在艺术、学问中打转”，则被她视为是“像患了梦游症的人”。这种从“都市”向“乡土”的回归在《风头水尾》中则集中地表现为对大自然的神往和对与大自然进行不懈抗争的农人的礼赞。主人公徐华一回到“海边”，就“强烈感受到生存的气魄”，这样的“乡土”，在徐华的眼里，是那样地充满着力和美，使他“油然而生一种悲壮的感受”。可是，就在徐华自愿置身于风头水尾承德乡土，并对它充满了激情的时候，在他的内心深处，却时时翻腾着对都市的不断回忆：当他面对海那边那“海风呼啸而过之美丽”时，他的第一个反应却是“突然想起曾在都会所见到的公园之美景”，这种既对“乡土”深情投入，又对“都市”难以忘怀的复杂心理，即使是在对“乡土”的深情流露得最为坦率的《山川草木》中，我们也不难发现——尽管倾心“乡土”，叙述人“我”和妻子仍对东京生活充满怀念，因为“现在的生活非常寂寞”。很显然，在一个感受过现代“都市”生活气氛的人那里，传统“乡土”的蛙鸣声显然并不能完全取代“电车跑时振动窗户的声音”。

三

普遍存在于吕赫若小说中的那种在“传统”与“现代”、“乡土”与“都市”之间难以归属、充满矛盾的复杂心境，我们在他的另一类小说中又发现了这种认同与背离兼有的另一种形态，那就是他的那些表现“中日（台湾—日本）关系”题材的小说——这也是吕赫若小说创作中的一个题材母题，可以涵盖在这一母题下的作品有：《邻居》、《玉兰花》、《故乡的战事一——改姓名》、《故乡的战事二——一个奖》、《月光光——光复以前》。在这几篇小说中，前两篇写于日据时期，用日文写成，后三篇写于台湾光复之后，是中文创作。这几篇小说中作者对“中日关系”的态度，也如同创作它们的语言那样截然不同。在前两篇小说中，吕赫若向我们展示的是一幅台湾人和日本人和睦亲善的温馨图画。《邻居》借助一个台湾青年“我”的叙述，描绘了日本人田中夫妇对台湾孩子的母爱和真情，田中夫妇对抱养的台湾孩子倾注全部爱心的行为甚至感动了“我”，使我“油然而生一股想为田中夫妇奉献的爱心喝彩的心情”。当小说结尾田中夫妇要回日本时，“我”已“不能忍受像田中先生你这种人回到内地（日本）了”。这种对日本人离去时强烈的依恋之情在《玉兰花》中又一次出现，叙述人“我”对日本人铃木的回忆是如此的温暖动人，以至于当日本人要离开台湾回日本的时候，“我”不但“品尝到离别的孤独心情”，而且还因惜别伤心而流下了眼泪。在这两篇小说中，台湾民众与日本人的感情是如此的深厚，他们的关系是如此的融洽，两个民族（事实上还是殖民者与被殖民者）似乎已经达到了水乳交融、不分彼此的境地。

那么，该如何看待和认识吕赫若的这两篇小说呢？这两篇小说分别创作于1942年和1943年，那正是日本殖民统治者强制皇民化和推行奉公文学最为严厉的时候，在皇民化和奉公文学的阴影笼罩下，台湾作家要想完全置身事外好像不太现实，然而，能否因此就说《邻居》和《玉兰花》是吕赫若在现实压力的作用下创作的作品呢？如果是这样的话，那流淌在这两篇小说中的深厚而又诚挚的感情似乎就难以得到合理的解释——那不像是一种外力裹胁下的被迫作态，倒更像是作者自己的真情流露。

有一个现象不可忽略，那就是在这两篇小说中，台湾民众对日本人的认识都曾经历过一个转变的过程。《邻居》中，“我”对田中一开始是“充满与可怕的人为邻之恐怖感”的，随着了解的加深，“我”才认识到“尽管田中氏有张可怕的脸，却是个心地极为善良的人”。《玉兰花》中的“我”对日本人的认识和态度，同样经历过一个由排斥到接纳到亲近再到难舍难分的过程。最初“日本人很可怕的潜在意识”，“根深蒂固地盘踞我的内心”，最后随着时间的推移、兄长的引导和了解的加深，“我”才逐渐改变了这一观念。

把握了《邻居》和《玉兰花》中“我”对日本人态度的“排斥—接纳—亲近—难舍难分”模式，我们就不难感受到吕赫若在“中日（中国台湾—日本）关系”问题上的矛盾心理，当时的吕赫若在对日本（日本人）是认同还是背离之间，心态极为复杂。一方面，作为殖民地民众的一份子，他在感情上对日本人怀有一种本能的排斥（背离）几乎是不言而喻的，然而，另一方面，日本人虽然代表着殖民统治者，但几十年的不断交往，是可能在普通日本人和台湾人之间产生超越殖民者与被殖民者关系的深厚感情的，在日本人中间，也有着如田中夫妇、铃木这样纯朴善良的普通民众，对于他们，吕赫若无疑怀有深厚诚挚的感情。在这样的一种既有普通人（台湾人）对普通人（日本人）的情感依恋，也有着被殖民者对殖民者的民族对立情绪的复杂心态下创作的《邻居》和《玉兰花》，显然就既流露出作者强烈的情感笼罩（对具体的善良纯朴的普通日本民众的认同），同时也潜隐着作者潜意识中根深蒂固的恐惧、排斥和敌意（对抽象的作为殖民统治者的体现的日本人的背离）。

因此，当我们再看到台湾光复之后吕赫若用中文创作的《故乡的战事一 ——改姓名》、《故乡的战事二—— 一个奖》、《月光光——光复以前》这三篇小说时，比照《邻居》和《玉兰花》，我们就不会感到惊奇了，表面上看，这三篇作品与前两篇作品态度迥异，判若两人，那对日本殖民者“亲善”的虚伪本质的无情揭露，对日本人的愚昧和胆怯的犀利反讽，以及对“假日本人”（媚日的台湾人）的尽情鞭挞，几乎使人难以相信这些作品是出自《邻居》和《玉兰花》的作者笔下，然而细细品味，则不难感受到在这五篇作品之间，其实是有着内在的逻辑联系的，这个逻辑就是，在对待“中日（中国台湾—日本）关系”问题上，吕赫若的态度事实上一直充满着“认同”与“背离”的矛盾。如果说在《邻居》和《玉兰花》中，时势的现实使他重在从中（台湾）日普通民众之间友好往来的角度表现“认同”的一面（虽然在其中仍含有某种“背离”的成分），那么光复后，长期受压制的民族感情得到了释放和高扬，创作于这一时期的三篇小说，吕赫若既然连使用的语言都改为了他新学的汉语——这既是时势使然，本身也是一种民族情绪的反映——那他在小说的主题上着重表现殖民统治的罪恶和丑陋（对日本殖民者的彻底“背离”），也就自然而然，顺理成章了。

四

回顾和检视吕赫若的小说创作，我们意识到在吕赫若的小说中，一再反复出现的是这样几种关系：“传统—现代”、“乡土—都市”、“台湾—日本”，在这三对关系下建立和展开自己的艺术世界，已成为吕赫若小说创作的一个最具个体特征的核心枢纽和基本形貌。

那么，吕赫若在他自觉不自觉地确立起的这三对关系中所渗透出的态度又是什么呢？应当说，在“传统—现代”、“乡土—都市”、“台湾—日本”这三对关系所包含的六个方面，吕赫若对每一个方面（传统、现代、乡土、都市、台湾、日本）都表现出既不绝对肯定，也不彻底否定，既有认同也有背离的矛盾，说吕赫若钟情于“传统、乡土、台湾”，可他又分明对“传统”中的阴暗丑恶、“乡土”中的陈规陋习、“台湾”的落后封闭不遗余力地予以揭示、嘲讽和批判；说吕赫若倾心于“现代、都市、日本”，可他又是那样旗帜鲜明地表露出对“现代”的咄咄逼人的不满、对“都市”的喧嚣的离弃和对“日本”的殖民统治的愤怒。这种在六个方面均存在着的既不彻底皈依，又不充分倾斜的模糊、摇摆，正是吕赫若在作品中向我们展现的外在姿态。

不过，如果我们仔细审察吕赫若小说中的一些景物描写、人物设置、叙述语态，或许就能发现，虽然吕赫若对“传统、现代、乡土、都市、台湾、日本”这六个方面中的每一个方面都表现出既认同又背离的矛盾——这构成了吕赫若在认同与背离之间苦苦挣扎的第一层含义——但在不同的对象身上，认同与背离的具体内涵是并不相同的，从总体上看，吕赫若是在“传统—乡土—台湾”这三个方面倾注了更多的情感，而在“现代—都市—日本”这三个方面投入了更多的理性。每当吕赫若的笔触涉及到“传统—乡土—台湾”时，他总是不自觉地流露出他内心深处对“传统—乡土—台湾”难以割舍的深情，抒情、明快、充满生机和喜气的笔调总是在这一时空中欢畅地流淌，优美的风景、亲和的人伦、悠久的文化以及一次又一次的回归（从日本回到台湾）也总是在这一领域出现。吕赫若几乎将他所有的抒情的笔墨都贡献给了这一世界。不过，这是就吕赫若的情感倾向而言的，一旦他从情感的迷醉中清醒过来，以一种理性的目光打量这一切的时候，他立刻发现了在这明媚如画的自然风光和温暖亲情的背后依然存留种种的丑陋和凶残，愚昧、麻木、专制、封建在理性目光的审视下立刻现出了它们的原形。对待“传统—乡土—台湾”的这种情感上更多的是认同，理智上却又对它的负面产生强烈的背离的矛盾，构成了吕赫若在“传统—乡土—台湾”领域认同与背离矛盾的总体特征。

作为一个接受过新式教育的现代知识分子，吕赫若有着现代知识训练、都市生活阅历和留学日本的经验，这一切都使他在理智上能清醒地认识到“现代”的进步意义，并使他能用“现代”（“都市”为其体现，“日本”为其代表）的眼光去发现和剖析“传统—乡土—台湾”中的种种弊端，然而，这种理智上对“现代—都市—日本”① 的认同却并不能就产生情感上的亲近，相反，吕赫若倒是借助于他的小说一次又一次地表示出对“现代—都市—日本”的情感背离，那在“乡土”与“都市”的不断重复的对比中所表现出的明显的情感偏向，那从“都市—日本”对“乡土—台湾”的一再回归（回国），无不表明他对“现代—都市—日本”同样满怀着认同与背离的矛盾——只是在这一领域，吕赫若认同与背离的矛盾的总体特征与他在“传统—乡土—台湾”领域认同与背离矛盾的总体特征恰恰相反：如果说在“传统—乡土—台湾”那里是情感认同而理智背离，那么现在则是理智导致认同而情感生发出背离，而这两者的合成则共同构成了吕赫若在认同与背离之间痛苦挣扎的第二层含义——这一含义在最终实现了对前面提到的第一层含义的包容。

我们在分析吕赫若的小说创作的时候，认为他主要是在“传统—现代”、“乡土—都市”、“台湾—日本”这三对关系的框架内构建他的小说世界，然而在分析他进行小说创作时所持的思想观念和情感态度时，却将这三对关系中的对应关系打破了进行重新组合，形成了新的两大范畴，即“传统—乡土—台湾”和“现代—都市—日本”。之所以能建立起这两大范畴，是因为在我们看来，吕赫若小说世界中的“传统—乡土—台湾”所代表的其实是一个概念：传统的就是乡土

① 这里所说的对“现代—都市—日本”的认同，其中的“日本”与前面提及的“善良的普通日本人”并不是同一个概念。在这里，“日本”既不是指“日本民众”，当然也不是指作为殖民统治者的“日本当局”，而是把它作为“现代”的指称。由于在20世纪上半叶的台湾，知识分子对以西方思想为主体的现代知识和现代观念的获得主要是通过“日本”这一中介而实现的，因此“日本”在他们的心目中，在某种意义上也就成为“现代”的同义语。正是在这个意义上，“现代”、“都市”和“日本”之间有了一种内在的联系。在本文中，我们把“现代—都市—日本”划归在一个范畴之内，依据也即在此。

的，而它的载体和代表就是台湾，而“现代—都市—日本”则实际意味着三位一体的同一个指称：现代社会意味着都市化，而它的集中体现就是日本。由于吕赫若在认同与背离之间痛苦挣扎的第二层含义实际上已经包容了它的第一层含义，因此，吕赫若那深刻的挣扎在认同与背离之间的矛盾和痛苦，也就集中地体现在对“传统—乡土—台湾”和“现代—都市—日本”着两大范畴的态度上：具体可以表述为他在感情上对传统（美德）的神往、对家乡的回归、对异族殖民者的排斥和理智上对先进的认同、对愚昧的摒弃。“传统—乡土—台湾”虽有这样那样的缺憾（他对此毫不姑息），但那终究是他的故土，是他的精神家园，对此，吕赫若是情感的、本质的认同而仅在具体的不足之处予以理性的背离；“现代—都市—日本”虽代表着一种时代的进步和先进的状态，但对吕赫若而言，毕竟是异质的他体，它对吕赫若只有理性服膺的意义（对其现代性）而难以成为情感灌注的对象，吕赫若虽然对它在相当程度上予以了肯定（认同），但那只是就具体的、理性的方面而言，在总体的、情感的层面，吕赫若对这一范畴是有着自觉的保留的（背离）。因此，虽然在外在形态上看吕赫若对这两大范畴均表现出一种认同与背离的矛盾，但在面对具体对象（“传统—乡土—台湾”还是“现代—都市—日本”）的时候，这种认同与背离的内涵和侧重是并不相同的。

如果说挣扎在认同与背离之间的矛盾昭示了吕赫若隐渗在他小说中的情感观念实质的话，那么我们接着想知道的是吕赫若为何会产生这样的心灵矛盾。原因当然是多方面的，社会现实的严酷、人生遭际的坎坷、文学探索的艰辛、自身思想的变化都可能导致吕赫若在他的作品中留下心灵矛盾的痕迹。在这些诸多的原因中，我们想特别强调两点，首先是时代和社会的因素。生活于20世纪上半叶的台湾，吕赫若置身的是这样一个复杂的社会时空：它既保留有深厚的中国（台湾）文化传统，又开始感受到20世纪现代风的吹拂；既弥漫着浓厚的乡土气息，又交融了都市的摩登旋律；既有着属于自己的难以忘怀的民族意识，又实际处于日本殖民者的异族统治之下。在这样一种独特的环境下成长起来并生活其中的吕赫若，既然他所面对的世界本身就充满着深刻的矛盾性，那这种矛盾的现实在吕赫若的精神情感世界投下浓重的阴影也就不言而喻。在这样的时代和社会环境下生存，矛盾的、多种因素交织的、分裂的现实显然使吕赫若感到了一种精神上的痛苦和适应上的困难。他在传统与现代之间、乡土与都市之间、台湾与日本之间的那种持续的摆荡，他对传统、乡土、台湾的情感倾斜和理性批判，以及在面对现代、都市、日本时的理性服膺和情感拒斥，就正是这种现实社会在他内心的真实反映。处于传统向现代转型的台湾社会，都市对乡土的渗透、台湾与日本的对立的现实环境，决定了置身其间的吕赫若的内心世界充满了复杂的、微妙的、既对峙又渗透、既认同又背离的种种矛盾，并最终导致了他在自己的作品中显现出了这种矛盾。

其次，导致吕赫若内心痛苦和心灵矛盾的另一个不容忽视的原因是吕赫若自己的独特个性。从吕赫若热爱文学，留学学的又是艺术（音乐），以及对马克思主义的涉及、对政治的热衷等人生阅历和思想历程来看，特别是从他在小说中所流露出的叙述语气和情感形态中，基本上可以判定他是一个热爱艺术、情感丰富、情绪化强烈的热血青年，在这样一个极具文人气质的青年的精神世界中，反叛性或许是他精神内涵中极为重要的有机组成。从他的小说中不难发现，那种对既定秩序和成规固习的从思想到行为的不满和超越，正贯穿了吕赫若小说创作的全过程。在他的小说中，既有对阶级压迫的不满和反抗，也有对妇女命运的深切同情——在同情的背后隐含的是对旧的妇女观的否定；既有对农业文明中愚昧落后一面的痛切批判，也有对工业文明远离自然、缺乏人气的急切逃离；既有对日本异族统治者的反讽和嘲笑，也有对国民党黑暗统治的无情揭露和控诉……在吕赫若的小说世界中跳跃着的那一个个变化的、对立而又共生的、矛盾的思想，在相当程度上与吕赫若那不安于既定规范、极具反叛气质的个性有着极大的关联。几乎可以这样认为，吕赫若的内心痛苦和心灵矛盾，固然与他所身处的时代社会环境密不可分，但那毕竟只是历史提供的一个“外因”，而他个人的独特个性——敏感的、多情的、长于思考并富于反抗的个性，则是导致他人生历程和小说世界特异风貌的“内因”。正是“内因”和“外因”的共同作用，铸就了一颗永在认同与背离之间苦苦挣扎的痛苦的灵魂，也成就了一个“台湾第一才子”—— 吕赫若。

论《现代文学》对台湾文学的贡献和影响

1960年3月5日，由当时台湾大学外文系学生白先勇、欧阳子、王文兴、陈若曦等人创办的《现代文学》创刊号在台湾正式出版发行。在以后的13年里，《现代文学》共出版了51期。1973年9月，由于经济原因，《现代文学》宣布停刊。1977年7月，在远景出版社的支持下，《现代文学》复刊，在出版了22期后，于1984年5月终刊。《现代文学》自身的这种历史发展，使得它自然地形成了前后两个时期。由于资料的限制，本文所论及的《现代文学》，仅限于前51期。

《现代文学》的创办者们在表明其办刊方针的《发刊词》中，对他们将在《现代文学》中所持的立场、态度和追求进行了明确的宣告：他们将“依靠冷静、睿智、开明和虚心”努力使《现代文学》成为这样一个文学刊物——刊载“好文章”、“系统地翻译介绍西方近代艺术学派和潮流，批评和思想”、注重文学批评、“试验，摸索和创造新的艺术形式和风格”、既尊重传统又超越传统。从整个51期《现代文学》的总体上看，《现代文学》基本上是沿着这一设想，较好地实现了自己的追求。而《现代文学》对台湾文学的贡献和影响，也主要体现在上面所提到的这几个方面。

一 《现代文学》对西洋文学的介绍

对西洋文学的译介，可以说贯穿了《现代文学》13年发展历史的全过程。20世纪以来对西方文学（乃至世界文学）作出过突出贡献的西方作家，几乎都以“专辑”的形式在《现代文学》上登过场。在创刊号上，《现代文学》首先介绍的是卡夫卡（Franz Kafka），接着第2期是“汤玛斯·吴尔夫（Thoms Wolfe）专号”，第3期集中介绍的是汤姆斯·曼（Thomas Mann）和亚茨伯·麦克里斯（Archibald Macleish），第4期是“詹姆斯·乔艾斯（James Joyce）专栏”，第5期是“劳伦斯（D. H. Lawrence）专辑”，第6期是“吴尔芙（Virgini-a Woolf）专辑”，第7期在“专栏介绍”中介绍的是凯瑟琳·安·波特（Katherine Anne Porter）和圣约翰·濮斯（St-John Perse），第8期是“费滋哲罗（F. Scott Fitzgerald）专辑”，第9期是“沙特（Jean-Paul Sartre）专辑”，第10期在“专辑”栏目下介绍的是奥尼尔（Eugene O’neill），第11期是“佛克纳（William Faulkner）专辑”，第12期以“专辑”的形式介绍约翰·史坦贝克（John Steinbeck），第13期是“叶慈（W. B. Yeats）专辑”，第14期的“专辑”介绍的是日本新感觉派代表作家横光利一，第15期在“专辑”栏目下介绍的是斯特林堡（August Strindberg）。第16期至第24期没有设立“专辑”栏目，但在这其间介绍了康拉德（Joseph Conrad）和卡夫卡（Franz Kafka）的小说（第17、18期），伊欧尼斯柯（Eugene Ionescogs）的戏剧（第19期），徐贝·维尔（Jules Supervielle）的诗（第20期），艾略特（T. S. Eliot）的论文（第22期）。在第24期上由于有两篇关于艾略特（T. S. Eliot）的论文，并有艾略特本人的论文和诗作各一篇，因此这一期的《现代文学》可以被视为是一个小规模的“艾略特专辑”。在以后的各期中，除第25期（“夏济安先生纪念专辑”）、第38期、第45期（“中国古典小说专号”）、第46期（“现代诗回顾专号”）、第49期（“青年作者专号”）等几期看不到“西洋文学”的身影之外，《现代文学》或以“专号”的方式，或以集中介绍的方式，或以作品译载的方式，始终不懈地绵延着对西洋文学的介绍。如第26期、27期的“都柏林人选集”，第27期、28期的艾略特诗选，第29期的“美国文学专题研究”，第30期的“现代西班牙文学及诺贝尔奖诗人希梅涅”专题，第31期的“都柏林人研究”和“卡夫卡研究”专题，第32期、35期的“短篇小说研究”专题［第35期着重研究海明威（Ernest Hemingway）的短篇小说］，第34期的“现代戏剧的古典复兴”专题，第36期的“谢吾德·安德逊（Sherwood Anderson）专辑”，第39期的“现代德国诗”介绍，第40期的“纪德（André Gide）研究专号”，第41期的“贝克特（Samuel Beckett）研究专号”，第42期的“亨利·詹姆斯（Henry James）研究专号”，第43期的卡缪（Albert Camus）专题，第47、48期的“心理分析与文学艺术”专题，第51期的“爱尔兰短篇小说选”专题等。

从《现代文学》各期对西洋文学的译介中不难看出，它对西洋文学介绍的重点在于20世纪以来西方的现代主义文学。在《现代文学》中出现的最为频繁的西方作家的名字是卡夫卡（Franz Kafka）、乔伊斯（James Joyce）、艾略特（T. S. Eliot），在那些以“专辑”形式推介的西方作家中，几乎全都是现代主义文学大师或现代主义文学的重要作家。这些作家国别的不同（有美国、法国、爱尔兰、英国、奥地利、德国、西班牙）使得《现代文学》对西方现代主义文学的译介基本上覆盖了西方现代主义文学的主要组成——这使这种介绍具有相当的全面性；这些作家创作侧重的不同（有诗人、小说家、剧作家）则使《现代文学》对西方现代主义文学的介绍涵盖了主要的几种不同文体——这又使这种介绍充满了丰富性，而最为重要的则在于，《现代文学》所选择出来并加以介绍的这些作家，具有充分的典型性和代表性——他们和他们的作品体现了20世纪西方现代主义文学的最高成就。

除了着重译介重要作家和作品之外，《现代文学》还对那些对西方现代主义文学产生过重要影响的哲学思潮和理论学说进行了集中的介绍。沙特的存在主义哲学，弗洛伊德（Sigmund Freud）的精神分析学及其与文学的关系，艾略特的文学理论，都曾是《现代文学》着重关注并加以推介的论题。此外，对于在20世纪西方现代主义文学中占据一定地位，而又很少被人们提及的现代西班牙文学、德国现代诗，《现代文学》也都曾予以专门的介绍。

《现代文学》对20世纪西方现代主义文学的大力推荐和系统介绍，不但使这些西方现代主义文学巨子及其作品得以呈现在台湾读者的眼前，为台湾文学界展示了一片全新的文学天地，而且（更重要的）它还为台湾文学注入了一种尚未被系统认识和广泛熟悉了的文学观念——现代主义文学观念。如果说发生在50年代初的台湾现代诗运动萌发了台湾文学界和读者对西方现代主义文学的初步认识的话，那么《现代文学》对西方现代主义文学持久、全面、系统、多元的译介，则使西方现代主义文学在台湾蔚为大观，广为人知。随着时日的推移，现代主义文学观念能在60—70年代的台湾文学界和一般读者那里被普遍接受并深入人心，现代主义文学创作最终能在60—70年代成为台湾文学的主流，《现代文学》毫无疑问作出了巨大的贡献。

13年孜孜不倦的执着和努力，使《现代文学》在西方现代主义文学观念和创作手法中的一些特质和内容被注入到台湾文学的过程中，起了极其重要的作用。这些特质和内容至少包括：

在总体精神气质上，具有叛逆性。

在文学主题上，对人的生存状态（孤独、沮丧、无望、与世隔绝、难以把握）和内心世界（潜意识）进行追问和挖掘。

在艺术手法上，对语言进行重新调度，运用多重叙事观点、代入意识流、冷静叙事等。

在美感特征上，体现为悲凉、哀伤。

二　《现代文学》对创作的鼓励和对作家的培植

《现代文学》的创办者们是把刊载“好文章”作为自己“最高的理想”的。对一份文学刊物而言，“好文章”无疑更多地是指文学创作。在创刊号上就已出现，其后在《现代文学》上反复登载的《本社稿约》这样写道："一、本杂志为发掘新作家而创办，欢迎有志写作者共同耕耘。二、本杂志以研究并提倡最新文学写作技巧为宗旨，欢迎有创造性的新诗和小说作品。三、本杂志标榜现代思想，谢绝老套和八股，欢迎有分量的创作……"这篇"稿约"不但具体阐明了《现代文学》持有什么样的创作倾向和创作追求，而且对"有志写作者"敞开了自己的胸怀。事实证明，《现代文学》的这一"稿约"得到了当时台湾文学界，特别是青年作者们的热烈回应。在整个51期《现代文学》中，登场的小说家有70位，诗人107位，散文家43位，剧作家5位（其中有些作家一人身兼数种身份），发表的小说有211篇，诗歌289首，散文56篇，剧本9个。在这些各类文体的创作中，能当之无愧地被视为是"好文章"的不在少数。当我们站在四分之一世纪后的今天回过头去看的时候，经由《现代文学》而能在台湾文学史上占有一席之地的作品至少有：白先勇的《台北人》系列、余光中的《天狼星》、陈映真的《将军族》、欧阳子的《魔女》、杜国清的《岛与湖》、黄春明的《甘庚伯的黄昏》、陈若曦的《辛庄》、王桢和的《鬼·北风·人》、朱西宁的《铁浆》、叶维廉的《愁渡》、丛苏的《盲猎》、黎阳的《谭教授的一天》、东方白的《口口》、叶珊的《星河渡》、奚淞的《封神榜里的哪吒》、水晶的《爱的凌迟》、吉铮的《伪春》、王文兴的《玩具手枪》、林怀民的《蝉》、施叔青的《倒放的天梯》、汶津的《十六岁的独白》、李昂的《鹿城故事》、姚一苇的《来自凤凰镇的人》等。这些作品虽然文类不同，题材各异，但都内涵繁富，艺术精湛，题材上的开拓性、主题上的深刻性、艺术上的创新性之有机交融，使得这些作品篇篇扎实，个个堪称文学精品。很显然，在刊载"好文章"这一点上，《现代文学》有足以骄人的成绩。这些"好文章"不但和刊登在《现代文学》中的所有其他作品一道共同参与了60—70年代台湾文学的建构，而且还成为整个台湾文学所取得的最为辉煌的成就中的一部分——这无疑是《现代文学》对台湾文学所作的诸种贡献中的又一个贡献。

与刊载"好文章"密不可分的，也是《现代文学》对台湾文学的另一个重大贡献，是《现代文学》对台湾作家的发掘和培植。在《现代文学》上发表作品的固然有在《现代文学》创办之前就已颇有文名的作家，如余光中、朱西宁、段彩华、司马中原、洛夫、覃子豪、罗门、蓉子等，但构成《现代文学》作者群的主体，却是那些伴随着《现代文学》一起成长的青年作家。《现代文学》既致力于“发掘新作家”，又以“现代思想”相标榜，那一拨又一拨的青年作者被吸引在它的周围也就不足为奇。在《现代文学》作者群中，作为这一刊物的基本作者，白先勇、欧阳子、王文兴、陈若曦在开始写作时都还是在校的大学生，其他如丛苏、刘绍铭、叶维廉、叶珊、陈映真、王桢和、杜国清、李黎、施叔青、林怀民、刘大任、李昂、郑恒雄（潜石）、水晶、汶津、戴天、林湖、黄春明、姚树华、东方白、荆棘、奚淞、三毛、辛郁、钟玲等人在《现代文学》上发表作品的时候，或正在中学就读，或仍在大学念书，或在国外留学，或步入社会不久。他们中有的直接参与了《现代文学》的创办，有的成为《现代文学》的“第二代”、“第三代”同人，有的由读者而为作者。《现代文学》对于他们来说，代表着“沉闷时代的呼声”①。那时这些作者大都还是青年学子，籍籍无名，可是凭着他们在《现代文学》上的磨炼和耕耘，许多人日后都成了台湾文学中的重要作家。在他们从文学爱好者成长为一群活跃在台湾文坛的作家的过程中，《现代文学》无疑起了极其重要的催生和助长作用。

除了白先勇、欧阳子、王文兴、陈若曦等人的文学生命与《现代文学》息息相关、密不可分之外，《现代文学》还对许多台湾作家的文学生命有着不同寻常的意义，这些作家包括王桢和、奚淞、李昂、李黎、荆棘、郑树森、三毛、张错、钟玲等人②。概括地说，《现代文学》对这些作家所产生的巨大而又深刻的影响主要表现在这样两个方

① 荆棘：《那一段日子》，收入《现文因缘》，现文出版社 1991 年版，第 127 页。

② 见这些作家的回忆。收入《现文因缘》，现文出版社 1991 年版。

面：首先，他们中的许多人是通过《现代文学》得以了解到西方现代主义文学的，并由此而形成或加深了服膺现代主义文学的文学观念[①]；其次（也是最重要的一个方面），是《现代文学》激发起了这些当时大都还是青年学生的创作欲望，并使他们因在《现代文学》上发表了作品而获得了文学创作的自信，最终献身文学，走上了文学创作的道路。许多在台湾文学中赫赫有名的作家（不包括白先勇、欧阳子、王文兴、陈若曦），他们的处女作都是发表在《现代文学》上的——而处女作的发表对一个作家而言其重要性是无论怎么形容都不会过分的——这些作家是：王桢和、李黎、施叔青、三毛、奚淞、荆棘。今天这些不同凡响的名字，当初正是从《现代文学》上开始他们的文学起步的。

随着《现代文学》一期又一期的不断出版，这样一些后来在台湾文学史上闪闪发光的名字陆陆续续地出现在《现代文学》中：白先勇、欧阳子、王文兴、陈若曦、杜国清、王桢和、陈映真、余光中、聂华苓、丛苏、七等生、桓夫、洛夫、黄春明、姚一苇、夏菁、施叔青、李昂、李黎、於梨华、林湖、戴天、朱西宁、段彩华、司马中原、张默、黄用、覃子豪、罗门、蓉子、刘绍铭、王拓、叶维廉、叶珊、梅新、郑愁予、潜石、水晶、汶津、刘大任、敻虹、林怀民、周梦蝶、管管、三毛、荆棘、奚淞、姚树华、东方白、白荻、吉铮、向明、辛郁、阮囊、林东华、非马、邱刚健、李永平、高大鹏、唐文标、商禽、张晓风、蔡文甫、翱翱、钟玲、罗青、张秀亚……这些名字犹如一串珍珠，被《现代文学》串了起来——而支撑在这些名字背后的，则是一篇篇呕心沥血创作出来的作品。如果说汇聚作家、刊登作品还只是《现代文学》作为一个文学刊物最基本的功能，尚不能被视为是它对台湾文学的特别贡献的话，那么它向台湾文学提供的这样一些作家：白先勇、欧阳子、王文兴、陈若曦，以及经它发掘而

① 见李昂、李黎、奚淞等人的回忆。收入《现文因缘》，现文出版社1991年版。

脱颖而出的这样一些作家：王桢和、施叔青、李黎、三毛、奚淞、荆棘，则是《现代文学》对台湾文学所作出的独特而又突出的贡献。

三、《现代文学》对文学批评的提倡和实践

由于《现代文学》的创办者们在办刊之初就“认识到文学批评对中国文学前途的重要”①，因此，在整个51期《现代文学》中，文学批评一直具有十分突出的地位。按照韦勒克（R. Welleck）对“文学批评”的界定，“文学批评”首先是“对具体的文学作品的研究（主要是静态的探讨）”，同时“这个术语在应用的时候，经常是将文学理论包括在内的”②。由于《现代文学》的创办者们并没有对“文学批评”这一概念进行过特别的说明，因此在本文中，我们以一种宽泛的圈定来含容《现代文学》的“文学批评”领域。举凡有关文学理论、作家研究、作品论析等方面的内容，我们都把它视为是《现代文学》中的“文学批评”。

《现代文学》创办之初，由于“白王欧陈那时还是大学生，自感没有资格写评论”③，因此在早期的《现代文学》杂志上，有关文学理论、作家研究、作品论析的文章，基本上是对西方作家、学者的文章的翻译。在前15期《现代文学》中，虽然“文学批评”的文章多达36篇，但非翻译的文章只有7篇（占总数的19.4%）。这种状况在后来有了变化，在第16期至39期的《现代文学》中，刊载的“文学批评”文章共140篇，台湾作家、学者的文章却有119篇；在余下的12期《现代文学》中，98篇“文学批评”文章由台湾作家、学者

① 《现代文学·发刊词》。

② R. 韦勒克：《批评的诸种概念》，丁泓等译，四川文艺出版社1988年版，第8页。

③ 夏志清：《〈现代文学〉的努力和成就》，收入《现文因缘》，现文出版社1991年版，第58页。

撰写的就占了64篇①。这样总体来看，在第15期以后的《现代文学》中，出自台湾作家、学者之手的“文学批评”文章就占了这类文章总数的76.8%，这不能不说是一个根本性的转变——在数字的背后实际意味着的是《现代文学》对台湾自己“文学批评”声音的重视和扶持。

在《现代文学》上刊载的“文学批评”文章，总体上大致包含这样几个方面的内容：(1) 对西方现代主义文学观念、思潮、作家、作品的介绍和评析（这类文章以翻译西方作家、学者的论文为主）；(2) 对西方作家的作品进行“细读式”研究（这类文章以台湾大学外文系学生的学期报告为主）；(3) 对艺术理论问题的系统阐释（以连载的姚一苇的《艺术的奥秘》为主）；(4) 对文学批评观念、方法及翻译问题的学术探讨（以周宁、谢文孙、余光中等人的文章为主）；(5) 对中国古典文学的深入研究（以夏志清、叶嘉莹及台湾大学中文系师生的文章为主）；(6) 对当代台湾文学的批评（以杜国清、颜元叔、叶维廉、夏志清、洛夫、张健等人的文章为主）。在这里，我们着重谈一下发表在《现代文学》上的针对当代台湾文学创作的批评文章。

这类批评文章所论及的对象包括台湾现代诗运动以及白先勇、余光中、桓夫、蓉子、聂华苓、罗门、王文兴、司马中原、陈映真、王敬义、欧阳子、於梨华、吴芫、周梦蝶、痖弦、七等生、黄春明等作家。在这些批评文章中，既有对台湾某一阶段文学历史、文学运动进行回顾反思和成败得失的检讨（如第46期上杨牧、余光中、洛夫、张默等人对台湾现代诗歌发展的评说）；也有对具体作家的作品、作品集进行分析和评论之作（如杜国清评桓夫的诗集《密林诗抄》、洛夫论余光中的长诗《天狼星》、欧阳子序白先勇的小说集《谪仙记》、吴达芸析周梦蝶的诗集《孤独国》、苏其康评痖弦的诗集《深渊》、

① 这里把《现代文学》分三个阶段来进行统计，是因为前15期《现代文学》和40期以后的《现代文学》都有专门的西洋文学“专辑”。

叶石涛论七等生的小说集《僵局》、张健评蓉子的诗集《七月的南方》、姚一苇论黄春明的小说《儿子的大玩偶》、水晶评吴芜的小诗《家》等)；既有富真知灼见的单个作家论（如夏志清的《白先勇论》、颜元叔的《白先勇的语言》、《笔触·结构·与主题——细读於梨华》、叶珊的《探索王文兴小说里的悲剧情调》、高全之的《由几个形构学观点论欧阳子》等)；也有对某一创作问题的总体考察和综合论述（如叶维廉的《现代中国小说的结构》、颜元叔的《对于中国现代诗的几点浅见》等）。这些评论文章虽然论题不同，角度迥异，但都态度严肃（全无“骂杀”和“捧杀”之作)，角度新颖（多从语言、结构、意象、节奏、语调、语态等角度切入)，行文锐利（大多崭截明快，实话实说，不拐弯抹角)，见解深刻（如夏志清对白先勇早期创作“原型”的洞察，杜国清对桓夫诗歌“抒情性”特质的把握及“绘画性”、“戏剧性”等艺术手法的分析，颜元叔对於梨华在几篇小说中所表露出来的笔触粗重、结构错位、主题欠深的细读，叶维廉对文学作品“主题的结构”和“语言的结构”的划分等，都极其精彩)，富有理论色彩（作者都具有较深的理论修养，在他们的文章中，常常可以发现“新批评”理论、精神分析学理论的沉积)。由于这些评论文章都是就文论文的真正批评，因此评论者和被评论者之间形成了良好的对话和互动关系——在《现代文学》上，我们不但看到了叶维廉和聂华苓就《失去的金铃子》所展开的互相尊重、心平气和地交流和探讨，而且还看到了余光中对钟燕玲批评《火浴》的诚恳接受并在接受批评后对《火浴》进行了修改，而洛夫对余光中《天狼星》的批评则促使后者“告别了现代主义，缩短了我西游浪荡的岁月”①。

刊登在《现代文学》上的这些关于当代台湾文学的评论文章，或高屋建瓴地总结过去，或条分缕析地评析作品，或烛隐探幽地论述

① 余光中：《一时多少豪杰》，收入《现文因缘》，现文出版社1991年版，第30页。

作家，或视野开阔地整体观照，它们的出现和存在无疑地会对台湾文学的良性发展产生积极而又十分重要的影响：后来者将从“总结过去”的文章中获得参照，读者和作者将从“评析作品”的文章中获得启迪，作家将从“论述作家”的文章中获得自信或惊觉不足。当然，文学批评对文学的影响是熏陶式的，潜移默化式的，如果说我们一时尚举不出更多的事例来证实我们的这一判断的话，那么我们至少可以明确地说，余光中对《火浴》的修改和提前告别现代主义，是实实在在地受到了《现代文学》上的“文学批评”文章的影响。

四、余论

《现代文学》虽然在1973年就已停刊，但它对台湾文学的贡献和影响却并没有随着自己的停刊而终止：西方现代主义文学已被人们广为了解和接受；许多刊登在《现代文学》上的作品留在了台湾文学史中；经《现代文学》发掘培植的作家继续在文学的园地耕耘并有许多卓然成家。《现代文学》不但已成为台湾文学的重要组成部分，而且它还是决定60—70年代台湾文学基本风貌和特质的关键性因素之一。除了上面几个部分提到的《现代文学》对台湾文学的直接贡献和影响之外，《现代文学》还在对“现代主义”的理解，对“传统”的态度等方面，对台湾文学产生了间接的影响和不易为人知的贡献。

《现代文学》虽然冠以“现代”之名，“标榜现代思想”，并也确实大量介绍过西方现代主义文学，鼓励创造性强、带有“现代风”的作品，但实际上，它对“现代主义”的认识和态度却相当理性，并不偏执和极端。在《现代文学一年》（刊登在《现代文学》第7期）这篇带有回顾和总结性质的文章中，《现代文学》的主办者们对他们理解的“现代主义”进行了明确的表述：“我们认为，现代主义，与其说是形式，不如说是内容。假如有一位作家，能恪守福楼拜的写实规律，来描述今天的社会，我们也承认他是现代主义者。……

现代主义绝不是中国人想象中的意识流而已。我们介绍过的卡夫卡，是唯一极端背弃传统的作家，其他如乔伊斯（限于短篇小说），劳伦斯，都和人所熟知的写实主义有着密切的关系”。从这段话中不难看出，《现代文学》同人对“现代主义”的理解包括这样几个方面的内容：一、“现代主义”更多地是指一种“现代精神”和“现代眼光”，而不是仅指艺术形式上的“现代风”；二、“现代主义”注重表现“现代生活”；三、“现代主义”并不意味着与“传统”彻底绝缘。

《现代文学》的主办者们对“现代主义”的这种实质性、原则性的而不是狭隘的、纯技巧层面的理解，决定了《现代文学》对各种题材、各种风格的创作的“兼容并包”。“现代风”色彩浓郁的作品在《现代文学》中当然大量地存在着，可是像陈映真的《将军族》、黄春明的《甘庚伯的黄昏》、王桢和的《鬼·北风·人》这样一些“和人所熟知的写实主义有着密切的关系”的作品，在《现代文学》中也占有相当大的比重。这应该并不奇怪，当这些作品在《现代文学》编者们的理解中被视为原本就属于“现代主义”范畴的时候，它们被《现代文学》“包容”也就顺理成章。《现代文学》同人对“现代主义”透彻的而非夹生的理解，不但使《现代文学》“呈现出一片百花齐放的局面”①，而且它事实上还为如何全面、正确地接受外来文化影响树立了良好的典范。

在迈向“现代”的过程中如何对待“传统”，是20世纪以来中国知识分子难以回避、必须面对的一大难题。在60—70年代的台湾，集聚在《现代文学》周围的青年知识分子们同样遭遇到这一问题并要对之作出自己的回答。令人欣慰的是，他们在对待“传统”问题上的态度相当理性，既“尽力接受欧美的现代主义”，同时也“重新估量中国的古代艺术”。在整个51期《现代文学》中，“传统”实际包含着两个层面的含义：它既是指蕴含在《现代文学》上的许多作

① 白先勇：《〈现代文学〉创立的时代背景及其精神风貌》，收入《现文因缘》，现文出版社1991年版，第14页。

品中的“旧事物”①（即使是再“现代”的作品，它也不可避免地要包容着“传统”的因素），也是指代表着“传统”的“中国古典文学”字眼在它那里的反复出现。作为一个以“现代”命名的文学刊物，《现代文学》却发表了大量有关中国古典文学的学术论文（这类论文在《现代文学》中共有82篇，上自先秦，下至明清，涉及内容包括诗、词、曲、赋、小说、散文等各种文类），并把第33期辟为“中国古典文学研究专号”，把第44期、45两期辟为“中国古典小说研究专号”。《现代文学》的这种做法在台湾60—70年代的文学刊物中，似乎并不多见，而在这一行为背后所昭示的实质则是：主办《现代文学》的这群青年知识分子在“尽力接受欧美的现代主义”的同时，并没忘记“对中国古典文学传统的重视”②。《现代文学》在“现代”与“传统”之间以理性、辩正的态度对待“传统”并努力“将传统融入现代，以现代检视传统”③的企图，是不是也对台湾文学在如何继承民族传统方面，有所启发呢？如果有的话，那应当也是《现代文学》对台湾文学所作出的贡献吧。

---

① 这里的“旧事物”即“传统”之意。参阅《艾略特文学论文集》，托·斯·艾略特著，李赋宁译注，百花洲文艺出版社1994年版，第3页。

② 《现代文学》第33期《前言》。

③ 白先勇：《〈现代文学〉创立的时代背景及其精神风貌》，收入《现文因缘》，现文出版社1991年版，第12页。

论陈映真的“台湾文学观”

陈映真对于台湾文学不但有着自己的界定，而且他对台湾文学的发展历史还做过较为系统的梳理。在《大众消费社会和当前台湾文学的诸问题》一文中，他从总体上明确地表达了他的“台湾文学观”，那就是“从日据时代到今天在台湾产生的诗、戏剧、小说、散文等，皆为台湾文学。并且，她是中国近代文学的一个支流，一个部分”①。《四十年来台湾文艺思潮之演变》、《台湾文学和第三世界文学之比较》等文章，则体现了陈映真在看取台湾文学时宏阔的历史视野。作为一个身在台湾的中国作家，陈映真对台湾文学的思考是长期的、深入的、全面的和自觉的。

在陈映真的台湾文学观中，现实主义（乡土）文学是他坚守的基本方向，并以此为立足点引发出对台湾现代主义文学的思考和判断；而坚定的中国意识和左翼立场，又使他在看取台湾文学的时候，总是将台湾文学放在中国文学的范围内和第三世界文学的格局中来加以考察。这样的“台湾文学观”，使陈映真在中国台湾作家中，成为既具有乡土立场又具有中国情怀、既能深入现代主义文学又能对之进行反思、既有中国意识又具世界视野的代表性作家之一。

① 陈映真：《大众消费社会和当前台湾文学的诸问题》，《文季》第1卷3期，1983年8月。

立足现实主义（乡土）文学·反思现代主义文学

现实主义在陈映真那里，是文学观念的核心，也是他文学世界的基本风貌。对于什么是现实主义，韦勒克（R. Welleck）在《批评的诸种概念》一书中曾对之进行过"描绘"（他不说"定义"），那就是：现实主义是"当代社会现实的客观再现"①。在韦勒克所"描绘"的现实主义中，"客观"的背后"已经暗含和隐藏着训喻性"②，事实是，"当作家转而去描绘当代现实生活时，这种行为本身就包含着一种人类的同情，一种社会改良主义和社会批评，后者又常常演化为对社会的摒斥和厌恶。在现实主义中，存在着一种描绘和规范、真实与训喻之间的张力"③。很显然，在现实主义的"客观再现"和它"暗含和隐藏"的"主观"之间，是有着一种理论上的矛盾性的，"这种矛盾无法从逻辑上加以解决，但它却构成了我们正在谈论的这种文学的特征"④。

如果说韦勒克对现实主义的"描绘"主要针对的是西方"十九世纪的现实主义问题"⑤，那么在20世纪的中国台湾作家陈映真那里，他对现实主义的理解，则与台湾60年代到80年代的社会现实和文学生态密切相关。从总体上看，陈映真的现实主义理念，主要体现为通过文学世界，反映台湾社会现实——"光明的、激荡的和鼓舞人心的现实，和反面的、激发人去改革的现实"，并"借着'反映社会现实'，来建设人间乐园"⑥。陈映真对现实主义的深刻理解，置之于

---

① R. 韦勒克著，丁泓等译，《批评的诸种概念》，四川文艺出版社1988年版，第230页。

② 同上，第232页。

③ 同上。

④ 同上。

⑤ 同上，第216页。

⑥ 陈映真：《关怀的人生观》，《小说新潮》第2期，1977年10月。

20 世纪 60—80 年代的台湾社会环境，则与台湾文学中的乡土文学有着极大的重叠性。虽然对于台湾乡土文学的历史和它在 70 年代的突出表现，人见人殊，有各种不同的解读，但 20 世纪 70 年代王拓在一篇文章中的观点，却颇具代表性，那就是：将台湾在 20 世纪七八十年代兴起的乡土文学称作现实主义文学，比用乡土文学这一概念更为合适也更加准确①。

在这一背景下，陈映真对台湾乡土文学的执着，也就体现为对现实主义文学的服膺和坚守，由此，陈映真认为“现实主义有非常辽阔的道路”，“现实主义为什么辽阔，因为生活本身的辽阔规定了现实主义的辽阔”②，也就可以视为陈映真对台湾乡土文学的一个基本判断。纵观陈映真的相关论述，我们发现，陈映真的现实主义（乡土）文学观，至少应包含如下内容：

（一）文学要反映辽阔的社会生活（反映论）

陈映真的现实主义（乡土）文学观首先表现为一种“外视”的特点。在《关怀的人生观》一文中，陈映真明确提出“艺术应该来自生动活泼的具体社会生活”。在《文学来自社会反映社会》一文中，他对此进行了进一步的阐释：“我总觉得，文学像一切人类精神生活一样，受到一个特定发展时期的社会所影响，两者有密切的关联。因为一个时代有一个时代的‘时代精神’。”1971 年的“保钓”运动，使“台湾文学也有了转变，那就是以黄春明、王祯和为代表的‘乡土文学’。这一个时期的文学作家，全面地检视了在外来的经济、文化全面支配下，台湾的乡村和人的困境。……着手去描写当面台湾的现实社会生活和生活中的人。在文学形式上，现实主义成为这些作家强有力的工具，以优秀的作品，证实了现实主义无限辽阔的可能性。……新生代提出了文学的社会性，提出了文学应为大多数人所懂

① 参见王拓：《是“现实主义文学”，不是“乡土文学”——有关“乡土文学”的史的分析》，《仙人掌》第 1 卷第 2 号，1977 年 4 月 1 日。

② 彦火：《陈映真的自剖和反省》，《华侨日报》1987 年 5 月 22 日。

的那样爱国的、民族主义的道路。他们主张文学的现实主义，主张文学不再叙写个人内心的葛藤，而是写一个时代、一个社会”①。

（二）文学应对改造社会具有帮助（功能论）

文学对改造社会有所帮助在陈映真那里，主要体现为唤起民众思想的觉醒、鼓舞民心、同情被侮辱与被损害者、为国家的独立和民族的自由而努力奋斗。在《医学和文学上的几个共同思考》一文中，陈映真认为文学“作品能对其他的人有益处；作品能对于人的应该怎么生活，怎么活的问题提出意见；希望文学能对于苦难的自己的同胞有帮助；希望能唤起那些被困在愚昧和贫困的老百姓，启蒙他们，来共同面对自己的国家，自己民族的命运”，并“对于世界和人类有帮助”。在《建立民族文学的风格》这篇文章中，陈映真对在台湾的当代中国作家秉承了“关心民众的疾苦，与自己民族的独立与自由”这一“几千年来中国知识分子重要的传统操守”而给予了充分肯定，认为“中国的文学，和世界上一切伟大的文学一样，侍奉于人的自由，以及以这自由的人为基础而建设起来的合理、幸福的世界。因此，中国的新文学，首先要给予举凡失丧的、被侮辱的、被践踏的、被忽视的人们以温暖的安慰，以奋斗的勇气，以再起的信心。中国的新文学，也要鼓舞一切的中国人，真诚地团结起来，为我们自己的国家的独立，民族的自由，努力奋斗”。

（三）文学应具有批判（抗议）性和民族性（特征论）

对于现实社会中的黑暗和不公，以及美日跨国资本的渗透对台湾民众所带来的思想、观念和心理方面的负面影响，陈映真不但在自己的小说中对之进行了艺术化的揭露和批判，而且在理论论述中，也对此进行了深刻的思考。在《变貌中的台湾农村》一文中，陈映真以宋泽莱的小说《打牛湳村》为例，指出这篇小说“表现了现代台湾

---

① 陈映真：《文学来自社会反映社会》，《仙人掌》第5期，1977年7月。

小说在描写、批判和抗议上独特的积极性”。对于吴浊流的小说《亚细亚的孤儿》，陈映真认为作品中“反抗侵略、爱国的现实主义传统”这一精神特质值得提倡。在《医学和文学上的几个共同思考》一文中，陈映真认为“中国的文学家，便必须善于从民族的生活中，汲取丰富的创作源泉，在国际文学交互影响中，建设真正具有中国特点的文学”。

在文学应具有民族性问题上，陈映真特别强调民族精神的体现和民族语言的运用。对于前者，陈映真除了在上面引用的《医学和文学上的几个共同思考》一文中有所论述外，还在《建立民族文学的风格》一文中特别指出：作家“必须首先和我们所日日居息的土地、和我们所日日相与的同胞有心连着心的感情，我们才和自己的民族血脉相通，才能在弥漫的外来影响中，为淡漠、漂泊甚至丧失的民族感情，找到一个稳固的、中国的归宿”。对于后者，陈映真不止一次地在论文中提及。在《建立民族文学的风格》这篇文章中，陈映真对许多台湾作家“使用了具有中国风格的文字形式、美好的中国语言，表现了世居在台湾的中国同胞的具体的社会生活，以及在这生活中的欢笑和悲苦，胜利和挫折。……用自己民族的语言和形式，生动活泼地描写了台湾——这中国神圣的土地和这块土地上的民众”给予了充分肯定。在评论台湾诗人高准诗作的特点时，他对高准诗歌语言的民族性给予了高度评价，认为“高准的诗，是台湾极少数优秀地秉承并且发扬了中国抒情新诗传统的诗之一。他的语言清晰，充满了浓郁的情感。他的汉语准确、丰美，并且表现出中国新诗在韵律和音乐上的辽阔的可能性”①。

如果说陈映真的现实主义（乡土）文学观在反映论、功能论和特征论上具有以上几个特点的话，那么他的这种乡土文学立场是伴随着他对台湾现代主义文学的反思确立起来的。陈映真自称“台湾作家

① 陈映真：《不怕寂寞的独行者高准——高准〈文学与社会〉中文学评论文章读后》，《文学与社会》，1986年10月。

里面没有一个像我这样持续性对现代派、现代主义的批评"①，事实也正是如此。在陈映真数量颇丰的文学论述中，对台湾现代主义文学的反思几乎贯穿了他众多的评论文章。在某种意义上讲，陈映真一再地、反复地对台湾的现代主义文学（尤其是现代诗）进行反思和批判，是希望通过抵抗、消除和摆脱现代主义文学的影响，达到提倡和推广现实主义（乡土）文学的目的。陈映真曾直言"乡土文学最重要的一点是反抗西化的文学"，"台湾的乡土派不是写台湾，从世界的角度看起来，是反西化的一种文学"②，而在台湾，"西化"文学的代表无疑是现代主义文学。在陈映真那里，他对台湾现代主义文学的反思和批判主要集中在如下几点：

1. 台湾缺乏与西方产生现代主义文学相类似的土壤，因此在台湾不可能产生真正意义上的现代主义文学，这使得台湾的现代主义文学只能是亚流的。

陈映真认为"文学、艺术的现代主义之生长，需要有一定的土壤。这些土壤，是高度发展的资本主义社会；人的异化的深刻化；现代城市生活和机械文明对人的精神戕害所引起的普遍的心理病变；因帝国主义世界战争所引起的对人和世界单纯的信念的幻灭和失望。这些条件，在台湾现代主义文艺（包括诗、绘画和音乐）全面兴旺起来的50年代和60年代的前大半，是不存在于台湾社会的"③，因此，"台湾现代主义艺术和文学，是一种虚构的文学与艺术，缺少正常的、合理的土壤"④。20世纪50、60年代现代派诗歌在台湾的兴起和繁盛，在陈映真看来，很大程度上"只是我们的诗人从西方的现代派作品中支借过来的不真实的情感，当作一种流行，硬把这个现代主义的

① 彦火：《陈映真的自剖和反省》，《华侨日报》1987年5月22日。

② 同上。

③ 陈映真：《试论吴晟的诗——序吴晟〈泥土〉》，《文季》1卷2期，1983年6月。

④ 同上。

衣服穿起来"①，因为"50—60年代的台湾——经济和社会发展阶段，还早在低度开发的时代"，因此，"所谓人的疏离、孤独、焦虑、感官的倒错——这些精神面貌"这些"高度资本主义社会下的产品"，也就不可能成为台湾现实土壤中自然生长出来的真实情感，而只是一种从西方"支借"来的"不真实的情感"②。于是，陈映真眼里的"50年代以后的现代主义"，也就成为"不干涉生活；专事描写个人内心的矛盾、纠葛；不描写历史，在作品中根本是看不到时间的变化。而且多半是憨直地模仿西方文学"的产物③。这样的现代主义，在陈映真的眼里，就"不但是西方现代主义的末流，而且是这末流的第二次元的亚流"④。

2. 台湾的现代主义文学是对现实的逃避、与"五四"新文学的断绝以及西化的产物。

对于现代主义文学何以会在50年代的台湾出现并在60年代蔚为大观，陈映真认为既是出于对现实的回避，也是因了台湾文学由于政治原因与大陆30、40年代文学的阻隔，以及伴随着西方强势资本裹挟而来的西方文艺的渗透。陈映真认为，"出现在台湾的现代主义，它基本上是因着在肃清运动之后，对于所谓激进的、批判现状的、现实主义的文学产生畏惧。因此，才逃避到现代主义那种

---

① 陈映真：《医学和文学上的几个共同思考》，收入《陈映真文集》(文论卷)，中国友谊出版公司1998年版，第121页。

② 陈映真：《医学和文学上的几个共同思考》，收入《陈映真文集》(文论卷)，中国友谊出版公司1998年版，第121页。

③ 钟乔：《文学、政治、意识形态——专访陈映真先生》，《两岸》诗丛刊第2期，1986年12月。

④ 陈映真：《现代主义的再开发——演出〈等待戈多〉的随想》，《文学季刊》1967年3月。需要说明的是，从总体上看，陈映真对台湾现代主义文学的基本评价，虽然深刻独到，但也不无偏颇之处。台湾现代主义文学所取得的成就，有目共睹，并已为历史所证明。本文有关陈映真对台湾现代主义文学的评价（批判），只是引述而不作探讨和评判。如何理解和看待陈映真对台湾现代主义文学的评价，当另外撰文专门论述。

不描写具体人生、不描写劳动、斗争的文学中了。现代主义是非常好的逃避场所”①，而“中国在三四十年代的重要作品，连同它们的表现形式——现实主义的、前进的、社会的、干预生活的表现形式——成为严重的写作禁忌”②，也使“我们与五四以来的文学传统之间，产生一个断层。由于这个断层，我们那一代台湾的文学青年必须自己去寻找我们所要学习的榜样，或者是我们所要继承的传统。在那个时代里，我们能寻找到的，就是英美文学，并将之作为我们写作的榜样”③。与此同时，从1950年到1965年，“外来资本在台湾经济生活中的重大支配地位，除了带来外国资金、技术和商品对于台湾资本和商品市场的支配，连带地也在文化、学术、思想、文学和艺术上，发挥了支配作用。从50年代到60年代，‘现代’画、‘现代’音乐和‘现代’诗，便在这个以美国为代表的西方文化的背景下，开始了畸形发展。中国三四十年代文学经验中语言和思想的断绝上，使西化的、形式主义的、颓废的文学，在台湾当时语言和思想两皆贫困这个基磐上蔓生起来。一时间，台湾现代诗几乎席卷了台湾年轻的诗坛。晦涩的诗创作、诗翻译和诗论，像宗教的奥义书一般，到处有人苦读和模仿”。④

3. 台湾的现代主义文学是对西方文化的附庸，并破坏了中国文学的传统。

虽然陈映真对台湾的现代主义文学并非全盘否定，认为它“好几年来，他们以他们的样式，在语言的开拓上，在某种对于现代的

---

① 钟乔：《文学、政治、意识形态——专访陈映真先生》，《两岸》诗丛刊第2期，1986年12月。

② 陈映真：《试论吴晟的诗——序吴晟〈泥土〉》，《文季》第1卷2期，1983年6月。

③ 陈映真：《医学和文学上的几个共同思考》，收入《孤儿的历史·历史的孤儿》，远景出版社1984年版。

④ 陈映真：《试论吴晟的诗——序吴晟〈泥土〉》，《文季》第1卷2期，1983年6月。

反映上，做出了一定的成绩”[1]，但从总体上看，他对台湾的现代主义文学，基本上是持一种否定的态度。他否定的理由主要有：首先，“70年代以前，台湾不论在社会上、经济上、文化上都受到东西方强国强大的支配。在文学上，也相应地呈现出文学对西方附庸的性格”[2]，而这种文学的附庸性格，就集中体现在现代主义方面；于是，“我们的现代主义文艺，变成了一种和实际生活、实际问题完全脱了线的把戏。……我们的现代主义文艺，不是徒然玩弄着欺罔的形式，便是沉湎在一种幼稚的，以‘自我’那么一小块方寸为中心里的感伤；不是以现代主义最亚流的东西——堕落了的虚无主义、性的倒错、无内容的叛逆感、语言不清的玄学等等——做内容，就是蜷缩在发黄了的象牙塔里，挥动着颓废的白手套。在客观上，台湾的现代主义先天的就是末期消费文明的亚流的恶遗传；在后天上，它因为一定的发生学上的环境，成为一种思考上、知性上的去势者。结果，我们的现代主义便缺少了一种内在的生命力，缺少一种自己生长，自己纠正自己和接受新事物等等的能力”[3]；其次，陈映真“觉得现代诗把中国整个的汉语的优美传统完全非常任性地、非常不负责任地加以破坏了”，“中国人……都不可能懂得现代诗所写的是什么”，因此反对现代主义“不是因为它来自外国，而是因为它对传统的中国传统的文学语言、精神认同的决绝和破坏”[4]。

---

① 陈映真：《现代主义的再开发——演出〈等待戈多〉的随想》，《文学季刊》1967年3月。

② 陈映真：《文学来自社会反映社会》，《仙人掌》第5期，1977年7月。

③ 陈映真：《现代主义的再开发——演出〈等待戈多〉的随想》，《文学季刊》1967年3月。

④ 陈映真：《医学和文学上的几个共同思考》，收入《陈映真文集》（文论卷），中国友谊出版公司1998年版，第126页。

（四）台湾的现代主义文学必将被现实主义（乡土）文学所取代

陈映真对台湾现代主义文学持续地进行批判，除了对现代主义文学有一个基本的负面判断之外，很大的一个原因还在于他认为现代主义文学不能代表文学发展的正确方向。基于文学反映论和功能论的文学理念，陈映真对“没有思想、没有历史、没有生活，只醉心于挖掘内心纠葛藤”①、并且“极端的形式主义、极端的个人主义、晦涩、孤立”② 的现代主义文学长期主导台湾文坛甚感痛心，认为这样的文学应该“再开发”，而这种“现代主义的再开发”，其方向其实就是朝着现实主义（乡土）文学迈进。按照陈映真的设计，“现代主义的再开发”首先要“回归到现实上”，其次是要“具有人的体温的，对于人生、社会抱着一定的爱情、忧愁、愤怒、同情等等的人的思考”③。在台湾，经由70年代初的“保钓”运动和“现代诗论战”，一种新的文学形态（特别是在诗歌领域）在上升崛起。陈映真通过对蒋勋、施善继、吴晟、高准几位诗人和宋泽莱等小说家的作品的分析，以他们文学立场的转变（都具有从个人的、内心的、晦涩的现代主义走向社会的、外在的、清朗的现实主义的创作轨迹）为例，强调现实主义（乡土）文学取代现代主义文学是台湾文学发展的必然：“倘若现代派的诗是暧昧的，那么将生的新诗一定是走向清楚白话的；倘若现代派是苍白的个人主义，那么将生的新诗或许要走上比较涉世的道路，去拥抱整个社会和人生吧；倘若现代派的声音是没有出路的苦闷，绝望和不信，则那将生的新诗也许要以他们步入成熟时代的信心，去建造、去追求一个全新的信仰，也说不定；倘若现代派一直苦

---

① 《海峡》编辑部：《“乡土文学”论战十周年的回顾——访陈映真》，《海峡》，1987年6月号。

② 陈映真：《试论蒋勋的诗——序蒋勋〈少年中国〉》，《现代文学》复刊第11期，1980年7月。

③ 陈映真：《现代主义的再开发——演出〈等待戈多〉的随想》，《文学季刊》1967年3月。

于精神和思想上的大疏离，那么，将生的新诗或者将要以一个全新的视点，找到他们的定向吧；而倘若现代派堕落到使他们的作品成为形式主义的游戏，则在将生的新诗中将只见生动活泼的内容，使形式因熔化在内容中而不见了。”①

台湾角度·中国立场·第三世界视野

在台湾战后70年代兴起的乡土文学运动中，对乡土的不同理解以及对乡土文学性质的认识，曾引发两个阵营（以本省籍作家为主的乡土派左翼阵营和以外省籍作家为主的国民党右翼阵营，以及乡土派内部以陈映真为首的中国派阵营和以叶石涛为首的本土派阵营）的剧烈论争。在这场论争中，陈映真既以一个乡土派左翼作家的身份，倡导文学关注社会现实、揭露社会黑暗、对被侮辱与被损害者予以人道主义的关怀、以中国文学的民族风格取代在他看来是“西化”的现代主义文学影响，同时也以一个身在台湾的中国作家的身份，对乡土文学中隐约出现的以突出本土意识为核心的分离主义倾向，进行了迅速而又有力的批驳。如果说陈映真对现代主义文学的批判是源于他认为这种文学附庸的西化性格和个人主义、形式主义、脱离现实的特性，那么，对在1977年乡土文学论战中有所冒头的带有分离主义意识的本土文学观的批判，则是由于这种观点彻底违背了陈映真对台湾文学“是中国近代文学的一个支流，一个部分”的定性。因此，作为一个“死不悔改的‘统一派’”②，反对具有分离主义倾向的本土文学观，对于陈映真来说，就和坚持并弘扬现实主义（乡土）文学，反对在他看来是“西化”的现代主义文学同等重要。

在陈映真的理解中，“在乡土文学运动时，台湾文学是以在台湾

① 陈映真：《期待一个丰收的季节》，《草原》创刊号，1967年11月。

② 蔡源煌：《思想的贫困——访陈映真》，《台北评论》第2期，1987年11月。

的中国文学这样的概念提出的"①，因此，在他的心目中，"乡土文学是中国文学的一部分"② 这一点是确凿无疑、不容置辩的。这与当初参与乡土文学论争的另外一些怀有本土意识的台湾作家（以叶石涛为代表）对台湾文学的认识显然有着本质上的差别。对于台湾文学的中国属性，陈映真在自己的文章中一再地反复论述。他强调"台湾的命运与祖国大陆的命运有密不可分的关系。就整个历史的角度来观察，台湾如果离开了祖国大陆，其后果是不堪想象的。就文化、思想、艺术的运动而言，也与祖国大陆政治、经济体制的变迁，有着不可割离的关系存在。因此，它绝非一个单一独立的资本主义社会，那么，在文学发展的道途上，显然也无法单独地发展现代主义"③。针对叶石涛文章中提到的"台湾意识"，陈映真明确地将自己对"台湾意识"的理解，定义为"'台湾意识'的基础，正是坚毅磅礴的'中国意识'"④。在批判在他看来是"西化"的现代主义文学的过程中，陈映真强调的"民族性"，也一直是以中华民族的民族性为旨归，因此，作为现代主义文学对立面的乡土文学，也就"是现在条件下中国民族的重要形式。……乡土文学一开始就明白公告了它中国的、民族主义的、爱国的、反对帝国主义的特点"⑤。对于有些学者以日据时期台湾文学中所体现出的民族性来突出台湾意识，陈映真特别强调"日据时代台湾文学中的反日本帝国主义精神，有一个明白的基础，那就是以中国祖国为认同主体的民族主义。离开这个民族主义，是无从理解

---

① 《海峡》编辑部：《"乡土文学"论战十周年的回顾——访陈映真》，《海峡》，1987 年 6 月号。

② 陈映真：《关怀的人生观》，《小说新潮》第 2 期，1977 年 10 月。

③ 钟乔：《文学、政治、意识形态——专访陈映真先生》，《两岸》诗丛刊第 2 期，1986 年 12 月。

④ 陈映真：《"乡土文学"的盲点》，《台湾文艺》革新第 2 期，1977 年 6 月。

⑤ 陈映真：《在民族文学的旗帜下团结起来》，《仙人掌》第 2 卷第 6 期，1978 年 8 月。

日治下台湾文学的抵抗精神的"[①]。当日本学者松永正义认为"台湾文学无可怀疑的是中国文学的一部分"时[②]，陈映真给予了充分的肯定，并认同松永正义的证明，那就是："台湾和其他华侨社会间最大的差异点，在于台湾和中国近现代史中，在探索'中国往何处去'的全民族运动中，关于中国未来去处的方向性和可能性的探索上，一直活泼而密切地参与和感应着。……这参与中国近现代化史上民族出路的方向性和可能性的历史性格，显示了台湾文学作为中国文学的鲜明属性。"[③] 如果说陈映真在肯定现实主义（乡土）文学而反思现代主义文学时，每每通过对作家（蒋勋、施善继、吴晟、高准、宋泽莱、王拓等）创作的评论，来展开自己的台湾文学观中现实主义（乡土）的一面，那么在驳斥带有分离主义倾向的本土的、媚日的、殖民主义心态的台湾文学观时，他也经常以对叶石涛、张良泽、西川满等人的台湾文学观的纠正和批判，以对吕赫若、松永正义的创作和评论的肯定，来全面阐发自己台湾文学观中台湾文学的中国属性一面。将理论主张和批评实践结合起来，全方位多角度地阐发自己的台湾文学观，是陈映真在表述他的文学思想时的一个重要特征。

当陈映真立足台湾社会（同时具有坚定的中国立场），强调文学的民族特色和关怀现实的社会功能（相应地反对文学的"西化"和个人主义形式主义乃至消费主义），并以此形成自己的台湾文学观时，他还把台湾文学放在一个更大的背景下来加以考察，那就是在世界范

---

① 陈映真：《思想的荒芜——读〈苦闷的台湾文学〉敬质于张良泽先生》，《中国时报》1981年2月22日。

② 《海峡》编辑部：《"乡土文学"论战十周年的回顾——访陈映真》，《海峡》，1987年6月号。

③ 陈映真：《台湾文学和第三世界文学之比较》，《文季》第1卷第5期，1983年1月。

围内的第三世界文学的格局下，来认识台湾文学①。在陈映真看来，“台湾的反帝、反封建的历史特点，其实是和中国的近、现代史不可分的，从而也和第三世界国家的近、现代史，有着深刻的共同性”，“成了全世界被压迫民族抵抗帝国主义历史中的一个篇章”，因此“台湾文学其实与中国近、现代史文学，与其他第三世界文学一般，在反帝、反封建的特质上，其实是同多于殊的”②。在陈映真看来，台湾曾有的殖民地历史和战后的现实，最终决定了台湾文学的这种“第三世界文学”属性，那就是“和其他第三世界现代文学一样，是

---

① “第三世界”一词是从法国“第三等级”一词演绎而来。《大英百科全书》第9卷中说：“‘第三世界’，在50—60年代泛指亚洲和非洲的殖民地国家或非工业化国家。”1966年，美国华盛顿大学社会学教授欧文·路易斯·霍罗维茨在他的《三种发展阶段的世界》一书中，认为：“‘第一世界’是指美国统治的世界，包括其西欧盟国以及在拉丁美洲和世界各地的‘卫星国’；‘第二世界’是指苏联统治的世界，历史上是俄国的势力范围，包括其东欧和亚洲部分盟国和‘卫星国’；‘第三世界’是指在亚、非、拉地区的不结盟的非‘卫星国’，通常包括：经济上从阿尔及利亚到南斯拉夫，政体上从印度到中国等各式各样的国家。”在中国，毛泽东在1974年2月22日会见赞比亚总统卡翁达时，提出了他的关于“三个世界”划分的理论，毛泽东认为：“我看美国、苏联是第一世界。中间派，日本、欧洲、加拿大，是第二世界。咱们是第三世界”，“第三世界人口很多。亚洲除了日本都是第三世界。整个非洲都是第三世界，拉丁美洲是第三世界”。同年4月，邓小平率中国代表团出席联合国大会第六届特别会议，并于10日在大会上发言，阐述了毛泽东关于三个世界划分的理论，引起了世界各国广泛的关注。对“第三世界文学”的理论阐释则以詹明信（Fredric Jameson）的“所有第三世界的文本均带有寓言性和特殊性：我们应该把这些文本当作民族寓言来阅读”最为著名。从陈映真在文章中提及的“第三世界”国家（中国——包括台湾、朝鲜—韩国、菲律宾、印尼、哥伦比亚、智利等）来看，他的“第三世界”应是指遭受过帝国主义侵略和统治的受压迫民族国家，接近于毛泽东所说的“第三世界”。

② 韦名：《陈映真的自白——文学思想及政治观》，《七十年代》，1984年1月。

作为反抗帝国主义、殖民主义和文化启蒙运动之一环节而产生"①的，作为世界上"第三世界文学"的组成部分，"中国——尤其是50年代以后的台湾现代文学，经过了'模仿'和'反抗'（以西化文学与乡土文学间的争论为共同的特征）这个第三世界文学共同的发展过程"②。

对于台湾文学如何和第三世界文学产生共鸣，发生联系，陈映真的理解是：由于是在"对抗新旧殖民主义的反抗运动中，第三世界展开了各自的现代文学"③，因此台湾70年代的政治动荡和在国际上的种种遭际（钓鱼岛事件引发的保钓运动、退出联合国、尼克松访华），导致"文化的、政治的中国民族主义，在战后世代的台港青年中复燃，从而展开了对于50、60年代台湾西化的、附庸的文学的批判，又从而在80年代初期，开始了对于第三世界文学的初步关怀"④。

当台湾文学被陈映真经由中国文学纳入到第三世界文学中进行考察的时候，陈映真也对两者的异同进行了深刻的思考和分析。对于它们之间"令人惊异的共同点"，陈映真认为首先体现为它们都需要解决语言问题："一方面是以大众语言代替传统的贵族语言，另一方面，是以民族的大众语言代替殖民者的、外国语言"；其次，"在内容上主要以揭发和控诉殖民体制下的黑暗与痛苦、或批判国人自己的落后与无知"；第三，"在性质上批判并脱离传统的贵族、僧侣和殖民者的文学。"从陈映真对建立台湾文学和第三世界文学自己的民族风格的归纳中，不难看出中国"五四"文学反对旧文学的历史投影；至于台湾文学和第三世界文学的不同点，陈映真认为主要体现在如下几

---

① 陈映真：《台湾文学和第三世界文学之比较》，《文季》第1卷第5期，1983年1月。

② 陈映真：《反讽的反讽——评〈第三世界文学的联想〉》，《自立晚报》，1984年3月24日。

③ 同上。

④ 同上。

个方面：

1. 台湾文学具有比其他第三世界文学远为完整的文化和语言传统。

2. 台湾文学面临着逐渐失去其社会与人生的指导性格。

3. 台湾文学一般地显示历史的、文化的、哲学的贫困。

4. 台湾文学与政治间，保持着比较疏远的态度。①

由于陈映真对台湾文学的思考，有着世界范围内的第三世界文学这一维度，因此他在台湾参与倡导现实主义（乡土）文学，反思现代主义文学，也就有了更为广大的西方世界文学和第三世界文学两相对立、明确分野的“国际”背景，于是，在第三世界文学中长期存在着的两个标准，“一个是西方的标准，一个是自己民族的标准”②，在陈映真看来，就在台湾文学中经历了从向殖民的、霸权的、西方中心的文化扩张的结果——西方现代主义文学的学习和模仿、以它们的标准为标准，向自主的、民族的、社会的新型民族文学之路的转变——也就是第三世界文学经过觉醒和抗争，最终找到了真正属于自己的标准。这也就是陈映真所说的“对第三世界国家和地区的作家，他们所关心、面对的，是整个残破的国家——是一个落后的、百废待举的国家和民族的前途……他们思考着国家、民族、个人的自由。他们思考人应该怎么活着，才像一个人，一个社会应该怎么样才能保障人的自由、人的尊严；一个国家应该怎样才能保持他的独立，民族应该怎样才能从帝国主义下获得解放。这些，是落后而贫困的第三世界知识分子——包括文学家在内——所日夜思考的问题。……纵观整个第三世界文学，莫不充满着这种国家的血泪、悲愤、抗议——对谎言的斥责和对压迫者的抨击，以及对残破的祖国，对伤痕累累的同胞所

① 陈映真：《台湾文学和第三世界文学之比较》，《文季》第1卷第5期，1983年1月。

② 同上。

流下的热泪”[1]。“第三世界文学”观念的代入，使陈映真在坚持现实主义（乡土）文学，批判现代主义文学；坚持中国立场，驳斥分离主义倾向这一过程中，有了更为深广的世界性视野，也因此，他的台湾文学观就显得尤为阔大和深刻。

从总体上看：对“现实主义（乡土）的台湾文学”的坚持，对“台湾文学是中国文学的一部分”的坚持，和对“台湾文学经由中国文学成为第三世界文学的一环”的坚持，形成了陈映真台湾文学观的一翼；而反对“西化的（即现代主义的）台湾文学”，反对“带有分离主义倾向的台湾文学”，和反对“成为西方文学世界附庸的台湾文学”，则形成了陈映真台湾文学观的另一翼，这互相对应的两翼的合成，构成了完整意义上的陈映真的“台湾文学观”。

① 陈映真：《医学和文学上的几个共同思考》，收入《陈映真文集》（文论卷），中国友谊出版公司1998年版，第122—123页。

时空变形后的人间生态及其意义

——论朱天文的《巫时》和《E界》

朱天文对于时间迁逝和空间流转，有着持久的兴趣和锐利的敏感。时间对于朱天文而言是她小说的核心主旨：在她笔下反复出现的有关“成长”和“青春”的主题，说到底其实都是对时间的语言再现。至于空间，在朱天文的小说中除了承担小说展开的背景功能之外，每每以台北为中心，向台中、高雄、祖国大陆、日本、印度、欧洲、美洲、非洲辐射推展的空间走向，昭示着朱天文对人在天地间生存的“流动性”怀有深切的感触。

这些都还是就朱天文小说中时空表现的“现象”而言的，进而言之，在这些时空表现的背后，内蕴着朱天文独特的时空观：时间对人的意义，要么是留在记忆中的成长经历和消失了的青春，要么就是不能承受之重的无形压力；而人无论置身何处总得归属于某个空间的宿命，则先天地限定了人的生存自由度——空间（环境）将与时间一起，实现对人的“控制”。

人如何面对时空的“控制”，是朱天文小说中的一个突出命题。从早期的《小毕的故事》到后来的《炎夏之都》、《世纪末的华丽》，再到《荒人手记》、《巫言》，虽然主题多有变化，但表现人在时间中的永恒伤逝和空间转换却逃脱不了悲剧结局的哀感，却万变不离其宗，一以贯之。在《巫时》和《E界》中，朱天文以她擅长的方式，向我们展示了她对变形时空下人间生态的种种体验和感悟，再一次透露出她对时空“控制力”的深刻认识。

《巫时》的命题本身就既富神秘感又富象征性，联系朱天文的另一部长篇小说《巫言》，她对“巫”的情有独钟实在大可玩味。“巫”字所寓示的“女能事无形以舞降神者”含义，表明了所有关于“巫”的书写都是她的“创造”——在朱天文笔下与“巫”相关的世界是一个用文字“舞动”起来的世界，是朱天文“文字炼金术”的产物，然而，在这个貌似虚拟的世界里，却有着朱天文对人生（人类）的本质性认识（是以“舞动”的文字“降”下来的“神”吧）。《巫时》中的“我”是个“E时代”（电子时代）的“恐龙”（与现时代相差几百万年的古早生物），“我”不出门，不用计算机，在“政治”挂帅的当下社会，“我”远离政治，自称“家庭主妇”；在“雅帝”横行的年代，“我”与“雅帝”无缘只是一个“摩登原始人”；现代人的交往方式是“只送东西不见人”，令“我”颇觉怪异；而一封并不急需的电子信的拷贝却被具有现代化运营方式的公司用快递送至家门，使“我”既觉尴尬也觉滑稽；唯一与“我”相关的现代化产物传真机，“我”在传真纸用完后，却不能（不愿）上街购买，以致一再延宕信息（当代社会的重要特征）的收发；“街上很近，然则对盲人或某些人（比如“我”——引者注）来说，很远很远”；老妈（比我更古老的“三百万年前的娇小露西”）上街，在“我”眼里是一场“露西猿人”在当今社会的艰难历险；而妹妹一家的和善和老爹发自内心的“仁慈”，相对于生活其间的现代社会，他们显然更像动物或具有动物的原始性（小说将妹夫比喻为写字蠹蜥，让老爹发散出秃鹫味，将小六生与蜘蛛的“感情”写得温馨动人）；而“我”被选为“精英”后社会对“我”的网罗与“我”对这种网罗的拒绝，则再清楚不过地表明了“我”不属于这个时代，“我”是一个“时间”之外的人。

“时间”在朱天文的《巫时》中无疑举足轻重，小说起首就是“时间”——在“长远现在钟”独特的记时方法（每世纪响一次，每年滴答一声）面前，“时间”只得“慢了下来”，时间变形与其说是“长远现在钟”的结果，不如说是“我”对“时间”的理解和期待，因为在一个一切以速度衡量效率和价值的时代，“我不想要快”。如果说时代以“快”为特征要求人们对其服从，那么“我”对“快”的拒绝也就意味着“我”对“时间”控制人的反抗——这种反抗在“我”那里延伸至所有与这个时代“快”的“时间”特征相关的领域：计算机、地铁、传真、行动电话……，如果从科技产品再向前延伸，则“我”对“时间”（“快”）的反抗实际波及对整个现代社会的排斥：对“我”来说，“街上，这么远的街上，不是十五分钟远，是三百万年远”，这就难怪“我”自命“伯母恐龙”，难怪“我”将“我”的亲人们都以动物命名，因为相对于今天的“时间”而言，“我”和“我”的家人，是如此地落后（自外、慢）于这个“时间”而具有一种在此“时间”之前、之外的原始性。

看上去《巫时》中的“我”以自己的“时间”节奏（“慢”）实现了对社会性（主流性）“时间”（“快”）的控制的抵抗，但“伯母恐龙”终究要与“E 人类”相遇，这样的几率虽然“也许是一兆光年的平方”，但还是发生了并且注定要发生。朱天文以此要告诉我们的也许是：虽然爱因斯坦所言不虚：“过去，现在，和未来的分野只是一种幻象”，但分属不同“时间”状态（节奏）的两“类”人（他们的相异程度有如“动物”与人），他们的差别却是幻象中的真实。

《巫时》中的时间关注到了《E 界》则成了空间聚焦，所谓“E 界”（E Space），表明的是一个电子时代（E 为英文 electronic 的缩写）的空间世界，在这个世界里，人们感兴趣的是速度（又是速度，以一级方程式赛车为代表）、强度（以锐舞为代表）和力度（以 E 药为代表），而联结所有的“度”的是电子产品（手机），在这个世界中人们语言功能退化（一如《巫时》中人们文字功能的退化）而擅长借助电子产品（手机短信）来谈论赛车、嗑药和劲舞，因了手机的存在，“E 界”的空间得以极度压缩、变形，不同地区不同位置的人（时差七小时，四分之一地球远）可以同时（即时性地）谈论同一个话题（立即回讯），与此同时这种言说方式也使人自身变得模糊不清而只剩下一些符号（人都成了一个个的网名或绰号）。很显然，生存于“E 界”中的人们在享受电子产品便利的同时必然地也受制于电子产品的控制，在不自觉中产生了对电子产品的极度依赖并程度不等地丧失自我。小说中比较具有人性（相对于物质性而言）的部分是车狂崔哈和夜游女那剪不断理还乱的感情，然而这种感情却由“哭累的脸，和说到累的脸”构成——手机可以将“话题”即时传送却无法沟通人类的心灵，手机可以将空间随意压缩却难以消减人们心中彼此之间遥远的距离。

如果说《巫时》展现的是“时间”对人的压迫以及抗拒这种压迫的人怎样自处，那么《E 界》描绘的则是“空间”如何塑造了人们的生活方式——它对人的影响力渗透至人的思维、感情、语言、行动乃至自身的存在。而无论是在《巫时》还是在《E 界》中，隐身其中的朱天文的立场应该是明确的，那就是：她笔下的“时间”的“空间”，都是人的异化（使人成为非人）之源，都使人迷失其间而不自觉。朱天文书写这样的“时间”和“空间”，就是要提醒人们警觉“时间”和“空间”对人的控制。

朱天文自己当然对此有着清醒的警觉，写作《巫时》和《E 界》本身就足以证明这一点。《巫时》中的叙事人“我”（恐龙）显然代表了作者的立场，因而才有对“E 人类”的不无快意的嘲讽，而《E 界》中人的“空壳化”（看上去很热闹却没有灵魂）和悲剧性（不会爱没有自我），也正表明作者对这个“E 界”持的是批判和否定的态度。是的，反抗、批判和否定，不但使《巫时》和《E 界》这两篇小说具有了某种内在统一性，而且也是朱天文的“深度”所在。

值得深思的是，朱天文一方面在她的这两篇小说中从“时”“空”两面渗透进她对当下社会的批判（从中体现出她的“深度”），另一方面，从她对当下社会的种种描写中，又可以强烈地感受到她对她所要反抗、批判和否定的社会的“物质”迷恋，她的“文字炼金术”正是在这个她不能认同的“时”“空”中找到了用武之地，《巫时》中对各种知识、见识的铺陈，《E 界》中对赛车过程和夜游神们生活的渲染，正在透逸出朱天文的兴趣所向，是在用文字对这个虽然压迫人，虽然可能空洞，却自有其繁华、喧闹和充满令人为之目眩的“色相”世界的描绘、张扬。于是，对当下社会冷静的批判性思考和在表现这个社会时着意的文字狂欢，就构成了朱天文这两篇小说中的一对矛盾，这种矛盾在朱天文的笔下也许不是第一次出现，但在这两篇小说中最为明显却是不争的事实。

这样的矛盾看上去反映出的是朱天文在“出世”（对“时”、“空”的警醒和批判，形而上）和“入世”（对浮生的热衷和迷恋，形而下）之间的矛盾，然而说到底这两者在朱天文那里是统一的：她越是用语言桑巴舞舒展地搅动现实“时”“空”的声色喧哗，巨细不遗，她就越是在根本上向人们宣告着人生（人类）苍凉的底子，前者是朱天文施展自己语言才能的载体，是“朱天文风”的审美品格之所在，后者则是她思想“深度”的真正底层——朱天文最终的“深度”应该在这里。

相对于朱天文过去的小说创作，《巫时》和《E界》有变有不变，在表达方式和文字风格上，朱天文可谓一如既往。过去，朱天文多是在写欲望、感情、色彩、气味的过程中暗含“时间”和“空间”的轨迹（以“成长”、“青春”、“历史”等主题的方式出现），这次，朱天文正面处理“时间”和“空间”，然而在其中，欲望、感情、色彩、声音等“元素”的遗留仍清晰可辨。换个角度看，《巫时》也可当作是关于人类成长的小说，而《E界》则是对人类成长过程中某个“场景”的书写，尽管如此，在作品中直接表现“时间”和“空间”对人的控制，对朱天文来说至少是在过去基础上的一大延伸。参照朱天文历来的作品，以朱天文的才情可以断言，她创作的延伸空间和变数，未可限量。

论中、日两篇《古都》的精神形态及相互关系

一、川端康成的《古都》

1961 年 10 月 8 日，川端康成的小说《古都》开始在《朝日新闻》上连载，小说共分 107 回，至 1962 年 1 月 27 日方连载完毕。同年 6 月，“面目一新”的《古都》单行本问世。34 年后（1996 年 12 月），又一部同样名为《古都》的作品面世，这一回作者是中国台湾地区作家朱天心。

川端康成创作《古都》之时，正是日本战后经济腾飞、社会转型之际。二战后的日本，由于战败，在政治上处于绝对的“弱势”，这种政治上的弱势直接导致了日本文化在现实社会中的衰弱无力，此时在日本居于强势地位的文化，是美国占领军带来的美国文化，无论是政治体制，还是娱乐行为，无论是思想观念，还是生活方式，美国文化可以说无孔不入。美国文化的强行嵌入对日本固有文化所造成的斫伤，令挚爱日本民族传统的川端康成深感悲哀，在随笔《古都》中他这样写道：“古昔承久和应仁战乱中，《新古今和歌集》的文化和东山文化的兴衰事实，在日本战败后的这些年月，深深地吸引了我。我读了若干参考书，读了藤原定家的日记《明月记》和实隆的日记《实隆公记》等，促使我想把这些战乱之中的文化的悲哀写成小说。”① 从川端康成的这

① 川端康成：《川端康成全集》第 28 卷，第 190 页。转引自叶渭渠《冷艳文士——川端康成传》，中国社会科学出版社 1996 年版，第 196 页。

种思想中不难看出，对古日本文化的追慕和昂扬，在很大程度上影响并促成了他创作小说《古都》。

在《古都》中，通过对古都京都自然生态、民情风俗、名胜古迹、传统工艺、历史人物、艺术门类、文化积淀以及生活其间的人物的描写，川端康成充分抒发了他对京都（日本文化象征）的颂扬和热爱。在小说中着力描写的自然生态包括：树（老枫树、明樱、八重樱、垂柳、樟树、枫树、松树）、花（紫花地丁、郁金香、胡枝子白花、菊花、红玫瑰、山茶花）、山（嵯峨山、岚山、睿山、周山、北山、杉山、圆山、宵山）；民情风俗包括：重大节日（三大节葵节、祇园节、时代节，以及盂兰盆节、火节、伐竹节、芋茎节、过年送礼）和仪式（伐竹会、大字篝火、越夏祭神、曲水宴、舞蹈会）；名胜古迹包括：寺庙（醍醐寺、清水寺、尼姑庵、念佛寺、仁和寺、神护寺、西明寺、高山寺、鞍马寺、南禅寺、金阁寺、青莲院、安乐养寺、莲花寺、御旅所、八坂神社、北野神社、上贺茂神社、下贺茂神社）和宫殿（平安神宫、野野宫、修学院离宫、御所）；传统工艺包括织机、腰带、仿古代书画断片、揉菊等制作技艺；涉及的历史人物则有桂小五郎、坂本龙马、秀赖、织田信长、和宫、连月尼、吉野太夫、出云阿国、淀君、常盘御前、横笛、巴御前、静御前、小野小町、紫式部、清少纳言、大原女、桂女、楠正成、丰臣秀吉、大佛次郎等日本历史上与京都发生过联系的著名人物；艺术门类则涉及狂言（任生狂言）、能乐、雅乐、舞剧（《虞美人草图》）、艺伎、文学（《京都之恋》、《竹取物语》）、浮世绘、狩野派、大和绘、宗达画等不同领域的艺术形态。这些内容构成了日本古都京都独有的文化氛围、文化气质、文化魅力，展示了一个从自然到人文都充满了文化符号的“美”的世界。

《古都》中有这么多关于京都的自然风光、民情风俗、历史遗迹的描写，与川端康成对如何创作《古都》的设想密切相关，由于他原本就是要“写一部探寻日本‘故乡’的小说。可以将它写成历史小说，也可以写成现代小说。……总之，是要写京都及其周围。比起写人物和故事来，也许写风物是主要的”[①]，因此，重在写“物”也就不足为奇。在后来的一次答记者问中，他更是明确地宣告“我想写旧的都城中渐渐失去的东西”[②] ——也就是说，他要用文字，还原出他心目中的古都京都——在这种想象中的还原里，京都的自然风貌和人文积淀，自然成为他表现的重点。

不过，“物”的京都再美，没有人的存在也就只能是一座空城。为此，川端康成又在《古都》中塑造了“美”的人物形象。这些人物包括佐田太吉田、阿繁、千重子、水木龙助、水木真一、大友宗助、秀男、苗子等，他们彼此之间充满了信任、相知和包容，相互关系不仅融洽和睦，而且深具洁净之美，其中又以千重子和苗子这一对孪生姊妹的姐妹情最为纯洁“哀美”：她们虽是孪生姐妹，却自小分离，意外的重逢使她们情深意长，身份的差别则使她们再次分离——正如千重子所说：“幸运是短暂的，而孤单却是长久的。”姐妹虽然相见，但却分属两个世界。

虽然姐妹俩不能长相守，但她们彼此深爱的情谊，却令人感动，人性中由“善”而“美”的一面，在美丽的孪生姐妹之间得到了尽情的发挥——她们不但彼此关爱，甚至在爱情上也互相礼让。毫无疑问，在姐妹俩的爱情中（秀男—千重子—水木龙助；苗子—秀男），秀男是个重要角色，出于对千重子的爱，他最终爱上了“千重子的化身”苗子，也就是说，当千重子和苗子互为化身，合二而一的时候，她们姐妹俩都是秀男爱的对象，因此，秀男实际上是爱了他们姐妹俩——媒介则是日本文化的典型符号之一——和服的腰带。

川端康成的《古都》，凡所涉及的因素（自然、艺术、人）无一不“美”，这种写法，无疑是他对古都京都精神寄托的文学流露。因

① 川端康成：《〈古都〉作者的话》，《川端康成全集》第33卷，新潮出版社1981年版，第175页。

② 转引自冢田满江：《〈古都〉里外》，《川端康成作品研究》，八木书店1969年版，第322页。

为在川端康成看来，京都是日本文化的荟萃之地，是日本人的精神象征，也是他的精神“故乡”。写京都的美，就是写崇尚自然，尊重传统的日本美。

假使说川端康成笔下的京都在外在形态和人物关系上，体现了一种自然和谐之美的话，那么在写到京都的“内部生活”——人的内在心理世界的时候，一种对旧日缅怀的哀愁和人生孤单的感叹，就自觉不自觉地飘荡在川端康成笔下的字里行间。小说中的这种精神气质主要是通过千重子和苗子来表现的，千重子由于被人领养，虽然生活舒适，养父母疼爱，却总有一份挥之不去的被遗弃感、寂寞感和孤单感。苗子在重逢千重子之后，虽然深爱千重子，但“阶级”的差异使她总处于一种回避、孤单和幻影（幻灭）等感觉的包围之中。她们俩同（均感到孤单）中有异（千重子强烈的被遗弃感和寂寞感，苗子坚决的回避心和幻影感）的感受，在某种程度上正体现了川端康成自己对“美”的态度——美原来竟是那么地充满孤寂和幻影。小说中一再写到的花的零落和凋谢，很显然既有着日本文化的遗留，也有着川端康成自己对美的感悟。

从总体上看，川端康成在他的《古都》中所体现出的精神形态，是对日本美的呼唤，在这个过程中，他既塑造了美，同时也在这一过程中渗进了哀凄的情绪，从而使《古都》中的美带有了一种淡淡的悲哀。

二、朱天心的《古都》

台湾作家朱天心的《古都》创作于1996年12月，此时的台湾，政治上乱象丛生，在李登辉的所谓“民主”名号之下，“台独”理念获得了极大的生存空间，并甚嚣尘上，省籍矛盾和族群意识在当局的纵容和“台独”派的鼓吹下被刻意夸大、彰显，这种意识形态的纷扰无疑会涉及到对台湾的历史认识，以及由此而来的对台湾当下乃至未来的态度和设计。在这样的情形下，生存在台湾的每一个人，都必须面对和回答这样的问题，那就是：自己生存的这块土地，与自己究竟是怎样的一种关系？在某种意义上讲，朱天心创作《古都》，就是用艺术的方式，对这一问题进行自己的回答。

朱天心毕业于台湾大学历史系，这样的背景无疑会对她的创作多多少少产生一些影响，从她的许多创作中不难看出，深厚的历史感构成了她小说世界的重要特征。像她的小说《昨日当我年轻时》、《我记得……》、《时移事往》、《想我眷村的兄弟们》、《从前从前有个浦岛太郎》，从名字中就可以发现她对历史的热衷。《古都》从名字上看显然也是一个与历史相关的故事，那么，朱天心《古都》中的历史，是些什么内容呢？通过对这种历史的书写，她又要揭示些什么呢？

从总体上看，朱天心《古都》中的古都台北，是一个由清代的史籍记载、日本殖民者的想象和建构、国民党政府的设计、本土意识高涨下的感受交织而成的综合体，统治者的来来往往，意识形态的更迭错乱，使古都台北成了一个自古至今都充满悲情的城市——历史就沉积在当下，今天台北的种种形貌（政治上的乱象、省籍间的矛盾、令"你"日益陌生化的感觉）原来都是历史的结果，而这些结果本身，又构成了古都台北历史的一部分。

那么，台北历史中最具本质性的特征是什么呢？朱天心通过《古都》，向我们展示的似乎是台北的"客地"属性和"纷乱"特征。在清代，对台湾的态度是抛弃、隔离、贬斥、鄙视，"清人得台，廷议欲墟其地"，"不必登岸，不必雉发，不必易衣冠，称臣入贡可也"，"片板不许下水，粒货不许越疆"，台北"非人所居"（郁永河）、"台人平居好乱，既平复起"（蓝鼎元）、"台北瘴疠地"（沈葆桢）、"鸟不语，花不香，男无情，女无义"（李鸿章）、"土番所处，海鬼所踞，未有先王之制"。日据时期，日本人对台湾的态度是出卖和改造，台湾对于日本来说，本来就是抢来的别国领土，因此在日据初期，日本人曾有过"一亿元台湾卖却论"的想法，后来的殖民统治则是对台湾从外在风貌到思想心理进行日式改造，拆城墙、改地名、

"皇民化"。在国民党统治的蒋氏父子时期，台湾只是所谓"自由中国""反攻大陆"的"复国"基地，而台北不过是一个暂时的政治中心，美军顾问团和从大陆沿袭而来的强人政治，是这一时期台北最重要的历史符号。到了后蒋经国时代特别是后李登辉时代，台湾（台北）又逐渐成了一个令"你"这样的外省人"不安于位"的所在，"动不动老有人要检查你们爱不爱这里，甚至要你们不喜欢这里的就要走快走"，"要走快走，或滚回哪哪哪"。与台北的这种历史特性相对应，台北所有的城市符号：关于建筑、地区、街道、山川、居所、寺庙、树木、花草的命名，以及民风、习俗、精神气质和思想生态的状况，也就成了土著文化（凯达格兰）、中原文化（道光—咸丰纪年、太古巢旧址、上海商银、中山路、真理街、仁爱路、信义路、济南路、温州街、江南、粤人祀三山国王、漳人祀开漳圣王、泉人祀保生大帝、崔颢《黄鹤楼》诗、陶渊明《桃花源记》、农历）、日本文化（大正—昭和纪年、西门町、末广町、寿町、筑地町、新起町、若竹町、乃木町、书院町、吉野樱、大岛樱、八重樱、绯寒樱、明治桥、圆山、昭日座）、西方文化（罗斯福路、美军顾问团宿舍、披头士）和现实政治文化（周遭几万张模糊但表情一致的群众的脸，随着聚光灯下的演说者一阵呼喊一阵鼓掌）的杂糅。历史的"客地性"和文化上的杂糅性，铸就了台北杂乱而又喧嚣的特性。

对于小说中的"你"来说，对古都台北的回忆除了城市的历史，还伴随着对自己青春和成长的反刍，与同学友谊、姐妹情深、爱情故事、躁动与反抗相伴的热血沸腾的"你"的过往生命，已经融入到古都的历史之中，一去不复返。而现在"你"既然被称作"你"，就是一种"客体化"的表现：台北已经不属于"你"。小说中的"你"对于自己的归宿曾有这样的思索："在死之前，若还有一点点时间，还有一点点记忆，你还可以选择去哪里……你，会选择这里（京都——引者注）吧……"接着"你"自我发问："为什么不是选择你出生、成长、生育子女并初老的城市（台北——引者注）呢?""为什么不是你来自的城市（台北——引者注）?"回答是"大概，那个城市所有你曾熟悉、有记忆的东西都已先你而死了”——这是多大的伤心和悲情！而更令人伤心的是，当小说中的“你”从京都再回台北时，已经被误认为是日本人，被台北导游按照日据时期的地图，安排做台北游览——也就是说，“你”已经回不去台北了。台北对“你”来说，是一块“客地”；而“你”对台北，则成了一个外在于台北的“你”。如果说不选择台北作为“你”度过“在死之前”时光的主动权还在“你”的话，那么到“你”回到台北却被认为是日本人的时候，“你”已经毫无主动权而只有被台北拒绝的份——不是“你”选不选择台北的问题，而是“你”已经除了不被台北接纳以外别无选择的余地。“这是哪里？……你放声大哭”，在“你”的哭声中，小说以一句悲壮的宣言结束：“婆娑之洋，美丽之岛，我先王先民之景命，实式凭之。”

一方面写出了台北喧嚣和芜杂的特性，另一方面也写出了“你”与台北的悲情关系。朱天心的《古都》将古都台北的历史构成和当下现实交融并置，写出了对台北的记忆，以及因这种记忆而引发的伤悲。小说一开始的一连串“那时候的……”句式，表明了“你”对过去的深情，然而，对记忆的搜寻却因了古都台北灰暗的历史底色而总是伴随着不断跳出的痛苦而又沉重的文化符号，这使“你”的记忆并不轻松，似乎也缺乏温情的成分，与“A”的友谊或许是“你”青春期最具亮色的内容，然而这样的亮色在沉重的历史面前，既短暂又脆弱，而且还成为“你”和心目中的台北告别的佐证——属于“你”的台北是和“A”联系在一起的，“A”的消失（离去、缺席、隐遁）在某种程度上讲是不是正意味着“你”与过去的台北历史联系的消失？没有了充满青春活力的“A”的台北对“你”而言，剩下的也许就只是一座不堪回首的古都、日益陌生的城市和记忆中的名词。

没有了“A”的台北可以称得上是面目全非——这不仅是指外在形貌，更是指精神内涵。“你”去京都见“A”可以视为是去寻找失去的往日——同时也是要重温属于“你”和“A”的台北时光，“A”

终于没有来正表明那个时代的台北已经永远消失在时间的深处。"你"不但在空间上回不了台北，在时间上也回不了台北。悬荡在古都之外似乎成了"你"的宿命，这也决定了"你"和生存其间的这块土地的关系只能是离不开它（它已融入了"你"的生命）却又进不去它（"你"已经回不去了）。

三、朱天心《古都》中的川端康成的《古都》

假使朱天心只是写了一个与川端康成的《古都》同名的小说，那就不一定非要把她与川端康成联系在一起讨论。问题在于，朱天心在创作《古都》的时候，不但取名与川端康成相同，而且还把川端的《古都》直接作为自己作品的构成——这意味着川端康成的《古都》在朱天心的同名小说中以另一种形式获得了再生和延续。朱天心不但把京都作为自己《古都》的一个重要场景，而且还直接引用9段川端康成《古都》中的内容，并使之成为推动小说发展、形成作者意蕴的重要因素。朱天心的这种写法不仅使川端康成的《古都》与她的《古都》形成了一种互文性，而且还使前者成了后者中的一个"典故"和潜文本。那么，朱天心为什么要借用和嫁接川端康成的《古都》呢？川端康成的《古都》又是以怎样的方式参与了朱天心的小说组建？

如果仔细阅读朱天心的小说就不难发现，朱天心《古都》以"你"的活动范围为界大致可以分为两大部分：一为在京都的部分，一为回到台北的部分。这两部分相对独立却又互有重叠，因为朱天心笔下的"古都"具有双关性，既指京都也指台北。小说中的京都和台北这两个古都所具有的同质性一如小说中的"你"和"A"（也对应着川端笔下的孪生姊妹千重子和苗子）。前一部分，当"你"为了和"A"相会，从台北来到京都等"A"的时候，"你"开始了对京都的阅读，而在此过程中时时闪回着的对台北历史和与"A"友谊的种种回忆，则形成了对另一个古都（台北）的阅读。后一部分，当“你”回到台北的时候，巡游古都台北却难脱日本传统（京都）的笼罩（按殖民地地图寻觅旧日日本的殖民遗迹），这样的两个“你中有我，我中有你”的古都场景，正构成了“你”现实行动和思想活动的场所。

作为台湾地区的作家，朱天心笔下的古都原应是指台北，正如日本作家川端康成笔下的古都只能是京都一样。朱天心花大量的篇幅写京都（“你”亲历的京都和川端康成《古都》中的京都），无疑是要让京都在她的小说中起作用。为了说明这一点，就有必要对朱天心在《古都》中对京都的涉及，进行逐一的分析。

虽然在朱天心的《古都》中，京都是在两个层面上被提及：一为“你”置身其间的当下的京都，一为川端康成《古都》中的京都，但显然，后者才是朱天心关注的重点所在——因为对当下京都的书写，总是参照着对川端康成《古都》中的京都的回忆，对当下京都的评判，也总是以川端康成《古都》中的京都为标准。这样，考察京都在朱天心《古都》中所起的作用，就主要以川端康成《古都》中的京都为基准。

前面已经分析过，川端康成的《古都》通过对京都“美”的展示，呈现了日本美的特质和传统。对于川端康成《古都》的这种“美”的主题，朱天心无疑心向往之。她对川端康成《古都》的九段引文，就充分地体现了这一点。为了便于说明问题，现将所引九段文字在川端康成小说中的内容和在朱天心小说中的语境，进行对照和排比。

第一段引文

在川端康成小说中的内容：千重子与秀男对话，千重子让秀男织好腰带直接给苗子。

在朱天心小说中的语境：“老有远意、老想远行、远走高飞”，“好些年了，你甚至得时时把这个城市的某一部分、某一段路、某一街景幻想成某些个你去过或从未去过的城市，你才过得下去”，“在这动不动老有人要检查你们爱不爱这里，甚至要你们不喜欢这里的就要走快走的时候”，“要走快走，或滚回哪哪哪，仿佛你们大有可去大有地方可住，只是死皮赖脸不去似的”，“有那样一个地方吗”？

第二段引文

在川端小说中的内容：千重子面对老店铺的旧招牌和竞相吐艳的绯色垂樱，心生寂寞之感。

在朱天心小说中的语境：“你在京都八坂神社内祈祷‘但愿此行不致是一场灾难’”，“为什么会想到‘灾难’这个词呢”？（因为“你”和“A”都已不复从前）

第三段引文

在川端小说中的内容：千重子和真一参观清水寺，千重子告诉真一自己是弃儿。

在朱天心小说中的语境：“你”懊悔非常，为什么会在宝贵的假期选择与“A”见面而舍弃女儿？思念女儿。

第四段引文

在川端小说中的内容：父亲与千重子讨论将来要过一种贫苦的设计腰带的工作。

在朱天心小说中的语境：“你”身在京都，想起历史上郁永河、篮鼎元、沈葆桢、李鸿章等人对台湾（台北）的评价，“你真不想回去呀”，“你想起那趟未竟之旅，你走到圆山，只见空中地底条条是路，你迷失其间，不知该如何走到你十七岁时走过百遍的路”。

第五段引文

在川端小说中的内容：千重子与苗子讨论生父之死和母亲。

在朱天心小说中的语境：“你”享受男孩的爱，以此气“A”，所有的执政者（日人、民进党）都对台湾没有长远打算，“你简直无法告诉女儿你们曾经在这城市生活过的痕迹”，与“你”的青春相伴的过去，“都不存在了”。“你”发问：“这一切，一定和进步有势不两立的关系吗？”

第六段引文

在川端小说中的内容："大字"篝火之际，介绍"大字"篝火的历史文化传统。

在朱天心小说中的语境：一切都在借进步、建设之名进行破坏。"有朝一日，……届时你将无路可走，无回忆可依凭……""一个不管以何为名（通常是繁荣进步偶或间以希望快乐）不打算保存人们生活痕迹的地方，不就等于一个陌生的城市？一个陌生的城市，何须特别叫人珍视、爱惜、维护、认同……"

第七段引文

在川端小说中的内容：千重子回想往事。

在朱天心小说中的语境："你都不愿意和别人回忆过往，并非因为新的事情太多……相较于过往对你来说都曾是太新的东西，你不愿与它有任何关系……你仿佛晋太元中武陵人捕鱼为业……""你"和"A""好些年没见了"，希望不要彼此难认。

第八段引文

在川端小说中的内容：千重子认同养父母。

在朱天心小说中的语境："清人得台，廷议欲墟其地"，"没有你，亲爱的，我孤独难耐（Foscarini）"、"自己原先也是有坟可上的"。

第九段引文

在川端小说中的内容：千重子与苗子告别。

在朱天心小说中的语境：离开京都，返回台北。"你直觉'A'不会来了。"

通过寻找引文在川端小说中的位置不难发现，朱天心对川端《古都》的代入，注重的是这样三个方面：（1）美（如第一段引文和第八段引文在川端小说中所表现的人情美、第六段引文所表现的文化美、第七段引文所表现的宗教美）；（2）哀感（如第二段引文在川端小说中所表现的寂寞感、第三段引文所表现的遗弃感、第九段引文所表现的别离感)；(3) 父子情(第四段引文在川端小说中所表现的父子情深，第五段引文所表现的寻父情结)。

当朱天心把这些引文置于自己的小说中的时候，川端小说的引文和朱天心小说的语境所形成的某种对应，自然就是朱天心引川端这些引文所要达到的艺术效果。从川端引文在朱天心小说中的语境位置来看，它所起到的功能主要表现为：(1) 京都的和谐、纯粹、宁静和至美衬托出台北的纷扰、暧昧、喧嚣和杂乱；(2) 京都对传统文化的保存凸显台北对传统的漠视和破坏；(3) 千重子的哀感暗喻了台北的历史悲情和“你”双重“他者化”的处境。(4) 千重子与苗子的孪生姊妹关系，既隐含“你”和“ A”的关系，同时也在相当程度上指称历史上日本(京都)和台湾(台北)的复杂关系；(5) 千重子对生父和养父皆具深情，在某种意义上象征了“你”对京都和台北的双重感情。

四、两篇《古都》的精神形态及相互关系

沿用川端康成的《古都》之名，并直接搬移川端《古都》中的文字入自己的同名小说，朱天心对川端康成的心仪可想而知。然而仔细分析起来，川端康成的《古都》和朱天心的《古都》在精神形态上却并不一致，其相互关系也呈现出一种交缠纠结、晦暗难明的复杂态势。

就精神形态而言，川端康成的《古都》重在写“物”——日本古都京都的风物之美、文化之美，小说虽然也写到“人”，但川端《古都》中的人是作为一种文化的产物来塑造的，也就是说川端在《古都》中写“人”其实是为了进一步强化和烘托京都“物”的美，体现在人物关系中的人情美、人性美，说到底不过是风物美和文化美熏陶后的自然成果。当然，在写京都的美(自然美、风物美、文化美及其衍生物人情美、人性美)的同时，川端康成也在其中融入了既是日本文学的共性同时也带有川端个人色彩的“哀”的美学品性，千

重子的被遗弃感、寂寞感、与苗子分手时的别离感、无奈感，都使川端的《古都》带有一种淡淡的哀愁。从总体上看，写“物”、写“美”、写“哀”构成了川端康成《古都》精神形态的基本特征。

对于朱天心的《古都》，虽然有各种不同的说法①，但说到底，无论是写时间、写记忆、写都市，根子还是在写“人”——写“人”构成了朱天心《古都》精神形态的根本特质。正如前面分析的那样，朱天心的《古都》固然写到了台北的历史，但所有历史都是围绕着“人”展开的，写古都的既往历史和发展历程，是为了写置身其间的台北“人”（历史上的“人”和今天的“人”），台北的“客地”属性和台北的乱象丛生，透现出的既是台北人的生存历史，更是台北人的当下现实。因此，写“你”在时间上和空间上被台北双重“他者化”的处境，写“你”在面对台北时那爱恨交织、无所皈依的悲情，才是朱天心在《古都》中真正要表现的精神实质。

与写“人”的目标设定相适应，朱天心在《古都》中对历史、文化内容的涉及，不是为了回顾历史本身，而是要在历史以及历史的后果——现今社会中，展示“人”的生存状态和心理情感流程，在此过程中，朱天心将台北这一历史、文化“语境”书写为一个传统渊源众多却不断遭受破坏、政治和意识形态泛化而导致人文生态环境恶劣、生存其间的“人”与它历史之间的联系被粗暴斩断，“台北人”对生存立足的土地的挚爱之情遭到质疑—— 一句话，这样的台北，已经让像“你”这样的台北人难有立锥之地。如果说川端康成是在古都“物”的网络中塑造“人”，“人”本身就是“物”的构成的话，那么朱天心则是在“人”的心灵揭示中体现古都的流变沧桑，

---

① 论者对于朱天心的《古都》有各种分析，代表者有王德威、张大春、骆以军、唐小兵等，分别认为这篇小说是写老灵魂、时间、记忆、都市废墟等。参见王德威：《老灵魂前世今生——朱天心的小说》（《联合文学》1997年6月号）、张大春：《一则老灵魂——朱天心小说里的时间角力》、骆以军：《记忆之书》、唐小兵：《〈古都〉·废墟·桃花源外》（这三篇均收入朱天心：《古都》，上海文艺出版社2001年版）。

呈现“人”与古都其实背离却又难以割舍的复杂关系。川端《古都》中的“美”在朱天心的《古都》中是看不到的，后者有的只是古都的“乱”，而川端《古都》中的“哀”，到了朱天心这里则成了“悲”——悲其（台北）不幸，悲其（台北）不争。与川端在《古都》中体现出的“物”（写物）、“美”（京都）、“哀”（态度）的精神形态不同的是，朱天心在《古都》中体现出的精神形态则为“人”（写人）、“乱”（台北）、“悲”（态度）。

由于是朱天心的《古都》“套”有川端的同名小说，因此探究两篇《古都》的相互关系，就主要以朱天心的小说为分析对象。在朱天心的小说中，借助主人公“你”所表达出的对川端小说营造的古都京都的推崇溢于言表，而这种推崇的一个很大动力，在于京都的“美”和“静”——京都的“静”除了表示京都的宁静之外，还意味着京都似乎有一种超越时空恒久存在的定力，“你”在京都时每每能重游小说中千重子、苗子、秀男活动过的场所就是明证。时间对于京都好像是凝固的，不但川端小说写到的京都与历史中的京都何其相似，就是“你”在京都时的京都，看上去也和川端小说中的京都没什么两样，以至于“你”在京都时活动的参照，就是川端小说中写到的场景。京都的这种在历史中凝定的特性一定对朱天心产生了极大的冲击，使她在作品中屡次借助人物的内心活动表达她对京都“静”的向往和崇敬之情：“杉树前的田里有时长满了鹅黄色的油菜花，那种时候连田畔的桃花都开了；有时农人在焚草叶，焚草时落柿舍院里的柿子树通常叶已落尽，墨黑的枝干上星星点点悬着落日红的柿子，应该跟数百年前诗人芭蕉所见的景色无异吧……”因为有在时间中的“静”，京都才能保存完好的传统（外在的风物和内在的人情俱“美”的传统），相对于京都的这种完整和恒定，台北的世界是显得过于纷扰和多变了，“一切都在破坏中，而且还有更大的破坏要来”，在这样的一个充满破坏的世界里，所有与过去相连的传统、记忆、古迹、古风都不复存在，有的只是令“你”这样的台北人无论是外在环境还是内在心灵都深感陌生，毫无认同感和归属感的一个除了乱什么特征都没有的现代都市。就保留古迹和古意而言，京都显然更符合古都的称谓，而以古都称台北则具有了一种反讽的意味。用同音“孤独”来指称台北给“人”带来的城市感觉，也许更加符合台北的本质特征。

当朱天心在她的小说中展示京都“美”能够以一种持续（“静”）的姿态恒久地存在的时候，对京都的这种定位本身就具有了映显台北缺乏“美”和“静”（历史延续性）的功能。京都的历史单纯、文化整一、保存完好正对照出台北的历史零乱，文化破碎；而台北的乱，更显出京都“美”和“静”的可贵。朱天心通过小说中的“你”表示出对京都的无限向往，正是在刻画她心目中的古都形象，就此而言，朱天心写京都，说到底还是在写台北——反面的台北。

在“美”和“丑”（“天啊要丑到这种地步也真不容易……”）之间，在“静”和“乱”之间，朱天心在《古都》中的倾向性是显而易见的，然而，“美”和“静”虽然心向往之，毕竟不属于自己，“丑”和“乱”虽然令人痛心，却难舍与它的联系，这无论是对于小说中的“你”还是小说外的朱天心，恐怕都是一种无法改变的悲剧，特别是，当心仪的对象与自己的历史之间，还有过殖民与被殖民的痛史的时候，这种“神往”（对京都）和痛心（对台北），就掺杂了更为复杂的成分。当“你”在京都和台北之间无从归属（京都是理想之境但却不属于“你”；台北是伤心之地“你”却无法摆脱）时，误入桃花源的武陵人或许就是“你”的最好写照了——不论是京都还是台北，“你”都是一个迷了路的误入者。

于是，朱天心以写台北（和台北的反面京都）的历史和现实，写了“你”，写了台北“人”，最终写了台北“人”在历史和当下的处境和悲情。由于有了川端康成《古都》的反衬和映照，朱天心的《古都》在对比中更有震撼力，内涵也更为丰富复杂。

从《有缘千里》到《离开同方》

——论苏伟贞的眷村小说

一

在苏伟贞众多的小说创作中，眷村小说是其中很重要的一种类型。苏伟贞不但是台湾较早创作眷村小说的作家，而且她的《有缘千里》、《旧爱》、《离开同方》等作品在台湾眷村小说中占有重要地位，2004年，她还主编了一本《台湾眷村小说选》。可以说，眷村小说不但在苏伟贞的创作生命和创作历程中具有突出的意义，而且对她来说，创作眷村小说并在其中展现眷村世界，熔铸眷村思考，已成为一种有意识的自觉。

对于什么是眷村小说，研究界通常把它归入“眷村文学”、“眷村书写”、“眷村文化”、“眷村作家”、“眷村”这样一些概念中来加以论述。事实上论及“眷村小说”，恐怕首先得对什么是“眷村”做一番说明。对此，梅家玲教授曾有所界定：

> “眷村”是国共内战之后的产物。自五〇年代起，北起石门，南至恒春，遍及全台。它们多数依附于各军驻地，为身历烽火流离的战士们提供了遮风蔽雨之处。在枕戈待旦，生聚教训的岁月里，数十万仓皇渡海、惊魂甫定的军人们于是安了家，落了

户。这些人原本天各一方，素昧平生，却因政争战乱而开启今生机缘，从此在同一聚落中胼手胝足，共建家园。“反攻复国”曾是他们的终极想望，故国旧乡更是午夜梦回时一致的心头隐痛①。

同样是关于“眷村”，张错教授的界定是：

> 所谓“眷村”，只是一个笼统名词，它表示国民党军队自大陆撤退台湾后，许多士兵和眷属聚居在散落于全省各地的军人村子里。实质上它们的存在，代表了自祖国大陆离散漂流后的一种异乡暂顿。暂顿久后又成为另一种永远的家乡。但初期未融入本土之前，许多人更是一生异乡人，无法融入，他们扮演了“外来者”的异类角色②。

虽然梅家玲教授和张错教授在界定“眷村”时侧重点有所不同，但在他们的笔下，“眷村”其实是有着一些共同特点的，这些特点包括：（1）“眷村”是国共内战后撤退至台湾的国民党部队的家属区（生活区）③，在某种意义上讲是军队的生活化延伸；（2）“眷村”成

---

① 梅家玲：《八九〇年代眷村小说（家）的家园想象与书写政治》，收入陈义芝主编的《台湾现代小说史综论》，联经出版事业公司1998年版，第386页。

② 张错：《凡人的异类　离散的尽头——台湾“眷村文学”两代人的叙述》，《中国比较文学》，2006年第4期。

③ 王德威教授认为“眷村文学是军中‘后勤’文学”，（见《以爱欲兴亡为己任，置个人死生于度外——试读苏伟贞小说》，收入苏伟贞：《封闭的岛屿》，麦田出版股份有限公司1996年10月版，第18页），由此可以类推“眷村”有点像军队的生活后勤单位。

员主要是从大陆来到台湾的官兵和眷属①，他们来自大陆各地，却在“眷村”中成为朝夕相处的邻居。不是亲人，胜似亲人；（3）台湾对于生活在“眷村”的人来说是异乡，身在异乡（台湾）思念故土（大陆）成为“眷村”人共同的心结②。

梅家玲教授和张错教授对“眷村”的界定，使“眷村”的概念已相当明晰，在此基础上，“眷村小说”也就可以大致定义为：台湾文学中以“眷村”（或军人家庭）出身的作家为主创作的有关眷村题材的小说，就是眷村小说。眷村小说在台湾文学中的兴起始自二十世纪八十年代，创作这类小说的重要作家主要有苏伟贞、朱天心、朱天文、马叔礼、袁琼琼、苦苓、孙玮芒、张启疆等。

从眷村小说兴起的时代和创作眷村小说的作家构成中不难看出，眷村小说的作家群以“眷村”第二代为主③。这其实不难理解，对于像朱西宁、段彩华、司马中原和痖弦、洛夫这样的第一代军中作家来说，他们的生活或许会和“眷村”相关，但时代氛围和个人兴趣，

---

① 最初的“眷村”成员较为单纯，主要为来自大陆的军队官兵及眷属，随着时日的推移，一些已婚或未婚的单身来台官兵在台湾重新结婚或成婚，其中有些娶了台湾本地女性，因此后来的“眷村”也有非大陆成员，不过在总体上还是以大陆成员为主。

② 如果只是从表面上看，台湾的“眷村”有点像大陆的“部队大院”（王朔的小说就曾写到过），并且，国民党部队中的“眷村”，也不是到台湾后才有的，从白先勇的小说《一把青》中可以发现，国民党部队在大陆时期就有“眷村”——只不过在《一把青》中叫“空军眷属区”（仁爱东村）。在与梅家玲教授讨论时，她认为台湾的“眷村”与解放军的“部队大院”和国民党部队大陆时期的“眷村”有所不同：台湾“眷村”特有的“家国感”是后两者所没有的。承她指教，特此说明。另外，对台湾“眷村”的了解，也得到张诵圣教授的详细指点，从而修正了我的一些想象的成分。在此对两位教授表示诚挚的谢意。

③ 创作眷村小说的作家并不全都出身“眷村”（这一点也承梅家玲教授和萧阿勤研究员相告），但绝大多数都是“眷村”第二代却是肯定的。并且，即便是那些非“眷村”出身的作家，也与“眷村”有着这样或那样的联系，十分熟悉“眷村”生活。

却将他们的文学目光引向了“眷村”之外——或在自己的大陆经验中寻找创作资源，或在艺术的探索中获得书写乐趣。他们虽然可能置身“眷村”氛围，但他们只是把“眷村”作为生活安生的处所，似乎很少想到把“眷村”作为他们文学创作的素材。然而，被第一代军中作家置之脑后的“眷村”，到了“眷村”第二代却被聚焦于前台，究其原因，在于这些“眷村”第二代作家的成长经历、心路历程都和“眷村”密切相关，他们生于斯长于斯，“眷村”是他们青少年时期的主要活动场所，在“眷村”中经历、感受和体验到的一切，已成为他们人生经验、情感内涵的最重要部分，深深地烙印在他们的思想、行为中。“眷村”生活的丰沛积累，无疑会在他们拿起笔来的时候，以各种各样的方式涌入他们的笔端，成为他们创作的一个重要来源和动力。

就苏伟贞而言，她出身眷村，四年军校毕业后又在军中任职八年，可以说她最美好的青春年华伴随着军队度过。如果说苏伟贞幼年和少女时期的“眷村”生活是一种带有军队气质的家庭情境，那么她的军旅生涯就是对“眷村”生活中军事性内涵的强化——从“军属”转化为“军人”，军事色彩无疑在她的个人生活中更为彰显，而这，不但使她能和过往的“眷村”生活保持更密切的联系（不断回忆），也使她能更长久地咀嚼和更深入地思考“眷村”生活（加以对比）。相对于其他“眷村”第二代作家，苏伟贞长期的军队生活显然使她的“眷村”情结更为强烈，对“眷村”的感情也更为丰富和复杂。

那么，“眷村”到底给苏伟贞留下了什么样的印象呢？在她主编的《台湾眷村小说选》序《眷村的尽头》中，苏伟贞对“眷村”做了这样的描绘：

有一群人，他们几乎没有亲戚却有很多邻居，他们的亲人认知是从邻居开始的，并且年节时家家户户一定祭祖却无坟可上，他们的父母一口乡音，他们关起门来和父母以籍贯上的语言对话；出得家门，在巷弄学校里和邻居孩子们讲各地方言（他们很早就学会其他人的母语，且乐于以此沟通卖弄，这使得他们其中大部分得以训练得口条麻利，以至于后来有些人批评这批家伙光靠一张嘴；但要打架？相信我，你也打不过他们，这些人的父亲当兵出身，一辈子服膺一条真理：打赢了再回来。）出得村门，他们讲国语客语或台语。很小，他们就像活在外国。

他们身份证上的籍贯画出一个具体而微的中国——广东福建江苏安徽山东四川新疆河南热河北京上海南京……却明明生在台湾更住在台湾（他们有些甚至就叫台生，而且没出过国。）平房、营区附近，海陆空宪兵联勤各军种各兵种各官阶，撒豆成兵，挂牌开始落户生根——克难影剧自强妇联果贸汤山……世界上从没如此正面意义的名字奋发图强地聚集一岛之上闯南走北由东到西的群落吧？这些连幢平房且有名字的社区，统称为眷村。这些人，统称为外省人第二代。

从苏伟贞的这段文字中，可以发现她对“眷村”的认识是和“外省人第二代”联系在一起的，也就是说，她的“眷村”记忆最终具体化为生活在“眷村”的“外省人第二代”的种种日常行为。如果说对“眷村”的这种文字还原是苏伟贞对“眷村”的一种理性概括的话，那么对照她此前的小说创作，我们不禁想知道，当她在20世纪80年代的小说创作中书写“眷村”的时候，她笔下的“眷村”又是怎样的一种情形？并且，她的“眷村”经历除了艺术化地融入到她的小说中之外，还对她的创作形态产生了怎样的影响？

二

苏伟贞在开始进行小说创作的时候，“眷村”并没有成为她小说题材的首选。20世纪70年代后期当她以《陪他一段》等小说震惊文坛的时候，她给人的最初印象是“对世路人情的冷眼观察，对爱恨生死的幽幽辩证"①，然而，就在苏伟贞以她"以爱欲兴亡为己任，置个人死生于度外"这一"奇特的情爱景观"② 形成自己个人特色后不久，"眷村"就在她的小说中出现了。1984 年 11 月，苏伟贞出版了她的第一部长篇小说《有缘千里》，虽然这部作品的主题仍然可以视为关乎情爱，但与她此前描画的大都市情爱景观比起来，《有缘千里》显然有了一种新质，那就是有了"眷村"的介入。

苏伟贞把自己第一部长篇小说的背景放在"眷村"可能不是一种偶然，当她在短篇小说领域获得成功，有了自信，想要尝试长篇小说创作的时候，无疑她会选择一个她最熟悉的世界来展开自己的长篇画卷。对于苏伟贞来说，"眷村"比起都市可能更能让她感到亲切和熟悉，在"眷村"的世界里刻画人物，表达情感，她可能会觉得更得心应手。

《有缘千里》中所写到的"眷村"，从时间上来讲自有"眷村"开始写起，从空间上来讲横跨了海峡两岸。小说以致远新村这一"眷村"为故事展开的背景，写了高家、赵家、秦家、管家、乐家、吴家、马家七家发生的各种故事以及彼此之间错综复杂的联系，从纵向上看小说中的每一个家庭都写了两代（高家、赵家则写到三代）人的命运，从横向上看小说则涉及了大陆人和台湾人的关系。就每个家庭而言，高奥的母亲从大陆逃来台湾，甫一登岸就被接到了同样是刚来台湾不久的儿子所在的"眷村"，异乡的母子重逢家庭团圆自然另有一番滋味在心头；赵光潜的妹妹赵致潜和在大陆相识的台湾人林绍唐恋爱，却遭到了林绍唐母亲的反对，情感上遭受严重的创伤；秦世安在大陆有妻子，可是当他在台湾娶了台湾女子宝珠之后，他的妻子张素文却从大陆历经艰辛找到了台湾，令他备感尴尬和矛盾；管堂尔虽然生性乐观，经常引吭高歌，却不得不面对妻子蒙期采离家出走的现实；乐增学驾机训练时摔机身亡顿然使乐家陷入困境，他的太太李

① 王德威：《以爱欲兴亡为己任，置个人死生于度外——试读苏伟贞小说》，收入苏伟贞：《封闭的岛屿》，麦田出版股份有限公司 1996 年版，第 9 页。

② 同上，第 7—8 页。

玉宁为了生活最终和管堂尔走到了一起；吴广和的太太程力微尽管不太讨众人喜欢，却仍然被视为是村子里不可或缺的一员；马逢举虽然不是致远新村中的成员而是外来的回回，但长期在村口开饮食店终于也和村里人打成了一片。对于致远新村这七家的第一代而言，他们面临的问题是在失去故土之后，如何在异乡面对种种困境，努力重建自己的生活秩序，在艰难困苦中克服困难，开始自己新的人生。

倘使说致远新村中的第一代在日常的爱情、家庭和婚姻生活中每每被国家（“反攻复国”号召）、历史（“故国”情怀萦绕）、文化（传统现代冲突）、区域（大陆台湾磨合）这些“宏大叙事”和“政治话语”所覆盖的话，那么第二代则基本上是在“眷村”环境下的成长故事和爱情罗曼史。“眷村”特殊的人际关系和交往方式，使“眷村”的孩子们（第二代）从小就不分你我，打成一片，这不仅使他们在同性之间极易形成“死党”，而且在异性之间也常常产生爱情。当然，上辈的悲喜剧无疑会影响到他们（如家庭的破裂，亲人的死亡等），但总的来说，他们自有一个属于他们自己的青少年世界，在这个世界中，高重和吴华敏虽然不能同年同月同日生，却同时葬身大海，坟茔相互依傍，共同守卫同代人日后注定要走出去的“眷村”；管任和乐震恬虽然未能结成秦晋之好，但他们青少年时期在“眷村”中培养的感情将伴随他们终身；高意对乐震风执着的痴情，使摔机后濒临死亡的乐震风在爱情的滋润下终于恢复了生机；管寒对高方的不能忘怀，和高方对马平珞的爱情追逐，正表明了年轻人感情世界的错综复杂。很显然，《有缘千里》中这些“眷村”第二代的青少年爱情故事，和他们父母辈的种种情感纠葛一起，构成了这部长篇小说的主轴。《有缘千里》这一书名，正是以中国人的老话“有缘千里来相会”来概括致远新村两代人的情爱景观。

《有缘千里》的出版使苏伟贞成功地将情爱（她擅长的）和“眷村”（她亲切熟悉的）结合了起来，在随之而来的《旧爱》中，她以更加浓缩也更加锐利的方式，继续展示着与“眷村”相关的爱情故事。不过在这篇小说中，“眷村”已隐身背后，成为一个巨大的背景，都市（苏伟贞小说中的又一个重要元素）变为小说展开的舞台。小说中的程典青为“眷村”第二代，她有一个哥哥但“在大陆没出来”（与大陆有着千丝万缕割舍不开的联系是“眷村”的一个重要特点），有一个妹妹程典蓝是小说中的叙述人。程典青少女时代强烈的叛逆性使她颇有“太妹”之风，和杨哥哥（杨照）、老大（易醒文）三角恋爱的结果是老大的兄弟捅了杨哥哥——这在程典青的情感世界刻下了难以磨灭的伤痛。多少年后已成为都市白领的程典青与冯子刚恋爱，此时已成为归国学人的易醒文（出事后他就被身为大学校长的父亲放逐国外并在学业上有所成就）又来寻找程典青，在这回新的三角恋爱面前，程典青因肝癌去世，将痛苦留给了两个爱她的男人。

沿着《旧爱》的发展轨迹，有五年时间苏伟贞将情爱景观的展示舞台由“眷村”转为都市，着重经营都市爱情。然而，对于“眷村”，她似乎从未忘怀，1990 年 11 月，也就是《有缘千里》出版后的第六年，苏伟贞的第二本长篇小说问世了，同《有缘千里》一样，《离开同方》写的还是“眷村”。

《离开同方》中的“眷村”叫同方新村，位于幺幺拐（一一七）高地（此地名带有浓厚的军事术语色彩，不但与“眷村”的军事气质相合，而且也可能寓意或象征着这是一个战场），小说也是通过写几家人（“我”家、袁家、李家、方家、段家这五家）的故事来呈现“眷村”风貌。不过，虽然在《离开同方》中也有对情爱世界的刻画和描写，然而即便是在最外在的故事层面，读者也能强烈地感受到它与《有缘千里》和《旧爱》有着明显的不同。在这部小说中，苏伟贞向我们展现了另外一种“眷村”形态。

小说《离开同方》以“我”（奉磊）为叙述人，通过“我”的不断回忆和意识闪回，叙述出同方新村五个不同家庭的各自形态和相互缠结。“我”家除了“我爸”、“我妈”（后成为村长）外，还有四个儿女（阿跳，又叫二名、“我”、狗蛋，又叫止三、笑雨，又叫小洗），四个孩子中除“我”之外，其他三个（阿跳、狗蛋和小洗）的行为举止都颇为怪诞（自小阿跳爱哭，狗蛋不语，小洗与雨相伴）；

袁家的袁伯伯（袁忍中）极其风流，妻子（周仰贤）在世时他便到处留情，妻子去世后他更是肆无忌惮，与金如意、李巧、阿秀勾搭在先，与仇阿姨（仇新眉）成婚在后（生下小白妹袁念贤），最后被自己的儿子疯大哥（袁宝）在狂颠中刺死；李家的李伯伯（李伯广）常年驻守外岛，李妈妈（田保珣）似疯还痴，受人（袁忍中）诱骗生下中中（李念中）后就此失踪，女儿阿瘦（李念陵）小小年纪就挑起了家庭的重担；方家的方伯伯、方妈妈有个女儿方阿姨（方景心），方阿姨与余叔叔（余蓬）自由恋爱却在一场甘蔗林大火后从此失踪，就在人们认为火灾现场一对烧焦的尸体就是他们的时候（方妈妈因此发疯），他们却神秘地不断来信并最终在同方新村现身；段叔叔（段锦成）家只有他和席阿姨（席宜芳）两人，可是段叔叔却是一个有着强烈洁癖并对席阿姨的忠贞毫无安全感的怪人，小佟先生（佟杰）与席阿姨的交往引来了段叔叔的强烈反应，最终家庭破裂，段叔叔也走向疯狂。

就同方新村中这几家的情况来看，人物的奇异，行止的乖张，家庭的乱象，已经令人吃惊不小，如果从作品中还发现，原来疯痴并失踪的李妈妈后来变成了戏班子的台柱金如意，神气活现，风采过人，并且和袁伯伯仍然苟且，恐怕就更令人匪夷所思了。而在整个同方新村中，从环境氛围，到人物关系，从生活逻辑，到情感形态，从道德原则到心理变化，怪异之处，所在多多。相较于《有缘千里》中人物、爱情的“贴近生活”，《离开同方》中的“眷村”两代人，无论是他们的行为还是他们的情感，都显得有点不像“生活”中的人。同方新村，也远没有致远新村那么可感可亲。

“眷村”的介入无疑对苏伟贞小说创作的总体形态产生了重大影响，它使苏伟贞的小说世界在表现情爱的时候，不再局限于都市一隅，而变得更加具有历史感（与撤退来台前的祖国大陆有了联系）、纵深感（包括了大陆和台湾两个区域），同时政治意味（勿忘在营）和军事色彩（纪律、团结、一体化）也在作品中有所体现——这些都使苏伟贞的情爱景观因了“眷村”的加入而变得更加丰富多彩，作品的意义也具有了某种“宏大”的意味而不再只是男女个人之间的悲欢——这一切当然都与苏伟贞的“眷村”经历密切相关。

三

事实上我们在分析《有缘千里》、《旧爱》和《离开同方》的时候，已经发现了在这三部作品中所出现的“眷村”有着明显的不同——准确地说，是苏伟贞处理“眷村”的方式出现了较大的变化，那么，这种变化的前因后果是什么呢？它对苏伟贞又意味着什么呢？

要分析“眷村”在苏伟贞这三部作品中的变化，就不能不联系“眷村”的特点，以及它与苏伟贞的总体思想和整个创作的关系，来进行全面的考察。“眷村”的特点梅家玲教授、张错教授和苏伟贞本人已经所论甚详，这里想稍加补充的是，由于“眷村”是与军队有关的以大陆人士（外省人）为主的群居地，因此“眷村”除了前面提到的“军队背景”之外，事实上它还具有“微型大陆”的性质（集聚了来自祖国大陆各地的军人和军属），于是，军队本身的凝聚性，“眷村”相对独立的群居方式，以及“外省人”在台湾的异乡性，导致了“眷村”在台湾社会具有某种封闭性和隔绝性，在某种意义上讲，“眷村”可以说是台湾社会的“大陆孤岛”——而“眷村”的这种封闭性和岛屿意象，正与苏伟贞的人生态度和对人间世的总体看法有着某种同构性。在《封闭的岛屿》一书的《自序·封闭》中，苏伟贞表现出了对“封闭”的迷恋：“我常想，作为一个人，当他关闭起自己的时候，是无情还是有情？作为一个作家作品，我想，我是一开始就在这种关闭的状态中，别人进不来，我也不出去的空间里……只有自认为的生命的注视。”① 如果说苏伟贞“出身眷村”，因

① 在同一篇文章中，苏伟贞不但自认为是“一个‘封闭’的作者”，而且还引用袁琼琼的话说明自己“在拒绝接触，关闭自己”。见苏伟贞：《封闭的岛屿》，麦田出版股份有限公司1996年版，第28页。

此“熟悉、创作眷村”是一种“自然”的话①，那么从“眷村”的封闭性质中找到自己的人生感应，并借助这种同构性在创作中表达自己的思想，就可能是苏伟贞在创作中引入“眷村”的更深层次的原因。

“眷村”除了较具封闭性之外，它在整个社会中的自成一格状态也使它犹如一个大海中的小岛，它被异质的社会所包围，同时也就更显出它与周围环境的异质性——因此倍显孤独。很难说是“眷村”的这种岛屿性格导致了苏伟贞感受世界的方式，还是苏伟贞对世界的感悟正巧与“眷村”的岛屿形态相吻合，总之在苏伟贞的文学世界里，“岛屿”是个非常重要的意象，她不但一再用“岛屿”、“岛”来命名她的作品（如《封闭的岛屿》、《沉默之岛》、《孤岛张爱玲》），而且似乎也从“岛”的孤独感中发现了人类/个体生命的相似性。即便是在苏伟贞那些与“眷村”无关的都市情爱小说中，人物虽然爱得轰轰烈烈，可是在热烈的背后，触目惊心的却是凄清的孤独。或许在苏伟贞看来，孤独感不但寓示了我们人类共同的生存状态，而且也是我们人类每个人的生存写照。很显然，苏伟贞对人类/个人生存处境的判定——孤独的岛屿——也在“眷村”中找到了对应②。由是，“眷村”对于苏伟贞的意义，就从一种单纯的熟悉的生活经历，上升为一种昭示人类/个人生存形态的象征。

“眷村”除了具有封闭性和因异质性而导致的孤独感之外，它还具有一种“离乡性”。对于“眷村”中的绝大多数成员来说，他们来自祖国大陆，因此离开故土出走台湾就成了“眷村”的一种宿命——“眷村”的这种“离乡”属性事实上如影随形，自始至终，它的许多成员不但最终都要离开“眷村”（第二次离乡），而且“眷村”自身最终也消弭于无形（“离乡”最后成了“无乡”，漂泊感于

① 见苏伟贞：《封闭的岛屿》，麦田出版股份有限公司1996年版，第25页。

② 这一点苏伟贞深受张爱玲影响。参见苏伟贞：《描红——台湾张派作家世代论》，三民书局股份有限公司2006年版，第127页。

焉形成）。在苏伟贞的眷村小说中，无论是《有缘千里》、《旧爱》，还是《离开同方》，都不难发现那些“离乡者”的身影。《有缘千里》中的年轻一辈“眷村”第二代不用说了，即便是第一代的蒙期采，她对走出“眷村”（如果把“眷村”当作第二故乡的话，那就是二度离乡）的渴望和执着，竟是那样的强烈；《旧爱》不用说，其场景已经发生在离乡（离开“眷村”）后的都市；到了《离开同方》，“离乡”几乎成了小说的一个基本旋律，不但“离乡”的场景在小说中一再出现，而且人物也出走又返回（李妈妈—全如意；方阿姨和小余叔叔；“我”妈妈的骨灰），重归复离开（“我”），来来往往，好不热闹。正如小说名称所显示的那样，《离开同方》说到底是在写同方新村的人在“离开同方”（尽管他们在精神和心灵上永远也走不出同方新村）[①]。结合苏伟贞的其他小说，我们发现描写各色人等不同形态、各种层次的“挣脱”、“出走”、“离开”和“放弃”，是苏伟贞小说创作的一个重要特征——对于收集在《封闭的岛屿》中的小说，苏伟贞就曾用“离开”作为这些小说“共同的主题”[②]，而在这种特性的背后，我们隐约可以看到它与“眷村”“离乡性”属性的某种联系，以及后者在她作品中的影响、变形和遗留。

由此我们意识到，对苏伟贞的小说创作产生重大影响的“眷村”经历，“熟悉眷村”只是在最基本和最表层的意义上产生作用，真正产生作用的关键，在于“眷村”因异乡性而形成的封闭性、因异质性而导致的孤独性以及因离乡性而生发的漂泊性，与苏伟贞小说中所表现出的世界、人生和人性的本质有着明显的同质性和同构性——也就是说，“眷村”的这些属性，正与苏伟贞要在文学世界中表现人的

① 眷村人的“离乡”，第一代为离开大陆故土，第二代则为离开第二故乡“眷村”。第二代对“眷村”的难以忘怀，同第一代对大陆家乡的难以忘怀具有同质性。

② 苏伟贞：《自序·封闭》，《封闭的岛屿》，麦田出版股份有限公司1996年版，第27页。

封闭、孤独和漂泊观念，有一种内在的本质相似的对应，正是这两者的契合，使苏伟贞在她的“眷村”经历中一再耕耘，深度挖掘，不断以小说的方式书写“眷村”，在书写中既表现“眷村”，又在表现“眷村”的过程中逐步超越“眷村”。

从表现“眷村”到超越“眷村”在苏伟贞那里首先表现为她从“眷村”经历中感知“眷村”特性，并从“眷村”的特性中延伸出她对世界和人本身的认识和思考。其次，它也表现为苏伟贞在《有缘千里》、《旧爱》和《离开同方》中对“眷村”处理方式的变化。细细分析这三部作品，不难发现在《有缘千里》中，“眷村”是一个“写实”的世界，其中的人物都可知可解，小说通过日常琐事，儿女之情，以家国大业为背景，通过“死亡”与“出走”、“成长”与“爱情”的双重变奏，表现了一种现实“眷村”中的生命旋律和人间百态，“眷村”在这部小说中是一个自足的然而是“真实”的世界，其中的悲喜也是人间性的。《旧爱》基本上沿袭了《有缘千里》中对“眷村”的处理方式：“眷村”的世界是“真实”的，虽然在这篇小说中它已隐身幕后。可是到了《离开同方》，“眷村”基本上已似真似幻，在细节“真实”的基础上却在整体上给人以“不真实”的感觉，不但人物的行为举止颇为怪异，如“阿跳忙着拿铲子到处种树，狗蛋到处做礼拜，疯大哥到处抱小孩”，而且人物的身份变化也神秘莫测，如李妈妈向全如意的转换，方阿姨和小余叔叔的“死而复生”……至于在一个村子中出现众多的疯子（袁宝、李巧、方妈妈、段叔叔）、不断的下雨、蹊跷的大火、黑暗的覆盖、村人对“戏班”的迷恋，都令同方新村带有一种怪异魔幻的意味。与《有缘千里》和《旧爱》比起来，《离开同方》在符合生活逻辑方面显然不可与前两部（篇）作品同日而语。同方新村与其说是一个现实中的“眷村”，不如说是一个充满骚动不可理喻的虚幻世界。然而，虚幻的同方新村，却是苏伟贞刻意追求“打破了真实与虚幻的界限”① 的

① 苏伟贞：《再版序——分解记忆》，收入《离开同方》，联经出版事业公司1990年11月版，第Ⅱ页。

结果，它其实在更高的意义上“创造出一种原始神秘的真实。那种真实非一般俗表之真实，既带有荒谬、夸张的诡秘性，又深挖到灵魂血处，令人不敢逼视”① ——也就是说，苏伟贞正是要在同方新村那貌似不真实的怪诞世界中，在象征的意义上揭示人类生存处境的本质的真实：混乱和不可理喻。很显然，《离开同方》）中的“眷村”，已经不能用生活的逻辑去进行真实与否的比附，那是一个象征的世界。

从《有缘千里》对“眷村”进行“写实”的描写到《离开同方》对“眷村”进行象征的虚化，可以看出苏伟贞从她“眷村”经历中生发出的对“眷村”的理解和运用，已经从“实”（现实、写实、具体）发展到“虚”（想象、魔幻、抽象）。如果说在《有缘千里》和《旧爱》中，“眷村”在苏伟贞笔下的功能更多地体现为是一种创作素材的话，那么到了《离开同方》，“眷村”就基本上是一个可借用的载体和“道具”——从中苏伟贞不但实现了从表现“眷村”到超越“眷村”的转化，而且在艺术上也进行了探索和突破。

从总体上看，苏伟贞的眷村小说与后来兴起的眷村小说的“主旋律”有所不同：不以书写眷村人在台湾尴尬的现实处境为追求，而以表现情爱景观（《有缘千里》、《旧爱》）和人类处境（《离开同方》）为旨归。苏伟贞“眷村”成长的经历，军旅生活对她“眷村”经历的强化，使“眷村”成为她丰厚的人生和创作资产，而“眷村”本身的种种特性，又正好可以被苏伟贞拿来作为爱情演练的场景和哲学沉思的园地，在具体的爱情演练走向抽象的哲学沉思这一过程中（体现在作品中就是从《有缘千里》经由《旧爱》达至《离开同方》），苏伟贞在内涵和形式两方面实现了她的眷村小说的转型和飞跃。

---

① 陈义芝：《悲悯撼人，为一个时代作结》，见苏伟贞：《离开同方》，联经出版事业公司1990年11月版，第V页。

香港小说：中国“特区”文学中的小说形态
——以《香港当代作家作品合集选·小说卷》为论述对象

香港是中国的“特别行政区”，简称“香港特区”，“特区”在这里是个政治概念。本文所说的“特区”，是指香港文学是中国文学中的“特殊区域”文学，这里的“特区”是个文学概念。

香港文学是中国的“特区”文学，与近代以来香港的特殊历史密切相关。香港自1842年《中英南京条约》签订之后，为英国殖民统治，1997年又回归中国，这一特殊历史，造就了香港文学具有区别于中国其他地区文学的独有特性——它既游离于中国主干地区（大陆地区）文学之外却又始终包裹在中国文学之中，它既与中国其他地区（大陆地区、台湾地区）文学有着千丝万缕无法割舍的联系，却又有着不同于中国其他地区文学的本土特质[①]。

香港文学是中国“特区”文学的这一特质，以“表现香港”与“联系中国”为体现——这两个向度可以说覆盖了香港文学的所有方面，而以小说领域的表现最为明显。本文以《香港当代作家作品合集选·小说卷》（上、下册）为论述对象，阐述香港小说如何以小说的

① 也许有人会从这一概念中受到启发，以“特区（特殊区域）文学”来比附台湾文学。不过我要特别指出的是，台湾文学与香港文学情况不同，简单套用“特区文学”这一概念来说明台湾文学并不合适。关于台湾文学在中国文学中究竟是一种什么样的状态，我将另有专文论述。

形态，呈现其中国“特区”文学的特性。

《香港当代作家作品合集选·小说卷》（上、下册，以下简称《合集选》）由陈孟哲和潘耀明总策划，也斯、叶辉、郑政恒主编，选取了“1949年至2007年”① 的香港短篇小说78篇，从上个世纪50年代到20世纪第一个十年，以十年为一个编年，铺排出香港小说（短篇小说）历史发展的一个基本面影。从某种意义上讲，这部《合集选》其实从一个角度勾勒出了一部香港小说发展的编年史，而它“以小说的艺术性和香港特色为标准”② 的编选理念。则使这部《合集选》在被当作分析香港文学特质的小说样本时，具有了典型性和代表性。

叶辉在《漫长的中间状态——香港短篇小说三人谈》中对香港文学这样定位：

> 宏观这六十年的香港短篇小说，我们发现了香港文学之所以有好于两岸文学，既是由于它自有中间性的位置，处于“兼间状态”（metaxu，metaxy）或“在其间”（in-between），从而发出了独特的middle voice，既非主动语态（active voice），亦非被动语态（passive voice）。在结构主义的二元对立以外，还有一种中间状态，一种不及物书写（intransitive writing）。这样的书写极可能就是罗兰巴特（Roland Barthes）穷其一生的探究也未尽开显的“中性”（Le neutre），它总是“在其间”——在梦想与现实之间，在起点与终点之间，在肯定与否定之间，在爱与死之间，在这样或那样的处境之间。这又正如香港不单单是中途站，香港有自身的中间性，在中西之间、在传统与现代之间、在本土与外来

① 也斯、叶辉、郑政恒：《漫长的中间状态——香港短篇小说三人谈》，收入《香港当代作家作品合集选·小说卷》（上册），香港明报月刊出版社、新加坡青年书局联合出版2011年11月版，第Ⅴ页。

② 同上。

之间、在南来与回归之间等等。“中性”有别于“零度”，它不是两项对立的第三项，不是积极与消极的平均值，它既非此亦非彼，可它的要义在于破除一切“聚合关系”（Paradigme）、僵化的二分法（及其相关含义）。香港小说与香港现代诗的特质就是并不倾斜到其中一方，它总是游走于混杂性及中间性。如以港式饮食为例，茶餐厅、豉油西餐、鸳鸯等等，都是活生生的例子。

应当说，叶辉对香港文学的这一定位非常到位，他以“中间性”、“在其间”和“兼间状态”作为对香港文学呈现形态的指称，可谓抓住了香港文学的“精魂”，不过，叶辉在指出香港文学这一形态的同时，却没有对香港文学何以会形成这样的形态提供自己的解说。而在我看来，香港文学之所以会具有“中间性”、“在其间”和“兼间状态”，从根本上讲是由香港文学是中国“特区”文学这一特质决定的——作为中国文学中的“特殊区域”文学，香港文学既在中国文学之中又区别于中国文学中的其他地区文学（大陆文学、台湾文学），这样的一种特殊性就使得其“中间性”、“在其间”和“兼间状态”，说到底其实是香港文学中的香港特质和中国属性交织重叠的结果。香港文学“在梦想与现实之间，在起点与终点之间，在肯定与否定之间，在爱与死之间，在这样或那样的处境之间”，以及“在中西之间、在传统与现代之间、在本土与外来之间、在南来与回归之间”的各种表现，概而言之，其实就是“在香港（具有香港特质）与中国（具有中国属性）之间”不同侧面的具体化。

体现香港文学是中国“特区”文学这一特质的两个向度：“表现香港”和“联系中国”，具体而言，“表现香港”，就是香港独特的外在景观（自然风光、城市风貌）和人文生态（历史、社会、心理以及民情风俗）成为文学表现的对象；“联系中国”，则指中国作为一个巨大的潜在背景和参与元素，在香港文学中其实无处不在——它不但存在于香港文学之中，同时还影响着香港文学的气质，并内在地决定了香港文学是中国文学的一部分。

一、时间·空间：表现香港

近代香港的特殊历史，注定了它总是与一些特殊的时间（年份）紧密相连：1842（《中英南京条约》）、1860（《北京条约》）、1898（《展拓香港界址条例》）、1941（日军占领香港）、1945（日本投降）、1967（“六七暴动”）、1984（《中英联合声明》）、1997（香港回归）。这些年份是如此惊心动魄地刻印在香港历史之中，使得香港人在自觉不自觉之间，对时间有了一种特殊的敏感——这种对时间的敏感在香港文学中，有着异常突出的表现。

对时间的敏感体现在香港文学中的“表现香港”这一方面，就常常以这样的形态出现：虽然香港文学在“表现香港”时包含了时间和空间两个维度，但在这两者之间，时间常常引出空间——也就是说，“时间”的香港常常生发出“空间”的香港。在《香港当代作家作品合集选·小说卷》中，其“表现香港”就是以舒巷城的《鲤鱼门的雾》对时间的表现开始的。

《鲤鱼门的雾》中的梁大贵离开鲤鱼门 15 年，15 年的时光在“雾，去了又来，来了又去”中稍纵即逝，如今“雾”还是和从前一样的“雾”，可是鲤鱼门和“大贵”却已经物不是人已非，强烈的时间迁逝感和不再属于这个地方的巨大感触，如“雾”一般笼罩着梁大贵，而通过梁大贵的人生感慨，舒巷城浓烈的时间意识跃然纸上。在易文的《她这一辈子》中，小说名称本身就是一个时间意味强烈的指称，小说中的“她”因为父亲蔡老头的耽误，不但失去了青春甚至失去了生命，为了满足女儿生前希望旅行的愿望，蔡老头带着女儿的棺材“东奔西走”——小说看上去是在写一个有些奇怪的故事，实际表现的，却是对时间“丢失”的无尽痛悔。

沿着时间视角继续展开，我们在《阿金的一天》（思弦）中发现了时间在日常生活中的琐碎流失；在《良宵》（钟晓阳）中触摸到了时间的量变质变；在《爱吃宵夜的二哥和夜光表》（罗贵祥）中感受到了时间对人的塑造和雕刻；在《重复的城市》（黄劲辉）中目睹了时间的"变"与"不变"……时间在香港文学中，以水银泻地的方式，密布在众多的作品中，体现着香港作家对时间的敏锐感受和深切感悟。

正如黄劲辉的《重复的城市》在表现时间既"逝者如斯"又"循环往复"的同时，也在表现"城市"的"重复"那样，在香港文学中，由时间的迁逝往往带出空间的展示——香港除了是时间造就的一段历史，更是与这段历史相连的一个独特空间。这个空间在与内地有着千丝万缕联系的同时，又逐步形成了自己独有的社会文化形态。要在文学中"表现香港"，自然会涉及到这个独特空间的方方面面。在《合集选》中，有表现政治事件对香港人精神心理的影响（马朗《太阳下的街》）、蔡炎培《锁钥》、方龙骧《迷失的晚上》）；也有刻画香港下层民众"艰难年代杂碎"的种种样态（罗隼《艰难年代杂碎》、梓人《长廊的短调》、陶然《强者的力量》、伍淑贤《父亲》、海辛《跳橡筋绳的女孩》）；有展示女性在香港的人生遭际和都市境遇（蓬草《十三婆的黄昏》、徐訏《来高升路的一个女人》、侣伦《狭窄的都市——致高贵女人们》、李辉英《一个年轻女孩的遭遇》、郑慧《走出象牙塔》）；也有呈现香港知识者千回百转的心路历程（刘以鬯《副刊编辑的白日梦》、陈炳藻《篱边的音乐》、朱珺《那个东西》、吴煦斌《信》和《木》、李国威《罗健的决定》、董启章《Sebald，Gould，Said——Ghost on the Shelf》）。

当然，对香港"特性"的开掘，是"表现香港"的核心内容，这些特性包括：（1）都市性以及由都市性衍生出的人间荒诞和冷漠——以刘以鬯的《打错了》、陈丽娟的《6 座 20 楼 E 的 E6880＊＊（2）》、李维陵的《荆棘》、叶娓娜的《幺哥的婚事》、韩丽珠的《宁静的兽》、陈汗的《蝙蝠抽屉》为代表；（2）国际化以及由国际化而得以呈现的世界景观——以陶然的《海的子民》、昆南的《携风的姑娘》、江诗吕的《青春小鸟》、昆南的《情色度亡经》、许荣辉的《鼠》、陈宝珍的《望海》为展开；（3）殖民统治以及由殖民统治导致的后殖民感受——以也斯的《后殖民食物与爱情》为著名；（4）宗教、灵异文化传统以及由此引发的文学想象——以卢因的《拉撒路》、谢晓虹的《头》、王良和的《降身》、海辛的《夜宴》、黄崖的《醒》、李维怡的《蹲在墙角的鬼》为突出；（5）在地性以及从在地性中诞生出的特殊社会文化心理以及语言特色——以西西的《家族日志》、黄思聘的《青出于蓝》、陈韵文的《赴宴前后》、绿骑士的《街边》、百木的《焦大》、孙述宇的《茶餐厅》、钟玲玲的《月黑风高》、王璞的《话题》、陈慧的《日落安静道》、辛其氏的《索骥》、陈曦静的《不再狗脸的日子》、陈冠中的《金都茶餐厅》、潘国灵的《距离》、雨希的《穿高跟鞋的大象》为典型。这些作品，题材不同，角度各异，主题诉求纷繁，艺术手法多样，而它们的"聚合"，就构成了香港这一特殊空间的千姿百态。

在这些作品中特别值得一提的，是辛其氏的《索骥》。这篇小说通过"我"对"季姐"（何季心）的寻索，在空间的转换中展示时间的印迹，在对时间的回忆中行走在似曾相识、如旧还新的香港"新"空间中。无论是常丰里，还是毓明街；无论是华清路，还是文景楼，这些充满"我"的记忆的香港地名，被一一找出，可是，名称依旧，样貌全非，更重要的是，其中少了"我"记忆的核心"季姐"，于是，在香港大街小巷中寻找"季姐"的空间漫步，也就成了"我"抚今追昔的时间漫游。这篇作品，集中体现了香港文学由时间的迁逝带出空间的展示，转换成由空间的流转引出时间的追忆。

"表现香港"从时间出发，由时间视角伸展出空间特性，最终实现由"在地的"空间承载其时间的"时移世往"，并在这个过程中，呈现出香港社会、历史、心理、文化的形形色色及方方面面。

二、空间·时间：联系祖国

香港文学作为祖国的"特区"文学，注定了它与祖国密不可分的联系。香港文学中的"联系祖国"特性，主要以这样几种方式呈现：(1) 在作品中表现香港与祖国的历史与现实联系；(2) 以“故事新编”的方式书写祖国历史；(3) 来自内地的新移民作家以香港作家的身份书写内地生活并以此参与香港文学的建构。

相对于香港文学中的“表现香港”是从时间为起点切入空间，再以空间为立足结构时间，香港文学中的“联系祖国”，则是以香港的空间为基点引入时间，并在时间的书写中展露自己的空间特性。换言之，如果说香港文学的“表现香港”是从时间（香港如何并得以形成）到空间（香港具有怎样的特性），那么香港文学的“联系祖国“则是从空间（香港的在地视角）到时间（祖国在香港的历史遗留和当下存在）。

在《合集选》中，香港文学的“联系祖国”首先是通过秦牧的《情书》表现出来的。

在一般人的印象中，以写《花城》和《艺海拾贝》著称的秦牧是个内地“当代作家”，因此他的《情书》被当作《合集选》的“开篇”本身就意味深长——正如香港文学自其诞生之日起，就与生俱来地“联系祖国”一样。不仅如此，《情书》所表现出的香港文学的“联系祖国”，除了体现为作者身份的“在其间”状态之外，小说所描写的荣嫂身在内地给远在香港的丈夫阿荣写信，两者之间的联系和标题《情书》所内含的意蕴，也从某种意义上喻示了香港文学与“祖国”的密切联系。

表现香港与内地之间历史和现实联系的作品还有曹聚仁的《李柏新梦》、江诗吕的《青春小鸟》、骆笑平的《劳先生》、小蓝的《来去》、周石的《龙伯》、马若的《月亮》、松木的《从康乐大厦跳下来的人》、颜纯钩的《关于一场与晚饭同时进行的电视直播足球比赛，以及这比赛引起的一场不很可爱的争吵，以及这争吵的可笑结局》、游静的《从特种国家服务员转个体户至出口外销》（节录）。曹聚仁的《李柏新梦》既有古代“王子求仙，烂柯山故事”旧套的遗留，也是美国小说家欧文（W. Irving）见闻杂记的中国式改写，甚或无意间还带有了今日流行之“穿越”的套路。小说中的李柏一碗酒喝过之后呼呼睡去，一觉醒来30年过去，世界已经天翻地覆，换了人间——已然是“新”社会矣。虽然曹聚仁在小说中对新社会自有立场，但香港作家在作品中体现出的“祖国联系”，却也一下子从“旧”社会“穿越”到了“新”社会。

香港作家在书写香港与内地历史和现实之间联系的时候，总会流露出他们对这种联系的价值判断——从某种意义上讲，这是香港文学以更深层的方式表现着它的“联系祖国”。在江诗吕的《青春小鸟》中，章展鹏从印尼回内地，又从内地来香港，当这只“青春小鸟”准备“离开香港”“飞到哪里算哪里”时，他却因病早逝。在这篇小说中，如果说香港是个中转站，那么内地就是在这个中转站后面更大的一个中转站，两者对于像章展鹏这样的“青春小鸟”而言，具有某种“同构性”。同样的故事在小蓝的《来去》中再次出现，只不过这次伟涛的起点和终点都是马来西亚，而松木的《从康乐大厦跳下来的人》则是相同故事的“极端版”——这一次，香港对于跳楼的“阿灿”不再是中转站而是人生的终点。最有意思的是颜纯钩的《关于一场与晚饭同时进行的电视直播足球比赛，以及这比赛引起的一场不很可爱的争吵，以及这争吵的可笑结局》，在这篇题目超长的小说中，作者在父子矛盾之中嵌入了一个认同的故事（或者说，认同的差异导致了父子矛盾）：对于香港队和中国队的球赛谁会赢，儿子站在香港队一边而父亲站在中国队一边，于是，父子关于球队输赢的争执，就变成了香港人（儿子）与中国人（父亲）的立场（认同）争执。最后，球赛是中国队赢了，可是父子之间的争执却并未完结并引人深思：虽然父亲认为“香港也是中国的一部分”，“香港好了我们也想中国好”，儿子既是“香港人”也是“中国人”，可是儿子却认为“香港是香港，中国是中国”，只承认自己“是香港人”——这是不是因为香港的“中间性”而引发了儿子的认同错觉呢？而儿子的这种认同错觉，不也正从一个特殊的角度，体现并证明了香港与中国既血肉相连又错综复杂的关系？

香港与内地历史和现实之间的联系，经由对香港空间的回忆、再现和描绘，牵引出时间维度的近代以来祖国历史——这是香港文学“联系祖国”的一种方式，另一种方式是立足香港却将眼光投向更加遥远深邃的祖国古代，借助将祖国的历史“故事”加以香港式的“新编”，进行香港与祖国的连接。《合集选》中马彬的《神农》、桑简流的《香妃》、叶灵凤的《钗头凤》、也斯的《玉杯》和西西的《肥土镇灰阑记》，就是这种方式的代表。在这些作品中，作者们并不打算严格按照曾有的“历史”记载来进行文学演绎，而是要借助“历史”加以发挥来进行文学创造，也就是说，这些作品是借着古代“中国”的历史，来表达对现代“香港”的理解、感受、认识和观念。于是，《神农》中的神农，农业大师和尝遍百草的神农就不是作者要描写的重点，一个善良但却失败的政治家炎帝，才是作者的兴趣所在。马彬在50年代初的香港“新编”这样一个人物形象，想必有他自已对历史人物的一番感慨。与《神农》中的“政治”相比，桑简流的《香妃》和也斯的《玉杯》写的是另一种“政治”——前者事关中国古代的“民族大团结”，后者则刻画了一个以“孤独”为精神气质的政治人物周穆王。或许对于香港作者来说，20世纪50年代的“民族”问题和七十年代的“孤独”困惑，都能在中国古代的历史长河中，找到历史涛声的当代回响吧。

如果说叶灵凤的《钗头凤》以陆游与唐琬凄婉的爱情故事为蓝本，着重“重构”陆游的怅惘之情——小说中的“沈园”是不是也寄托着叶灵凤对祖国大陆的某种情思呢？那么西西的《肥土镇灰阑记》则借用传统戏曲的“故事”，传达了20世纪80年代香港人的现实疑惑——小说中“寿郎的处境，象征了中英谈判期间香港的尴尬处境”①。西西对中国传统艺术形式（戏曲）的娴熟运用，并没能掩盖她的现代诉求指向：她是要“借古喻今”，用“寿郎”的处境，来隐喻香港与祖国的历史联系和当代关系——祖国历史只是外壳，现代香

① 赵稀方：《小说香港》，生活·读书·新知三联书店2003年版，第144页。

港才是灵魂。

除了以上两种方式，香港文学“联系祖国”最为直接的一面，是来自内地的作家径直加入香港作家的队伍。历史上几次大规模内地作家南迁香港，曾对香港文学的作家构成和文学生态产生过重大影响[①]。就《合集选》而言，除了前面出现的秦牧（来了又走）、曹聚仁、徐訏、叶灵凤（来了不走）之外，杨明显、裴立平、颜纯钩、葛亮等“南来作家”的介入，使得香港文学的面貌因为有了他们而变得更加丰富多元。杨明显、裴立平和葛亮是1949年的新移民作家，他们以香港作家的身份书写内地“新”社会的生活，为香港文学“联系祖国”平添了一抹异样的色彩。《姚大妈》、《黄梅天》和《谜鸦》所表现的内地社会生活，完全与香港无关，但它们却属于香港文学——从某种意义上讲，可以把这些作家和作品视为是“中国”（大陆地区文学）“托身”在“香港”（特区文学）之中——也就是说，香港文学作为中国的“特区”文学，它不但在中国文学之中，中国文学也以某种方式存在于香港文学之中。香港文学“联系祖国”，以及因是中国“特区”文学而显现出的“中间性”、“在其间”和“兼间状态”，于此也得到了进一步的明证。

杨明显的《姚大妈》、裴立平的《黄梅天》和葛亮的《谜鸦》都是写中国社会的人与事、外在社会和文化心理，但他们在书写这一切时，却是人在香港进行中国“回顾”。或许是在香港写中国，有了更大的自由度和开放性，因此他们笔下对中国社会的剖析、揭示和挖掘，也就自有一份独特的犀利和深刻。《姚大妈》中胖姚大妈与二姚大妈之间的分歧，其实是人性善恶的分野；《黄梅天》中的人生琐碎和二叔的悲剧，也正是那个时代中国人真实人生的写照；《谜鸦》写

---

① 香港历史上至少曾有四次大规模的内地作家南下香港（以葛亮为代表的这一代作家应算第五拨），这些“南来作家”有的以香港为“中转站”，有的在香港就此定居。关于香港的“南来作家”，参见计红芳：《香港南来作家的身份建构》，中国社会科学出版社2007年版。

得则更具形而上意味——小说所展示的世界，已是一个颇为“开放”的更“新”的中国了。

我们在前面已经说过，《合集选》按照编年进行编排的方式，已经隐隐勾勒了一种香港小说发展史的脉络，在这个过程中，香港小说主题演变和艺术发展的痕迹，也大致可见——这在某种意义上讲，是香港文学以文学的方式“表现香港”的另一个侧面。限于篇幅，这方面的论述，本文没有展开，论者将会在另外的文章中专门论述之。

既然香港文学是中国的“特区”文学，那么香港小说作为香港文学的重要组成，它的身影和姿态，无疑会体现出香港文学的这一特性。就《合集选》（作为有典型性和代表性的一部香港小说选集）中的作品而言，无论是其“表现香港”，还是其“联系祖国”，都在证明着：香港小说，其实是中国“特区”文学（香港文学）在小说领域的反映。

香港小说中的“香港制造”和“心经”

——以“三城记小说系列·香港卷”和“香港文学选集系列·小说选”为论述中心

本文所要论述的“香港小说”中的“香港制造”，是指那些具有明显的香港特征和香港意识的小说；本文所要论述的“香港小说”中的“心经”，则是指那些香港特征和香港意识不明显或根本就没有香港特征和香港意识的小说——准确地说，这里所谓的“心经”，是指那些带有超越香港的地域性特征，揭示普遍人性的小说。为了说明问题的方便和突出两种小说类型的“特征”，本文从董启章和黄碧云两位作家的小说中，各选择了一篇小说的篇名，作为香港小说中的这两种类型的指称。

香港小说包含的数量相当可观，在不同的历史时期和不同的作家笔下，其表现形态也各不相同，本文选取许子东主编的“三城记小说系列·香港卷”和陶然主编的“香港文学选集系列·小说选”为论述范围，探讨20世纪90年代中期以来，香港小说的一些基本特点，并从这些特点中，发掘出一些有关香港文学的认识和思考。

许子东主编的“三城记小说系列·香港卷”包括《输水管森林》(第一辑)、《后殖民食物与爱情》（第二辑）和《无爱纪》（第三辑)，它们与“三城记小说系列·台北卷”（第一、第二辑由王德威主编、第三辑由黄锦树主编）和“三城记小说系列·上海卷”（第一、第二辑由王安忆主编、第三辑由陈思和主编）一起，构成了香港、台北、上海“三城记小说系列”，分别于2001年7月、2003年6

月和2006年1月，由上海文艺出版社出版。

陶然主编的“香港文学选集系列·小说选”，则是“香港文学选集系列”中的小说部分，共有四册（“香港文学选集系列”共八本，包含四本小说选，两本散文选，两本评论选，以刊登在2000年9月至2005年9月《香港文学》杂志上的作品为收录对象），分别为《伞》、《Danny Boy》、《垂杨柳》和《鹭或羔羊》，所收作品均为《香港文学》2000年至2005年5年间发表的小说精品。整个“香港文学选集系列”八册由香港文学出版社分别于2003年7月和2005年10月出版。

从许子东和陶然主编的这两个“香港小说”系列的出版时间看，始于2001年7月，终于2006年1月；从这两个“香港小说”系列收录作品的发表时间看，最早的两篇是罗贵祥的《爱吃消夜的二哥和夜光表》和关丽珊的《青鸟》，均发表在《香港文学》1996年1月号，最晚的是陈曦静的《欣子的夏天》，发表在《香港文学》2005年9月号，时间跨度差不多有10年时间；从这两个“香港小说”系列收录作品的发表园地看，“香港文学选集系列·小说选”均刊登在《香港文学》杂志上，而“三城记小说系列·香港卷”则覆盖了《香港文学》、“香港市政局中文文学创作奖小说组”获奖作品、“青年文学奖小说高级组”获奖作品、作家个人作品集、《香港笔荟》、《素叶》、《良友》、《明报月刊》、《香港作家报》、《明报》、《纯文学》、《明报·世纪版》、《香港作家》、《当代文艺》、《素叶文学》、《作家》、《文学世纪》、“香港首届大学文学奖小说组”获奖作品等，可以说香港重要的文学杂志和文学奖项，都囊括其中了。

这就是说，许子东和陶然主编的这两个“香港小说”系列，涉及的作品就范围而言包括了香港重要的文学杂志和文学奖项，就时间而言前后历时十年（其中经历了对香港而言特别重要的“九七”回归，以及人类共同经历的“跨世纪”这两件大事），就作者而言则老、中、青一起亮相。因此，说这两个“香港小说”系列在某种意义上讲代表了1996年至2005十年间香港小说的基本风貌和主要成就，应该离事实不远。于是，以它们作为本文分析香港小说特定历史时期发展变化的依据，也就应该具有一定的典型性和可靠性。

一、香港小说中的“香港制造”

为了确定什么是“香港小说”，许子东在《〈输水管森林〉序》中，有过一个“推论”：

“一，列入本选集选择范围的‘香港小说’应该符合本地身份、本地写作与本地出版这三项条件中的至少两项条件……二，如果拥有‘香港身份’，再加上‘写作环境’或‘本地出版’等任何一项条件，便充分符合‘香港小说’的一般定义。但如果缺乏‘香港身份’，则需要满足其他各种条件——‘本地写作’、‘香港出版’，再加上描写‘香港故事’以及对香港文学史产生影响等附加因素，能不能被大家约定俗成地视为‘香港小说’，仍是疑问。”①

“香港文学”本身的复杂性，直接导致了定义“香港文学”（包括“香港小说”）的困难。许子东在编选“香港短篇小说”的时候，首先要界定什么是“香港短篇小说”，也就是为了要解决这样的问题：什么样的“小说”才算是“香港”的小说？“香港”在这里，成了问题的关键——没有了“香港”，“香港小说”就变成了“小说”。

事实上，对“香港小说”的界定除了在范围“归属”上对之加以确定（限定）之外，在这种范围划定中，还隐含着对香港小说“特性”的强调——在许子东的“推论”中，作者的“香港身份”是最为关键的因素，这一点，许子东可以说抓住了“香港小说”“特性”的核心：因为作者的“香港身份”，将决定他的写作立场：他是如何看待、表现和书写香港，并在自己的创作中体现出“香港意识”的。

---

① 许子东：《〈输水管森林〉序》，收入《输水管森林》，上海文艺出版社2001年版，第4—5页。

从某种意义上讲，香港历史的特殊性和香港地域文化的复杂性，自然会使香港小说带有一定的香港特征，具有特定的香港意识，并体现出一种“香港制造”的区域性特性。在许子东和陶然主编的这两个“香港小说”系列中，以香港为背景，以香港意识为内核，带有明显的“香港制造”特性的小说，占有相当的数量。这类作品的“香港”特征极其明显，可以说是典型的“香港”小说。从总体上看，这些“香港”小说的“香港”特征，主要体现为三个方面：香港的地域风貌；香港人的形象以及香港人的心理和意识。

（一）香港的地域风貌

香港的地域风貌在有些小说中十分突出，读者从作品所描写的“外貌”中，就可以知道这些小说是“香港”小说。也斯的《爱美丽在屯门》不但和陈慧的《日落安静道》、黄淑娴的《宋金倩在楼梯街》一样，从名字上就可以看出是在写香港，而且他的《后殖民食物与爱情》也镶嵌着“香港”、“半岛酒店”、“九龙”、“弥敦道”、“兰桂坊”、“特首”这些与香港直接相关的词汇；在黄敏华的《少言妙音》中，“香港”的名称直接出现在作品中，“旺角”和“铜锣湾”的地名也在作品中时时闪现——这篇小说是在写“香港这个沙丁鱼城市”无疑；董启章的《安卓珍尼》中写到了香港的大帽山，这篇作品也应该与香港有关；邱心的《关于我和影子的故事》中宝蓝号火车驶过“沙田站”和“大学站”，小说中“我”生活的地点显然也是香港；黄灿然的《青春遗事》中，“木屋”、“观塘码头”、“油麻地”、“赌马”、“北角码头”、“旺角”、“湾仔”、“尖沙咀”、“中环”、“天星码头”、“庙街”、“鱼蛋妹”等名称，构成了一个地理和“人文”的香港；本文用来指称具有较强的香港特征一类小说的董启章的《香港制造》，其中的粤语方言和《香港制造》电影，以及“大埔康乐园”和“旺角”等地名，呈现的也是一个“只此一家，别无分店”的香港。在这些小说中，弥漫着的是香港的独特形貌和风情，从外在的地名和风貌中，就可以辨认出这是写香港的小说。

（二）**香港人的形象**

假使说从外在“风貌”上就能辨识出的香港小说，还只是香港小说“香港”特点的一种表现形态的话，那么在小说中展现香港人的生活，塑造香港人的形象，就构成了香港小说“香港”特性的另一个重要方面。香港独特的社会历史环境，必然地会在香港人的生活方式中留下痕迹，而在生活方式的展开中，香港人的独特形象也就于焉成形。在游静的《陪我睡》中就可以看到，香港人的行为是“比较特异”的，因为“不论是在八十年代初香港经济最蓬勃，或九十年代末香港经济最PK的年代，我们的祖先都保持着每人每天平均睡眠时间最少的全球性纪录”。黄碧云的《心经》（借用张爱玲的同名小说）描写的是一个在广东韶光开玩具厂的港商刘金喜，和一个长年奔波在粤港之间的粤港货柜车司机黑社会，两人“在路上”的一段奇遇，构成了一段同样特异的“港人”生活——“港人”在粤港之间游走、在此岸现实的生活和彼岸的象征意味之间摆荡的形象，由此可见。黎翠华的《仲夏之魇》写到了“港人”明珠、“金刚”夫妇移民欧洲的困窘处境：欧洲对他们来说不但“是一座开放式的监狱”，而且对他们的婚姻而言还是一座坟场，面对在欧洲遭遇的“仲夏之魇”，明珠对自己的人生产生了怀疑：“她怎么会来到一个这样的地方？这是何年何月何日？她是何人？”港人移民之后恍如梦中的迷惘姿态，跃然纸上。在海静的《孔晴》中，孔晴和程文正的“猫和老鼠”游戏，多少体现了香港“办公室爱情”的特点，港人的“真”和“假”从中浮现。王璞的《话题》涉及到了鲁岸和“我”之间的“话题”，港人和“过去”以及“大陆”“剪不断、理还乱”的人生处境，尽在“话题”之中。罗贵祥的《爱吃消夜的二哥和夜光表》刻画了二哥和“我”的青春岁月，在香港时代和美国时代的人生对比中，写出了“港人”逝去的年华。李默的《改头换脸之旅》则描绘了一群香港老年人希望通过“注射羊胎素”返老还童，重新放纵生命的闹剧，从中也可发现香港人的特殊形态。其他如王璞的《嘻嘻嘻酒吧》、黄淑娴的《宋金倩在楼梯街》、黄碧云的《桃花红》、黄婉霞的《疲劳综合症》、钟菊芳的《短篇两题》，均从不同的侧面，写到了香港人的特殊品行。

（三）香港人的心理和意识

即便是在那些仅凭外在“风貌”和人物形象就可以断定是“香港小说”（带有明显的“香港”印记）的作品中，其“香港”特性也并不仅仅体现在“风貌”和形象层面——那不过是一些容易发现的“香港”特征罢了，事实上在香港的“风貌”和“香港人”的形象背后，无不关涉到香港人的内在心理和深层意识——尽管这种关涉有深有浅。也斯的《后殖民食物与爱情》所写到的香港当然不仅仅是那些香港的地理名词，在“我”的食物兴趣和爱情遭遇背后，反映的其实是香港人在“后殖民”时代的生活、心理和意识状态。在黄碧云的《心经》中，刘金喜和黑社会的生活情状，体现的正是内地“改革开放”以后和“八四年中英草签后”对港人人生和心理的影响。

由于香港近百年的被殖民统治历史造就了香港人身份认同的复杂性——这种复杂性在九七临近之际，突然膨化和彰显出来，因此在香港小说中，其特殊性的一个突出表现，就是描写香港人在面对这个巨大的转变时，他们的心理状态和意识内涵。在梁锦辉的《我、阿荞、牛蛙》中，“我”（李铁）“右手”感觉的失而复得，与阿荞也许也能找回她的嗅觉，正象征了香港历史上的某个特定时刻（如“香港回归”）虽然对港人心理上造成了一定的影响，但人生还得继续，相对于市井小民来说，历史的重大转换并不能代替人生的日常生活，小说中“我”和阿荞这样普通的香港人，置身“香港回归”之后的新历史中，在香港“地产市道的低迷，再加上金融风暴后，整体环境也不见得有什么正面的消息”的情况下，“小两口反倒是没什么影响，有些时候更甚者发现我们的钱变多了，因为东西都便宜了”——虽然随着时间的流逝，“蝌蚪化成了牛蛙”，但“日子反正仍是一天二十四小时地运转，谁也不拖欠谁”。叶辉的《电话》写得是“我”移民新加坡后，在电话中要寻找的人遍寻不着，打来电话的陌生人自认为是熟人，而熟人在电话中却变成了陌生人，时空的转换使得“我”这样的港人似乎已经失去了人生的固定方位，有“不知今夕何夕”，“此身虽在堪惊”之感。董启章的《体育时期 P. E. Period》写得有些“不合常情”：一个女孩不知缘由地袭击了带着学生在卡拉 OK 唱歌的韦教授，而这个女孩在众人围护韦教授的过程中，“露出那迷你洁白网球裙下面的深蓝 P. E 裤的景象和她那双修长光脱的腿在空中发狂乱蹬姿态，令贝贝产生了微妙的共同羞辱感”，并由此引发了贝贝强烈的好奇心，于是贝贝决定去寻找这个女孩，小说中贝贝寻找这个女孩的心理动机，和这个女孩面对贝贝的寻找所产生的心理反应，构成了这篇小说特有的“心理流程”，特别值得注意的是，这篇小说代入了粤语，联系到小说标题中的中英文并列，作者显然是要在语言背后，呈现某种港人特有的心理和主体性。在小说的结尾，那个女孩究竟是否名叫苹果，在不同的语言系统中，也许会产生歧义和多解——而歧义和多解，正是港人心理复杂性的一种集中体现。

相对于梁锦辉的“写实”和叶辉、董启章的“现代”，许荣辉的《心情》则以意识的流动，揭示出“他”在“历史”面前的沉思，面对“宿命”、“遥远的年代”、“母亲”、“这座都市”（香港）、“雕像”（应为维多利亚女王雕像）这些“关键词”，“他”的历史感空前强烈——作为一个历史剧编剧，“他”知道“历史”其实就是一种叙事和书写，而“他”的“心情”，就是要以自己作证，为“历史”“留下一点记忆”。不同于“他”身在“这座城市”（香港）面对“历史”的沉思，黎翠华《仲夏之魇》中的明珠和金刚从香港移民欧洲（不用再谈论九七——因为已经移民），可是却在异国他乡遭遇了生活、情感和文化的危机（很久没有出外去看一场电影——看不懂；吃晚饭——吃不惯；探朋友——没有朋友；过节——节日不同；参加婚礼丧礼——没有亲属），作者以“远离”香港的方式，写出了历史变化（九七来临）对港人的深刻影响（移民以及由移民带来的问题）；

文津的《老鼠》写到了米奇和米妮的分手，然而不论是“老鼠”、“太师椅”还是爱情，“一切都过去了”；昆南的《ICQ 以外的介面》写到了苏豪想要“离开这个城市”——不离开这个“情爱早已不存在”的城市，他会“窒息而死”，然而出走的不只是他一个人，连对这个城市已经看透的薇子，也“一家已在美国定居”。不过，虽然在《仲夏之魇》和《ICQ 以外的介面》中写到了港人的“出走”，绿骑士的《回乡》却写了港人的“回归”：志邦为命丧巴黎的弟弟志宏的骨灰，专门买一个飞机座位，将之运回香港——因为母亲叮嘱“一定要替他买一张机票，好好地划一个正式的位”，“把他的魂魄带回家”，母亲之所以坚持要为死者专门买一张机票，占一个座位，是“深深恐惧，如不这样做，带不了儿子回乡”。

由于本文所分析的小说，均为 1996 年至 2005 年十年间发表的小说，而这段时间，正是香港历史上发生重大变化的历史时期，因此在带有“香港制造”印痕的香港小说中，这种历史变化的核心因素（如“九七”回归所引发的种种震荡）也就在那些反映香港人心理和意识的作品中留下了或隐或显的香港特有的印记——而这，正是香港小说中“香港制造”特质的最关键部分。

二、香港小说中的“心经”

从地域风貌、人物形象和心理意识三个方面体现“香港制造”的特征，构成了香港小说的一个基本品质。然而，如果我们对香港小说的理解仅止于此，那就不是突出了香港小说的特性反而是限制了香港小说的意义和价值。在某种意义上讲，香港小说的“香港”特性固然成就了它的独特性，但香港小说文学成就的高低，还在于它的文学性——也就是它对普遍人性的揭示和艺术探索上的努力。在本文中，我们把这种超越“香港制造”特殊性的普遍性，借用“心经”的说法来指代。

事实上在香港小说中，存在着大量超越香港地域性或以香港的地域性为“载体”，目的不是要表现“香港制造”而是要呈现“心经”的作品。也斯在他的《爱美丽在屯门》中，就把法国电影《天使爱美丽》中的爱美丽移植到了香港，写了香港少女爱美丽从生活经历到心理感受的“日常生活”，通过对法国电影的香港式“改写”，作者写出了香港社会的“天使”形貌——爱美丽虽然置身社会下层，但身份的卑微却没有泯灭爱美丽“天使”般高洁的心灵。这篇小说看上去是在写香港，揭示的却是人性中高尚的天性。董启章的《溜冰场上的北野武》以溜冰场为轴心，环绕出溜冰场内外人欲的横流，小说在节奏上具有溜冰式的速度，在语言上具有溜冰式的力度，在视角转换上具有溜冰式的旋转度，在人性的挖掘上具有溜冰刀式的尖锐度。这篇小说“取景”别致，几种人物关系（女学生群之间、教练与学生之间、北野武和紫色小女孩之间、偷情男女之间）的调度，颇具功力，而叙事人的视角转换和意识流动，尤见特色。智海的《室》写得是人在隐秘的私室中种种的思绪、感受和表现，人内心幽深地带的不可把握和记忆的不可靠，反映的其实是人内心安全感的缺乏。余非的《第一次写大字报》选取的是一个独特的视角：写了校园里学生和老师的冲突，学生（我）通过大字报的方式对老师、学校（均代表权威）的反抗，说到底其实“不是一次外在的社会行动、校园运动”，而是“我”在成长过程中“一次内在的、复杂而丰富的人生之旅”，青年人在躁动和不屈中成长的轨迹，是这篇作品展示的世界。马俐的《飞往彼岸的时钟》呈现的是爱情的结束和开始：旧的爱情随着恋人的去世结束了，新的爱情随着新的恋人的出现又开始了，可是过去的爱情真的能消失吗？新的爱情能取代旧的爱情吗？作者以她的小说作答：恐怕不能。钟笑芝的《粥/爸爸/和句号》表现的是人际关系的复杂，写法的特别令这篇小说独树一帜，思绪的流动加上诗化的表达既对应了香港社会的复杂，同时也使这篇小说具有一种跨文体书写的特征。

在韩丽珠的《输水管森林》和《电梯》这两篇小说中，作者似乎是在浓墨重彩地渲染香港都市性的物理生态，可深究下去，不难看到作者对世界性的都市冷漠症的洞见和揭示；陈洁心《铁轨上的掠影》写得是“失败”、“孤独”和“死亡”，写人“在地狱里等天堂开门”——这当然也是一个普遍性的主题；王良和的《鱼咒》“写生命的成长，是一个人从生命的混沌未开到明晰的过程……混沌由此展开，明晰亦系结于那鱼儿……”①，这样的成长经历当然也不限于香港；王贻兴的《欲望之钳》写出了“我”的生存状态：“没有什么真的不可失去”，“这样的人生没有什么不好”，“我不需要学会超凡的夹玩偶技术，我只要，看着人们的来去，欢呼，埋怨，等待，灯关灯亮，就这样”——这样的人生，其实也就是张爱玲所说的“人生的底子”，因为是“底子”，也就具有了人生的普遍性。

西西的《解体》、《骨架》、《浪子燕青》和《长城营造》，前两篇写“今人”，后两篇写“古人”，写今人的两篇小说，不论是写好友蔡浩泉“死前的灵魂独白”（《解体》），还是写“我”对肿瘤的沉思（《骨架》），西西在作品中关注的，都是关于生死的“哲学”问题——这样的问题当然超越了香港的地域性，而《浪子燕青》和《长城营造》两篇，前者写的是宋代水泊梁山好汉浪子燕青传奇的人生，后者是对“长城营造”不同“视野”的建构，历史因素的介入显然使这两篇小说不是“香港”这一时空所能涵盖。其他如沈大中的《长发》写到了一种特殊的心理：剪掉长发是为了去除凶器；李碧华的《神秘文具优惠券》写出了对文具特异功能的期待；阿浓的《人间喜剧（三则）》对人间不可理喻和充满偶然性变数的“万象”进行了“素描”；林超荣的《王子爱上美人鱼》写出了人生的一种困境：鱼和熊掌不可得兼；祝捷的《天蓝水白》涉及的是颇富禅义的环境和故事，在这里已看不到“香港”的影子；陈汗的《反手琵琶》核心主旨是“逃亡”和“遗失”：“我这一辈子总是在逃，从爱情逃出来从文学逃出来从电影逃出来，这就是我十八年来的经历，浮沉起

① 王绯语，转引自许子东：《无爱纪·序》。上海文艺出版社2006年版，第2页。

跌，最后什么也保不住，女朋友保不住书保不住连尊严也保不住。”陈慧《晴朗的一天》则写了爱情的无奈：“我”因为残疾，只能眼看暗恋的女孩祝小妹渐行渐远。陈丽娟的《6 20 E E6880＊＊（2）》写出了人生的机械和单调、荒谬和偶然性；黄碧云的《无爱纪》写了“生命的畸恋遗恨，阴鸷犀利”①；郭丽容的《飞翔》在某种意义上讲也是一个畸恋的故事，同时还加上了一点“魔幻”的色彩。

在昆南的《天堂舞哉足下——装置小说：〇与烟花》中，作者向我们展示的，是一个穿插着东方经典和西方神话的两性“战争”，爱情关系的多种可能和隐藏在爱情中的各类哲理，在这篇小说中以一种独特的方式得到了较为丰富的呈现。蓬草的《就是这样子》写出了“可怜天下父母心”；蔡炎培的《五三七七》以“缘起缘灭，心无增减”的态度对待爱情，在某种程度上也是在爱情中写出了禅义。潘国灵的《莫名其妙的失明故事》写社会学专家莫明虽然在写《社会学视角》，可他自己的“视角”却没能逃过“华山派灵验居士”的预言——有“眼光之灾”，莫明最后果真左眼失明，这个颇具诡异意味的故事，表现了一种人生的不可把握和“莫名其妙”。同为潘国灵创作的《我到底失去了什么》也是一个带有灵异色彩的小说，蝴蝶标本和“黄蝶”的飞舞，竟带有某种神秘的人生暗示。绿骑士的《跳》写李坡的法国朋友亚伦在现代社会由于秉持“只许成功，不许失败”的信念，终于因压力过大而进了精神病院。颜纯钩的《自由落体事件》则写了身为警员的“他”因为对迷途少女阿慧的同情，反而受制于阿慧，最后当“他”摆脱阿慧，重回正常人生轨道的时候，与阿慧的重逢使得当初“他”与阿慧的“那些犯险刺激的夜晚，就成了他单调一生里唯一的色彩，成了他的秘密”；颜纯钩在他的另一篇小说《耳朵》中，通过对叶其康耳朵迷恋症的刻画，揭示了现代人的一种心理变态；谢晓虹的《理发》写的是“我”和母亲间的一种

---

① 王德威语，转引自许子东：《无爱纪·序》。上海文艺出版社2006年版，第4页。

复杂的关系；关丽珊的《青鸟》带有寓言的性质；陶然的《美人关》则是历史人物的“故事新编”；潘文伟的《芭比的世界》从语言到立意都带有“全球化”的色彩；戴平的《一张裸照》写出了一种幽暗暧昧的情愫和心理；钟英伟的《襄驿之战》也是一则历史故事；亦舒的《诺言》揭示了人不愿“过去”被人知晓的复杂心理；黄劲辉的《重复的城市》则对“人生如戏”进行了艺术的再现。

《不老的谎言》是辛其氏对爱情本质的剖析，阿月在自己和丈夫傅森的情人莎莲娜之间的平衡打破之后，选择了退避，可是面对傅森死前对她的挂念，她又心潮难平：爱情大概永远是一则谎言，只有在永恒的死亡面前，它才具有了真实性。与辛其氏对爱情带有形而上意味的追问相比，刘芷韵的《后适应期》则是对失去爱情后重新开始新生活的努力，然而所谓的“后适应”，正表明从旧有的爱情轨道中脱身出来后的不适应——已经适应了的爱情一旦成为过去，新的调整谈何容易，但不调整又能怎样？谢晓虹的《头》无疑具有“魔幻”的色彩，阿树“头”的丧失实际象征着人的一种生活状况：毫无头脑，浑浑噩噩。这篇小说在形式上的大胆探索使它同另一篇作品《最完美的故事——荆轲刺秦王》同样引人注目，在黄劲辉的这篇历史题材小说中，新历史主义理论的渗入使得历史上著名的荆轲刺秦王有了四种可能——历史是人们叙事后的历史，怎样的叙事就有怎样的历史。为了把“故事”说得完美，历史是可以按照美（而不是真实）的原则组织的，或者说，真正的历史真实就在人的心中。同样是历史题材的《女娲织网》，借助古代神化阐发的其实是现代观念：人类的灾难是人咎由自取。作者伊凡学贯中西的渊博，使得这篇作品篇幅虽短却意旨遥深。

以上提及的所有这些作品，虽然作者均为“香港作家”，可是它们的“香港”特征并不明显，而是以各种方式，触及到了人生的诸种形态和人性的各个方面。在本文所考察的两个小说系列中，这类作品占了相当大的比重，这些作品无论是题材范围，还是思想深度；无论是意识内涵，还是艺术形态，都溢出了“香港”的范畴，而具有一种更大的包容性和超越性。

三、“香港”小说和香港“小说”

《香港文学》在1985年创刊号的发刊词中，对自己有这样一个定位：“作为一个国际城市，香港的地位不但特殊，而且重要。它是货物转运站，也是沟通东西文化的桥梁，有资格在加强联系与促进交流上担当一个重要的角色，进一步提供推进华文文学所需的条件。”“香港文学与各地华文文学属于同一根源，都是中国文学组成部分，存在着不能摆脱也不会中断的血缘关系。对于这种情形，最好将每一地区的华文文学喻作一个单环，环环相扣，就是一条拆不开的‘文学链’。”

《香港文学》发刊词中的这段话，有些在今天看来不尽正确（如“香港文学与各地华文文学属于同一根源，都是中国文学组成部分”这一说法就值得商榷，因为有些地方如新加坡、马来西亚的华文文学不是中国文学的组成部分），但它有意将“每一地区的华文文学喻作一个单环，环环相扣，就是一条拆不开的‘文学链’”，则在某种程度上反映了《香港文学》的办刊理念，以及对自己在世界华文文学中的位置判定和功能追求，那就是《香港文学》应该怀有一种世界性的眼光，要把“每一地区的华文文学”作为一个“拆不开的‘文学链’”来加以整合和表现。

纵观《香港文学》的发展历史，不难发现长期以来《香港文学》一直不限于发表“香港作家”和具有“香港特色”的作品，它倒更像一个世界华文文学的集散地和转运站，任由世界范围内的华文文学作家作品在此登场亮相，来来往往。不把自己的文学版图局限在“香港”这个地区范围，而是立足香港，面向全球，以《香港文学》之名，涵容世界范围内的华文作家和作品，似乎成了《香港文学》的一个基本特点。如果说早期的《香港文学》对世界华文文学的包容更多地体现为一种自然的展示铺陈的话，那么近年来的《香港文学》

在向世界华文文学开放时，则表现出明显的主动“编排”意识。在近年来的《香港文学》的每一期后面都有一个稿约：“立足本土，兼顾海内外；不问流派，但求作品素质”，这一对稿件的“呼唤”无疑体现了《香港文学》自觉的“全球意识”。

本文在这里以《香港文学》的办刊理念为例，旨在说明“香港文学（小说）”的意义不只是限于“香港”本身，它的价值，也不只是到“香港”为止。香港地域的特殊性和历史的复杂性，使得香港文学（小说）必然会带有一些属于它特有的地域色彩和独特意识——这构成了香港文学有别于其他地区华文文学的重要标志，然而，说香港文学具有某种“香港特性”，并不表示香港文学只有香港特性，事实上，香港文学中香港的地域色彩和独特意识，只能说是它的意义和价值的一个方面，它更为重要的意义和价值，还在于它的“文学性”。

在香港文学（小说）中，“香港”和“文学（小说）”的关系其实是一种密不可分、互为辩证的关系，如果说“香港”代表了一种“特殊性”的话，那么“文学（小说）”则代表了一种“普遍性”，缺少了两者中的任何一方，都难以形成完整的“香港文学（小说）”。在过去，由于香港历史的重大转型，以及香港文学（小说）在整个世界华文文学中的特殊地位，一般的香港文学研究，对香港作家所创作的文学（小说）作品中“香港”的一面（“特殊性”的一面），较为强调（殖民统治、身份、我城、失城、都市），而对其更具“普遍性”的、超越了香港地域性触及到更深层次的人性的“文学”（小说）的一面（生存、困境、情色、异化、死亡），则相对重视不足。实际上，能真正成就香港文学（小说）的，两者缺一不可——也就是说，香港文学（小说）要想达到一个高度，它必须是在香港（“特殊性”）基础上的“文学（小说）”（普遍性）跃升，只有在更为深广的人性层面上和艺术水准上达到一定的深度，香港文学（小说）的意义，才能真正突显。

从本文对香港小说的分析中不难看出，香港小说中以表现“香港”为旨归的作品固然不在少数，但志不在“香港”的小说也不少，几乎占了两个小说系列的半壁江山。这些越出“香港”的作品，不光是在题材上走出了“香港”，更重要的，是涉及的“主题”和“问题”不限于香港一地，而触及到了带有人类普遍人性的深层，这样的作品，显然在“文学”的意义和价值上，相对于只限于“香港”自身历史或“问题”的作品，也具有更大的包容性和深刻性。

许子东在《三城记小说系列·香港卷·第一辑》的“序”中这样写道：“我在参与编选这套选集时，既关心‘香港’，也关心‘小说’。……我所依据的标准一是‘好作品’——不仅在香港文学范围里看是‘好作品’，而且在全部现代汉语的文学中，在文学的一般定义中也是‘好作品’；二是‘重要作品’——也就是说近年来香港小说发展中有影响有代表或引起争议的作品。两条标准之中，前者是主要的标准。”① 这表明，研究者在对香港文学（小说）进行评判时，其评价标准已不以“香港”作为最重要的标杆，而是以“文学”作为优先考量。在《三城记小说系列·香港卷·第二辑》的“序”中，许子东更进一步指出，如果说第一辑中的香港小说还可以用“此地是他乡”、“爱情即战争”这样的主题来概括的话，那么到了第二辑，香港小说在“失城文学”的总括下，“漂流异国”、“此地他乡”的类别在明显减少，“怀旧小说”仍然在延续，突出的却是“城市异化”——这已开始走出“香港”的限制，向着“普遍性”迈进。而且，在第二辑中，出现了“很难用某些特定概念来概括一时期一地域的各种文学现象”——对此，许子东认为“于文学发展本身，其实恐怕并非不是好事”②。到了第三辑中，“情色”和“异化”已开始逐步占据重要地位——香港小说向着“普遍性”发展的趋势，逐步明显。

---

① 许子东：《输水管森林》，上海文艺出版社2001年版，第5页。

② 许子东：《后殖民食物与爱情》，上海文艺出版社2003年版，第10页。

这就如同《香港文学》杂志对自己的定位一样：虽然名为“香港”文学，却放眼世界；立足本土，却兼顾海内外。香港文学（小说）的发展，其实也应该如此：立足“香港”的“特殊性”，却追求“文学（小说）”的“普遍性”。从新世纪香港文学（小说）的发展来看，香港文学（小说）正沿着从“香港制造”往“心经”的道路上迈进——而研究者也注意到了香港文学（小说）的这一变化。相信香港文学（小说）将会利用自己特殊的地域风情和历史遭遇，在此基础上升华出更多触及人类根本人性的伟大作品出来，从一种具有地域特殊性的文学，成为跨越区域限制的一种带有普遍性意味的文学。

区域跨越：从南洋到北美

“跨区域华文文学”论

——界定“台港暨海外华文文学”的新思路

一、“台港暨海外华文文学”概念的形成及其困境

“台港暨海外华文文学”这一名称在大陆学术界的出现和形成有一个历史的发展过程。台湾和香港作为中国的两个地区，原本是不会在国家（中国）文学之外单独用他们的地区名称命名他们的文学的，只是由于特殊的历史遭际，使得中国文学中有了以地方名称命名的台湾文学和香港文学①。在1949年以后至1976年以前，大陆对于现代白话文学的认识（包括学界的研究），基本上只限于祖国大陆的文学（即通常所说的“现代文学”和“当代文学”）②。1976年以后，随着中国逐步走向改革开放，在祖国大陆的文学刊物上，开始有香港作家的身影出现，阮朗、刘以鬯、陶然等是较早进入祖国大陆的香港作家③。

---

① 在中国文学中用地方名称命名的还有澳门文学，本文对澳门文学暂且不论，但本文所得出的结论，也适用于澳门文学。

② 台湾文学和香港文学的古典部分，不在本文的论述范围。

③ 阮郎的情形有点复杂：他以笔名唐人创作的《金陵春梦》1962年就在内地出版了，并且据赵稀方在《小说香港》中的说法，“1949年之后香港文学作品在内地近乎绝迹，惟阮朗的作品是个例外”，可见在1976年之前，香港文学在内地已有零星的存在。见王德威《小说香港》，三联书店2003年版，第103页。

1979年以后，中美建交，叶剑英发表《告台湾同胞书》，冷战格局下的两岸坚冰终于打破，台湾文学开始登陆大陆文坛，经由聂华苓、白先勇等杰出作家的作品，新时期的祖国大陆终于与阻隔了30年的台湾文学再次相逢。

在台湾文学和香港文学被大陆重新“发现”的过程中，香港文学在时间上略微占先，因此大陆读书界、学界在界定这两种文学的时候，最初习惯把它们并称为“港台文学”。不过，“港台文学”的称呼在大陆学界并没有持续多长时间①，不久它就因台湾文学更为丰厚的内容和更为杰出的成就，从不自觉到自觉地被“台港文学”所取代。

随着台湾文学、香港文学日渐受到大陆学界的重视，自然地对这两种文学的认识也日渐深入——深入的同时也发现了问题，因为在对台湾文学和香港文学的研究中，一个现象越来越突出，那就是在台湾文学和香港文学（以台湾文学为盛）中，似乎存在着一个开放的“特区”，属于这一“特区”中的作家（以及他们的作品），同时兼具两种身份：他们既存在于台湾文学（香港文学）中，也存在于外国的华文文学中；他们既属于台湾文学（香港文学），同时也属于外国的华文文学，像白先勇、於梨华、聂华苓、欧阳子、陈若曦、丛苏、吉铮、张系国、杨牧、许达然、郑愁予、叶维廉、刘大任、非马、李黎、荆棘、王鼎钧、张秀亚、琦君、平路、杜国清、赵淑侠、纪弦、痖弦、洛夫、保真、顾肇森、周腓力、东方白、李黎、黄娟、钟晓

① 北美、东南亚、欧洲相提并论的区域，是就文学（准确地说是“台港暨海外华文文学”）而言的，其使用范围严格限定在文学（“台港暨海外华文文学”）领域。虽然在读书界至今还有人习惯用“港台文学”来指称“台湾文学和香港文学”，但在研究这一文学领域的学术界，“港台文学”早已被“台港文学”所取代。一个明显的例证是：大陆召开的第一次关于台湾文学、香港文学的研讨会，会议名称就叫“首届台湾香港文学学术讨论会”（1982，暨南大学），此时距台湾文学进入新时期的祖国大陆，才不过3年时间。

扬、梁锡华等，他们的作品无疑是台湾文学（香港文学）的有机组成，但当这些作家置身于他们所生活的国度（美国、加拿大为主），并且有许多人已经加入了外国国籍的时候，好像也不能否认他们用华文创作的作品不是所在国的少数民族文学。对于台湾文学、香港文学中的这种特殊现象，该怎样给它命名呢？

问题的复杂还不仅如此。假使说这一类台湾（香港）作家是从台湾（香港）来到国外留学、工作、定居、入籍，是台湾（香港）文学的“输出”的话，那么在台湾（香港）文学中，还有一类从国外来到台湾（香港）留学、工作、定居、入籍的外国华文文学作家（新加坡、马来西亚为主），像王润华、淡莹、陈鹏翔、潘雨桐、李永平、张贵兴、商晚筠、陈大为、钟怡雯、黄锦树、林幸谦、温瑞安、方娥真、辛金顺等，他们在台湾（香港）发表作品，获得台湾的文学奖项，已然参与了台湾（香港）文学的建构，他们和他们的作品在台湾（香港）的存在，已成为台湾（香港）文学中不可分割的部分（有许多台湾文学的作品选就将他们的作品收入其中），然而，这些外国作家对台湾（香港）文学的深度介入，并不能彻底消除他们外国作家的身份，一个明显的事实是：在这些作家所属的国度，凡涉及对本国华文文学的论述，这些作家都是重点论析的对象。

台港文学中由“输出”和“输入”外国华文文学所形成的“特区”，令大陆从事“台港文学”研究的学者对这种“特区”文学颇感为难：这一“特区”所实际具有的双重属性使得单纯的“台湾文学”和“香港文学”概念难以完全涵容它，而经由这些交叉于“台港文学”和“外国华文文学”的作家（作品），从事“台港文学”研究的大陆学者事实上又被引向一个新的文学领域——在这些作家所生活、创作过的国度，还有相当可观的，只从属于本国的华文文学存在着（新加坡、马来西亚尤甚）。如果说对于前者，还可以用“台港文学”含糊一下的话，那么对于后者，“台港文学”的概念显然就不够用了。

于是有了“海外华文文学”的名称①，在大陆学界，最初对于“海外华文文学”的理解并不一致②，在经过了众多学者对“海外华文文学”的“定义”、“特点”、“属性”进行了周密的论证之后，这样的界定得到了学界的普遍认可：“海外华文文学是由在中国（含祖国大陆、台湾、香港和澳门地区）以外的国家或地区，用华文（汉语）作为书写载体进行创作的作家和他们创作出的作品所构成。”

从大陆学界对“海外华文文学”所形成的共识中不难看出，这一名称中的“海外”两字完全可以用“国外”来替代，之所以用“海外”而不用“国外”，历史地看，是由于在中国古代，“海外”就是“国外”③；现实地看，则与“海外”由“台港”延伸而出相关④——后者所昭示出的“台港”与“海外”两者间的密切关系，还成为“台港文学”和“海外华文文学”这两种性质不同的文学（一为中国文学，一为外国文学）联结在一起的一个重要理由。

当然，把“台港文学”和“海外华文文学”并置在一起组成“台港暨海外华文文学”的更为重要的原因，则是两种文学间的错综复杂的关系渊源。前面已经提到，大陆学者是经由“台港文学”而

---

① 1984年2月，汕头大学台港及海外华文文学研究中心成立。同年5月，秦牧和陈贤茂在《华文文学》创刊号上的《代发刊词》和《编者的话》中，均论及“海外华文文学”。1986年在深圳召开的第三届台港文学学术讨论会上，与会者开始把“海外华文文学”纳入讨论的范围，并把这次会议更名为“台港与海外华文文学学术讨论会”——至此，“海外华文文学”的名称在大陆学界得到正式认可。

② 如有的研究者按“海外与大陆相对而言”的“习惯说法”，把“海外华文文学”界定为“祖国大陆以外的华文文学，自然也包括台港文学在内”。

③ 中国古代对世界的地理概念是：中国在天地的中间，周围全是海，因此所谓“海外”，就是指中国以外，用现代的概念，就是“国外”。

④ 在祖国大陆，有一个时期“台港”经常与“海外”连用，甚至认为“台港”就是“海外”或“海外”的一部分——这也就是为什么有的学者把“台港文学”包含在“海外华文文学”中的原因。

注意到“海外华文文学”的，之所以如此是因为许多“台港作家”同时身兼“海外华文文学作家”的身份，许多台港作家的一身二任，使“台港文学”与“海外华文文学”具有了一种先天的联系，这种联系不但使“台港文学”与“海外华文文学”之间具有某种重叠和交叉，而且也最终诞生出“台港暨海外华文文学”这一名称。

“台港暨海外华文文学”这一概念在大陆学界形成，经历了从“港台文学”到“台港文学”，从“台港文学”外延到“海外华文文学”，最后整合为“台港暨海外华文文学”等不同的发展阶段，整个过程前后大约历时10年。从上个世纪90年代这一概念得到了大陆学界的普遍认可之后，它被一直沿用至今①。

如果说大陆学界把“台港文学”和“海外华文文学”合并成“台港暨海外华文文学”，是因了这两种文学间有着千丝万缕的联系的话，那么随着研究的逐步深入，含有了两种成分（中国文学和外国文学）的“台港暨海外华文文学”这一概念就为研究者带来了越来

① 20世纪90年代初，许多从事“台港暨海外华文文学”研究的学者觉得这个名称过于冗长，于是有学者提出来用“世界华文文学”取代“台港暨海外华文文学”。1993年在庐山召开的相关会议上，会议名称的前缀就由上一次的“台港澳暨海外华文文学”变成了“世界华文文学”——这次会议名称的改变意味着“世界华文文学”这一提法在学界得到了正式认可，以后历次的相关会议，也都以“世界华文文学”的名称冠名，现在全国性的学会，也叫“中国世界华文文学学会”。然而对于“世界华文文学”这一概念，学术界也存在着争议，由于现在的“世界华文文学”实际上是指“台港暨海外华文文学”，因此不同观点之间的最大分歧在于：一方认为，既然叫“世界华文文学”，那怎么能把“祖国大陆文学”排斥在外？另一方则援引通常所说的“世界文学”并不包括“中国文学”为例，强调“世界华文文学”可以不包括“祖国大陆文学”。我个人则认为，“世界华文文学”是个全称概念，按照现有的文学格局，应该包括“祖国大陆文学”和“台港（澳）暨海外华文文学”。本文提出的“跨区域华文文学”，只对应于目前的“台港暨海外华文文学”，如果“跨区域华文文学”的概念为学界所接受，那么我理解的“世界华文文学”则应由“祖国大陆文学”和“跨区域华文文学”两部分组成。

越大的困扰。由于“台港”和“海外”这两个区域性的概念是固定的，因此，用这两个固定而又界限明确的区域概念来限定各自所属的“华文文学”，也就要求它的组成是固定而又明确的。从理论上讲，既然“台港”和“海外”是两个互不从属的空间疆域（“台港”是中国的一部分，而“海外”则包括了众多的其他国家），那属于“台港”的“文学”就不会再属于“海外”的“华文文学”；反过来，属于“海外”的“华文文学”自然也不应再列入“台港”文学的范畴。从文学的属性上看，“台港”文学是中国文学，“海外华文文学”是外国文学，他们的互不从属性就更是泾渭分明。

“台港文学”与“海外华文文学”有着密切联系的现实并不能消解掉他们其实是两种迥然不同的文学的事实——然而恰恰是在这个原本应该是清晰明了的关键问题上，“台港暨海外华文文学”这一概念出现了困境。由“输出”和“输入”所形成的“特区”文学在台港文学中的存在，使“台港文学”与“海外华文文学”的边界显得模糊不清，也使“台港暨海外华文文学”这一概念遭遇到极大的挑战：众多跨越“台港”和“海外”两种文学的作家作品，他们究竟应该属于“台港”文学还是“海外华文文学”？按照以上对“台港”、“台港文学”和“海外”、“海外华文文学”的明确划分，他们（以及他们的作品）理应非此即彼，然而在“台港暨海外华文文学”领域，身跨“台港文学”和“海外华文文学”的作家却比比皆是，翻开大陆出版的《台湾文学史》、《香港文学史》和《海外华文文学史》，属于台港文学“特区”中的许多作家，就既置身台湾文学、香港文学，也位列海外华文文学，也就是说，他们一方面以中国作家的身份入史，另一方面又成为外国（华文）文学中的中坚，这种现象在分别阅读《台湾文学史》、《香港文学史》和《海外华文文学史》的时候，其矛盾之处还不觉得突出，可是当把这几种文学史集中起来对照着读的时候，其难以自圆其说的地方，就显而易见了。

尽管我们对当初形成“台港暨海外华文文学”这一概念的历史原因有着充分的了解，也理解当时把“台港文学”和“海外华文文学”并置在一起的做法有其一定的必然性，但当历史语境发生变化，对“台港暨海外华文文学”的研究日趋深入的时候，我们就要面对“台港暨海外华文文学”这一概念所隐含的矛盾乃至悖论。而当一种文学概念难以周延它所表达的文学事实的时候，对它进行某种调整和重新认识就显得尤其必要了。现在，眼看“台港暨海外华文文学”这一概念与生俱来而又难以克服的矛盾日益显著，换一种思路来认识这一文学，也许能有助于我们理顺这一概念中所包含的两种文学的关系，更合理、更充分、更深入地来认识这一文学。

二、以“跨区域华文文学”取代“台港暨海外华文文学”

当“台港暨海外华文文学”这一概念面临自身难以克服的困境的时候，我们发现，同样的文学版图，如果换一种思路，换一种视角来加以界说，或许能避免现有的概念方式所引发的尴尬。我们想用“跨区域华文文学”的概念来取代现在的“台港暨海外华文文学”。所谓“跨区域华文文学”，是指“由中国特定地区（台湾、香港——以后还可以加上澳门）文学和分布在世界各地不同国度的华文（汉语）文学所共同组成的文学集合体”。从这一定义所涵容的文学范围上看，它所覆盖的文学版图与“台港暨海外华文文学”所包容的文学疆界可以说完全一致，也就是说，这种定义的方式，是在尊重并保留了这种文学的独特性的前提下进行的，只不过，它能更加突出这种文学的某些特质，并从根本上避免以往的界定中与生俱来的某种难以调和的矛盾。

我们提出以“跨区域华文文学”取代“台港暨海外华文文学”的理由主要有以下几点：

（一）“跨区域”本来就是“台港暨海外华文文学”的存在方式。

现在学术界所指称的“台港暨海外华文文学”，主要由以下几个区域的文学构成：中国的台港地区、北美（美国、加拿大）、东南亚（以马来西亚、新加坡等国为代表）和欧洲（以英、法、瑞士等国为代表)。当学术界在使用"台港暨海外华文文学"这一概念的时候，实际意味着对这样一个事实的接受和承认：这一文学已不是单一的、纯粹的地区文学（台港文学），或某个国家（美国、加拿大、马来西亚、新加坡、英、法、瑞士等）内的华文文学，而是由不同区域（主要包括中国的台港地区、北美、东南亚、欧洲等）[1] 的文学组成的文学集合，它的存在形态决定了它的存在实质是：文字相同（都是华文）却包纳不同的区域。因此，当我们把"台港暨海外华文文学"作为一个整体看待的时候，它对不同区域文学的覆盖使得它实际上已经"跨区域"——"跨区域"的第一层意思首先体现为"多区域"，这不仅是这一文学事实上的存在方式，而且在根本上它还体现了这一文学的存在实质：不同的区域文学之间既各有归属，也联系紧密；既相对稳定，又具有"开放性"和"互渗性"。用"跨区域华文文学"取代"台港暨海外华文文学"，不但对这一文学的基本形貌无损，反而突出和强调了这一文学的根本特质。

（二）"跨区域华文文学"更能体现这一文学的整体感和内部不同区域文学之间的相似性。

由于"台港暨海外华文文学"这一名称（概念）是由两大块（台港、海外华文）文学连接而成，因此给人一种组合感和分裂感。"跨区域华文文学"则显得统一和完整——都统摄在"跨区域"的名目之下，呈现的是一个独特而又完整的文学领域。并且，它虽然具有"跨区域"的名目，但并没有因此而消解掉"多区域"文学间的相似形——这种相似性在更深的层次上昭示出"跨区域华文文学"的内在整体性。所谓相似性，是指在台港文学与北美华文文学、东南亚华文文学、欧洲华文文学之间，虽然在题材、主题、人物、语言的词汇

① 从政治和法理的角度看，中国的台港地区与北美、东南亚、欧洲（以及它们的下属各国）无疑不能并列；从地理的角度看，中国的台港地区与北美、东南亚、欧洲等区域也不在一个层面，但在"台港暨海外华文文学"领域，中国的台港地区却以独特的区域身份，参与了这种文学的组成。

结构等方面有所差异，但在更为深层的文学观念、文学精神、美学追求、语言风格等方面，却有着相当明显的同构性和一致性。对北美华文文学和欧洲华文文学而言，由于这两种文学的主要构成来自台港文学的输出，它们不但都以台港文学为源头，而且这两种文学中的许多重要作家，还身兼台港作家的身份，因此它们与台港文学之间具有相似性，应该不难理解。东南亚华文文学与台港文学的关系相对复杂，它们间的相似性只能说是部分的和有时限性的。在上个世纪 50 年代以前，台港文学对东南亚华文文学的影响十分有限，只是到了 20 世纪六七十年代以后，那些曾经留学台港、欧美的华文作家回归东南亚，才将台港文学的“气质”和“风貌”大规模地渗透进东南亚华文文学（如东南亚华文文学中的现代主义风潮，无疑就是台港特别是台湾现代主义文学影响的成果），而自上个世纪 70 年代开始的东南亚华文作家留居台港，不但使这些作家的作品更深地融入台港语境，而且也使他们的作品在打上了台港文学的烙印后以更强劲的势头影响东南亚华文文学，在某种程度上甚至“遥控”东南亚华文文学的走势和风向，而无论是“回归”还是“遥控”，两者都在造成台港文学与东南亚华文文学的相似性上，厥功甚伟，并由此使东南亚的华文文学与北美、欧洲的华文文学一样，因了与“台港（特别是台湾）文学”的同源性而具有一种内在相似形。

（三）“跨区域华文文学”更能彰显出这种文学的跨文化性质。

在 1988 年 8 月于新加坡召开的“第二届华文文学大同世界国际会议”上，著名学者周策纵在“总结辞”中，提出了东南亚华文文学的“双重传统”（double tradition）问题，他认为东南亚华文文学实际是“中国文学传统”（chinese literary tradition）和“本土的文学传统”（native literary tradition）共同作用的结果①。其实这一现象不限于东南亚华文文学，在整个“台港暨海外华文文学”领域，具有双

① 参见王润华、白豪士：《东南亚华文文学》，新加坡歌德学院与新加坡作家协会 1989 年版，第 359 页。

重（乃至多重）文学传统，兼具双重（乃至多重）文化的特性，应该是个普遍的现象，如在“北美华文文学”中内蕴着的文学（文化）传统就有：中国文学（文化）传统、美国文学（文化）传统和欧洲文学（文化）传统——它以华文（汉语）进行创作，当然负载着中国文学（文化）信息；它出现在美国社会，也无疑会掺杂美国文学（文化）的因子；美国文学（文化）的源头来自欧洲，因此也必然会带有欧洲文学（文化）的遗迹。“北美华文文学”如此，其他区域的华文文学也是如此。由是，以“跨区域华文文学”来命名过去的“台港暨海外华文文学”，显然更能突出这种文学的跨文化性质。

（四）“跨区域华文文学”更能显示出这种文学相互“重叠”（静态）和内部流动—旅行（动态）的特质。

前面已经提到，在“台港暨海外华文文学”领域，存在着大量“跨”越所属区域，为两种或几种区域华文文学所“共有”的作家作品，众多这类作家作品的一再出现，使得“台港暨海外华文文学”中所包含的几大区域之间，事实上存在着一个跨越两个区域（如台港与北美、台港与东南亚、台港与欧洲）、或多个区域（如台港与北美与东南亚、台港与北美与欧洲）的“重叠地带”，属于这种“重叠地带”的作家作品，在“台港暨海外华文文学”概念下难以进行归类和确定，而在“跨区域华文文学”这一名称下，存在这样一个“跨区域”的“重叠地带”则不但合情合理，而且更能体现这种文学的独特性。

如果说“台港暨海外华文文学”对静态的“重叠地带”都不能予以合理解释的话，那它对不断地在不同区域间流动和“旅行”的作家、作品，就更加难以指称——而动态地流动和“旅行”，正是这一文学最为重要的特征之一，静态的“重叠地带”说到底也是由动态的流动和“旅行”造成的，而许多作家（作品）具有双重乃至多重身份，也正是他们不断迁徙的结果。对于那些从台港到北美、到欧洲（有的又从北美回到台港），从东南亚到台港（有的又到北美再回到东南亚）的作家来说，对于那些写于此区域而发表在彼区域的作品来说，用某种特定的、单一的区域去限定他（它）们显然有无法周延的困难，而用“跨区域”来表达这种文学“重叠”（静态）和“旅行”（动态）的特质，则相当贴切和合题。

（五）“跨区域华文文学”可跳出特定地区（台港）和地域（海外）名称的专属限制，具有更大的包容性和弹性。

“台港暨海外华文文学”这一名称（概念）难以摆脱的最大困窘就是它无法解释为何许多作家作品既属于“台港文学”又属于“海外华文文学”，“跨区域华文文学”则没有这样的问题，前者的两难是因为确切的地名（台港或海外的某国）限制死了文学的属性——不同的地名是不可能兼容的，因此在不同地名笼罩下的文学也不能兼容，属于台港文学就不能属于海外华文文学，属于海外华文文学就不能属于台港文学，然而在这种文学中，兼容（因作家作品的“流动—旅行”而导致的“重叠”）事实上又经常发生，于是带来了命名上的左支右绌。“跨区域华文文学”因其前缀“跨区域”不关涉具体的地名，因此对于作家作品的地区和国别属性没有硬性的确认，它摆脱了“台港”和“海外”在概念上的确定性和不相容性，而具有极大的包容性和弹性，“跨区域华文文学”这一名称本身所具有的不确指性和“跨”的特性，无疑可以为确定那些处于“重叠”部分和在不同区域之间“流动—旅行”的作家作品的归属，提供一个相对稳固和合理的解释，“跨区域”看上去不似“台港”和“海外”这样的名称边界明晰，可是对于阐释这种事实上边界开放（也是一种模糊）的文学，它倒反而能在更高的层次上形成一种确定性。辩证法在这里再次得到了印证。

在某种意义上讲，“跨区域华文文学”的命名不仅更能反映现有的“台港暨海外华文文学”的实质，而且它也体现了一种文学发展的方向和未来。在全球化程度日益加深的今天，在人口（包括作家）的流动、旅行、迁徙和异地而居愈加频密的今天，在文学作品的发表更容易逾越地区、国度和区域的边界而全球“漫游”的今天，“跨”的姿态无疑正是这种时代风貌和文学生态的写照——就此而言，“跨区域华文文学”也比“台港暨海外华文文学”更为顺应时代的现实。

在提出了以“跨区域华文文学”取代“台港暨海外华文文学”的几条理由之后，我们想要强调的是，这里所说的“跨区域华文文学”，是专门针对目前学界通行的“台港暨海外华文文学”而言的，而不是泛指一般的所谓“区域”间的“跨区域”（如祖国大陆内部不同区域的文学交流就不在其中）①。不过，受这一概念的启发，我们倒是可以对“台港暨海外华文文学”所属各区域的某一区域内部间的文学“旅行”成果进行命名，如台湾与香港之间的文学交叉，可以叫“区域内跨地区文学”；而新加坡与马来西亚、美国和加拿大、欧洲各国之间的文学重叠，则可以命之为“区域内跨国华文文学”等，甚至，对于由华裔创作的所有文学（包括华文文学与非华文文学），也可以依此思路，加以变通，用“跨语种华人文学”来统称。

当然，由于“台港暨海外华文文学”本身生存形态和构成成分的复杂，当用“跨区域华文文学”取代它的时候，在消解了旧名称（概念）种种困窘的同时，新名称（概念）可能也会产生一些新的问题：比如，在给予这一文学“跨”的动态性、互渗性以足够重视的时候，是否对固定区域的静态特征（如某一区域内从未“流动”的内容）强调不够？在把“跨区域华文文学”作为整体予以突出的时候，是否产生了削弱不同地区和国家华文文学特征的情形（在某种程度上等于模糊了不同区域、不同国别的界限）？本文提出用“跨区域

① 由于中国幅员辽阔，不同地区的自然风貌、民情风俗、人文历史各有不同，因此在祖国大陆，就有许多极具区域特征的文化（文学）存在，中国现当代文学史上有所谓“京味”、“海派”、“山药蛋派”等，就是明证。但这些具有区域特征的文学，与我们这里所说的“区域”、“跨区域”并不是一回事，因为这些不同区域的文学是在一个总的社会背景下产生的，它们的表现对象、生存语境和最深层的文化根源都是一致的，它们的区域色彩，并不是各自文学的本质特征，彼此间的不同，也不构成本质的差异性。

华文文学”取代“台港暨海外华文文学”，只是提出一种新的思路和可能，“跨区域华文文学”这一概念的完善和成熟，还有待于学术界的共同努力。

“历史”与“现实”：考察马华文学的一种视角
——以《赤道形声》为中心

“马来西亚华文文学”（简称“马华文学”）这一概念本身至少包含了这样两个方面的含义：（一）就属性而言，它是马来西亚文学；（二）就语种而言，它是华文文学。前者意味着它是马来西亚文学之有机组成，后者则表明它是世界范围内的以华文为创作载体的华文文学家族中的一员。“马来西亚华文文学”与生俱来地具有的这种“双重性”——即它既有世界范围内所有华文文学共有的“普遍性”（都是用华文进行创作），同时又有它自身的“特殊性”（这一文学是“马来西亚”的，它主要表现的是马来西亚人的思想、生活和情感）——导致了它具有跨越不同文学领域的功能：当言及“马来西亚文学”的时候，当然不能忽略“马来西亚华文文学”的存在，而当谈论世界性的“华文文学”的时候，无疑也不能把“马来西亚华文文学”弃置一边。

既然“马来西亚华文文学”兼具“马来西亚文学”与“华文文学”的双重身份，那么对它的认识，就既可以从“马来西亚文学”的角度切入，也可以从“华文文学”的视野展开。本文对“马华文学”的论述，聚焦在“华文文学”视域，试图通过对《赤道形声》的分析，实现对“马华文学”的某个方面的考察——之所以选择《赤道形声》作为论述的中心，固然有受限于获取资料范围的因素，但更主要的原因则是，在论者看来，这个“马华文学读本”因其突出地体现了某个阶段（20世纪90年代）“马华文学”的文学成就而具有代表性。以它作为论述对象，应该可以成为看取马华文学的一种有效视角。

收集在《赤道形声》中的182篇作品，均创作于20世纪90年代，40岁以下的作者群构成其写作主体。在这个由极具才情和锐气的“马华文学”作者群用文字（华文）所构筑的世界里，对“历史”的不断回视，对“现实”的深度介入，以及“历史”和“现实”之间不易剥离的复杂关系，成为了这一文学世界中的广泛存在，并在很大程度上决定着《赤道形声》的基本风貌和主要旋律。于是，经由对《赤道形声》中“历史”、“现实”以及两者之间关系的分析，形成对“马华文学”的某种认识，也就成为本文的基本思路。

历 史

“历史”是一个相对于现在（当下）的概念，它的基本而又核心的构成元素是“过去”。在《赤道形声》中，“历史”主要以如下三种形态存在：(1) 传统文化；(2) 历史风貌；(3) 历史想象。

(1) 传统文化。这里所谓的“传统文化”，主要是指存在于汉语（华文）中的业已固定乃至经典化了的文字意象、特定情境和典型心绪，由于“马华文学”是一种“华文的”文学，因此，寄托于这种文字中的文化信息，也就成为马华文学无法绕避的承载，只要使用的是“华文”，那么在使用这种文字（能指）的同时，文字背后的文化信息（所指）自然也就被认可、接受和使用着。而在运用华文时，对文字背后文化信息的接受和使用，既可能是不自觉的习惯成自然，也可能是自觉的刻意强化。在《赤道形声》中，后者无疑是一种强势，书中作者们卓越的华文修养，突出地体现在他们对中国古典文学的熟稔和得心应手的点化。在许多作品中，可以看到大量积淀着传统文化蕴涵的字、词、意象、情境、心绪在其中闪烁，典型者有：殷纣的宫殿、大观园的欢宴、聊斋的魅影、黄鹤楼的晨昏、除妖的桃木剑、辟邪的八卦镜、腾云驾雾的龙、阿房宫的大火、哪吒的风火轮、项羽的鸿门宴、《西游记》中的师徒、《世说新语》中的风神、盘古开天地、夸父逐日、鲧禹治水、女娲造人、结绳记事、屈原投江、曹植七步、武松打虎、甲骨文、山水诗、李白的《将进酒》、嵇康的《广陵散》、向秀的《思旧赋》、出淤泥而不染、清明时节雨纷纷、秋风秋雨愁煞人、风萧萧兮易水寒、雨雪霏霏、四牡騑騑、渭城朝雨、长河落日、关山明月、古道天涯……至于中国古典文学（文化）中的典籍，如《诗经》、《左传》、《史记》、《淮南子》、《世说新语》、《西游记》、《红楼梦》、《尔雅》、《说文解字》等，在书中更是被重点提及，而在所有这些意象、情境和名词的背后，都意味着特定的“典故”的存在，《赤道形声》的作者们对这些“典故”的大量使用，正表明了他们对中国古典文学（文化）的沉浸之深和迷恋之情，于是，播撒于不同篇什中的“典故”所构成的中国古典文学（文化）投影，就成为弥漫在《赤道形声》中的“传统文化”式的“历史”形态。

（2）历史风貌。这里的“历史风貌”，是指在《赤道形声》中对“过去”曾经存在过的社会形态、生活风俗、人际关系的涉及、记述和呈现——它构成了《赤道形声》对“历史”回视的主要形态。相对于“传统文化”浓重的“古典”色彩和背景衬托，“历史风貌”更多地体现为一种“近现代”氛围和直接表现。这其中，有对会馆的深情回望（陈大为《会馆》），也有对独立日的诗形书写（吕育陶《独立日》），有对各式记忆的拾掇（辛金顺《破碎的记忆》、方路《记忆的请柬》、刘国寄《香草的记忆》），也有对家族血脉的寻觅（莞然《花岗石砌成的梦》、寒黎《也是游园》），有对华人移民南洋、扎根本土的历史咀嚼（陈大为《在南洋》、刘国寄《遗落在南方》），也有对三代成峇的理性反思和对传统技艺不受重视的焦虑（林金城《三代成峇》、《绘龙的手》），有对童年、亲人、家乡的反复品味（钟怡雯《茶楼》、陈大为《茶楼消瘦》、林春美《楼廊私语》、《我的槟城情意结》、寒黎《年年莲花的颜色，依旧》、刘国寄《烟》、林惠洲《伤逝》、《鬼雨荒年》、黎紫书《是为情书》、《图腾印象》、许裕全《梦过飞鱼》），也有对左翼青年和马共游击队惨烈过去的难以忘怀

（李永平《雨雪霏霏，四牡骓骓》、黄锦树《鱼骸》），有对政治事件的正面叙事（《十·廿七的文学纪实与其他》），也有对过往人物的多元形塑（李天葆《州府人物连环志》）……众多作品对“过去”时空和记忆世界的描绘，从总体上勾勒出马来西亚华人在南洋曾经经历过的生存史、情感史和心理史，向读者展示了作为“历史”存在的马来西亚华人生活的各个方面。

（3）历史想象。“历史”无法还原，因此，通常所说的“历史”其实是叙述为历史后的“历史”——很难确保其中没有变形、想象的成分。《赤道形声》的作者群主要集中在40岁以下年龄段，他们对“历史”的触摸方式，在书中大多表现为对自己童年生活的追忆，以及对父母辈、祖父母辈的探询，假使说童年追忆是对一种亲身体验的反刍因此还较为“实在”的话，那么对父母辈、祖父母辈的探询就难免混合着对自己没法介入的时空的想象——“历史”本身尚且无法精确描述，何况是文学创作。借助这种“想象”的介入，《赤道形声》的作者们弥合了他们与父母辈、祖父母辈（也就是华人移民南洋历史）之间的时空罅隙，并在其中重现出马来西亚华人生存处境的图景，渗透进对先祖的思念渴慕之情。陈大为的《会馆》一诗是对马来西亚华人移民过程和移民后生活的艺术写照，全诗用诗化的语言，精练的意象，将唐山祖先下州府的悲壮、艰辛以及立足南洋时代代不同的沧桑，表达得充沛而又酣畅。寒黎和刘国寄的散文《也是游园》、《遗落在南方》，则将对先人的怀想化为一种“想象”：鸦片的馨香，官服的绚烂，祖宗的神牌位，以及外祖父的唐山衫，因了作者的“猜想臆度”和“不断寻想”，终于与后人的血脉成功对接，于是，祖先在后人的感觉中成为“很真实的存在”，“流离的家世”和“家族的变迁”也有了世代维系的可能，书写者们由此找到了身世安身立命的踏实感：“历史”到底有了它的完整和圆满，他们也可以“对祖先、对乡愁做一个感天念地的回归和交代”。运用“历史想象”将自身和祖先融为一体，完成对自己“怎样生来的，来自哪里”的历史追问，是《赤道形声》中“历史”存在的又一种方式。

现 实

相对于“历史”的“过去”回望，“现实”无疑首先表现为对“当下”的注目——但又不限于此，立足当今的社会人文和历史文化思考，也构成了《赤道形声》中“现实”的有机组成，基于此，本文所说的“现实”，主要以如下三种方式存在于《赤道形声》中：社会形态；人文立场；文化反思。其中“社会形态”属于“物质”意义上的“现实”，而“人文立场”和“文化反思”则在“精神”层面上被归入“现实”的名下。

(1) 社会形态。这里所说的“社会形态”，是指作者们笔下当今的马来西亚社会现实。

这种现实主要由这样一些因素组成：热带、焦风椰雨、都市、沼泽、胶林、支离感、资讯、兴奋剂、保险套、推土机、开山机、高楼大厦、电脑、环保、砍伐森林、功利、虚伪、人际操作术、工业废水、大气污染、咖啡馆、电影院、超市、健康运动、暴露狂、潮流、时尚、购物中心、办公室、公寓、人流、车阵、失眠、心理健康、红绿灯、电梯、抑郁症、颓废、情欲、二十四小时营业的迷你市场、观光事业、色情业、黑社会、后现代观念、孤独、寂寞、疏离感、身分确认、酒店、银行、高尔夫球场、金融公司、贷款、网络、大众传媒、支票、政客、族群、就业率、贸易、手提电话、电子邮件、高速公路、天桥……在寒黎的笔下，马来西亚的社会现实具体化为“我”在厌恶现代都市和“学习去适应/去爱这座大城”之间的挣扎（《尘事浮想》）；到了钟怡雯那里[1]，“社会形态”则变为现代人丢失钥匙

[1] 有些马来西亚作家在作品中描写的场景和感受是关于侨居地的，严格说来不能归入马来西亚的社会“现实”，但考虑到他们的马来西亚作家身份，因此在本文中将这一复杂的问题暂且做简单的处理，即仍将他们作品中所涉及的内容视为是马来西亚“现实”。

(睡眠的钥匙、释放忧郁的钥匙、住家、办公室、汽车、信箱的钥匙）的烦恼（《垂钓睡眠》、《芝麻开门》），全社会话语欲望的膨胀（《话语》）以及高速生活节奏对人的压迫（《节奏》）；而黎紫书则通过对都市上空飞翔着的一只纯美白鸽的礼赞，突出了城市的污浊与猥琐，描画了现代社会形态的又一方面（《游击一座城市》）。在虚构的小说世界里，展示的社会形态则有：现代工商业和新型人际关系对旧式小店和淳朴人性的取代（商晚筠《南隆·老树·一辈子的事》）、充满原始生命力的原住民生活（张贵兴《巴都》）、政治后遗症的当代投影（黄锦树《鱼骸》）、神职人员信仰和欲望的分裂（黎紫书《天国之门》）。种种的“因素”和“形貌”，多元杂陈、纵横交织出当下马来西亚社会的“现实”形态。

（2）人文立场。一般而言，人文立场决定于知识分子作为社会良知对社会的看取姿态、介入方式、价值评判标准和意识形态取向的综合。体现在《赤道形声》中的人文立场因其是知识分子（作者们）对当下社会的态度和“发言”，而将之纳入“现实”的范畴，其具体内容主要表现为对人道精神的宣扬、对生态环境的关注、对自我身份的追问以及对人类生存处境和价值的思考。对“人”的重视和尊重是《赤道形声》中众多篇什的主题，而对这一主题的揭示则常常以反感现代社会“吞噬”“人”和“异化”“人”来呈现。《尘事浮想》（寒黎）如此，《说话》、《芝麻开门》、《节奏》（钟怡雯）亦如此，《南隆·老树·一辈子的事》（商晚筠）是这样，《被遗忘的武士》（詹宏强）也是这样。由于社会的发展，自然和人文生态在被开发的同时也受到某种程度的破坏，为此，在发展人类自身的同时注意保护自然和人文环境，就成为有识之士的自觉追求，潘雨桐的《东谷记事》、《大地浮雕》和张贵兴的《巴都》就强烈地表达了他们对生态环境（自然的和人文的）受到破坏的焦虑，显示出对生态环境的高度关切。对于马来西亚华人的身份归属（是Malaysian，不是Chinese；是Malaysian，却也是Chinese），禤素莱在他的《沉吟至今》中有着相当痛切地直陈：马来西亚华人不是中国人，是马来西亚人，可是在马来西亚他们又是区别于马来人的华人，这种身份上的双重性使马来西亚华人在现实政治中常常遭遇着不平等乃至受迫感，面对这样的现实处境，知识分子当然会对自我身份有所追问——同样的追问在小黑的小说《十·廿七的文学纪实与其他》中可以再次发现[①]。虽然有关身份的追问对于改变马来西亚华人的现实处境难有实质性的帮助，但这一追问本身体现了马来西亚华人知识分子渴望民主和平等的人文精神。与此同时，另一些作家则从更广阔的角度对人类生存处境和价值进行着自己的思考。有人把生命归结为“一种陌生的惊慌，坦然呈露于世纪末的洪荒里”（寒黎《摇滚灵魂》），也有人把生命视为“是漂泊的曲线，随时间的河渐渐消失”（林惠洲《伤逝》），有人把生存等同于死亡——“明天，一切等待将在床上预见死亡”（辛金顺《死亡》），也有人在死亡的气息中“陷入一片茫茫的生命探索”（林惠洲《伤逝》），有人在宗教里寻找“数算一生的年日”的智慧（禤素莱《求你教我数算一生的年日》），也有人在肉身的诱惑和限制与世界的包裹和挤压中，感受到人的扭曲和膨胀（黎紫书《画皮》）。这类关于人的生存处境、意义、价值（欲念、成长、死亡）的形而上思考，构成了《赤道形声》中最富哲学意味的人文立场内容。

（3）文化反思。立足当下，对古往的文化成果进行深入反思，是《赤道形声》中“现实”内涵的又一组成。书中文化反思的基本形态，突出地表现为对汉字的文化剖析，对文化成果命运的理性认识以及对传统文化观念的颠覆和改写等方面。陈大为的《木部十二划》、《从鬼》通过对汉字的笔画字型拆解和读音部首联想，将汉字的文化蕴涵与“我”的成长历程结合在一起，以对汉字的文化深入和现代解读，完成汉字与“我”的生命辩证——汉字活在“我”的生命里，“我”的生命也将因汉字而延伸。林金城在《三代成咨》中，既对华人的“三代成咨”完全包容认同，同时也对现代不少华

① 这两篇作品都或间接或直接地提到1987年马来西亚教育部安插不谙华文的人士担任华小行政人员一事。

人对“马华移民史，甚至最基本的一些大马历史、文化等等”，“一片模糊，整理不出个概念来”深感不解，明确提出“我们不可能要求自己保持百分之百的文化传统，但绝不能数典忘祖地做个没有文化根源的民族”，而要在“维护传统的同时”，“放开胸怀，真切地关心发生在这片土地上的一切，做个实实在在的第三代‘现代峇峇’”。《绘龙的手》则对“华社普遍上对古迹观念的不够，在修复上经常犯上舍旧取新，只求壮观浮丽的‘庸俗美’，不惜大动土木地把旧有的古迹摧毁，去重建那所谓‘气势磅礴’的‘水泥宫殿’”备觉忧虑。对于华人庙宇屋脊上的画龙点睛工作竟然由印度工人来完成，他感到不可思议，认为“这并不表示文化融合，而是草率，充分地反映出对文化传统、古迹文物的无知与冷漠”。伴随着时代的发展，传统文化中的一些旧有观念被现代人赋予了新的理解和意义。古人对“风水”的迷信在现代人这里已完全改观：“我动土不向鬼神请示/我不卜而居/祸害由我招惹/灾难自然来/与运数无关”（黄远雄《风水》）。而“鸿门宴”的典故在陈大为的笔下也被重组和颠覆，从“在鸿门”到“再鸿门”再到“不再鸿门”：“不必有霸王和汉王的夜宴/不去捏造对白，不去描绘舞剑/我要在你的预料之外书写/写你的阅读，司马迁的意图/写我对再鸿门的异议与策略/同时衬上一层薄薄的音乐……”（陈大为《再鸿门》）。以现代的立场和不同的身姿投入对传统文化视角各异的反思，无疑使《赤道形声》中的“现实”世界更为丰富。

“历史”与“现实”

从以上对《赤道形声》中“历史”和“现实”的概括中不难看出，其“历史”的一面常常与“马来西亚华人”和“马来西亚华文”中的“华人”、“华文”属性密切相关，而“现实”的一面则更多地与“马来西亚华人”和“马来西亚华文”中的“马来西亚”特征相连。应当说，正是“马来西亚华人”和“马来西亚华文”的特殊性导致了他们文学中的二重性：“马来西亚华人”使他们既拥有着马来西亚的“此在”（因为是马来西亚人），同时也割不断与华人先民的“历史”联系（因为是华人）；“马来西亚华文”则使这种文学在表现当下的马来西亚生存经验和审美感受的同时（因为是马来西亚文学），也在承载和传递着华文文字中的“历史”文化信息（因为使用的是华文）。

如同“马来西亚华人”和“马来西亚华文”中的“马来西亚”成分和“华人”、“华文”成分水乳交融、密不可分一样，《赤道形声》中的“历史”和“现实”也是纠结缠渗、互为因果的，“历史”与“现实”之间你中有我、我中有你的连体关系，大致同构并对应于“马来西亚华人”、“马来西亚华文”中的“华人”、“华文”成分和“马来西亚”成分，也许可以被视为是《赤道形声》中“历史”和“现实”关系的基本形态。

在基本确立了“历史”和“现实”的关系形态之后，进一步的追问应该是：《赤道形声》的作者们为何会有如此浓烈的“历史”情结[①]？“历史”又是如何和“现实”产生联系的？从总体上来讲，“历史”情结的产生是由于作者们自身切不断、挥不去的“华人”、“华文”之根，这种宿命式的关系决定了他们永远走不出这两个名词的世界：只要他们是“华人”，只要他们运用“华文”，当他们面对“我怎样生来的，来自哪里”（刘国寄《遗落在南方》）的发问时，他们就先天地要承载“华人”和“华文”的“历史”，并让这一“历史”流淌在他们的血液里和墨水中。然而，作者们与“华人”、“华文”之间的宿命关系，在决定着他们频频回眸“历史”的同时，并不妨碍他们是站在“马来西亚”华人的立场，来反观“华人”、“华文”的历史——而恰恰正是在这一点上，《赤道形声》中的“历史”和“现实”，产生了实质性的联结。

于是，《赤道形声》中有关“华人”的“历史”书写，在本质上

---

① 据不完全统计，《赤道形声》中以“历史”为主题或与“历史”相关或涉及“历史”字样的篇目，至少有60篇左右，占全书的三分之一。

就是一种“历史”与“现实”的统一。无论是关于华人移民南洋“故事”的深情回忆——如通过对先人形象（祖父母、父母）的描写和对寻根回忆（树、坟墓、葬礼、河流、唐山等意象的不约而同存在）的捕捉，来表达对自己“来历”的肯定；还是对华人在州府生存的艰辛的描写——以《州府人物连环志》最典型；无论是对马来西亚社会出现过的政治暗流的触及——如对华人遭受不公正待遇的揭示；还是对过去华人政治（马共）的解构和反思，其出发点和立场都是以“马来西亚”华人为本位的，这样的一种看取角度和思考方式，提供的无疑是一种有关“华人历史”的马来西亚“现实”——“历史”在这里既展示了它“历史”的一面，同时又和“现实”合为一体—— 一如马来西亚的华人既是马来西亚人也是华人一样。

同样的情形也出现在“华文”的领域：“华文”在某种意义上讲是马来西亚“华人”的标志和生存方式之一（人都是生活在自己的语言里），而“华人”对“华文”的使用实际意味着对这样的约定的遵守：有关“华文”的所有“历史”（语言发展累积、文化信息积淀）都将在运用这种语言时被全盘袭用——这也就是为什么在《赤道形声》中会出现大量汉文化（文学）典故的原因。华文中所内蕴着的丰厚的文化承载、繁富的结构体系、细致而又庞大的词汇容量以及极具美感的表达能力，对华文使用者无疑会产生一种不可抗拒的吸引力——《赤道形声》本身已充分证明了这一点，涌动在书中的那种强烈的热带生命力和作者们那逼人的才气，在很大程度上正得力于对“华文”出神入化的运用。然而，作为马来西亚华文文学的实践者，《赤道形声》的作者们在接受“华文”的“历史”并对之予以炉火纯青的运用的时候，并不意味着他们放弃了他们在使用“华文”时的马来西亚立场：在他们的笔下，既有对华文文字的挚爱之情（陈大为《木部十二划》、《从鬼》中对华文文字的钻研之深可见一斑），也有对华文现实地位不平的感慨（林幸谦《中文系情结》中对中文的女性化虚拟），以及隐然可见挣脱传统束缚、另造华文新境的努力（黄锦树《鱼骸》中对甲骨的处理）——而所有这些对“华文”的感情、感受和态度，都是马华文学中的作家从自身马来西亚的立场对“华文”的独特认识和体悟。“华文”与他们的联系是“历史”的结果，而他们对“华文”的认识却是“现实”的，带有独特的马来西亚色彩——“历史”与“现实”再次得到了统一。

从总体上讲，《赤道形声》中的“历史”大致可以分为两种：与华文（文化）相关的“历史”和与华人相关的“历史”，“现实”也基本可以分为两类：侧重表现社会的物质“现实”和侧重人文思考的精神“现实”。“历史”和“现实”相互间的关系，则呈现为既是分属——“历史”更多地对应着“华人”、“华文”，“现实”主要与“马来西亚”特性相呼应，同时又是一体——如同“马来西亚华人”和“马来西亚华文”中的“马来西亚”与“华人”、“华文”密不可分一样。由于《赤道形声》中的“历史”和“现实”景观是由45位顶尖作者集体参与绘制的，因此，其体现出的形态，应该可以被视为代表了马华文学的一种特质。

寻找人类生存的净土

——论王润华的《把黑夜带回家》

我像其他的人一样，已成为一个环境生态保护主义者。

——王润华

1995年初，台湾尔雅出版社出版了王润华的第4本散文集《把黑夜带回家》。收在这本散文集中的绝大多数文章，都与王润华夫妇1989年至1990年间的一次北美之行有关，于是，以那次北美学术之旅为主干，以北美见闻为根基，就构成了这本散文集的一个展开背景。从某种意义上讲，《把黑夜带回家》可以被视为是一本游记，无论是大地震后的旧金山，还是乞丐、疯子充斥的柏克莱；无论是雄伟的北美落基山脉，还是壮观的加拿大冰原；无论是寄存在树上的印第安人图腾文化，还是“物是人非”的梦到她湖畔，都在这本散文集中留下了作者自己的身影。然而，《把黑夜带回家》又不止是一本游记，原本应是轻松的、快意的北美之旅，在作者的笔下却时时透逸出一份挥之不去的沉重。作者在《把黑夜带回家》中对自然风光和社会人文的每一提及，总是牵绊着他对我们人类生存环境的深切关注和严肃思考。因此，作者写《把黑夜带回家》，其实是以游记为载体和契机，抒发他对自然的关爱——正如作者在这本散文集的名为《献给地球的散文》的自序中所说的那样：他是“为了地球而写”这本散文集的，目的是要让生活在地球上的人们“听听地球的哭泣”，激发起包括作者在内的人们“重归大自然的怀抱”的渴望，并进而“向更多人传达环保的讯息”。

既然是借“游记”之“形貌”，传“环保”之“讯息”，那么作者在这本散文集中要向人们传达怎样的环保讯息呢？进而，作者体现在这部作品中的环保意识又是什么呢？

作者对“环保”的提及是从我们人类所赖以生存的环境的现实状况开始的：

> 每天当我花二十分钟读完第一版世界最动乱的新闻，我知道窗外的世界，汽车、工厂、发电厂已产生了二十万吨的二氧化碳，足以产生许多大洪水和触动大旱灾之爆发，还有沙漠之成长。我每天花一刻钟走路回去阿尔伯达大学东亚系的研究室的时候，地球上又有一种植物或野兽宣告绝种。
>
> 到了研究室，我每天花十分钟泡一杯碧螺春，就在这十分钟内，地球又被人抛出了三万吨的垃圾废料，严重污染了白鲸、海豚和鸟类生活的水域，毒化了人类生存的环境。
>
> 每天从我准备出门到开始做研究的这段时间，我们的空气，我们的水源，我们的土地，就遭受如此严重的污染和毒化，恐怕不久以后，雨伞和屋子，都遮挡不住随风飘下的黄雨了。

这样的生存环境不能不令人为之担忧。不可否认，人类能取得今天这样的文明成就，工业化大生产和现代科技在其中起了极其重要的作用，然而，现代工业的发达和尖端科技的发展在造福人类的同时，也给自然生态环境带来了潜在的负面影响乃至直接的破坏。如果人类对这一事实有着清醒的自觉，意识到这一问题的严重性，并采取有效措施予以规避和补救，那么人类在向文明的更高阶段迈进的过程中，对自然生态环境的损害和破坏就有可能降低到最低点。遗憾的是，并不是所有生活在地球上的人们都明白这个道理，相反，在某种意义上讲正是由于人为的破坏，加剧了人类的生存环境的恶劣程度。“切尔诺贝利核能发电泄漏的辐射尘”，“秘鲁人在地球的肺部与眉毛地带种植毒品树”，都对我们人类生存其间的地球的总体生态环境产生了极大的破坏性影响。面对着正在“哭泣”的“树木、野草、野鸭、河流”，面对着“正在作垂死挣扎的”地球，作为一个热爱地球、热爱人类的作家和学者，王润华“开始为了地球的环境生态，撰写一系列环保意识很强的散文”。

如果说地球的环境生态已经到了非“保”不可的地步，它的恶劣状况已对人类的社会发展和生存未来形成致命的威胁是王润华通过《把黑夜带回家》传递出的“环保讯息”的主要内容的话，那么渗透在他的这本散文集中的环保意识，则主要体现在这样几个方面：

(1) 对人类赖以生存的地球环境日益受到严重污染的焦虑和担忧，是王润华“环保意识”最基本也是最显在的内容。必须指出的是，在《把黑夜带回家》中，王润华的地球环境实际包含着两个方面的含义：它既是指自然环境同时也包括人文社会环境（文化环境），而不幸的是在这两个方面，人类目前所面对的环境状况其恶劣程度皆令人触目惊心。在《把黑夜带回家》中我们看到：一方面，污染严重的圣罗伦斯河使白鲸死亡，使海鸥远离；即将兴建的水电厂对露雾花的生存直接构成威胁；“切尔诺贝利核能发电厂泄漏出来的巨大云朵”，使“一千公亩的由松树和冷杉构成的树林消失了”，使“森林再也没有野兔和狐狸，河里也钓不到梭子鱼和鲈鱼”；秘鲁人在亚马孙河流域毁林种植可卡树，使“地球的气候变得不正常了，水灾土崩、河流污染，水中的鱼类和动物都死了”，另一方面，在旧金山、柏克莱这样的北美名城，乞丐、疯子、流浪汉如同牛皮癣生满了这些名城的中心地带，安全感的极度缺乏使得人们不得不“天黑前就要回家”——“把黑夜带回家”；在陌地生，偷车贼、罪犯和噪音如鬼魅一样环绕在人的周围，以至于人们必须提着自行车的部件进图书馆，女性即使在图书馆内，也要把自己反锁在研究室内以防万一；在贝鲁特，“炮弹就像蚊子和苍蝇”，战争使人“都向郊外逃难去了”，“纷纷搬进市区来住”的是老鼠。自然环境的人为破坏，人文环境的精神堕落道德沦丧，无不使《把黑夜带回家》的作者痛心疾首，他以痛切的笔调向人们充分展示这一切，正表明他对人类生存环境（包括自然环境和社会环境）惨遭污染的“哀其不幸”和希望“引起疗救的注意”的热望。

（2）与对人类生存环境每况愈下的焦虑和担忧相对应，王润华对没被人类行为污染了的“自然”充满了深情——这构成了王润华“环保意识”的又一重要内容。假使说他对“污染”的环境的痛陈是从“愤激”的层面（反对什么）透露出自己的“环保意识”的话，那么他对“自然”本体的深情流露则是从“神往”的层面（追求什么）呈现着他的“环保意识”。在《把黑夜带回家》中，我们发现作者对大自然是那样的热爱和富有感情，在作者充满诗意的笔下，大自然被赋予了灵魂和生命——这在王润华那里主要是通过拟人化的手法来加以实现的，在王润华看来，连绵的落基山脉的每一座山，都是有面貌、有个性、有文化、有传统、有色彩、有风格、有语言、有恋爱、有忧虑的精灵；而嘉娜婷、哑蔗、羊齿植物、常青藤、铁树等野生植物，在王润华的眼里，则会“从矮树丛中伸出头”，跟他打招呼，说早安；至于海鸥、冰河有心理活动，熊、山羊会说话，在《把黑夜带回家》中就更是屡屡出现。

值得注意的是，王润华对本真的、没被污染的“自然”的“神往”，其“自然”的含义除了大自然山水以及附着、包容其间的动物界、植物界之外，还包含着纯真质朴的早期人类文化——在王润华那里，这种早期的人类文化因其对人与自然关系的纯真表现而无疑地具有更多的“自然”属性，在《把黑夜带回家》中，这种早期人类文化的主要载体为印第安图腾树，在印第安人通过图腾树所表现出的文化观念中，“图腾之雕刻与竖立，可说是企图把过去的历史，竖立在众人面前。在家里，在户外，日日夜夜，都令人不忘记自己的过去：生命的来源、社会地位与大自然之血缘关系”。这种对生命、社会和大自然之间血缘关系的时刻提醒，在王润华看来正是引发他脑中“浮现远古神话的时代，人类还没有跟禽兽和大自然隔离的景象”的触媒，而今天的加拿大人之所以能“拥抱自然、保护大自然、爱护禽兽，简直到了忘我、狂热的地步”，王润华也认为可能是“图腾文化之复兴”的结果。这种表现人类向大自然认同，人类与大自然可以和谐相处、互为依存甚至互为变换的文化观念，在向我们展示了人类早期认识世界时的天真姿态的同时，也使它因着这份天真而有着我们今天难以企及的“自然”，在“人与自然”的关系问题上人们的认识已经受到各种“污染”的现代，这种人类早期未遭“污染”的原始“自然”的文化观念，就显得尤其难能可贵——而这种“自然”的文化理念，也正是《把黑夜带回家》的作者所“心向往之”的。

（3）在有“反对”有“追求”的基础上，很自然地，对“人与自然”的关系的深入思考，也就成为王润华“环保意识”中最重要、最核心的内容。在《把黑夜带回家》中有这样一段话，再清楚不过地表达了王润华对“人与自然”的认识：

> 呼吸了冰府高山上鲜美的空气，我们迟钝的感受系统开始灵活起来，脑筋也清醒过来。这些群山峻岭，是一座消除人类愚昧和阻止破坏冲动的围墙，给我们提供一个机会去认识、再肯定、再恢复人与自然的基本关系——人类最健忘他是自然的一部分。在冰府，人、原始生物、山峦、树林、河流、湖泊、空气、泥沙不都是组成自然的一部分吗？

从这段话中不难看出，王润华在“人与自然”的关系问题上，没有把人与自然对立起来，而是视人与自然为一体——人类是自然的一部分。如果再联系王润华在《把黑夜带回家》中赋予大自然（包括动、植物界）以灵性，设置人与自然（包括动、植物界）的对话，我们基本上可以认为，王润华是把自然看作同人一样是有生命、有情感、有灵魂的存在，而我们人类就是自然这一大生命的衍生物。在王润华看来，既然“人”与“自然”的关系不是二元的，对立的，而是一元的，统一的，并且我们人类就是自然的有机组成，是自然之子，那么人类对大自然的破坏，也就是对我们人类自身的破坏，人类对大自然的生命的无视，也就是对我们人类自身生命的无视。反过来说，“人”与“自然”的关系既是同体的，休戚相关的，那么我们人类对大自然的关爱，也就是对我们人类对自身的关爱，人类保护自然，善待自然，也就是保护自己，善待自己。如何对待“自然”，说到底正体现出我们人类将如何对待我们“人”自身。

（4）希望人人从自我做起，都来关心和爱护人类的生存环境，为改善人类的生存环境作出自己的贡献，是王润华“环保意识”的又一重要内容。在《把黑夜带回家》中，有一种自然植物深受王润华的重视，那就是“树”。树在这本散文集中不但经常被作为描写的对象，而且它还被赋予了非同寻常的意义——树既是地球的肺和眉毛，是“地球上最古老、最便宜、最有效的空气净化剂”，同时也是“自然”的人类文化观念（印第安人图腾）的载体，并且，更为重要的是，它还是作者自己的形象。在《树木人生》这篇文章中，王润华自比“我是树”，因为我“与生俱有与树木相同的人生观”。由于树的“身份”的特殊以及它对地球环境的优化能产生巨大的影响，因此，王润华以树自比，向“树”认同，就实际包含着这样三个层面的含义：首先，他同树一样，是自然的一部分；其次，他完全接受以树为载体的那种“自然”的人类文化观念；再次，他要像树那样，为人类生存环境的不断改善作出自己的贡献（写《把黑夜带回家》就是这种贡献的具体体现）。并且，除自己“始终默然的如热带雨林的树”之外，他还希望和呼吁“很多人都像树木，永远生长在属于自己的土地和气候里”，做人类生存环境（自然环境和社会环境）的“空气净化剂”，这样“地球、社会、文化便不会有危机”。

其实“树”在王润华的笔下如此频繁的出现并不是始自《把黑夜带回家》。在王润华过去的诗歌和散文创作中，一个突出的现象就是对“山”和“树”的一再提及，他的许多作品都是以“山”和“树”作为表现载体和抒情对象，“山”和“树”原本就是大自然的重要组成，它们在王润华笔下的反复出现，无疑地表明了王润华对“自然”的深情挚爱和难以忘怀，而尤其需要特别注意的是，王润华对“山”和“树”的涉及，常常是和“人”联结在一起的：在《天天流血的橡胶树》中，作者把自己的祖父比喻成“橡胶树”；在《别墅》中，“我”“白天把山岭当作书/打开来阅读/晚上把山岭当作枕/无忧无虑地安眠”；在《树的研究》中，“我记忆中永恒的标本”，是“树的叶子、枝桠和花朵”，“往往在冬夜里，还不断传出/枝头的鸟叫/叶间的蝉鸣”。从这些作品中不难看出，王润华在“山”、“树”和“人”之间，总是赋予他们一种交融的，和谐的关系：“人”离不开“山”和“树”，“人”就是“树”。这就难怪到了《把黑夜带回家》中，王润华会明确地宣称“我是树”，“树林才是我的同类”。应当说，王润华在《把黑夜带回家》中如此关注“环保”问题并不是偶然的，事实上对“人与自然”的关系问题的关注，一直是萦绕在王润华心头的一个情结——它可能正是王润华日后产生强烈的“环保意识”的重要前提。如果说《把黑夜带回家》是王润华自觉地要把它写成一本“环保意识很强”的散文集的话，那么在此之前，他实际上已经在许多创作中自觉不自觉地在宽泛的意义上触及到了“环保”问题，只不过，那时候他对“环保”的涉及，主要是通过他对“自然”的持久兴趣和深情关爱，以及通过对“人与自然”的融洽关系的肯定来进行表达的。

“告别”的姿态和意义
——论黎紫书的《告别的年代》

黎紫书本名林宝玲，1971年出生于马来西亚的怡宝。1993年从霹雳女子中学毕业后即进入报界服务，由诗入散文再到小说，小说则有微型、短篇而至长篇。至今已出版短篇小说集《天国之门》、《山瘟》、《出走的乐园》以及《野菩萨》；微型小说集《微型黎紫书》、《无巧不成书》、《简写》；散文集《因时光无序》、《暂停键》；《花海无涯》（编著的评论集）、《独角戏》（个人文集）等。她的作品多次获奖，在马华作家中有“得奖专业户”之称，从1995年到2011年，她几乎每年或隔年就会在马来西亚或台湾获得一个文学奖项，至今她获得的各类文学奖项已有近20项。众多的文学奖项体现的是黎紫书的创作实力，也证明了她在马华文坛乃至世界华文文学中的地位。

黎紫书的第一部长篇小说《告别的年代》2010年由台湾联经出版公司出繁体字版，出版当年即入选《亚洲周刊》年度中文十大小说，2011年获第十一届花踪文学奖及《中国时报》开卷好书奖，2012年由新星出版社出简体字版。一部马来西亚华文作家创作的小说，出版后引起如此巨大的反响，不能不说《告别的年代》既是马华文学在21世纪的重大收获，也是黎紫书在世界华文文学领域创造的又一个“神话”。

在人们过去的印象中，黎紫书以短篇小说见长，而这次她在长篇小说领域初试身手，也能一鸣惊人，可见在《告别的年代》中，黎紫书既延续了她以往小说中的一贯特质，同时也肯定提供了某种令人惊异的亮点。那么，这（些）个亮点，到底是什么呢？

要弄清楚黎紫书在长篇小说中新增了什么亮点，首先就要知道她在短篇小说中，具有什么样的特质。王德威在评价黎紫书的短篇小说时，认为“如何逃离——或吊诡的逃向——罪的禁忌与诱惑，是黎紫书小说一再扮演的主题”①，“营造一种浓腻阴森的气氛，用以投射生命无明的角落，尤其是她的拿手好戏”②，因此王德威判定黎紫书是一位“黑暗之心的探索者”③，“她更有兴趣的，毋宁在于探讨人性深处的欲望与恐惧”④。

这样的一位作家，当她开始进行长篇小说“探险”的时候，她是不是还在延续“黑暗之心”的探索呢？按照黎紫书自己的说法，“我在这小说里……也看见了过去在我的小说中不断出现的摆饰与命题：梦，阁楼，镜子，父亲，旅馆，寻觅与遗失”⑤，“我只能是我自己了。那些经多年书写与宣泄后仍排遣不了的惊惶、恐吓、阴霾与忧伤，它们从未消散，而都融进了我贴身相随的影子里”⑥，而通过作品对照我们也发现，《告别的年代》与黎紫书此前的小说创作《天国之门》、《山瘟》之间，确实存在着内在联系和历史延续性。

在明确了《告别的年代》或隐或显地延续了黎紫书以前小说中的一些“共性”之后，属于它自己的特质（新增添的东西，新出现的形态、新呈现的姿容，一句话，区别于以前的“亮点”）也就浮现了出来。

黄锦树认为在《告别的年代》中：“作者显然不甘于只讲述一个

---

① 王德威：《黑暗之心的探索者——试论黎紫书》，收入黎紫书《山瘟》，麦田出版社2001年版，第5页。

② 同上，第4页。

③ 同上，第3页。

④ 同上，第5页。

⑤ 黎紫书：《想象中的想象之书》，收入《告别的年代》，新星出版社2012年版，第313（825）页。

⑥ 同上，第313（825）页。

首尾一贯的故事，而布设了相当比重的后设装置。由于程序裸露，‘为什么要借用后设装置’成了首要的问题；同样令人纳闷的是，为什么书名是个历史叙述、论文、报道文学似的标题?”① 黄锦树的疑惑，在某种程度上恰恰提示了我们对《告别的年代》“亮点”的指认。不过，黄锦树对《告别的年代》中“后设装置”的使用并不看好：“这后设装置的使用到底有什么功能？极少部分影射了黎紫书的崛起、文坛的恩怨，但虚多实少。其余更多的部分是不是企图让‘杜丽安的故事’复杂化、借以缝合两层不同的叙事？就小说而言，可能不见得是利多。除非小说能真正地匿名出版，否则不免予人‘此地无银三百两’之感。况且作为程序裸露的技艺，后设手法本身的变化有限，很容易陷入自身的套套逻辑里。”② 对于黎紫书自己在小说中“难得地加了个后记”（《想象中的想象之书》）却“没有说明‘告别的年代’究竟何以告别、向谁告别、告别什么”③，黄锦树觉得“如果从小说中难以找到线索，理由可能就在小说之外、私人领域吧”④。

从小说的标题（书名是个历史叙述、论文、报道文学似的标题），到小说的内容（何以告别、向谁告别、告别什么），黄锦树提出的问题，不但提供了他自己的思考重点，同时也为我们寻找黎紫书小说《告别的年代》的“亮点”，提供了寻找方向和基本路径。

就《告别的年代》这部小说的名称而言，其实不是黎紫书的“原创”。在台湾歌手罗大佑那众多忧郁的歌曲中，有一首歌就叫《告别的年代》，歌词如下：

夜沉沉地醉/谁又在午夜的远处里想念着你/远处的午夜的梦

---

① 黄锦树：《艰难的告别》，收入《告别的年代》，新星出版社2012年版，第3（515）—4（516）页。

② 同上，第5（517）页。

③ 同上。

④ 同上，第5（517）—6（518）页。

里相偎依/仰望着蓝色的天边的回忆/好像你无声的临别的迟疑/每一次手牵着手像在守护着你/守护着仅剩的潇洒和犹豫/每一次凝视的眼神的凝聚/羽化成无奈的离愁的点滴/道一声别离/忍不住想要轻轻地抱一抱你/从今后姑娘我将在梦里/早晚也想一想你/告别的年代/分开的理由/终不须诉说出口

亲爱的让我快见你一面/请你呀点一点头/黄色的蓝色的白色的无色的你/阳光里闪耀的色彩真美丽/有声的无声的脸孔的转移/有朝将反射出重逢的奇迹

风轻轻地吹/夜沉沉地醉/道一声别离/忍不住想要轻轻地抱一抱你/从今后姑娘我将在梦里/早晚也想一想你/告别的年代/分开的理由/终不须诉说出口/亲爱的让我快见你一面

请你呀点一点头/黄色的蓝色的白色的无色的你/阳光里闪耀的色彩真美丽/有声的无声的脸孔的转移/有朝将反射出重逢的奇迹/风轻轻地吹/夜悄悄的睡/风轻轻地吹/夜沉沉地醉/风轻轻地吹/夜沉沉地醉

罗大佑的这首《告别的年代》诉说的似乎是一个爱情和离别的故事，可是细细咀嚼，则不难察觉在告别之中，分明又有着强烈的依恋。虽然没有证据表明黎紫书的这部长篇小说在命名上受到过罗大佑的影响，但作为在华语歌坛有着全球影响的歌唱家，罗大佑在黎紫书的文化接受网络中不该是个陌生的名字，联系黄锦树的推测“如果从小说中难以找到线索，理由可能就在小说之外、私人领域吧”，这首《告别的年代》，或许正体现了黎紫书在创作《告别的年代》时的某种心境——如果不说也体现了《告别的年代》中的某些内容的话——那就是，以某种形态和方式（文学创作?），向一段属于她自己的“私人”（感情?）“历史”告别。

《告别的年代》是黎紫书早就想写的一部小说，写作过程花了她五六年的时间，可见其意义对黎紫书而言非同寻常。2012 年 7 月她在接受《深圳商报》采访时，这样表述她对《告别的年代》中人物的理解和创作的动机："杜丽安其实是我母亲的年代，'告别的年代'对我个人来说有多重意思。除了向一个旧的、我母亲的年代告别以外，也有'向故事告别'的意思。对写小说的人来说，我们生活的年代，已经是一个没有故事的年代。可能对大陆作者来说不是这样，但港台作家和马华作家，其实都面对这个难题。另外，小说里用了大量我前半生所熟悉的素材、各种道具。我有意识地对自己说，写完这个长篇，就要尽可能放弃这些旧的素材。所以《告别的年代》也是对我自己的告别。"① 由此可见，《告别的年代》确乎是黎紫书要以文学的方式，向母亲的年代告别，向故事告别，向自己告别。

先说后两种"告别"。"向故事告别"在《告别的年代》中十分明显——对"后设装置"的大量运用就是明证。虽然黎紫书在短篇小说创作中，也曾有过"形式先锋"的"实验"，但像《告别的年代》这样从整体上打破传统的"故事"、"情节"模式，以全面的"形式"新异姿态展开小说呈现，在黎紫书还是第一次。这样不以传统的"故事"、"情节"模式取胜，而以通篇的"后设装置""惊人"，显露出黎紫书要通过《告别的年代》，向小说写作具有"可读性"的"历史""告别"的决心！

至于"向自己告别"，在《告别的年代》中也不难发现——对以前小说的"延续"（"过去在我的小说中不断出现的摆饰与命题：梦，阁楼，镜子，父亲，旅馆，寻觅与遗失"）正充分说明了这一点——不过，如同作为小说"潜文本"的罗大佑的《告别的年代》所昭示的那样，"告别"有时候不是表现与过去的斩断，恰恰相反，体现的倒可能是"依恋"和"留恋"，"回味"和"不舍"。就此而言，黎紫书在《告别的年代》中所谓的"向自己告别"，从某种意义上讲其实倒是向过去的深情回望和依依不舍——事实上，一个作家无论他

---

① 刘悠扬：《对话黎紫书：马华文学有种甩不掉的自怜》，《深圳商报》，2012年7月23日。

(她）多么决绝地宣称要在创作上“向自己告别”，但从根本上讲，“过去”的“自己”在他（她）的创作中是无法真正“告别”的。

那么，“向母亲的年代告别”在《告别的年代》中指的是什么呢？在《告别的年代》中，“告别”是种姿态，“年代”是个对象（也是象征）。在小说的一开始，“年代”（页码）开始于“513”这个马来西亚历史上具有重大隐喻意义的数字——1969 年 5 月 13 日因国阵选举失利引爆种族冲突，华人在此事件中成为受害者，此一事件也就成为马来西亚华人的集体记忆和心理阴影，而“小说中杜丽安生命的转折正始于 5 月 13 日当天，因疯汉持脚踏车袭击为黑道角头钢波所救，而下嫁为继室”①，黎紫书在《告别的年代》中如此设计，刻意使杜丽安的人生（年代）与马来西亚华人的处境（年代）联系密切彼此同构，或许是在隐喻：写杜丽安（母亲）的人生（年代），也就是写马来西亚华人的处境（年代）——马来西亚华人的国族寓言，也就寄寓在了杜丽安的人生（年代）之中！

面对“母亲”（杜丽安）所代表的“年代”，黎紫书是如何告别的呢？

在《告别的年代》中，虽然几乎所有的人（无分男女，遍及老少）都在向“过去”告别，但他们的“告别”基本上都是围绕杜丽安展开的，并且，在所有的“告别”中，也以杜丽安（们）的“告别”最为精彩。

《告别的年代》中的杜丽安是小说中的关键“节点”，无论是杜丽安，还是杜丽安的“分身”“丽姊”，以及杜丽安的“衬托”、“影子”、“年轻化”和“文化化”的作家韶子（“一生都在书写女性神话”），都以不同的侧面和层面，展示了杜丽安（何尝不是也在“一生都在书写女性神话”）时代马来西亚华人（女性）的成长史、奋斗史、心灵史和成功史——在这个过程中，女性视角的重要性和女性意

① 黄锦树：《艰难的告别》，收入《告别的年代》，新星出版社 2012 年版，第 4（516）页。

识的自觉性，于焉成形。在一篇访谈中，黎紫书这样说明了自己的“女性意识”：

> 我在写作上从来没有想到为女性去发声，从来没有意识到这个问题。可是我在成长的过程当中，难免站在一个女性的角度，因为我家里从小只有女性呀，母亲就带着四个女儿，父亲成天是不在家的，我们家里女的是扮演男人的角色的。我很小的时候都是把自己当男生看待的。正因为在这样的环境中，我就觉得女性是要积极的，要狡猾的，要主动的，要精明的，要懂得去操纵男性的，那才能够在这个世界生存。正如我的长篇小说《告别的年代》里的杜丽安一样，我就觉得女性应该是坚强的，因为成长就是这样训练我的①。

黎紫书的这番“女子自道”，充分表明她在创作《告别的年代》的时候，是怀有自觉的女性意识的——尽管她否认自己是个“女性主义者”②。在小说中，杜丽安、丽姊和韶子（其实是黎紫书自己的“写照”）三个女性，一个在35岁的时候死了（丽姊），一个在小说中没有出现（韶子），因此杜丽安就成了这三个女性正面出现的“焦点”，而连接她们的，正是一部名为《告别的年代》的长篇小说。

在黎紫书的小说《告别的年代》第一章的开头，小说这样写道：

> 杜丽安早已知道这是一部小说。是小说，而不是史册。

而在小说中被杜丽安阅读的长篇小说《告别的年代》的最后一页，文字是这样的：

---

① 尹维颖：《黎紫书：最理想的写作状态是躲起来》，《晶报》，2013年5月12日。

② 同上。

……杜丽安几番周旋，终于成功将酒楼盘下。重新装潢后的新酒楼于中秋节后开张。杜丽安之弟媳翌年诞下长女艾蜜莉，弥月时亦在该酒楼摆酒喜庆，当晚宴开十八席，高朋满座，名流云集。

在被杜丽安阅读的小说（不是史册）中的杜丽安，在小说结束时显然是个“成功”的女性（成功地将酒楼盘下，成了女老板），生孩子的是她的弟媳（生孩子从某种意义上讲也是一种女性的“成功”，所以要为之庆贺），而他们的下一代艾蜜莉，也是一个女性。回到小说《告别的年代》第一章的开头，则是一位女性（杜丽安）在读一部名为《告别的年代》的小说——也就是说，黎紫书的长篇小说《告别的年代》是以女性（杜丽安）开始，中间经过她阅读的小说《告别的年代》以女性的“成功”和“延续”为跳板，最终以杜丽安的后人玛丽安娜·杜在写作上的成功（又是“成功”的女性）为结尾（黎紫书创作的小说《告别的年代》的结尾）——而在她（玛丽安娜·杜）创作的成功之作《告别的年代》（也叫《告别的年代》）中，开场写的则是她的祖母（比照之后其实就是杜丽安之弟媳）诞下长女。层叠地出现在黎紫书笔下的这样一个绵延不绝地女性“成功”群像，呈现的似乎不像是一个“告别”的年代，倒更像是一个女性们不断获得“成功”的年代！

在《告别的年代》中，虽然小说也涉及到马来西亚的历史背景以及华人在马来西亚的族裔处境，但书写女性、塑造女性形象、展示女性命运显然是贯穿小说的主体——甚至，在某种意义上讲，对马来西亚历史和华人在马来西亚处境的涉及，也与女性在现实社会中的地位和处境相同构——在小说中写女性，或许也就是黎紫书在女性身上呈现历史和族裔的一种策略，如果把女性视为马来西亚华人在马来西亚社会结构中的地位、处境的某种象征的话，那么黎紫书借着对女性形象的书写来隐含马来西亚华人在马来西亚的历史形态和现实处境，就成了《告别的年代》内蕴的更大企图。

《告别的年代》除了上面提到的小说的开头和结尾（以及书中被阅读的《告别的年代》的最后一页）都以女性世界为中心之外，就是小说中的世界，也始终围绕着女性展开。杜丽安“群”（杜丽安、丽姊、韶子）是女性不必说了，其他活跃在《告别的年代》中的主要人物，也以女性形象来得突出，苏记、刘莲、娟好、倭瓜脸、玛纳、母亲，都是活色生香的女性形象，而且，这些女性形象不但是作品中的主要人物，而且还是小说中的“主导”角色。杜丽安刚嫁给钢波的时候，似乎是个弱者——那时钢波是黑道上的大哥，杜丽安则是个受疯子欺负的弱女子，可是随着“历史”的发展，钢波成了一个落魄老迈的逃亡者，而杜丽安却成了平乐居茶室的老板娘；小说中的“你”身为男性，却只能是《告别的年代》的阅读者（《告别的年代》的创作者韶子却是女性），并且还一直生活在“母亲”和玛纳的阴影中而难以摆脱她们的精神控制——小说中同样的结构也体现在作家“韶子”和评论家“第四人”的关系之中，女作家韶子创作（创造）出了一个文学的世界，男评论家不但依附在对女作家创作（创造）的文学世界的依赖上，而且事实上女作家的文学世界（精神）已完全占据了男性评论家“第四人”的精神世界。

在《告别的年代》中，成功的女性和失败的男性（钢波、阿细、石鼓仔）形成了鲜明的对比，女性对男性的占有和控制也与男性对女性的依赖和迷恋形成有力的对照。相对而言，杜丽安所爱的叶莲生（叶望生）[①] 似乎在女性面前有着某种主动性，然而，叶莲生（和叶望生）的消失，最终证明着男性在女性面前或被动或主动的“逃离”，小说中的杜丽安在与叶莲生的情感纠葛和与叶望生的肉体纠缠中不但居于主动地位，而且她那种希望与叶望生有个“自己的女儿”但却没有要与杜望生“偕老的意思”，再清楚不过地体现了一种女性

① 小说中的叶莲生和叶望生是一对孪生兄弟，他们实际上就像杜丽安和丽姊、韶子一样，构成一个男性“群”。

的独立意识。小说中叶望生在“逃离”前给刘莲留下了一对孪生男孩的种子，孩子出生后杜丽安和刘莲一人一个，原本名分上的母女（刘莲是钢波和大太太生的女儿），最后倒有了一种姊妹情谊——虽然她们都曾喜欢过同一个男人（叶望生），又分享了这个男人的孩子，但男人最终的出走和“逃离”，不但暗示了男性最终只是被女性借用的工具，而且还昭示出女性真正值得信赖和依持的，还是女性自己。这样一个在男性面前独立、充满着魅力（诱惑力）和自主性的杜丽安，代表的其实是一个女性群体（丽姊、韶子、刘莲、玛纳、母亲）在男性世界中的“蜕变”和“自足”——那意味着女性真正的成功。

既然以杜丽安（母亲）为代表的女性是“成功”的一代，为何黎紫书还要以文学的方式，向她们的年代“告别”呢？在这里就用得着董启章的分析了，在董启章看来，黎紫书创作长篇小说《告别的年代》，是为了要摆脱“边缘文学”（马华文学）、“经验匮乏”（个人局限）和“文学终结”（文学命运）的危机①，是为了要“以小说对抗匮乏，拒绝遗忘，建造持久而且具意义的世界”②，由是之故，黎紫书从自身立场出发，以女性主义的视角，通过对“成功”的女性形象的塑造，通过对男女性别关系的颠覆，通过对几代女性的书写，回顾并前瞻了女性的历史和未来，借助“向母亲的年代告别”，以之为载体，实现了对女性（马华社会的华人）“自强”的礼赞，并在这个过程中，完成一种“历史”——在“向故事（历史）告别”的同时也“向自己（也是成功的女性）告别”。

前面说过，“告别”是种姿态，而“年代”则是个对象（也是象征）。从女性主义的角度去观照和解读《告别的年代》，我们发现，

---

① 参见董启章：《为什么要写长篇小说？——答黎紫书〈告别的年代〉》，收入《告别的年代》，新星出版社 2012 年版，第 320（832）—325（837）页。

② 同上，第 327（839）页。

如果说小说所指向的“年代”具有象征意味的话——象征着女性（华人）在马来西亚的成长史、奋斗史、心灵史和成功史，那么其“告别”的姿态则内涵丰富、所指流动、意义多元：它可能是指一种“寻找”（“告别”即是“寻找”），也可能是指一种“回顾”（“告别”其实是为了“回顾”）；它可能是一种“再生”（“告别”是为了“凤凰涅槃”）；也可能是一种“延续”（“告别”其实是为了“不告别”或“告别不了”）；而最终，说到底，“告别”其实是一种凝固——黎紫书通过文字书写，将“告别”的姿态予以定格，并使之成为永恒！

北美华文文学中的两大作家群比较研究

一、“北美华文文学”及其两大作家群

北美华文文学是由生活在北美的以华裔为主要构成的作家群和他们用华文（汉语）为书写载体所创作出来的作品所构成（literature written in Chinese by the Chinese descents in north America）[①]。由于北美大陆主要由美国和加拿大两个国家组成，因此北美华文文学也就主要由美国华文文学和加拿大华文文学构成。

北美华人文学的历史，就目前掌握的资料来看，最早可追溯到晚清。早在19世纪70年代，中国知识分子戈鲲化（1838—1882）受哈佛大学的邀请，于1879年赴哈佛任教，讲授中文课程。他于1881年写给哈佛大学罗马文教师刘恩和耶鲁大学华文教师卫廉士（三畏）的《赠哈佛特书院罗马文掌教刘恩》和《赠耶而书院华文掌教前驻中国使臣卫廉士（三畏）》，很可能是在北美最早出现的华文创作。

1910—1940年间，在美国加州旧金山湾外的天使岛（Angel Island）上，曾经有175000名华人在此接受甄别究竟是可以登陆美国

① 这里的英译参考了单德兴先生在《台湾的华美文学研究：回顾与展望》一文中的译法。单先生的文章为提交给“中美文化视野下的美华文学国际研讨会”（复旦大学中文系、世界华人文学研究中心举办，2005年6月1—3日，上海）的会议论文。

还是最终被遣返回中国。在接受体检和各种询问的等待中，许多华人在天使岛他们居住的木屋壁板上，留下了他们的诗句。这些诗歌创作在1980年由HOC DOI（History of Chinese Detained on Island）项目组搜集整理，经Him Mark、Lai Genny Lim和Judy Yung编辑后，于1991年由华盛顿大学出版社（University of Washington Press）以《埃仑诗集（*Poetry and History of Chinese Immigrants on Angel Island, 1910&1940*）》之名出版。

虽然北美华文文学的历史已逾百年，但它真正的兴起，是在20世纪的50—70年代，到了20世纪80年代以后，北美华文文学在五六十年代的基础上，又有所发展。这两个历史时期的北美华文文学，代表了迄今为止北美华文文学中的两大高峰。

在20世纪50年代以来的北美华文文学中，一个突出的现象是：在20世纪50至70年代活跃的，是来自台湾（包括少量香港）的作家群。20世纪80年代以后，由来自祖国大陆的作家群逐渐在这一文学中占了上风。从某种意义上讲，北美华文作家分为台湾作家群和大陆作家群这两种不同的成分，是因了1949年国共两党在海峡两岸的分治。回顾北美华文文学的历史，在20世纪50年代以前，北美华文文学作家都来自中国，没有台湾作家群和大陆作家群之分。1949年以后，由于祖国大陆站在以苏联为首的社会主义阵营一边，和北美国家关系紧张；而中国台湾却因为依附于以美国为首的资本主义阵营，和北美保持着密切的联系。二战后“冷战”的国际政治格局，以及祖国大陆和中国台湾分属不同的两大阵营，导致了20世纪50—70年代去北美的中国人基本上都来自台湾地区，而绝少来自祖国大陆——这自然使得20世纪50—70年代的北美华文文学的作家队伍以中国台湾地区的作家为主，而看不到来自祖国大陆的作家的身影（张爱玲以难民身份从香港赴美，是个例外）。直到20世纪80年代以后，由于祖国大陆的改革开放，许多大陆人奔赴北美，其中不少人或延续在祖国大陆时就已开始的写作生涯，或在北美开始走上写作的道路，这才使有着祖国大陆背景的作家在北美华文文学中大量出现，而当他们以

“群体”的姿态出现时，不但使北美华文作家队伍日益壮大，也使北美华文文学的呈现形态更加纷繁多姿。并且，就活跃程度和“群体”效应而言，大陆作家群的声势在80年代以后也有超过台湾作家群之势，他们不但人数多、作品数量大、出现了许多有代表性的作品，而且各种文学活动频繁。虽然此时来自台湾的作家仍然在进行创作，但20世纪80年代以来的北美华文文学，大陆作家群显然已是这一文学的主流。

因此，从历史上看，1949年后国共内战所形成的海峡两岸政治态势，造成了北美华文文学自20世纪50年代以来，因作家来源地的不同而形成了两大作家群：台湾作家群和大陆作家群。并且，由于历史的作用，使得台湾作家群成为20世纪50—70年代北美华文文学的主体，而大陆作家群则成为20世纪80年代以来北美华文文学的主流。

二、两大作家群的各自特征

就群体构成而言，台湾作家群以留学生为主①；就创作题材而言，20世纪50—70年代的北美华文文学以留学生题材著称；就创作主题而论，这一时期的台湾作家集中在表现“融入（北美）的困难”；就写作形态而言，台湾作家更多地是以“个人”为中心展开文学书写（即便是写“历史”也是“以个人展现历史”）；就艺术风格而言，这一时期的北美华文文学呈现出一种追求现代主义的趋向。

在某种意义上讲，20世纪50—70年代以吉铮、白先勇、於梨华为代表的留学生题材创作，突出地体现了这一时期北美华文文学的总

① 台湾作家群至少应当包括这些作家：丛苏、於梨华、吉铮、白先勇、欧阳子、聂华苓、张系国、唐德刚、刘大任、杨牧、陈若曦、黄娟、李黎、王渝、顾肇森、郭松棻、李渝、东方白、平路、黄娟、荆棘、王鼎钧、琦君、保真、叶维廉、郑愁予、许达然、周腓力、庄因、非马、杜国清、喻丽清等，其中绝大部分是以留学生身份赴美。

体风貌：其基本主题集中在以留学生为代表的中国人因“流浪”（离散）而导致的文化冲突；其基本模式呈现为以爱情故事作为穿插，勾连起中国人在北美充满着分裂（人生的分裂、认同的分裂、情感的分裂、家庭的分裂、政治取向的分裂等等）的痛苦经验。这一主题和模式在吉铮那里初见端倪，在白先勇那里得到深化，在聂华苓那里得到拓展，在於梨华那里得到全面的体现。

吉铮在《黑色的郁金香》中，通过“我”对出国前与“你”的一段感情的回忆，对出国的意义进行了“反思”——如果出国并不能给人带来幸福而给人留下的是痛苦的话，那么出国的价值和意义何在？在随后的一系列创作中，吉铮或写少妇寂寞的人生和对出国的失望（《会哭的树》），或写海外感情的千疮百孔（《乍聚乍别》），或在繁华中衬托出海外生活的无爱（《夕雾》），或写女性在海外为了“经济上的安全感”，放弃真爱最终导致了人生悲剧（《负情》）。至于在国外生存的艰辛和“无根无国无家”的凄凉（《门槛》、《拾乡》），在海外挥之不去的寂寞（《孤云》）以及爱情、理想的一再幻灭（《伪春》、《拾乡》），就更是吉铮小说反复出现的主题。

相对于吉铮小说的感性，白先勇的作品在思想深刻性上显然更胜一筹。白先勇的《芝加哥之死》揭示的是中国人到了北美（美国）之后从精神、情感到现实生活均无所皈依的困境。小说的核心是“悬荡”与“死亡”——集中体现在主人公吴汉魂的身上（甚至连他的名字都充满了“悬荡”和“死亡”的象征）。作为一个在美国苦读六年才完成学业获得博士学位的中国留学生，吴汉魂在美国的生活其实一直在两个国度（中国和美国）、两个城市（台北和芝加哥）、两种文化（母亲代表的中国文化和西方文学所代表的西方文化）、两个女人（秦颖芬和罗娜）之间摆荡。他去美国学习西方文学，似乎是在主动、自觉地追求西方文化，可是在他的心里，中国文化却如影随形，难以摆脱也难以忘怀。得到博士学位在某种意义上讲意味着他完成了对美国（西方）文化的追求，但恰恰在此时，“吴汉魂立在梦露街与克拉克的十字路口，茫然不知何去何从，他失去了方向观念，他失去了定心力，好像骤然间被推进一所巨大的舞场，他感觉到芝加哥在他脚底下以一种澎湃的韵律颤抖着，他却蹒跚颠簸，跟不上它的节拍”，“芝加哥对他竟陌生得变成了一个纯粹的地理名词”。他和罗娜的一夜风流似乎很“西化”，最终却导致了他的死亡——在骨子里他还是一个拒绝这种“西化”，在精神、情感和肉体上都不属于芝加哥、美国乃至西方的中国人。只有在死亡中，他的精神“悬荡”才能真正终止。

与吉铮、白先勇相比，於梨华似乎对留学生题材情有独钟。从最初的《归》、《也是秋天》，到她的代表作《又见棕榈，又见棕榈》，再到后期的《考验》、《傅家的儿女们》，贯穿於梨华留学生题材小说的，是这些留学生们在生活、事业、理想、爱情上一次又一次的受挫和失败。受挫、失败经历不但成了於梨华小说中人物的宿命，而且也构成了於梨华留学生题材小说的基本内容、框架和模式。

不能说於梨华作品中人物在北美的遭际只是於梨华个人感受的文学表现，在某种意义上讲，它代表的是那个时代所有在北美的华人的共同体验：受挫感和分裂感说到底是源于他们在北美社会难以融入，这种“融入的困难”事实上成为了他们生存形态的“时代标志”——他们是北美社会文化中的“他者”和“边际人”，这种“他者”生存和“边际人”状态使他们的内心始终处于剧烈的冲突之中：吴汉魂在芝加哥街头的茫然不知所往（《芝加哥之死》）、燕心在面对小琳达质询时深切感受到的强烈的屈辱感（《小琳达》）、依萍在遭遇到外国人看似客气热情实则排斥拒绝时的无言之痛（《安乐乡的一日》），均是这种内心冲突的基本表现。而在所有这些表现中，以《又见棕榈，又见棕榈》中牟天磊的这段心理活动最为直白：

> 和美国人在一起，你就感觉到你不是他们中的一个，他们起劲地谈政治、足球、拳击，你觉得那与你无关。他们谈他们的国家前途、学校前途，你觉得那是他们的事，而你完全是个陌生人。不管你个人的成就怎么样，不管你的英文讲得多流利，你还

是外国人。

由力图融入北美社会时一再体验到的“受挫感”和“分裂感”，引发出强烈的“他者感”——这种“他者”感实际宣告了这些北美华人“融入（北美）的困难”，并由此导致他们内心的剧烈冲突。北美华人的生存状态决定了他们在现实生存环境和社会文化氛围中的“他者”性，因此，在大量地描写北美华人生活的华文文学中，对试图走入北美社会和文化的华人移民在文化上的“他者”形态（以及这种形态的极端化——种族歧视）的一再书写，就成为这一时期北美华文文学中最为常见也最为基本的主题。

如果说20世纪50—70年代的北美华文文学，其创作主题相对集中在以“融入的困难”为核心（离散、挫折、失败、认同危机、他者感为其展开和延伸）的话，那么这一时期北美华文文学在艺术上的特征，则以对现代主义（观念和技巧）的追求为基本形态。

在较早出现的作家如吉铮、於梨华那里，写实手法依然为其主要的写作形态。从某种意义上讲，吉铮、於梨华的小说可以被视为一种具有“通俗小说”特点的“高雅文学”——它们有引人入胜的情节，有清畅流丽的语言，有爱情婚姻的一波三折，有海外生活的奇特和新鲜（相对于身在台湾的中国读者而言），再加上她们在作品中融进海外中国人生存处境的展示和命运走向的思考等比较“沉重”和“有深度”的内容，因此这类小说在文学界能产生重大的影响。不过，即便是在这两位具有较强的现实主义特征的作家那里，对“个人”的突出强调和对心理（尤其是爱情心理）的深度揭示，也使她们的作品带有了一定的现代主义的色彩。在白先勇的《芝加哥之死》、《谪仙记》、《谪仙怨》、《上摩天楼去》、《火岛之行》、《香港一九六〇》、《游园惊梦》、《孽子》等作品中，奇异的思维，独特的情感、心理的流动、哀伤的氛围，无疑使白先勇的小说在“现实”风貌的背后，内隐着浓重的“现代”气质。丛苏的小说世界从总体上看，可以视为以存在主义哲学为“观念”指导，以表现中国人在海外（北美）

的现代处境为展开舞台，在“形而下”的日常生活舞台上，上演“形而上”的象征剧和哲理剧。有“心理的外科医生”之称的欧阳子，她的小说可谓20世纪华文心理小说的第二个高峰（第一个高峰是施蛰存）。在她的作品中，对心理世界的深度挖掘和对逾越人类道德伦理底线的呈现，往往给人们带来强烈的震撼——相对于用陌生化的形式探索赋予自己作品“现代风”的特点，欧阳子的小说主要以题材的惊心动魄令人心惊。《魔女》中的母亲，《近黄昏时》的儿子，《花瓶》、《浪子》中的夫妻、《素珍表姐》中的姐妹、《觉醒》、《秋叶》中的母子，《半个微笑》、《考验》中的青年人，《最后一节课》中的师生……这些作品中的人物思想和行为，都与人们习惯了的“日常生活”中受到道德伦理规范的“现实”有一定的距离。他们或者有不伦之恋，或者在心理上进行各种角力和较量——而这一切，都是对于“日常生活”中处于睡眠状态的人类心理和欲望冲动的深刻揭示。对一般作家笔触罕至的“人心的原始森林”进行“勇敢的探索”，“毫不留情，毫不姑息，把人类心理——尤其是爱情心理，抽丝剥茧，一一剖析”①，正是欧阳子在这一时期对北美华文文学的独特贡献。她的出现，和叶维廉、杨牧、郑愁予等诗人一道，使这一时期北美华文文学的现代主义特征显得尤为明显。

20世纪80年代以后崛起的大陆作家群，在群体构成、创作题材、创作主题、写作形态、艺术风格等方面，与台湾作家群有着显著的不同：就群体构成而言，其成分多样，留学生在其中并不占优势②；就创作题材而言，大陆作家创作题材多样，留学生文学只占其

① 白先勇：《蓦然回首》，尔雅出版社1978年版，第31—32页。

② 大陆作家群包括的作家至少有：严歌苓、查建英、张翎、北岛、苏炜、施雨、陈河、卢新华、沈宁、冰凌、曹桂林、周励、少君、刘荒田、陈瑞琳、曾宁、邵丹、宣树铮、余曦、吕红、王性初、融融、李南央、阿黛、易丹、于濛、坚妮、叶念伦、戴舫、高小刚、林火、刘慧琴、李彦、曾晓文、马兰、晓鲁、王正军、朱琦、程宝林、孟悟、巫一毛、力扬、沙石、秋尘等，他们赴美的身分和途径多种多样。

中的一小部分①；就创作主题而论，这一时期的大陆作家表现出了对“融入”（北美）的冷漠和对大陆经验的难以忘怀；就写作形态而言，大陆作家更多地是以表现“历史”为文学书写的核心（写“个人”也是“历史中的个人”）；就艺术风格而言，现实主义（灵活的、开放的、富有变化的现实主义）显然是他们的主要形态。

以祖国大陆赴北美人士组成的北美华文作家群，他们的作品虽然也有一些涉及到中国人在北美“融入的艰难”（如查建英的《丛林下的冰河》、余曦的《安大略湖畔》等），但相对于此前以台湾留学生为主体的作家创作题材较为集中在表现中国人与北美社会的“交集”（由此引发出一系列的心理震荡、文化冲突、种族碰撞、无根感和荒原感），大陆作家们似乎更愿意把自己的创作重点放在表现自己曾有过的“大陆经验”上。这些作家虽然身在北美，但创作的作品却不以“北美经验”为唯一或主要的内容，相反，他们倒是对自己过去的大陆经验有着十分浓厚的兴趣。在他们关于北美生活的文学表现中，“大陆经验”总是顽强地出现在他们的笔下，或作为书写北美世界的背景（以查建英的《丛林下的冰河》为代表），或作为与北美生活并列的参照（以张翎的《望月—— 一个关于上海和多伦多的故事》、《交错的彼岸—— 一个发生在大洋两岸的故事》为代表），甚至，作为身在北美的华文作家，他们竟撇开自己的北美背景，直接创作纯粹的大陆故事（以严歌苓的《第九个寡妇》、《一个女人的史诗》为代表），即便是那些单纯描写北美生活的作品，他们也喜欢把笔墨锁定在“大陆人”中间（以少君的《大陆人》为代表）。对“大陆经验”和“大陆人”不懈而又反复的表现，使得这一时期的大陆作家群事实上在自己的创作中大致表现出一种对北美社会的“不融入”

① 如由融融、陈瑞琳主编的《一代飞鸿——北美祖国大陆新移民作家小说精选与点评》，其写作题材就大致可以分为五类：（一）纯大陆故事；（二）纯北美故事；（三）与大陆相关的北美故事；（四）非北美非大陆故事；（五）非大陆人故事。创作题材之广泛，可见一斑。

姿态——与50—70年代台湾作家群所突显出的“融入（北美）的艰难”经验相比，80年代以后的大陆作家群以他们的“不融入（北美）”呈现出自己独特的北美经验。如果说前者表现的是一种“融入不了”的焦虑（其后可能表现出的“不想融入”，也只是在“融入不了”之后的一种自我保护），后者则流露出对“融入”与否的不太在意。对这些来自大陆的北美华文作家来说，北美的新鲜经验并不足以覆盖掉他们丰富的“大陆经验”，而在北美自成圈子的“大陆人”世界也足以成为他们创作题材的丰富源泉——这就是为什么他们的创作常常体现为一种与大陆相关的“自足性”：无论是写北美的“大陆人圈”，还是写北美与大陆两个平行（或交叉）的世界（大陆世界常常更为重要），更不用说直接写纯粹的“大陆”（“大陆经验”、“大陆人”），他们基本上可以说是“身在北美，书写大陆”。“北美”对这些作家而言，常常不是一个要深度描画的世界，而是一个为写“大陆”而提供的背景、参照和动力。

北美华文文学中大陆作家群的特殊背景，导致了他们的创作始终有着强烈的“大陆”气质。这种“大陆”气质在有些作家那里化为持续不断的“大陆故事”（写大陆）或“大陆人故事”（写北美的大陆人），有些作家（如严歌苓、查建英、张翎、苏炜、北岛等）还以此为基础将作品主题升华为一种深远的历史感和对普遍人性的关注。这类作家和作品的出现，无疑使北美华文文学具有了一种新的色彩，也使北美华文文学获得了一种新的成就。

在北美华文文学的大陆作家群中，查建英是较早出现的一位代表性作家。她的“留美故事”系列（《沈记快餐馆》、《客中客》、《芝加哥重逢》、《天南地北》）和《红蚂蚁》（上、中、下），在当时的北美华文文学中独树一帜。她的代表作《丛林下的冰河》更将祖国大陆留学生赴美之后的心理状态和文化感受表现得淋漓尽致。在《丛林下的冰河》这部小说中我们看到，“我”对“D”的难以忘怀和“D”在我心中无可替代的地位，充分显示了“我”和“过去”（大陆）历史的内在血缘，在“我”貌似洒脱的行为背后，心灵深处背负着的，却是永难甩弃的历史包袱——这是一个永无终结、摆脱不掉的像“我”这样的一代人的宿命。很显然，查建英笔下的人物身在北美（美国），“心”在大陆，他们人到了北美，可是思想行为，却还是延续着大陆的那种方式和模式。在某种意义上讲，查建英是在以北美（美国）为背景，说她的“大陆故事”、大陆的“历史”。

进入90年代，严歌苓在北美华文文学中的出现使这一“传统”得以延续。如果说在《扶桑》、《少女小渔》、《海那边》等作品中，严歌苓借助从古到今的“大陆人”的“海外故事”，揭示人性的阔达、幽深、丰富和复杂，那么在《第九个寡妇》和《一个女人的史诗》中，严歌苓则以北美华文作家的“身份”，书写纯粹的“大陆故事”——比查建英走得更远。其实身在北美，书写大陆，在某种意义上可以说是严歌苓的一个写作特点。大陆作家群中的其他作家在写“大陆故事”的时候，或在作品中以“北美”为背景，或在作品中渗入与北美相关的“元素”（时间、地点、人物、语言等），多多少少总会在作品中夹带一些“北美”的成分，而很难做到真正的纯粹（所谓“纯粹”，是指作品所写内容与北美毫无关系，完全大陆化，如同大陆作家的作品一样），像严歌苓这样以北美华文作家的身份一再进行“纯大陆化写作”，在北美华文作家中实在不多。严歌苓的这类作品包括《草鞋权贵》、《第九个寡妇》和《一个女人的史诗》等。在这些作品中，严歌苓以她身在北美的特殊位置，以一种真正自由的创作姿态（如果说在这类作品中有什么“北美”的痕迹，开阔的视野和沉静的思索也许是北美经历赋予她的气质），书写着她所思、所感、所理解、所记忆的大陆。她的这类作品或写大陆军队高干家庭的种种荒谬（《草鞋权贵》），或写大陆历史中社会的疯狂和人的本真（《第九个寡妇》），或写时代变动中恒定的真正爱情（《一个女人的史诗》）。如同她写北美（海外）的“人”和“事”最终是为了表现人性一样，在严歌苓这些依凭大陆展开的文学世界里。“人性”仍然是她要探寻的话题。《草鞋权贵》写出了在权力面前人性的猥琐和丑陋；《第九个寡妇》则写出了一个农家女子王葡萄因“真”而“善”

而“美”，并以此对抗荒谬而又疯狂的时代和社会，写出了人性中的“善”因战胜了人性中的“恶”而显现出的人性的光辉；《一个女人的史诗》看似在写一个女性一生为了维护爱情而“笨拙”地努力，但在田苏菲“爱得很笨”的行为背后，是人性中“执着”、“坚守”力量的巨大和感人。在这几部纯粹的“大陆故事”中，严歌苓展示了女性如何以个人的原始、天性、坚韧和执着，抗拒并化解了时代、历史、社会、政治这样一些宏大的“主题”，并因了前者的“真”（以及随之而来的“善”和“美”）而突显出后者的“假”、“疯狂”和“荒谬”。值得注意的是，在这几部作品中，“历史”成了“个人行为”和“普遍人性”的中介，严歌苓以个人写历史，在历史中写人性。并且，相对于严歌苓在《扶桑》、《人寰》、《雌性的草地》等作品中涉及到的“历史”，这几部作品中的“历史”以及渗透其中的作者的“反思”，无疑更加敏感、直接和尖锐。对于在写作上没有禁忌和禁区的严歌苓来说，这些作品在体现她的巨大企图心的同时，也成为北美华文文学90年代最高水平的代表之一。

相对于严歌苓既在北美和大陆的交集地带驰骋笔墨，又在纯粹的大陆世界挥洒文字，张翎（还有施雨和吕红）似乎更喜欢通过大陆和北美的对比，来表达她们对两个世界、两种文化、两段历史的观感和体悟。在张翎的小说世界里，祖国大陆和北美两条线索的并列展开是她惯用的结构方式，从她作品的题目（《望月—— 一个关于上海和多伦多的故事》、《交错的彼岸—— 一个发生在大洋两岸的故事》、《邮购新娘》、《陪读爹娘》等）中，就不难看出祖国大陆和北美在她的作品中是不分轩轾，同等重要的。在相当多的作品中，张翎似乎是在写中国人的北美故事，可是这些故事不管覆盖多么辽阔的世界（太平洋两岸的中国和北美常常尽收眼底），笼罩它的框架和故事的核心落脚点，却总是在祖国大陆（常常是江南的一个小城）。因此，张翎小说所描画的世界，看上去好像是在写北美，其核心却是在写大陆，只不过这个大陆，是个有了北美介入的“开放的”大陆——正如莫言所说，海外作家，“即便是确凿的留学生身份，写出来的小说内容还是他们在国内时所经历过的或是听说的那点事”[1]，张翎已经不是留学生，她的小说当然也不限于“国内时所经历过的或是听说的那点事”，但她在国内时所经历过的或是听说的事不断在她笔下出现（出现时已有了改变并融入了“北美”的介入），却是不争的事实。

如果说书写介入了北美的“开放的”祖国大陆是张翎小说世界的基本形貌的话，那么在其中注入一种什么样的精神内涵，则是决定张翎小说思想深度乃至美学意义的重要指标。从总体上看，张翎的小说最喜欢反思的是大陆的历史变迁和人世沧桑，那些来到北美的人物孙望月（《望月》）、黄惠宁（洋名叫温妮·黄，《交错的彼岸》）、江涓涓（《邮购新娘》），都是在到了北美以后，牵扯出了他们的“大陆故事”（此时最重要的人物如何面对北美，在作品中倒常常退居“二线”），而“大陆故事”又可以说涵盖了他们人生最为重要的内容：成长、艺术、爱情、婚姻、家庭，以及在这一切背后无处不在的历史、社会、政治、宗教。在某种意义上讲，以自己的作品展示背负着沉重历史的中国人走向世界，获得“新生”，并在这一过程中升华出具有哲理意味的人生体悟，是张翎小说的基本主题，也是她的作品得以深厚、丰赡的根本原因。此外，张翎小说所塑造的人物，大都形象生动，心理幽深，情感丰沛。她的文字，有曹雪芹式的温婉，也有张爱玲式的锐利，是古典白话和现代语言的优化组合，并在此基础上形成了自己的风格。种种因素的合成，使张翎成为 20 世纪 80 年代以后北美华文文学中的佼佼者。

相对于 50—70 年代台湾作家群在创作时致力于现代主义艺术手法的创新，80 年代以来的大陆作家群在创作上较少试验性、探索性和先锋性，而以现实主义创作手法为主。虽然在他们的笔下，现实主义已不再封闭、僵化而具有了某种灵活性和开放性，但从总体上看，传统现实主义无疑是其主流。小说不用说了，即便是在最可能走向现

① 莫言：《写作就是回故乡（序）》，见《交错的彼岸——一个发生在大洋两岸的故事》，百花文艺出版社 2001 年版，第 3—4 页。

代主义的诗歌领域，现实主义也仍然占了上风。在王性初的诗中，我们读到的是这样的诗句："用整个家族的基因/写一首黑白相间的赞美诗/印在地球的一端有了迁徙有了滞留/有了亲情有了天敌/命运的家园是浪迹一生。"正如一位评论家所说："诗人性初几十年创作风格变化不会太大，当新诗潮到来时他也曾为那些新锐的诗人额手称庆，但他还是坚守自己诗歌创作的传统，关注诗歌文体和诗歌的音乐性，从事传统手法中的排比，复沓，韵脚等的运用，寻求节奏的起伏跌宕，色调的多元变化，措辞的奇警新颖。"① 相对于50—70年代叶维廉、郑愁予的诗作，王性初的诗无疑更具"现实主义"色彩。

三、两大作家群特征差异的原因探讨

北美华文文学中的台湾作家群（对应着20世纪50—70年代）和大陆作家群（对应着20世纪80年代以来）在总体特征上的种种差异，究其原因，主要有这样几点：

（一）台湾作家群的作家构成以留学生为主，是因为在20世纪50—70年代，受经济条件、文化条件和整个国际环境的影响，能从中国台湾赴北美（主要是美国）的主要人员，大部分是留学生。其时一般民众经济上难以承受赴美的高额费用，而留学生可以获得各种形式的奖学金，解决经济问题；到了北美后，如果文化程度不够，自然也不会跻身作家行列——留学生在文化程度上不成问题；而当时"冷战"的国际格局，也使美国和台湾彼此需要，大规模地接受/派遣留学生，体现了两者间关系的密切，也导致了北美华文文学中以留学生为主体的台湾作家群的出现。

而大陆作家群的作家构成人员成分多样，是因为到了20世纪80年代，中美建交，大陆改革开放，开始"走向世界"。时代的进步和

① 哈雷：《漂泊中寻求诗意——王性初〈孤之旅〉的艺术追求》，见《孤之旅》，中国文化出版社2005年版，第16页。

观念的开放，使得大陆赴美人员既有大量的留学生，也有为数不少人以陪读、婚姻、经商、投亲、移民等方式、身份来到北美。这使得大陆作家群中固然不乏留学生，但更多的是那些非留学生。相对于留学生的忙于学业，那些非留学生似乎更有余裕、也更钟情于文学创作，而他们多彩的人生经历，也似乎比单纯的留学生生活更适合创作。

（二）台湾作家群的作家构成既以留学生为主，其创作题材自然更易于集中在表现留学生生活。对于台湾留学生来说，他们来到北美（美国），是把北美（美国）视为科技、文化的样板来顶礼膜拜的，而在台湾受到的意识形态教育，也使他们对北美（美国）有一种亲近和趋同的渴望——对北美（美国）的“融入”期待由此产生。然而，他们在北美（美国）所遭遇到的现实却使他们大失所望，一再的挫折和失败使他们强烈地意识到真正的“融入”是如此地艰难——也许根本就融入不了，这在他们的心灵深处造成了极大的震撼，于是“渴望融入”和事实上的“融入不了”，在他们的笔下就化为了“融入（北美）的艰难”（具体表现为离散、挫折、失败、认同危机、他者感等）的主题。

大陆作家群的作家构成成分多样，表现的侧重自然不同。相对于北美校园内较为单纯的留学生生活，更能吸引大陆作家创作兴趣的，无疑是他们刚刚走出来的那段波澜壮阔的“大陆”历史和曾经亲身体验的“大陆”经验。对他们来说，中国人在北美的生存环境较之50—70年代已大为改观，种族、文化的歧视压力已相对减小（相对于美国到1943年才撤销《排华法》，加拿大到1947年还禁止华人入境，50年代至70年代来到北美的中国台湾留学生，其生存环境无疑要比自80年代才大量涌入北美的祖国大陆赴美者要恶劣得多），因此从总体上看，他们在北美的生存处境，主观上“融入”（北美、美国）的愿望并不强烈，客观上环境对他们的压力也大不如前，于是不在“融入”与否上纠缠，甚至对“融入”表现出一种冷漠，只是把北美当作一种新的舞台、背景和视角，来观照、比照、反思“大陆”，就成为大陆作家群创作主题的一个基本特点。

（三）由于六七十年代来自中国台湾的北美华文作家许多出身外文系，他们大学阶段在台湾所受的文学教育，大都为西方的现代主义文学，加上来到北美后所处的西方文化环境，以及对西方文化的景仰，这些都对他们的创作产生了重大影响，使他们中的许多人在自己的创作中，注重突出“个人”，并不约而同地在意识流的运用、个人内心的挖掘、对禁忌的涉及、对生存的价值和意义进行反思、结构技巧的创新等方面，留下了明显的现代主义文学的痕迹。而他们惨痛的漂泊经历（他们中的许多人从大陆逃到台湾，又从台湾远赴北美），又使他们的创作与现代主义所注重的无根感、孤绝感有着天然的对应，因此台湾作家群的创作风格，在总体上是现代主义的，具有试验、探索和先锋的特性。

大陆作家群中的大多数作家，受教育时正是大陆的六七十年代，其时在大陆，对现实主义的高扬（或批判）使现实主义（以及它的变体革命现实主义）成为他们最为熟悉的文学术语，那时他们了解最多的西方文学，就是19世纪的批判现实主义文学（那个时代大陆读者对西方文学名著的了解，基本上集中在这类作家作品），而对中国文学的认识，古典文学集中在以杜甫为代表的“现实主义文学”一支（浪漫主义受到贬抑），白话文学聚焦在以鲁迅为代表的“左翼”（当然是“现实主义”）文学一脉。这样的文学教育背景，再加上大陆长期对集体主义的强调和宏大历史观的灌输，无疑使大陆作家群中的大多数作家不但对现实主义耳熟能详，并在创作中善于、乐于将现实主义的文学观念和创作手法代入自己的作品，而且他们在大陆长期熏染所形成的注重“历史感”和“历史意识”的习惯，也使他们在自己的创作中易于注入“历史”的成分并善于从“历史”的角度思考问题。再加上，由于大陆作家群的创作，许多都是在说各种各样的“大陆”或“大陆人”故事（虽然不少与“北美”有关），而现实主义创作手法无疑更适合“讲故事”——几方面的共同作用，使现实主义（具有历史感的，开放的和灵活的现实主义）成为80年代以来大陆作家群创作的基本艺术风格。

通过对北美华文文学中不同时期两大作家群的比较研究，我们希望能对它们总体特征的差异性有所发现，并探究形成这种差异的原因。虽然这种“群体”的分析可能会对每个具体作家的丰富性造成一定的损害，但作为一种总体把握，我们可以从中大致看出20世纪北美华文文学的发展轨迹、内在理路和基本风貌。

新移民“海归文学”

——以施雨为论述中心

“海归”作为一个“新概念”出现于20世纪末，据说最早出现在1999年凤凰卫视的一个访谈节目中，“海归”即“海外归来”的简称。2002年，在人民网总结“五年成就‘100词’”专栏中，“海归”一词已获得了一种较为正式的解释，那就是：海归是相对在国内学习、工作的本土人才而言的，指有国外学习和工作经验的留学归国人员①。

虽然“海归”的概念出现得较晚，但“海归”这种现象其实早在20世纪初就已经存在了。清末民初大量中国留学生赴欧美和日本留学，这些留学生后来绝大部分都回国成了“海归”，并在20世纪中国现代化进程中起到了至关重要的作用。就文学领域而言，从鲁迅、郭沫若、巴金，到胡适、冯至、穆旦，20世纪中国现代文学史上的许多重要作家，都可以归为“海归”之列。

不过，虽然都可以用“海归”一词，但事实上，20世纪早期的“海归”和现在所说的“海归”，在本质上还是有一些区别的：前者只是有海外学习或工作的经历，但他们的身份基本上还是中国公民，他们回来理所应当——那是学成或有了工作经历后的回国；后者则除了包含前者的那种情况之外，还有很多人在海外学习或工作时，身份已发生了变化，他们中有许多人作为“新移民”已入籍别国成了外

① 参见王辉耀《海归时代》，中央编译出版社2005年版。

国人，这样，他们回来就成了外国人客居中国，这样的“海归”，就不单纯是中国人出国留学或工作之后的回国，而是在成为外国的“新移民”之后，又回到中国成了“海归”。

这样的身份改变显然会给当事人带来很大的冲击。就文学领域而言，如果一个作家经历了从“新移民”到“海归”的转变，那他（她）的立场、视野、感受无疑会受到极大的影响，而这种影响在很大程度上，也会使他（她）的创作形态和文学风貌发生转换，如果一个作家率先将自己从“新移民”到“海归”的身份变化和人生轨迹在作品中加以表现，那他（她）很可能就此引领一种新的文学潮流并生发出一种新的文学品种。

我想把这种新的文学潮流和文学品种称为“新移民海归文学”，意指：（1）创作者经历了从“新移民”到“海归”的转变；（2）作品具有一种新的立场、新的视野、新的感受——这里所说的“新”，是相对于创作者作为“新移民作家”时的特征而言的。如果说创作者当年的“新移民”特征为他（她）的作品带来的是“海外”立场、“海外”视野和“海外”感受的话，那么现在的“新移民海归”特征，则使他（她）作品的立场、视野和感受具有了杂糅性和融合性——既不完全属于“海外”也不完全属于“中国”，既属于“海外”又属于“中国”。

应当说，美国华人作家施雨就是这一文学潮流的先行者。施雨在20世纪80年代赴美——赶上了改革开放后的出国大潮，又在21世纪初回国——成为作家中“海归”的先锋。长期的中国—美国—中国的生活经验，使她对中西（美）两种文化都有深入的了解，而作家的敏锐和洞见，又使她能将自己的所见所闻提升到历史和文化的高度，并将之融入“海归”后的创作，从而使自己的创作从过去的“新移民文学”向“新移民海归文学”转变，并在客观上成为“新移民海归文学”的先锋和代表。

施雨最早创作的“新移民海归文学”是她的小说《不穿正装的男人》（2009），小说中的尼克从美国回到上海，遇到了来自台湾的丽莎，由于公司业务上的联系，两人有了“交集”并产生了感情——他们彼此以才华（尼克）和纯真（丽莎）打动了对方。尼克虽然不穿正装，但为人正直，而来自台湾的丽莎虽然经营企业，却由于纯真而遭人计算，企业大受影响。尽管如此，她仍然坚持诚信而没有对世界对人性失望——最终她因此赢得了尼克的爱。

这篇小说，虽然场景跨越了中美两地（拉斯维加斯和上海），但主要活动背景是充满活力的上海，主要人物则是两个“海归”（分别来自祖国大陆和台湾），男女主人公“交集”的领域则是电子公司的合作与贸易——这些场景、人物和领域，正是当今中国最具“现代化”特征的写照：大都市（上海）、海归（精英白领）、高科技（领域），如果再加上丽莎的台湾背景，可以说所有能代表中国“现代化”的元素，都集中在这篇小说中了。

施雨的这篇《不穿正装的男人》，写的是当今中国，可是这个中国，却是一个开放的多元的与世界彼此交错的中国，描写这样的中国，其实就是描写当今世界——然而它又是实实在在的中国。比较施雨在美国做“新移民”时创作的作品，就会发现，那时她虽然也会在作品中写到中国，但其基本立足点是在美国，作品中对中国的涉及，是以衬托和丰富美国为前提，然而当她“海归”之后，她作品的立场，开始从“美国”向“中国”位移，此时她作品中的“中国”，已成为展示她文学世界的中心，而“美国”，反倒成了表现“中国”的“陪衬”。

这意味着施雨从“新移民”变成“海归”之后，重新获得了一个新的“立场”（位置），而这个新的立场（“中国”立场），显然为她的创作带来不小的变化。当初去美国之后成为美洲“新移民”，曾给施雨看世界的眼光形成巨大的冲击，并导致她的创作带有强烈的“海外”色彩——这种“海外”色彩不仅体现在题材上，更体现在看待世界的方式和观念上，那一时期无论是她的散文还是小说，流贯其中的“海外”立场、“海外”视野和“海外”感受，在施雨身为美国“新移民”时的创作中，都相当突出。

成了"海归"之后，施雨迅速调整了自己的立场（位置），蓬勃发展活力四射的中国，把施雨的目光深深地吸引了过去，她显然意识到，当代中国，应成为希望有所作为的作家一展身手的舞台，自己的笔，应该在这块养育了自己的土地上耕耘。

施雨把上海作为自己"海归"后文学耕作的第一块沃土，这不仅因为她"海归"后以上海为家，更因为上海代表了中国改革开放的最新成就，抓住了上海，可以说就抓住了当今中国的脉搏，抓住了上海，也就有了展示中国走向世界，吸引世界和改变世界的最佳视角。

假使说《不穿正装的男子》是施雨"海归"之后在创作上转型的"小试锋芒"，那么《上海"海归"》，则是她要在"新移民海归文学"领域，着意经营的一个重要成果。从某种意义上讲，《上海"海归"》既是施雨写的关于"海归"们与上海这个城市之间绵延一个世纪的故事，也是她率先将自己的创作从"新移民文学"向"新移民海归文学"引领的标志。这部作品的出现，标志着一个"后新移民文学"时代的来临①。

《上海"海归"》是由李伦新主编的"海派文化丛书"中的一本，这套丛书，力图多角度地展示"海派文化"，丛书主编在这套书中专门设一本谈"海归"，可以说独具慧眼，而这本书选中施雨来写，也可谓所得其人。在书中，施雨一方面对20世纪以来"海归"们与上海的渊源进行历史回顾，另一方面，也对当下的"海归"如何为上海带来"新意"和"活力"予以"直播"和扫描，更重要的，是她以自己的"海外"经验和"海归"立场，对"海归"们与上海的关系，进行评说、阐释和判断。

施雨的《上海"海归"》从中国的"海归"历史谈起——在某种意义上，它可以被视为是中国人留学海外历史的一个浓缩版；与此同时，结合她自己的美国经验和美国感受——把自己的父母、老公、儿

① 汕头大学易崇辉教授在给笔者的信中，首先提出这一概念。

子统统代入作品之中，现身说“法”，展示中国人“走出去”又“住回来”的生动过程；在这中间，穿插介绍美国社会的种种现象、习俗、观念和思想（美国式的保守、美国人的金钱观、美国眼、种族意识、生死观、相处之道等），以及自己对美国社会的认识。当然，对于“海归”们的回国过程以及思想感情变化，施雨有细致的描写和分析：有过长期国外生活经验的“海归”们，对于国人讲面子，爱虚荣的陋习，已经难以接受；对于“小海归”们西化的生活习惯和对自己传统文化的无知，作为父母的“海归”们忧心忡忡；对于身份蜕变后的再次回国，身为“海归”的作者除了“近乡情怯”之外，还有“回国四怕”（怕被当外乡人、怕丰满、怕染发、怕名牌）——这种心态，昭示的其实是，“海归”虽然“回乡”，但毕竟受过西方思想文化的熏染，已与“正宗”的国人有所不同，他们有国人不会有的心态（怕被当外乡人）以及与国人相反的心态（怕染发，怕名牌），“海归”们这样的心态，其实表明他们已成为悬荡在“空中”“既不中也不西”“既中也西”的“超人”——超越了国人的相对一致性而杂糅了中西两种文化的“回国常住的海外中国人”。

这种“超人”特性在具体的“海归”人物身上，有着各种不同的表现。有的人把“义工”的概念和方式落实在中国了（《海归义工范江平》），有的把外国文学中的精华介绍到中国了（《小二与卡佛》），有的把美国先进的教育理念带回中国了（《国际比较教育学专家郭玉贵》）；还有的把新技术引进到中国了（《一张“全家福”引发的海归故事》），把高效的管理经验和前卫的管理观念引回中国了（《IBM 全球副总裁的“海归生活”》、《解码心理 DNA——记华迪国际总裁宋岩》），把追求自由的艺术精神实践在中国了（《“海归画家”王大宙》），把西方文化的探险精神和开放姿态融进中国了（《70 后海归商云溱和吴宸》、《80 后海归 Vivian 和 Calvin》），把自己的海外经验和职场技能贡献给中国了（《上海世博会的幕后推手李媛和王剑涛》）。

当然，施雨在展示当下这些“海归”“超人”的同时，也没有忘记在历史的纵深处寻找他们的前辈：当年参与东京审判的向哲浚（《向哲浚与最真实的东京审判》）和两位在美国推广针灸的中医李永明、黄羡明（《两位中医与"中国针灸在美国"》），成了施雨从"海归"历史中打捞出来的前行代"海归"代表。由于所处时代不同，因此这些"海归"前辈与当代"海归"的特色和功能均不相同——从中也体现了施雨在书写"海归"时所具有的历史感。

施雨"海归"后的"新立场"（新位置），使她在文学创作时，获得了一种新视野——此时她看取中国时，就不是站在"海外"看中国，而是站在中国里面看中国，这使她与"海外"作家相比更"中国"，可是她与祖国大陆的本土作家相比又较为"海外"，这样的一种状态，使施雨面对中国，既有"自家"的亲切感和主人感，又有"客居"的客观性和理智性，这样由交叉地带赋予的新视野，使她能看到"海外"作家和"本土"作家不易发现的文学新题材，也能在"海外"作家和"本土"作家都看到的文学题材中发现新感受。

写"海归"是施雨抓住的一个新题材，这一题材显然得力于她的"海归"立场（位置）和"海归"视野——这已使施雨的《上海"海归"》独树一帜，然而，更能体现《上海"海归"》的"新移民海归文学"价值的，还在于施雨在其中表现出的融入了她个人体验的对"海归"们的感受：这些"海归"，对于祖国，都有一份爱之深痛之切盼其强愿其盛的赤子之心。

在某种意义上讲，施雨的"海归"身份本身，已决定了她的感受是一种混杂了"主人"和"客人"、既"入乎其内"又"出乎其外"的复杂体，然而，在这种"主""客"和"内""外"的交织中，又有一个基本的倾向，那就是，以"主"和"内"为主，以"外"和"客"为辅，或者说，是"主""内"为体，"外""客"为用，"主"和"内"是施雨书写"海归"时对"海归"与中国关系的基本感受——此时的施雨，完全是以"主人翁"的姿态来表现"海归"的："海归"是祖国的宝贵财富，"海归"是祖国的光荣骄傲；而施雨的"外"和"客"，则更多地表现在一些"技术"的和

“细节”的层面，如对于国人传统的生活陋习（爱面子讲名牌套关系越规矩）和国内教育制度的弊端（重考试轻能力攻外语背政治），施雨则以一个受过“西风”吹拂的“海归”的眼睛，敏锐地洞见到这些问题并加以嘲讽和批判。

体现在《上海“海归”》中的新立场、新视野、新感受，使施雨创作的“新移民海归文学”具有了一种“新文学”的特质：这种文学，是海外“新移民”作家的一次新出发，是海外“新移民”作家的一次新开拓，是海外“新移民”作家的一次新蜕变，是海外“新移民”作家的一次新升华。这是他们从中国走向海外又从海外回归母国的螺旋式上升，这是他们在成为“新移民”时经历了文化震荡之后的第二次文化震荡，这是他们在进行了一次身份转换（新移民）之后的第二次身份转换（海归），在他们身上体现出的这种二次“身份认同”，为他们的文学带来了新质：这个“新”文学（“新移民海归文学”），有中国立场可是又因了海外经验和海外观念的介入而不同于大陆作家笔下的文学，有海外元素的渗透可是却以中国立场为本位因而又不同于海外华文作家笔下的文学，它是“中国化”的“海外华文文学”，是“海外华文文学”中的“中国文学延伸”，是“中国文学”与“海外华文文学”的交叉地带，是“海外华文文学”（“新移民文学”）和“中国文学”联姻后的一个新品种。

随着中国的崛起和“海归”作家的增多，“新移民海归文学”或许将引领“海外华文文学”走向一个新的阶段——很可能，它也是“海外华文文学”未来发展的新方向。

“等待”背后的“期待”差异
——以《魔女》和《等待》为论述中心

美国华人文学（literature written by Chinese descents in America），就是由美国华人作家以及他们创作的文学作品所组成的文学。美国华人文学主要由两大部分组成，一为用英文创作的美国华人作家以及他们的作品，一为用华文（汉语）创作的美国华人作家以及他们的作品，前者是美国华人文学中的英文文学（literature written in English by the Chinese descents in America），后者是美国华人文学中的华文文学（literature written in Chinese by the Chinese descents in America）①。

美国华人文学的命名依据是以族裔为标准，只要是生活在美国的华人、华裔，无论他们用何种文字进行创作，都可称为美国华人文学。然而，由于英文和华文（汉语）的巨大差异，英文文学和华文文学无论如何都不能被归为一种文学（即便都是由同一个族裔的作家来书写），因此，美国华人文学中的英文文学和美国华人文学中的华文文学实际上分属于两种不同的语种文学（一为英文文学中的一支，一为华文文学中的组成）。

不过，尽管美国华人文学中的英文文学和华文文学从语种上来讲

① 这里的英译参考了单德兴先生在《台湾的华美文学研究：回顾与展望》一文中的译法。单先生的文章为提交给“中美文化视野下的美华文学国际研讨会”（复旦大学中文系、世界华人文学研究中心举办，2005年6月1—3日，上海）的会议论文。

属于两种不同的文学，可是由于创作者都是华人，因此作者的族裔性会在语种的差异性（英文、华文）中遗留和保有某种同一性，比如关于自己族裔远古神话、传说的记忆，比如对于自己族裔历史、文化的想象，比如沉积在华人内心深处的某种集体无意识，都可能使美国华人文学中的英文文学和华文文学之间，有着某种可通、可感的相似性和关联性。如果说美国华人文学中的英文文学和华文文学彼此有什么共同交集的部分，生成于同一族裔的一些记忆、想象和文化心理，可能是形成它们之间具有可比性的基础。

一般来讲，美国华人文学中的英文文学作者，通常都是美国华人的第二代乃至三、四代，由于在美国已有一代以上的积累，因此他们融入美国主流社会较深，“美国”特征比较明显——写作语言为英文是这种“美国”特征的突出表现，观念和立场（即如何看待和处理有关自己族裔的相关内容）的“美国化”则为其深层内容。而美国华人文学中的华文文学作者，大多数都是在美国生活的第一代华人，他们对美国社会的融入充满了“磨合”性，中国文化的积淀和遗留使得他们在“进入”美国社会时不易摆脱旧有的文化惯性，他们不但用母语（中文，华文）进行创作，而且在文学观念、创作题材和文化立场上，也更多地带有“东方”华文文化的色彩。

当然也有例外。在美国华人文学作家中，来自上个世纪60年代中国台湾地区的欧阳子和来自上个世纪80年代祖国大陆的哈金，就与以上所概括的美国华人文学中的英文文学作者和华文文学作者的一般情况有所不同。欧阳子是第一代美国华人，用华文（汉语）创作，创作题材是关于华人的生活，她与其他美国华文文学作家的区别在于：在她的作品中，文学观念和文化立场不以“东方”华文文化为基准而有着较浓的西方色彩。哈金也是第一代美国华人，他与其他美国华人英文作家的不同是：他没有像大多数第一代华人作家那样用华文创作，而是走上了用英文创作的道路。他的创作题材虽然也主要是以华人生活为主，但隐含其中的文化立场却没有多少东方的意味，而有着明显的以西方中心论为背景的“东方主义”的痕迹。

那么，欧阳子为什么会在自己的创作中灌注进浓烈的西方意味，而哈金又为什么要在作品中呈现“东方主义”的内容？对此，我想以欧阳子的《魔女》和哈金的《等待》为例，说明美国华人文学中英文文学和华文文学不同的表现形态和文学诉求，并以此说明美国华人文学中客观存在着的一种现象。

欧阳子用华文创作的《魔女》和哈金用英文创作的《等待》都是关于“等待”的故事。《魔女》这篇小说发表于1967年12月《现代文学》第33期，后收入短篇小说集《秋叶》。在60年代的美国华文文学中，欧阳子以创作心理分析小说著称，不但白先勇认为“心理二字囊括了欧阳子小说的一切题材”①，就是她自己，也觉得“我差不多的小说题材，都是关涉小说人物感情生活的心理层面，以及他们的自我觉悟过程”②，这种对人物心理的关注和探究，无疑地构成了欧阳子小说世界的一个基本特质，而欧阳子之所以把对人的心理世界的揭示作为自己小说创作的基本区域和首选题材，既同她“最常思考的人性问题涉及善恶之间的关系，以及道德的标准”③有关，无疑地也同她对精神分析学理论的熟悉和认同有着极大的关联。她自己曾经提到：“弗洛伊德的学说对西洋近代文学的影响至大，我当然很感兴趣，在写作上也相当受过影响。”④

《魔女》是以倩如的视角为截取世界的框架的，而这个框架的中心，就是她的母亲。如果仅仅从外在的现象来看，倩如的母亲本分贤淑、忠于家庭和丈夫，冠之以“一切美德的化身”应该是不算过分的。然而，令倩如大为不解的是，为了父亲的去世而悲痛欲绝的母亲，却在父亲去世尚不满周年就突然决定再婚，这使倩如既难以相信

① 白先勇：《蓦然回首》，尔雅出版社1978年版，第28页。

② 夏祖丽：《握笔的人——当代作家访问记》，纯文学出版社1977年版，第183页。

③ 同上，第181页。

④ 同上。

又非常不满。母亲的一番解释不啻是一个晴天霹雳，炸响在倩如的心头：“我不是你想象中那完美高超的母亲。我骗了你爸爸一辈子。我骗了所有的朋友和邻居。我骗了天下所有的人——除了他”，“你爸爸，至死以为我爱着他，我真有点可怜他起来了。我和他，和平相处二十年，从来没争吵过。你以为这就叫爱情？我没跟他吵架，只因为我不在乎，我对他一切全不在乎”。——她的心已经全部献给和寄托在一个叫赵刚的男人身上了——“世界上，没有人能像我爱他这样，爱得这样凶，这样猛”，“我妒忌他接触的每一个。妒忌得能够发起疯来咬死人。可是我又不敢，不敢跟他取闹。我万万不能失去他”。在倩如眼里与母亲根本不配的赵刚，他们的婚姻竟是母亲“求来的”：“我求他，我分析给他听，他和我结婚，对他一丝无损。……我求了又求，好不容易，他才答应的呢。”“二十多年中，我不知求过他多少次，……那二十年中，只要他答应我的乞求，只要他说一声是，我一天也不会等的。我会马上丢下你和你爸爸，奔进他的怀里。”

从圣洁的美德化身转而为怪物式的魔女，母亲在倩如心中的形象反差在她心灵中所造成的震荡和伤害难以言表，不过，在倩如眼中母亲由“圣女”转为“魔女”的反差，在她母亲的内心其实是一以贯之的——她那心如止水，静谧安宁的生存形态的背后，支撑着的正是她对赵刚的那种不可理喻的执着爱情，由这种爱情所生发出来的强大精神力量，使她能够在无爱的生活中“忍耐”等待20年而不动声色。

在根本的意义上讲，《魔女》中的“母亲”是个“施虐”和“受虐”的集合体，“母亲”的“施虐”主要表现在对赵刚之外的所有其他人，而她的“受虐”则是对赵刚施加于她精神上的所有痛苦的无条件承受和长达20年的等待。虽然弗洛伊德“施虐”、“受虐”理论的建立是以他的“性”理论为立足的基石，但欧阳子在自觉不自觉地对这一埋论进行借鉴运用时显然摆脱了狭窄的“性”的窥孔，而是以对人的情感、人性的挖掘为目的，展开对人的心理世界的立体透视的，故此，小说《魔女》中的“施虐”和“受虐”形态，就既有“性”的蕴含，又不仅限于“性”而带有着某种普遍的人类心理特征。

通过对《魔女》的分析不难看出，“魔女”这一形象的塑造，得力于欧阳子对精神分析学的熟悉并由此生发出的对人性复杂的认识，“魔女”形象的震撼力来源于她的“等待”、伪装以及专情与绝情的极端化表现，而这一切在日常生活中虽不常见却具有一种潜在的普遍性——它在日常生活中不常见是因为大多数人会向世俗的生活原则屈服而改变自己，“魔女”之所以“魔”就在于她坚守自己的原则而不顾世俗原则，她的“疯狂性”其实来源于人性的本真。这样决绝地挑战世俗原则的人物在有着温柔敦厚传统的华人读者那里所引发的震撼在于：既突兀于他们的日常“习惯”（从观念到行为），却也揭示了一种可怕的真实——人其实都有着“魔女”这样在世俗看来的“可怕性”，只是通常不会像“魔女”这样付诸行动罢了。

发表于世纪之交的《等待》在美国英文文学世界的成功，哈金出色的英文写作能力固然功不可没，但在某种意义上讲，《等待》所呈现出的“东方”世界，是其大获成功的关键，因为这种呈现，在相当程度上，符合了西方社会对“东方”世界的想象、认知、组构和描述。

萨义德（Edward W. Said）在他那本著名的《东方学》（*Orientalism*）一书中这样写道：“东方几乎是被欧洲人凭空创造出来的地方，自古以来就代表着罗曼司、异国情调、美丽的风景、难忘的回忆、非凡的经历”[①]，而对美国人而言，“所谓‘东方’更可能是与远东（主要是中国和日本）联系在一起”[②]。在萨义德看来，“任何就东方进行写作的人都必须以东方为坐标替自己定位；具体到作品而言，这一定位包括他所采用的叙述角度，他所构造的结构类型，他作品中流动的意象、母题的种类……最后，表述东方或代表东方说话。然而，

① 爱德华·萨义德：《东方学》，王宇根译，三联书店1999年版，第1页。

② 同上，第3页。

这一切都不是凭空产生的。每位就东方进行写作的作家都会假定某个先驱者、某种前人关于东方的知识的存在，这些东西成为他参照的来源、立足的基础”，萨义德的这些话虽然针对的是欧美“就东方进行写作的作家”，但在哈金的《等待》中，我们却在这位来自中国的作家笔下，发现了某种西方对东方“假定”的观念、视角、立场和传统的遗留。

《等待》对西方（美国）社会“东方观”的契合在最一般的意义上看，正满足了西方对东方“罗曼司、异国情调、美丽的风景、难忘的回忆、非凡的经历”的想象，如果把这种一般的“想象”具体化，《等待》至少在展现“传统中国（文化中国）”和“现代中国（社会主义中国）”这两个方面形成其“独特”之处：

在西方关于东方（中国）的知识体系中，有一个根深蒂固的传统认为中国是由鸦片、辫子、小脚和多妻制等“元素”构成的。而辫子和小脚更几乎成了中国的象征符号。在《等待》中，小脚的出现在某种意义上讲正顺应了西方对东方的认知、组构和描述——小说主人公孔林的妻子刘淑玉就是一个小脚女人，作者在《等待》中特别把刘淑玉设计成一个“小脚女人”（作为那个时代的女人，小脚已经不具有普遍性），并对她的小脚一再突出和渲染（刘淑玉在医院看病时众护士对“小脚”的猎奇心态），则显然是把小脚当作了一个吸引西方的“卖点”，以“迎合”西方对于“东方”的想象。

如果《等待》只是单纯展现和印证西方知识体系中的传统中国（文化中国），那它在当今的西方语境中就不具有特别的优势——这些内容在林语堂的《吾国吾民》、汤亭亭的《中国佬》等作品中已经有过精彩的表现。《等待》要想在当今西方语境下获得成功，它就必须“呈现”前人没有提供过的东西——《等待》做到了这一点，在它所提供的“新质”中，对现代中国（社会主义中国）的描画是核心和枢纽，其中“人被剥夺了爱的权利”则是聚焦点，在此基础上，又推衍出制度的不人道、军队的黑暗、人性的被压制、法制的荒谬等亚质。小说之所以命名《等待》，就是因了孔林和吴曼娜这一对恋人为了走到一起，足足等待了18年——在“西方”资本主义意识形态的笼罩下，“东方”的社会主义制度原本就被“妖魔化”了，《等待》中的“爱情悲剧”，正好为妖魔“东方”的意识形态正确性提供了明证。至于军队中行贿买官的行径，以及吴曼娜遭到同是军人的杨庚的强奸，则向西方社会展示了解放军内部的黑暗。《等待》所提供的这样一幅现代社会主义中国的图景，无疑满足了西方社会对“东方”（社会主义国家）的意识形态偏见——在“西方”看来，生活在社会主义国家的人们，身处专断残酷的“铁幕”之中，其生活是不幸的、违背人性的。《等待》中的世界，就充分地证明了这一点。

由以上的分析可以看出，《等待》在西方（美国）的成功，与西方对“东方”（文化中国）的想象、对“东方”（社会主义中国）的意识形态偏见密切相关。由于《等待》的作者来自“东方”（中国），因此他对“东方”（中国）的“表述”比西方作者似乎更具“权威性”，因此出自他的笔下的对东方的描绘——这种描绘又是与西方对东方的想象、认知、组构和描述如此一致，就更证明并强化了西方对“东方”认识的正确性。

通过对《魔女》和《等待》两篇作品的研读，不难看出，虽然这两篇作品同属美国华人文学，写的也都是关于“等待”的爱情故事，但由于一个是华文文学，一个是英文文学，阅读对象迥然不同，自然作者在进行小说创作的时候，也就怀有不同的文学诉求。华文文学《魔女》的阅读对象是中文读者，因此作者的创作，实际暗合着上个世纪60年代中文作者对西方现代主义介绍的冲动，以适应那样一个时代语境中社会文化心理对西方现代主义文学了解的渴望和阅读的“期待”。通过欧阳子塑造的“魔女”形象，华文读者得以发现人性中幽深的心理世界和非理性力量的巨大，“魔女”所展示出的心理状态，虽然在日常生活中并不显见，但她的极端表现，却代表了人类心理世界中的一种“类型”，具有普遍的意义。因此，欧阳子的《魔女》，是以华文创作，向华文读者输出西方化的人性观，“魔女”在“自愿受虐”的同时又对他人“施虐”的形象，对华文读者产生的强烈的冲击和震撼可想而知——而这，也正是欧阳子“期待”达到的阅读效果。

而哈金用英文创作的《等待》，其阅读对象是英文读者，因此作者的创作，则含有迎合美国（乃至整个西方）英文读者对“东方”（中国）猎奇心理的潜在动因。哈金笔下孔林的“被动受虐”，无疑是在向英文读者输出具有“东方主义”色彩的“东方故事”。孔林18年的漫长“等待”，在相当程度上满足了美国（甚至不限于美国）英文读者对“东方”（中国）的想象——那是一个集传统小脚和现代专制于一身的古老而又信奉共产主义的国度，在那样的国度出现这样的“等待”悲剧是与西方对东方（中国）的设定相吻合的，因此，一个在中国成长后来成为美国华人的作家用英文来书写有关中国（东方）的故事，显然是在西方语境下进行“东方主义”式的呈现（尽管这种呈现有着一定的真实性），而这种东方人用西方语言进行“自我东方主义”式的输入，无疑比西方人用西方语言进行“东方主义”式的输出，更能证明西方的“东方主义”的合法和正确。哈金的《等待》在美国（乃至整个西方社会）大获成功，无疑与作者在创作中印证了“东方主义”，符合了西方的阅读“期待”有着极大的关系。

将《魔女》和《等待》放置在一起进行论述，是因为它们同属美国华人文学，并且都是关于20世纪60年代中国人由“等待”而导致的爱情悲剧故事。可是从这两个关于“等待”的故事中，我们却发现了不同的意义：《魔女》中的“等待”揭示的是一种人类心灵深处可能存在的共性，它重在对独特但却具有“原型”意义的心理呈现，符合西方现代主义注重挖掘人的内心世界的基本要求，能满足华文读者从具有西方现代主义特质的作品中获得对人性的深刻认识的“现代性”需要。小说强烈的震撼力，正来自于欧阳子对精神分析学、心理学理论的熟悉和对人的内心世界丰富性和复杂性的深刻洞察——这些知识和能力的获得，无疑得力于西方近代以来的各项新知。欧阳子之所以在自己的华文创作中熔铸进西方的知识资源，向华文读者展示她对西方知识的接受、理解和认同，正在于那个时代华人社会和华人读者在“现代化”的过程中，有着迫切了解西方社会的强烈渴望，希望通过对西方知识谱系的接受，获得对自然、社会和人自身的更加深刻的了解。欧阳子的《魔女》，在某种程度上正是具有西方知识背景的作者以此满足了华文读者的阅读“期待”——让华文读者从《魔女》中看到不同于以往经验的“西方”因素，并由此获得文学上的成功，也正是作者欧阳子的“期待”。

至于《等待》中的“等待”，呈现的却是一个关于中国的特殊故事，它重在突出中国封建、落后和专制的社会形态如何造成了人间悲剧，这种文学表现契合了西方（英文）读者对东方（中国）的预想，符合他们有关东方的知识积淀，是一种典型的“自我东方主义”式写作，而当一个东方（中国）人用西方语言（英文）来告诉西方人他们关于东方的预想和知识都是正确的时候，西方人的阅读“期待”无疑得到了极大的满足——对哈金而言，让西方（英文）读者从《等待》中看到自己知识和认识的“正确”，并由此获得文学上的成功，则构成了他作为作者的“期待”。

应当说《魔女》和《等待》都是美国华人文学中的重要作品，同为表现“等待”，华文和英文的不同，使得这两篇作品中所隐含的双重“期待”（读者和作者）呈现出十分明显的差异性：华文作品的读者，“期待”的是从西方获得一个有助于他们探究人性丰富复杂的新视野，作者则“期待”着从西方“输入”新“元素”以获得成功；英文作品的读者，“期待”的则是从东方作者的英文作品中，获得一个印证“东方主义”正确的明证，作者则“期待”着从对“内化”处理后的西方的“东方主义”“再输入”中，以献身说法的方式证明其正确进而获得成功。《魔女》和《等待》从接受效果上讲显然是成功的，它们的成功，一方面表明美国华人文学不同语种的阅读人口对文学的“期待”不尽相同，而这种不同正构成了美国华人文学姿态丰富、内容复杂的风貌，另一方面，也表明华文作者和英文作者在创作时对于不同语种读者的阅读“期待”的准确把握，是走向成功的重要因素。美国华人文学中的华文作品《魔女》和英文作品《等待》，在同是“等待”故事背后所出现的“期待”差异，既体现了美国华人文学的丰富性，也充分证明这种差异性是如何的巨大——而在这一切的深层，则隐寓着“西方”的强势（对华文文学而言）和“东方主义”的胜利（对英文文学而言）。

现代美文的杰出实践

——论白先勇的散文创作

白先勇以小说家名世，他的《台北人》已成为20世纪华文文学中的经典。因了白先勇在小说创作上的巨大成就，研究界常常把关注的目光集中在他的小说世界，而相对忽略他在其他文体上所取得的创作实绩。事实上，除了小说之外，白先勇在散文创作领域也成就不凡，风格独具，卓然成家。

到目前为止，白先勇结集出版的散文集计有《明星咖啡馆》、《蓦然回首》、《第六只手指》、《树犹如此》、《昔我往矣》等数种。从类型上看，白先勇的散文创作大致可以分为两类：一为学术性较强的文学（文化）评论——议论性散文，一为情感浓烈的怀人忆旧之作——文学性散文，前者主要以序、读后感、书评、评论（演讲和访谈为其变体）等形式出现，后者则以对亲人、挚友和往事的深情回忆为主。从创作时间上看，白先勇的散文创作从20世纪60年代就已开始，至90年代进入高产期。从类型分布上看，他在上个世纪80年代以前的散文以文学（文化）评论为主，80年代以后追思故人和缅怀往昔的作品则逐渐增多。

一、文学（文化）评论

从现有的材料来看，白先勇最早的一篇议论性散文是发表于1967年的《秋雾中的迷惘——〈秋雾〉序》，在接下来的一系列散文创作中，白先勇延续了文学评论的写作方式——议论性散文成为白先勇涉足散文创作领域最初的书写形态，或许同他自己在小说创作中遭遇到的种种问题以及对这些问题的思考有关，白先勇在他的早期散文创作中，每每通过对其他作家的创作评价，直接间接地阐述他自己的人生体验、创作思考和文学理念。《秋雾中的迷惘——〈秋雾〉序》一文在对丛苏的小说进行分析时，指出丛苏的小说在主题上是写“生命”和“成长”，而在艺术上的长处则体现为“对小说中的细节有效的控制与巧妙的安排”以及“小说文字中比喻（Metaphor）的塑造”。在接下来的《鹿港神话——〈约伯的末裔〉序》和《崎岖的心路——〈秋叶〉序》中，白先勇对施叔青和欧阳子的小说进行了深入的剖析，认为“死亡、性和疯癫是施叔青小说中循环不息的主题”，与此相适应，“施叔青的小说语言是别扭的、乖张的”，“有一种奇异、疯狂、丑怪的美”；而“古典主义的艺术形式之控制”和“成熟精微的人类心理之分析”，则构成了欧阳子小说的特质。从某种意义上讲，白先勇对丛苏、施叔青和欧阳子的评说，在相当程度上其实是借机说出了他自己对文学的感悟和关注重点：熟悉白先勇的人都知道，对“生命”、“成长”、“死亡”、“性”、“疯狂”和“人类心理”的探询，正是白先勇小说创作一再涉及的领域，而“形式的控制”和注重“语言风格”也正是白先勇在艺术上孜孜以求的境界。

如果说通过为别人作品写序的方式抒发自己对文学的认识尚不够直接的话，那么《谈小说批评的标准——读唐吉松〈欧阳子的〈秋叶〉有感〉》和《与白先勇论小说艺术——胡菊人白先勇谈话录》两篇文章，则是白先勇对文学的直接发言。在前一篇文章中，白先勇明确地提出了他判断文学作品是否伟大成功的标准是：（1）作品的文字技巧及形式结构是否成功地表达出作品的内容题材；（2）作家表现在他作品中的世界观是否广袤，人生观是否成熟；（3）作家对人性是否有深刻的了解。在与胡菊人的对谈中，白先勇直截了当地宣称：“我个人认为小说是 art，是种艺术，绝对要以艺术形式、技巧来判断是否完整”，在谈到具体的艺术形式和技巧（technique and form）

时，白先勇的注意力集中在“观点”（point of view）、“人物”、“语言”、“场景”、“写实与象征”等几个方面。对照白先勇的小说创作不难发现，这些主张既是他对自己创作实践中最有会心的部分提炼升华的结果，也是他对心目中的文学理想状态的确认。

以对别人创作的评说来表达自己文学感悟和文学理念的散文写作在白先勇的笔下持续了相当长的时期，在后来的一系列文章中，白先勇对他所感受深切的问题继续发表着自己的创见：《秉烛夜游——简介马森的长篇小说〈夜游〉》表达的是对女性在中西文化双重挤迫下终于反抗的肯定；《香港传奇——读施叔青〈香港的故事〉》则是对香港认识的借题发挥——对于香港的令人沉迷和没有安全感，白先勇在他的小说《香港——一九六〇》中早已有过精彩的表现；《世纪性的漂泊者——重读〈桑青与桃红〉》是对海外中国人漂泊命运的思考；《弃妇吟——读琦君〈橘子红了〉有感》是对复杂人性的深刻指陈：“好人”也往往会做出最残酷最自私的事情来；《花莲风土人物志——高全之的〈王祯和的小说世界〉》通过对王祯和研究专著的评价，阐明了在王祯和的身上，体现着的是“乡土”与“现代”相辅相成的事实和成果；在《邻舍的南瓜——评荆棘的小说》一文中，白先勇对荆棘的成长经历在她作品中的投影予以了深刻的说明——而对成长和往昔岁月的一再注目也正是白先勇小说世界中的重要母题。

除了借助对其他作家的言说来阐发自己对文学的认识之外，回顾走过的文学道路和创作历程，特别是对《现代文学》杂志的深情回忆和价值说明，是白先勇散文创作的又一密集区域。在《蓦然回首》、《〈现代文学〉的回顾与前瞻》、《〈现代文学〉创立的时代背景及其精神风貌——写在〈现代文学〉重刊之前》、《弱冠之年——〈现代文学〉二十周年纪念》、《不信青春唤不回——写在〈现文因缘〉出版之前》等文章中，白先勇敞开心扉，对影响自己走上文学道路的几位老师（厨子老央、李雅韵、夏济安）表达了感激之情，对影响自己创作的重要事件（童年患病、历经战乱、母亲去世、去国留学）进行了回顾，对自己与同学一起创办《现代文学》杂志的缘起、过程以及这本杂志在台湾文学发展中的作用、影响和意义进行了形象的描述和深刻的剖析，指出：《现代文学》的产生“并非一个偶然现象，亦非一时标新立异的风尚，而是当时台湾历史客观发展以及一群在成长中的青年作家主观反映相结合的必然结果”，其主要贡献在于“让一大群有才华有理想的青年作家，播种耕耘，开花结果，日后大都卓然成家，成为台湾文学的中坚”，对于这份在台湾文学发展过程中有着极其重要的地位和影响的文学杂志，亲手创办的喜悦和勉力支撑的艰辛使白先勇对它每一提及，都充满感情，他坦言“为了这本杂志，我曾心血耗尽。对它，我是一往情深，九死无悔的”。

进入20世纪80年代后期，对中国传统文化中的精华——昆曲的大力提倡和推广成为白先勇散文创作中的重要领域。白先勇与昆曲的相遇是在他的童年时代，那次相遇使昆曲的美从此积淀在他的内心深处，许多年后当他创作小说《游园惊梦》的时候，对昆曲的美的记忆得以激活——昆曲最终成为小说《游园惊梦》的核心和灵魂。对昆曲的迷醉使白先勇下决心要把这一中华文化中的“至美”推介给海峡两岸的中国人，于是，在《惊变——记上海昆剧团〈长生殿〉的演出》、《我的昆曲之旅——兼忆一九八七年在南京观赏张继青〈三梦〉》等文中，白先勇把自己与昆曲的因缘际会以及对昆曲的“美”的膜拜尽情展现在读者眼前，对于昆曲，白先勇充满深情地写道：“昆曲无他，得一美字：唱腔美、身段美、词藻美，集音乐、舞蹈及文学之美于一身，经过四百多年，千锤百炼，炉火纯青，早已到达化境，成为中国表演艺术中最精致最完美的一种形式。”对于这样一种中国现存最古老的戏剧艺术，白先勇认为“我们实在应该爱惜它，保护它，使它的艺术生命延续下去，为下个世纪中华文化全面复兴留一枚火种”，为此，他不遗余力地向海峡两岸的中国人宣传昆曲的美，除了直接撰文，还面向媒体，现身说法，与余秋雨、张继青、蔡正仁、许倬云等人就昆曲的发展历史、美学特征、著名曲目、表演技巧等话题展开对话，这些对话（包括《白先勇与余秋雨论〈游园惊梦〉、文化、美学》、《文曲星竞芳菲——白先勇　张继青对谈昆剧之美》、《与昆曲结缘——白先勇 VS. 蔡正仁》、《绝代相思〈长生殿〉——白先勇　许倬云　文学与历史的对话》等）在媒体登出后，对昆曲的深入人心起到了极大的推动作用。

艾滋病的出现是20世纪人类的一大灾难，对于艾滋病已经并将可能对人类特别是亚洲地区造成的重大危害，白先勇忧心如焚，一再写文章呼吁人们重视对艾滋病的了解、防范和治疗护理工作——这成为白先勇散文写作的又一重要领域。在《世纪末最大的挑战——艾滋病（AIDS）对人类的袭击》一文中，白先勇对艾滋病的来龙去脉、基本模式、艾滋病毒（HIV）和艾滋病（AIDS）的区别进行了介绍，对台湾面临的潜在艾滋病危机以及应当如何应对提出了自己的看法、呼吁和建议。在《酝酿中的风暴——艾滋（AIDS）在台湾的蔓延》中，白先勇对“台湾每天便有一点五以上的人受到艾滋感染，病患散布全岛”痛心疾首，对“艾滋风暴，在台湾，实际上已有山雨欲来的态势”深感焦虑，提出“当务之急是对艾滋及艾滋病患的了解，了解可以增强我们对艾滋的预防，了解可以消除偏见歧视，也许更由此而产生同情”。对于出现在台湾的援助艾滋病患者的“中途之家”，白先勇深受感动，在自己的文章中对他们表示了钦佩和敬意。对于身为艾滋感染者却以顽强的毅力与疾病抗争的韩森，白先勇专门撰文《山之子—— 一个艾滋感染者出死入生的心路历程》，对韩森感染艾滋后的精神痛苦和内心挣扎进行了描摹，对亲人给予韩森的接纳、呵护和支持予以了充分肯定，对韩森以艾滋义工的身份帮助其他艾滋病患者的义举大声喝彩。从韩森的身上，白先勇看到了艾滋病患者的自尊自立，也看到了社会对艾滋病患者日益增加的理解、同情和帮助。

二、怀人忆旧之作

文学（文化）评论一类的议论性散文在宽泛的意义上讲固然属于散文的范畴，但对于散文的最通常理解，更多的还是指那些文学性较强的散文书写，假使说白先勇以文学（文化）评论为主体的议论性散文主要集中在文学观念的阐发、文学历史的回顾、昆曲的提倡和艾滋病的关注这四个方面的话，那么他的文学性散文创作，则主要体现为“怀人”和“忆旧”两个方面。

虽然在《蓦然回首》这样的议论性散文中，“怀人”和“忆旧”的成分已然存在，但在白先勇笔下，真正用文学性的散文笔法创作出的最早的“怀人”和“忆旧”之作，应当是写于20世纪80年代初的《天天天蓝——追忆与许芥昱卓以玉几次欢聚的情景》，在这篇散文中，白先勇以充满深情的笔触，追忆了他与许芥昱、卓以玉相聚的几个人生片段。白先勇与卓以玉因三姐白先明而结缘（卓以玉是三姐的同学），复又通过卓以玉与许芥昱相识，在他们的交往中，“重庆精神”（共有的抗战时重庆生活经验）和对沈从文的共同喜爱是他们不厌的话题，而许芥昱、卓以玉的相知相爱，则令人感动。许芥昱在一次山洪中不幸遇难，使白先勇为之扼腕，痛呼“许芥昱走得不得其时，不得其所，令人痛惋、憾恨”。这篇文章篇幅不长，但文字优美，叙述极有节制，沉静的文字背后，流贯着的是浓烈的伤逝之情——这一风格，在白先勇后来的散文创作中有所延续和发展，并成为白先勇文学性散文创作的一个基本特质。

如果说《天天天蓝——追忆与许芥昱卓以玉几次欢聚的情景》是白先勇文学性散文创作的初试身手，那么《第六只手指——纪念三姐先明以及我们的童年》则是他在散文创作上大放的华彩。在这篇悲悼三姐白先明的散文中，白先勇以细腻的情感、诗化的文字、情景化的形态，向我们展示了他和三姐的深厚情谊，以及善良却又不幸的三姐的一生。由于战乱和病魔的影响，白先勇的童年生活并不愉快，但和三姐在一起的时光，却是他幼年记忆明亮的一幕。三姐的善良是一种与生俱来的天性：在十个手足的母爱争夺战中，她忍让退隐；白先勇幼时生肺病，她去探望；对于“所有的小生命，她一视同仁”——即便是丑陋凶悍的硕鼠，她也满怀不忍，充满同情。可就是这样一个菩萨心肠的人，却患了精神分裂症，整个一生，是在自己的孤寂世界中，独自走过。对于三姐的善良，白先勇感受和体察甚深，对于三姐的不幸，白先勇既痛惜又哀怜，然而却无力改变，爱莫能助，他唯一能做的，就是对三姐加倍地呵护和照顾——在文中，透过白先勇的文字，我们可以充分感受到他对三姐的那份挚爱之情：为了三姐的病，他“曾大量阅读有关精神病及心理治疗的书籍”；知道三姐喜爱动物，就给她送了许多动物玩具；看到三姐孤灯独对，连自己的欢愉也变得残缺不全。三姐的去世，使白先勇“悲不自胜”：“我悲痛明姐的早逝，更悲痛她一生的不幸。她以童真之身来，童真之身去，在这个世上孤独地度过了四十九个年头。”

白先勇对三姐的深厚情谊其实早在他的小说《我们看菊花去》中就已经有所显露，在那篇小说中，白先勇通过“我”送姐姐去台大医院“精神科”的经历，既写出了姐姐对我的信任，也写出了“我”为了姐姐好而利用了姐姐对“我”的信任的痛苦，“要是姐姐此刻能够和我一道来看看这些碗大一朵的菊花，她不知该乐成什么样儿”。这篇小说中“我”对姐姐的不忍和思念，在某种程度上可以被看作是白先勇对三姐深厚感情的“小说式”表现。

创作于20世纪90年代后期的《文学不死——感怀姚一苇先生》也是一篇感人至深的怀人之作，姚一苇先生因《现代文学》而与白先勇结缘，在《现代文学》艰难前行的过程中，姚先生长期鼎力相助，与《现代文学》休戚与共。在这篇文章中，白先勇对姚一苇先生所表示出的敬重和感怀固然与姚先生在文学上所取得的巨大成就和跟《现代文学》的因缘有关，但更重要的原因则在于姚一苇先生对文学宗教般虔敬的热爱、无私无悔的献身精神以及在文学观念上既开放包容又不随波逐流的执着坚守。在某种意义上讲，白先勇的这篇怀人之作可以被看作是他在通过对姚一苇先生的尊重、赞扬和肯定，来表明自己的立场——体现在姚一苇先生身上的那种热爱文学、献身文学和对文学信念的坚守，其实也正是白先勇自己的人生追求。

稍后创作的《树犹如此——纪念亡友王国祥君》是白先勇怀人散文的又一篇代表作，在这篇散文中，白先勇对他和挚友王国祥三十八年的相知相交进行了回顾，对王国祥的为人和一生进行了追忆，文章的核心是王国祥的两次患病（一次是在大学时代，一次是在去世前）、在与疾病搏斗时王国祥的坚韧、顽强，以及体现在王国祥治病的过程中，白先勇和王国祥两人互相扶持的患难真情。王国祥的疾病是白先勇和王国祥两人世界中的一个挥之不去的存在，也是他们友情的试金石。王国祥第一次患“再生不良性贫血”时，他们两人都还是年轻的大学生，那次患病，王国祥“倔强的意志力”和白先勇“加油打气”的精神支持，以及中医的神奇功效，终于使王国祥转危为安，得以治愈。那时白先勇正和同学创办《现代文学》杂志，其忙可想而知，但他还是“常常下课后，从台大骑了脚踏车去潮州街探望”王国祥，王国祥病好后，对于在治愈王国祥疾病中功不可没的药引子——犀牛角，白先勇也爱屋及乌，多少年后在看到有着犀牛角的犀牛时，“竟有一份说不出的好感”——白先勇和王国祥之间的深挚情感，由此可见一斑。

中年之后王国祥的疾病再次复发，这次与疾病的抗争，王国祥没能像上次那样战胜病魔——而这次与疾病斗争的惨烈程度却胜过以往，期间白先勇和王国祥两人异姓手足祸福同当的感情则由此得到了再一次的充分体现。王国祥生病，白先勇自然承担起了照顾的责任，他不但常常从异地赶往洛杉矶开车接送王国祥输血，而且还在输血时陪他，“国祥的病情，常有险状，以至于一夕数惊”，有次为了送王国祥去医院急救，“开车的技术并不高明”的白先勇飞车急驰，“平常四十多分钟的路程，一半时间便赶到了”。除了照顾王国祥之外，白先勇还“到处打听有关‘再生不良性贫血’治疗的讯息”，他不但向台湾的有关专家通信探讨，登门求教，而且在大陆的医疗杂志上查到有关治疗“再生不良性贫血”的信息后，还亲赴大陆，寻找希望——虽然最后的结果并不理想，但白先勇为使王国祥能够康复所付出的这份虔诚、执着和努力，无疑令人为之动容。

白先勇和王国祥的共同努力最终没能挽救王国祥的生命，“相知数十载，彼此守望相助，患难与共”的知己，终于“天人两分，死生契阔”，王国祥的去世对白先勇而言“是一道女娲炼石也无法弥补的天裂”，白先勇住宅后园中的树木花草似乎也有所感应，在王国祥去世后全都“黯然失色”——“树犹如此，人何以堪”?《树犹如此》可以说是白先勇怀人散文在《第六只手指》之后的又一个高峰，文章发表后在台湾文坛引起了广泛注目和巨大反响。

除了“怀人”之作，在世纪交替之际，“忆旧”作品在白先勇的文学性散文创作中也日见增多，《上海童年》、《少小离家老大回——我的寻根记》等作品就是白先勇对自己个人史和家族史的回顾性书写，在这些作品中，白先勇虽然写的是个人，根子里写的其实倒是历史，留在白先勇上海童年记忆底片里的是上海“最后的一抹繁华”，而“少小离家老大回”的漫长过程闪回的是20世纪中国人（以个人和家族经历为视角）历史的流变沧桑。在书写自己的个人史和家族史的同时，白先勇还对见证了台湾历史和文学发展的隐地及其创办的尔雅出版社的成长历史予以了文学表现，《冠礼》、《克难岁月——隐地的〈少年追想曲〉》等作品正和白先勇对自己个人和家族史的追忆性作品一起，从不同方面构成了对过去岁月的描摹和组构。如同历史和时间在白先勇的小说创作中占据重要地位一样，在白先勇的文学性散文创作中，历史和时间同样是其中的重要构成。

三、散文艺术风格

白先勇的散文创作虽然在总体上大致可以分为议论性散文和文学性散文两大类，但那只是指书写的对象、方式和文章功能有不同的侧重，在散文的艺术风格上，这两类散文却并不因类型的不同而有着截然不同的差别。事实上在白先勇的这两类散文中，互文的现象时有发生，也就是说在以议论性为主的散文中，不乏生动的文学性描写，而在以文学性为主的散文中，也包蕴着许多议论性文字，有些散文（如《蓦然回首》、《文学不死——感怀姚一苇先生》等）甚至很难将之斩钉截铁地归入哪一类而只能予以大致的区分。因此，当我们对白先勇的散文艺术风格进行分析的时候，我们是把他的散文创作视为一个整体来看待的。

从总体上看，白先勇的散文艺术风格主要有以下几个特点：

(1) 感情深厚而又内敛。在白先勇的散文创作中，感情因素在其中起着举足轻重的作用，那些怀人忆旧的作品自不待言——感情不仅是这类作品的核心，同时还成为这类作品的存在前提和推动因素——就是在他那些议论性散文中，感情也是托起整个作品的基石。无论是对同侪前辈作品的细密评点，还是对文学历史的频频回顾，无论是对昆曲的大力弘扬，还是对艾滋泛滥的痛心担忧，在种种议论的背后，流动着的是作者浓烈而又深厚的情感。这种不以抽象的论理为主，而以情感的动人见长的写法，正构成了白先勇的文学（文化）评论与那些高头讲章式评论的最大区别。

然而，感情的深厚并不意味着感情在作品中毫无节制的流溢，事实上在白先勇的散文作品中，浓烈的感情恰恰是以内敛的方式表达出来的，以《第六只手指》、《树犹如此》等感情最为深厚强烈的作品为例，前者在表达感情的时候，是通过“因为明姐的病，后来我曾大量阅读有关精神病及心理治疗的书籍”；从垦丁、花莲、日月潭、美国等地给明姐带动物玩具；断定“事实上明姐一直没有长大过，也拒绝长大，成人的世界，她不要进去。她的一生，其实只是她童真的无限延长，她一直是坐在地上拍手笑的那个小女孩”等细节表现出来的。后者在表达感情的时候，则以王国祥与“我”共同清理、种植花木；共同与王国祥的“再生不良性贫血”搏斗来表现，共同清理、种植花木，某种意义上可以被看作是他们共同培植生命的象征——他们的人生，不正是共同清理、培植的结果？与“再生不良性贫血”搏斗的过程，是王国祥顽强、坚韧的意志充分体现的过程，是病魔步步进逼的过程，也是“我”与王国祥患难与共、生死扶持的过程。面对王国祥在疾病面前节节败退，“我”倾尽全力却无力回天，那种焦灼、痛苦和不忍，令人五内俱焚。文章中，作者以意大利柏树的坏死、王国祥无力庆祝生日、汽车反光镜中王国祥在暮色中分外触目的“满头萧萧”等细节来反衬“我”的强烈感情，这种以平实的叙述来表达浓烈的情感，在巨大的情感面前以内敛的表现形态与之形成强烈的反差，其间极大的张力，正构成了白先勇散文的情感震撼力，也成为他散文艺术风格的特色之一。

（2）语言生动而又富于变化。白先勇在20世纪华文文学中经典地位的确立与他在语言运用上所取得的不凡成就密切相关，这一成就同样体现在他的散文作品中，生动、圆熟而又富于变化的语言是白先勇散文艺术风格的基本构成。具体而言，白先勇的散文语言具有形象化、音乐化、柔情化、含蓄化的特点。形象化是指语言描述栩栩如生；音乐化是指通过排比等方式使语言具有节奏感和音乐性；柔情化是指以语言的组合形态透逸出似水柔情；含蓄化则是指在语言运用上更倾向于以冷静和节制的方式来表达强烈的感情。以下的几段语言或许可以看出这种“四化”的特点：

形象化：有一次放学归来，车子下坡，车夫脚下一滑，人力车翻了盖，我跟明姐都飞了出去，滚得像两只陀螺，等我们惊魂甫定，张目一看，周围书册簿子铅笔墨砚老早洒满一地，两人对坐在街上，面面相觑，大概吓傻了，一下子不知该哭还是该笑。突然间，明姐却咯咯地笑了起来，这一笑一发不可收拾，又拍掌又搓腿，我看明姐笑得那样乐不可支，也禁不住跟着笑了……（《第六只手指》）

音乐化：抗日期间，湘桂大撤退，母亲一人率领白马两家八十余口，祖母九十，小弟月余，千山万水，备尝艰辛，终于安抵重庆。母亲一生操劳，晚年在台，患高血压症常常就医。然而母亲胸怀豁达，热爱生命，环境无论如何艰辛，她仍乐观，勇于求存，因为她个性坚强，从不服输。（《蓦然回首》）

柔情化：由于早起，我陪着王国祥输血时，耐不住要打个盹，但无论睡去多久，一张开眼，看见的总是架子上悬挂着的那一袋血浆，殷红的液体，一滴一滴，顺着塑胶管往下流，注入国祥臂弯的静脉里去。那点点血浆，像时间漏斗的水滴，无穷无尽，永远滴不完似的。但是王国祥躺在床上，却能安安静静地接受那八个小时生命浆液的挹注。他两只手臂弯上的静脉都因针头插入过分频繁而经常瘀青红肿，但他从来也没有过半句怨言。(《树犹如此》)

含蓄化：你接受了你不平常的命运、接受了你自己后，至少你维护了为人的基本尊严，因为你可以诚实、努力地去做人。只有在人这个基本的条件下，你可以抬起头来，与大家站在一条线上，人生而平等，这是几个世纪来人类追求的理想，也是近年来全世界同性恋人权运动追求的目标。(《写给阿青的一封信》)

从这几段引文中，不难感受到白先勇散文语言的基本特色。需要指出的是，这“四化”在白先勇的散文中并不是以孤立的形态出现，而是同时存在，有机地融为一体。

(3) 小说化形态浓烈。通过人物和情节来结构作品是小说的基本特质，作为杰出的小说家，白先勇在这方面的成就自不待言——而小说创作的这种专长在他的散文创作中也有所体现，在白先勇的许多散文作品中，常常可以看到在其中跃动着一个或数个生动的人物形象，镶嵌着一个又一个形象化的场景描写，即便是那些少有形象和场景的议论性散文，也时常可见富有感性色彩的情绪表达和词语运用，使作品在深邃中闪现着灵动，在理性思辨中内含着感性的丰盈。以形象表达思想，用小说化的创作手法进行散文创作，使散文带有浓厚的小说化姿态，是白先勇散文艺术的一个重要特质。在他的《第六只手指》、《树犹如此》、《蓦然回首》等作品中，这一特征十分突出，在这些作品中，人物生动，场景具体，叙事形象，语言感性。此外，像《惊变》、《人生如戏——田纳西·威廉斯忏悔录》、《少小离家老大回——我的寻根记》、《冠礼》等作品，也都深具这一特点。以《人生如戏——田纳西·威廉斯忏悔录》为例，作品中的小说化写作方式对凸显田纳西·威廉斯的独特个性和人生遭际起到了极大的强化作用。在表现田纳西·威廉斯与他患有精神分裂症的姐姐若丝的深厚感情时，文章这样写道："有一次威廉斯去疗养院看若丝，若丝并不清楚她弟弟当时已是名满天下的剧作家了，她以为他还是他们父亲鞋公司的一名小工，她悄悄塞给他十块钱说道：'汤姆，你不要在鞋工厂打工了，你去写你的诗去，我来支持你。'威廉斯一个人躲进车子里，感动得流下泪来。"这段描写，有人物，有场景，有对话，形象生动，极具小说化形态。

（4）回顾视角和回放截面的有效运用。白先勇小说创作的一个重要特点在于通过历史揭示人的生存困境和悲剧命运，在历史回望中构筑自己的小说世界是白先勇小说创作的核心组成。事实上对历史和过去的不懈关注不仅体现在白先勇的小说创作中，也体现在他的散文创作中，回顾视角和回放截面的有效运用正构成了白先勇散文创作的又一艺术特色，回顾视角是指散文创作的题材"选景框"每每选取在"伤逝"和"怀旧"领域，回放截面则是指在散文书写中即便是对当下人、事、文的议论，"过去"片段的不时"回放"也是作品的重要组成——在这些作品中，"过去"在某种意义上讲正是对"当下"的历史说明，因而也就成为"当下"的有机组成。回顾视角和回放截面在白先勇散文中的一再出现，不仅在相当大的程度上决定了白先勇散文创作的总体风貌，而且还意味着白先勇无论是在虚构性叙事书写（小说）还是在非虚构性叙事书写（散文）中，都钟情于以"逝去岁月"和"物是人非"来呈现"历史沧桑"——这种一致的视角、态度和情愫，既是白先勇注重在时间和历史中表现社会、人生这一基本取向在不同书写领域的分别表现，同时在某种意义上也使白先勇的小说创作和散文创作在精神内涵上形成了一定的"互文性"——这种"互文性"除了体现为上面提到的基本取向的一以贯之之外，还包括他在议论性散文中对其他作家的评论言说也可以视为是他对自己文学观念和小说创作的"夫子自道"，以及在小说《我们看菊花去》和散文《第六只手指》之间存在的文本间性。

20世纪20年代初，周作人在他的《美文》一文中提出"治新文学的人"应该去"试试"用"记述的"、"艺术性"的"论文"来表达思想，他把这种“论文”称作“美文”。在他的提倡和周氏两兄弟的实践带领下，现代白话文学中逐步产生了一个从事“美文”创作的作家群体，鲁迅、周作人、林语堂、张爱玲、梁实秋等均以自己的散文创作成为这一创作群体中的杰出者，他们的创作也就实际构成了一个自成传统的“美文”发展轨迹。白先勇的散文创作，可以说是这种“美文”发展轨迹的有效延续，是“美文”书写的杰出实践，是20世纪华文文学史上“美文”成果的扩充和丰富。

刘俊学术年表

1964 年 9 月 26 日，出生于江苏省南京市。

1982 年考取苏州大学中文系，9 月入学。在校期间受徐斯年老师影响甚深。

1986 年 6 月，苏州大学中文系毕业，获文学学士学位。同年考取南京大学中文系研究生。

1986 年 9 月，入南京大学中文系，为中国现当代文学专业硕士生。导师叶子铭教授。

1988 年 9 月，提前攻读南京大学中文系中国现当代文学专业博士学位，导师叶子铭教授，副导师邹恬教授。受两位导师的影响和指导，选择台港（暨海外华文）文学作为博士论文的选题方向。

1989 年 4 月，出席在上海召开的“第四届全国台港暨海外华文文学学术讨论会”（以博士生身份，第一次出席全国性的台港暨海外华文文学会议），提交论文《浓重的心理投影——论於梨华及其留学生题材小说》。

1989 年 12 月，出席“江苏省台港暨海外华文文学研究中心”成立大会，应邀即席发言。

1991 年 6 月，博士论文《论白先勇及其小说创作》通过论文答辩，获南京大学文学博士学位，成为祖国大陆最早以台湾文学为研究方向获得博士学位者之一（另一位“同年”为中国社会科学院文学研究所的黎湘萍）。

1991 年 7 月，留校工作，开始在南京大学中文系任教，为本科生讲授“大学语文”、“中国现当代文学名著导读”、“中国现当代文学史”等基础必修课程。

1992 年 6 月，主持江苏省哲学社会科学规划研究项目“中国留学生小说史论”。

1993 年 2 月，为南京大学中文系本科生首开“台湾小说研究”选修课（该课后更名为“台湾作家论”，最后确定为“台湾作家研究”，此课和另一门本科生选修课“白先勇研究”轮换开设，延续至今）。

1993 年 10 月，“南京大学台港暨海外华文文学研究中心”成立，被指定为实际负责人。

1994 年 4 月，出席“江苏省台港暨海外华文文学研究会”成立大会，被选为理事。

1995 年 9 月，为南京大学中文系硕士生上“台湾文学综论”（该课名称后确定为“台港暨海外华文文学研究”）硕士课程。此为南京大学历史上第一次开设“台港暨海外华文文学”方面的硕士课程。

1995 年 11 月，博士论文修改后以《悲悯情怀——白先勇评传》之名，由台湾尔雅出版社出版。出版后不久即于 1996 年 3 月第二次印刷。

1996 年 4 月，升为副教授。

1996 年 6 月，主持世川良一优秀青年教育基金项目“北美华文文学研究”。

1998 年 7 月，赴新加坡为南京大学中文系新加坡硕士班授课，以后每两年一次赴新加坡上课，直至 2008 年 11 月结束在新加坡的授课，转而为马来西亚硕士班（槟城韩江学院）授课，两地所授硕士课程均为“中国当代文学（台港文学部分）与海外华文文学”，延续至今。

1999 年 2 月，出席由新加坡国立大学举办的“人与自然——环境文学国际研讨会”。

1999 年 8 月，出席由美国加州大学圣塔芭芭拉校区（UCSB）举办的“台湾文学国际研讨会”。

1999 年 12 月—2000 年 1 月，应台湾联合报系文化基金会的邀请，赴台湾进行为期一个半月的学术研访。

2000 年 4 月，《悲悯情怀——白先勇评传》由花城出版社出大陆版。

2000 年 4 月—2005 年 6 月，任南京大学中文系现当代文学教研室主任兼中国现当代文学专业负责人，系教学委员会委员。

2000 年 9 月，出席由台湾中央大学举办的“两岸文学发展研讨会”。

2000 年 12 月，主持教育部人文社会科学重点研究基地项目“二十世纪美国华文文学研究”。

2001 年 12 月，《悲悯情怀——白先勇评传》获 1999—2000 年度江苏省哲学社会科学优秀成果三等奖。

2001 年 12 月，主持教育部人文社会科学研究“十五”规划项目“台湾现代主义文学研究”（项目批准号：01JC750．11—44002）。

2002 年 5 月—2007 年 12 月，被推选为“江苏省台港暨海外华文文学研究会”会长。卸任后又被选为副会长。

2002 年 5 月，出席在广州暨南大学召开的“中国世界华文文学学会”成立大会，被选为理事兼学术委员会副主任委员。

2003 年 2 月，出席由新加坡国立大学和新加坡作家协会共同主办的“当代文学与人文生态——2003 年东南亚华文文学国际学术研讨会”。

2003 年 2 月，代表专业和学科，向南京大学学位委员会申报和陈述，申请设置“台港暨海外华文文学”二级学科博士学位授权学科点，获得通过。此为国内第一个“台港暨海外华文文学”博士学位授权学科点。

2003 年 9 月，在《南京大学学报》2003 年第 5 期主持“台港暨海外华文文学研究”专栏。

2003 年 11 月，提议并发起首届“世界华文文学教学研讨会”，会议由“中国世界华文文学学会”、“江苏省台港暨海外华文文学研究会”、江苏省社联和徐州师范大学文学院共同主办，徐州师范大学文学院承办。

2003 年 11 月—2005 年 7 月，创办“江苏省台港暨海外华文文学研究会”《开卷·台港暨海外华文文学专刊》(共出四期)，任主编。

2004 年 2 月，《从台港到海外——跨区域华文文学的多元审视》由花城出版社出版。

2004 年 7 月，在《江苏社会科学》2004 年第 4 期主持“跨区域跨文化的华文文学研究”专栏。

2005 年 1 月，升为教授。

2005 年 3 月，主编的“跨区域华文女作家精品文库”（十本）由花城出版社出版。

2005 年 8 月—12 月，经学校选拔，赴美国格林奈尔学院（Grinnell College）任访问学者。

2005 年 9 月，《跨界整合——世界华文文学综论》由新星出版社出版。

2005 年 10 月，出席在纽约华美协进社（China Institute）举办的“群星闪烁的北美天空——《一代飞鸿》新书发布会”和在哥伦比亚大学（Columbia University）召开的“夏氏兄弟与中国文学研讨会”，并在哈佛大学（Harvard University）的“哈佛中国文化工作坊”发表演讲《美国华人文学面面观——以聂华苓、白先勇、严歌苓和哈金为例》。

2006 年 2 月，为南京大学作家班开设“台湾电影赏析”课程。

2006 年 3 月，增列为南京大学博士生导师。

2006 年 6 月，任《中国现代文学论丛》副主编。

2006 年 9 月，出席由香港浸会大学举办的“张爱玲逝世十周年纪念国际学术研讨会”。

2006 年 10 月，出席译林出版社举办的汤亭亭见面座谈会。

2006年10月，主编的《中国现当代文学研究导引》由南京大学出版社出版。

2006年11月，与同门余斌等合编的《别梦依稀——叶子铭教授纪念集》由南京大学出版社出版。

2006年11月，出席由香港艺术发展局主办的“二十世纪中国文学的回顾与二十一世纪的展望国际学术研讨会”。

2006年12月，出席由台湾《文讯》杂志主办的“2006青年文学会议：台湾作家的地理书写与文学体验”会议，任讲评人。

2007年9月，入选教育部“新世纪优秀人才支持计划”。

2007年9月，为南京大学中文系博士生开设“世界华人文学专题研究”课程。此也是南京大学历史上第一次开设“世界华人文学”方面的博士课程。

2007年9月—2008年9月，在南京大学人文社会科学高级研究院任驻院研究学者。

2007年10月，出席由韩国外国语大学承办的“中国现代文学与韩中比较视野国际学术大会”。

2007年11月，受聘为中国现代文学馆柏杨研究中心特约研究员。

2007年12月，《北美华文文学中的两大作家群比较研究》获2007年江苏省哲学社会科学界学术大会优秀论文奖。

2007年12月，出席由台湾《文讯》杂志主办的“2007青年文学会议：台湾现当代文学媒介研究”会议，任讲评人。同月，出席在台北教育大学召开的“华文文学论坛：台北与世界的对话研讨会”。

2007年12月，出席由香港岭南大学举办的“香港文学的定位、论题和发展研讨会”。

2007年12月，《情与美——白先勇传》由台湾时报文化出版公司出版。

2007年12月，《世界华文文学整体观》由人民文学出版社出版。

2008年5月，出席由美国加州大学圣塔芭芭拉校区（UCSB）举办的“Modernism Revisited：Pai Hsien-Yung and Chinese Literary Modernism in Taiwan and Beyond”会议。

2008年8—9月，赴台湾大学人文社会科学高等研究院任访问学者。

2008年10月，受聘为暨南大学海外华文文学与汉语传媒研究中心兼职研究员。

2009年1月，《情与美——白先勇传》由花城出版社出大陆版。

2009年4月，主编的《海外华文文学读本·中篇小说卷》由暨南大学出版社出版。

2009年7月，参编的教材《海外华文文学教程》由暨南大学出版社出版。

2009年9月，受聘为南京大学人文社会科学高级研究院兼职研究员。

2009年11月—2011年8月，经学校选拔，通过国家汉办考试，赴加拿大滑铁卢大学（University of Waterloo）孔子学院任中方院长。期间，为滑铁卢大学本科生用英文讲授 Chinese Literature in Translation 等课程。

2010 年 4 月，出席在美国华盛顿特区召开的“全美汉语教学大会”暨北美地区孔子学院院长联席会议。

2010 年 5 月，出席由加拿大滑铁卢大学（University of Waterloo）举办的 Along the Silk Road：Religion，Culture，Art，Literature and Society in China 会议。

2010 年 6 月，出席由美国布朗大学（Brown University）举办的 Modern China from Socio-economic and Transcultural Perspective 会议，用英文作题为“History，Memory，and Writing：The imagine of Homeland in Chinese Literature of North America”的大会发言。

2010 年 7 月，出席由加拿大约克大学（York University）举办的“加拿大华裔/华文文学国际学术研讨会”，并担任会议优秀论文评委。

2010 年 10 月，被推选为中国世界华文文学学会副会长。

2010 年 10 月，参与筹办的 International Symposium on Chinese Canadian & Chinese A-merican Literature in English 在加拿大滑铁卢大学（University of Waterloo）召开。

2010 年 11 月，主持教育部人文社会科学研究一般项目“世界华文文学中的跨区域跨文化现象研究”（项目批准号：10YJA751043）。

2011 年 3 月，受邀专程赴美国格林奈尔学院（Grinnell College）东亚系，用英文作题为“From Modernism to Realism：A Comparative Study of Two Groups of Chinese Writers in North America”的演讲。

2011 年 4 月，出席在美国旧金山召开的“全美汉语教学大会”暨北美孔子学院中方院长大会。

2011 年 6 月，加拿大中国笔会（Chinese Pen Society of Canada）在多伦多大学（U-niversity of Toronto）郑裕彤东亚图书馆（Cheng Yu Tung East Asian Library）举办捐书仪式暨作家读者交流会，受邀在会上发表英文主题演讲“What I think about the Chinese Pen Society of Canada”。

2011 年 7 月，赴加拿大的马斯科卡（Muskoka），出席“安大略省华裔教授第五届年会”。

2011 年 12 月，参加国家社会科学基金重大项目“百年海外华文文学研究”（项目批准号：11&ZD111），任子课题“海外华文文学区域发展研究”负责人。

2011 年 12 月，参加国家社会科学基金重大项目“中国现当代文学制度史”（项目批准号：11&ZD112），任子课题“台湾香港地区：特定时空下的文学制度”负责人。

2012 年 5 月，主持国家社会科学基金项目“世界华文文学中的‘复合互渗’现象研究”（项目批准号：12BZW148）。

2012年5月，任江苏省中华诗学研究会副会长。

2012年6月，受聘担任“第一届加华文学奖”（加拿大华裔作家协会主办）小说组终审评委。

2012年8月，赴马来西亚槟城担任“拿督林庆金文学出版奖”终审评委。

2012年9月，赴美参加由美国宾州州立大学（PSU）举办的China after Comparison学术工作坊。

2012年9月，为南京大学文学院培养首位以“台港暨海外华文文学”（世界华文文学）为研究方向的博士后。

2012年10月，受聘为教育部人文社会科学重点研究基地厦门大学台湾研究中心学术委员会委员。

2012年11月，出席由台湾成功大学举办的“二十一世纪的亚洲人文与高等教育”会议。

2013年1月，被确定为“南京大学台港暨海外华文文学研究中心”主任。5月，“南京大学台港暨海外华文文学研究中心”正式挂牌。

2013年10月，出席由台湾成功大学举办的“全球化下的南方书写国际研讨会”。

2013年10月，出席在印度尼西亚北苏门答腊省棉兰市举办的“苏北文学节”。

2014年1月，经过学校、国家留学基金和美国富布莱特基金会的层层选拔，并通过美方在北京组织的英语口语面试，获美国大使馆电话、电邮正式通知入选2014—2015年度美国国务院富布莱特学者（Fulbright Visiting Research Scholar），不料二十天后因至今也不得而知的莫名其妙的原因（美方拒绝提供理由。“我和我的一些朋友分析、揣测，觉得可能和我担任过孔子学院中方院长的经历有关。”），又被美方从入选名单中删除。虽经教育部和国家留学基金委与美方交涉，仍无法改变美方的决定，因此虽入选却最终与“富布莱特学者”失之交臂。

2014年9月，《越界与交融——跨区域跨文化的世界华文文学》由人民文学出版社出版。

2014年10月，主持申报的2014年度国家社会科学基金重大项目（第二批）《华文文学与中华文化研究》获得国家社科基金批准。